HEYNE <

JONAS HARTMANN

# SÜDSTERN

Kriminalroman

Nach einer Idee von Jonas Hartmann
und Philipp Wolf

WILHELM HEYNE VERLAG
MÜNCHEN

MIX
Papier aus verantwortungsvollen Quellen
FSC® C014496

Verlagsgruppe Random House FSC-DEU-0100
Das für dieses Buch verwendete
FSC®-zertifizierte Papier *Super Snowbright*
liefert Hellefoss AS, Hokksund, Norwegen.

2. Auflage
Originalausgabe 06/2012

Printed in Germany 2012
Redaktion: Thomas Brill
Umschlaggestaltung: Eisele Grafik Design, München
Satz: Buch-Werkstatt GmbH, Bad Aibling
Druck und Bindung: GGP Media GmbH, Pößneck
ISBN 978-3-453-43616-9

www.heyne.de

# INTRO

Erkan saß auf einem Palettenstapel in einem dieser heruntergekommenen Kreuzberger Hinterhöfe. Staub in der Luft, kein Vogel, kein Grün – bis auf ein paar Grashalme, die aus dem aufgebrochenen Asphalt sprossen. Fahrräder lehnten an einer rostbraunen Teppichstange, ein paar Feuerkäfer krabbelten in einem Schrotthaufen umher, der sich neben der Rutsche zum Kohlenkeller des Hinterhauses auftürmte. Die Sonne machte die Luft flimmern, das Mauerwerk im Hof war fast ausgetrocknet. Nur ein feiner, weißer Schimmelrand auf Hüfthöhe zeigte an, wie hoch die Feuchtigkeit bereits in das alte Gemäuer gestiegen war.

Sein Blick wanderte von den Seitenaufgängen zur Torausfahrt und wieder zurück. Nichts rührte sich. Er zog ein Bein zu sich heran, kreuzte die Arme und beobachtete Paul, der sich seit fünf Minuten mit einem Schraubenzieher am Tankdeckel einer Yamaha XT zu schaffen machte, die den Kreovski-Brüdern gehörte.

Paul sah eigentlich genauso aus wie an dem Tag vor knapp einem Jahr, als sie sich zum ersten Mal begegnet waren. Auch damals war es warm gewesen – allerdings nicht so heiß wie heute –, und Paul hatte versucht, mit einem Fahrtenmesser einen Kaugummi-Automaten zu knacken.

Erkan zog einen Kamm aus der Gesäßtasche und fuhr sich damit durch seine frisch gewaschenen Haare.

»Ey Paul …«

»Warte …«
»Der Deckel geht sowieso nicht auf!«
»Hab's gleich, du Schisser.«
»Bin kein Schisser, du Schwuli!«

Paul rutschte mit der Spitze ab und machte einen Kratzer in den metallic-roten Lack der Yamaha. Das Geräusch riss den Hof für einen kurzen Augenblick aus seiner Stille.

»Siehste!«, sagte Erkan. Aber Paul achtete nicht auf ihn, sondern werkelte unbeirrt weiter.

Es war ein schläfriger Sonntag, die Hitze klebte in jeder Ritze. Erkan steckte den Kamm weg und lehnte den Kopf zurück. Er kniff die Augen zusammen und folgte einer kleinen Propellermaschine, die ein Schleppbanner hinter sich herzog: ROSWITHA – ICK WILL 'N KIND VON DIR!

»Hey«, sagte Erkan, »ich hab 'ne Vorschau im Kino gesehen: *Das Geheimnis meines Erfolges.* Mit dem aus *Zurück in die Zukunft.* Vielleicht läuft der ja …«

Paul richtete sich plötzlich auf und stemmte sich gegen das Motorrad. Es war ihm gelungen, die Spitze des Werkzeugs irgendwo zwischen Gewinde und Deckel zu verkanten. Mit einem kräftigen Ruck hebelte er den Holzgriff hoch.

»Das ist das Geheimnis meines Erfolges!« Paul hielt den Deckel in der Hand und ließ ihn in der Sonne blitzen. »Und jetzt gib mir den Zucker.«

Erkan zog sein T-Shirt hoch. Der Plastikbeutel mit dem abgefüllten Zucker steckte im Hosenbund.

»Davon geht der Motor in 'n Arsch …«, sagte Erkan.

Paul starrte ihn an. »Na, soll er doch!«

Die beiden achteten nicht auf die drei bulligen Halbstarken, die in diesem Moment aus dem Schatten des Hintereingangs in den Hof traten. Zwei von ihnen hatten Kohlebriketts in der Hand, der dritte führte einen Schäferhund an der kurzen Leine, der sich auf den Hinterläufen gegen das Halsband stemmte und lautlos hechelte.

»Jetzt gib schon her!«

»Wir kriegen richtig Ärger, wenn wir den Pennern das Ding kaputtmachen.«

»Ey, du Arschbumser – wir hatten Freundschaft geschwört!«

»Denkst du, ich hab das vergessen?«

»Dann gib her! Das ist nur gerecht. Die haben über meinen Vater gesagt, dass er 'n Loser war.«

»Das haben die echt gesagt? Yalla! Dafür werden die Hunde büßen …«

Plötzlich traf Paul ein Brikett am Hinterkopf. Schwarzer Staub wirbelte auf, er ging zu Boden, und die Kreovski-Brüder lachten. Das nächste Brikett verfehlte Erkan nur knapp.

»Komm!«, brüllte Erkan und rannte los. Paul kämpfte sich auf die Beine, torkelte ein, zwei Meter hinter ihm her, fiel erneut, rappelte sich wieder hoch – dann erwischte ihn ein Tritt. Erkan war schon fast auf der Straße, als er sich umdrehte und sah, wie Paul fortgezogen wurde. Sekundenlang wusste er nicht, was er tun sollte. Dann startete er durch.

Erkan hämmerte an eine Wohnungstür. Seine Schwester öffnete.

»Wo ist Murat?«

»In der Küche.«

Er lief durch den Flur und riss die Küchentür auf. Seine Mutter war gerade dabei, den Tisch zu decken, zwei Freundinnen saßen auf der Eckbank und schnitten Obst.

Murat hatte eine Schürze umgebunden, seine Hände waren voller Mehl. Erkan stürzte auf ihn zu, doch Murat tänzelte zurück, nur um dann gleich wieder nach vorne zu springen. Er klatschte in die Hände, und Mehl rieselte in Erkans Locken. Murat lachte.

»Komm schnell«, stieß sein kleiner Bruder hervor, »die haben Paul.«

»Wer ist Paul?«

»Mein Freund – bei dem der Vater gestorben ist. Die Kreovski-Brüder haben ihn!«

Murat hörte auf zu lachen. Er nahm die Schürze ab, klopfte das Mehl von den Händen und zog Erkan hinter sich her.

Sie fanden Paul auf einem verlassenen Sportplatz, etwa zweihundert Meter vom Hinterhof entfernt. Er lehnte blutüberströmt an einem rostigen Maschendrahtzaun. Seine Klamotten waren zerrissen, in den Haaren klebte Kaugummi. Die Schläger waren gerade dabei, ihren Köter auf ihn zu hetzen.

»Fass, Norris!«

Einer der drei packte Pauls Arm und wedelte damit vor der Schnauze des Hundes herum. Dabei wurde er jedoch von solchen Lachkrämpfen geschüttelt, dass der Arm immer wieder herunterfiel.

»Scheiße«, murmelte Murat.

Er suchte den Boden ab, fand einen Ast und hob ihn auf. Langsam ging er auf die drei zu.

»Hey!«, rief Murat.

Die drei drehten sich um. Das Gelächter verstummte.

»Macht ihr den Kleinen fertig?«

»Verpiss dich. Der gehört uns.«

»Ihr verpisst euch. Er gehört zu mir«, sagte Murat.

»Du weißt nicht, mit wem du redest, Kanake …« Der Älteste der drei ging auf Murat zu, ließ seine Muskeln spielen und knackte mit den Fingern. Er sagte: »Geh auf die Knie, du Stück Dreck.« Die anderen beiden grinsten.

Murat schlug ohne Vorwarnung mit der flachen Hand zu. Sein Gegenüber taumelte und wich zurück. Es war ein kräftiger, gut platzierter Schlag. Murat wusste, dass er vermutlich nicht noch einmal so einen Treffer landen würde. Den anderen beiden fror das Grinsen im Gesicht ein. Keiner achtete auf das Kläffen des Köters.

Erkan hatte sich unbemerkt zu Paul geschlichen und versuchte ihn aufzurichten, doch der rührte sich nicht.

Schritt für Schritt zogen sich die Kreovski-Brüder zurück.

Murat warf den Ast weg, ging hinüber zu Paul, hob ihn hoch wie einen Teddybären und schaute in das blutbefleckte Gesicht.

»Das hättest du nicht tun sollen, Türke. Wir wissen, wer ihr seid. Du bist Murat, stimmt's?«, rief einer der Brüder. Und der Kleinste von ihnen brüllte: »Das war erst der Anfang, Wichser! Ihr seid alle dran!«

Murat kümmerte sich nicht um sie.

»Wo wohnst du?«, fragte er. Paul antwortete nicht.

»Wo ist deine Mutter?«

»Weiß nicht.«

»Im Krankenhaus«, sagte Erkan. »Sein Vater ist tot.«

»Dann kommst du mit zu uns«, sagte Murat.

Erkan drehte sich um und zeigte den Brüdern den Mittelfinger. »Wann ihr wollt und wo ihr wollt, ihr Penners!«

»Hör auf!«, sagte Murat. »Ich werd' nicht immer da sein!« Er schnappte Erkan am Arm und zog ihn mit. Paul drückte sein Gesicht an Murats Schulter.

# 1

Verkrümmt, verkrustet und leer gedrückt lag sie da. Mit einem gelblichen Rest, der in seiner Konsistenz an Sahne erinnerte.

Mit der Innenseite seines Schuhs schob Monsieur Xian Tu die Spritze in den Rinnstein. Weg von den Klapptischen, weg von den Gästen, weg vom Eingang seines Foodstores.

Es war kurz vor sechs Uhr abends, und sein Laden quoll über. Wie jeden Tag.

Ein Fahrradfahrer bremste ab und wich einer Gruppe Bier trinkender spanischer Studenten aus. Auf der anderen Straßenseite filzten Polizisten ein paar Grasdealer, die vor dem Eisladen rumlungerten. Der Einbeinige, wie immer ein Taschenbuch unter dem Arm, humpelte auf Krücken zur Eckkneipe und nickte dort der verschrumpelten Alten zu, die aussah wie eine zahnlose Bulldogge.

Über den Fahrdamm kamen vier Männer auf seinen Laden zu.

*Anh Tu's Foodstore* stand auf dem Leuchtschild über dem Eingang, und darunter: *Vietnamese Cuisine.*

Eine Lesebrille um den Hals, schaute Monsieur Xian Tu zum Hermannplatz hinüber und zog an seiner Marlboro.

Es war die Idee seines Lebens gewesen, das perfekte Konzept für diese Gegend: zwei Gerichte täglich. Nur zwei.

Das machte ihn reich.

Der Hermannplatz war ein lang gezogener, rechteckiger Platz, die Grenze zwischen Kreuzberg und Neukölln. Auf der einen Längsseite das mächtige, alte Karstadt, auf der anderen all die

Kleinläden und der blau beleuchtete Puff im ersten Stock. Hier war das übertourig pumpende Herz von Kreuzkölln, wie man neuerdings sagte, einem kranken, von Pilz und Ungeziefer zerfressenen Riesenkörper voll unbändigem Lebenshunger.

Er war Durchgangsstation und Heimat: Hier fickten Raubvögel mit Friedenstauben, Aasgeier und Bordsteinschwalben. Es roch nach Körperausdünstungen und Abgasen, die Luft vibrierte vom heißen Atem der vorwärtsdrängenden Massen.

Hier hatte sich Pheline ihren ersten Druck gesetzt und Toni seinen 24-Stunden-Shop eröffnet.

Der Hermannplatz war bevölkert von diesen Typen – Helme mit blinkenden Leuchtdioden auf dem Kopf und abgegriffene Plastiktüten in der Hand –, die einem was vom Leben sangen.

*Ich mach irgendwie, ich schaff schon!*

Hier gab es junge dynamische Kerle, denen jede Zukunft offenstand, und bioaffine Mütter in stabilen Partnerschaften. Es gab Post-Studenten mit gepflegtem Vollbart und halb integrierte Ausländer, selbst ernannte Ordnungshüter, zänkische Rentner und schulschwänzende Kinder – frank, frei, videogebildet. Es gab pubertierende Mädchen, die von einer *schwulen Ratte gebitcht* worden waren, und nun waren sie selbst eine *Hure, du Nutte.* Hier charmierten grauhaarige Kavaliere mit fehlender Knabberleiste und Stielkamm in der Tasche, aufgehübschte Nachtschwärmer torkelten zum Nachmittagstee. Hier weinten, lachten und schrien Dummstudierte, Kreative, arme Schlucker, versoffene Omis, zugedröhnte Fixer und Türken, die die Fesseln ihrer Gemeinschaft aufzubrechen versuchten. Es war die Heimat von Yogis, verstrahlten Christen, Hasspredigern und schmierigen Wichsern, die nach elternlosen Knaben Ausschau hielten oder minderjährigen Mädchen.

Geile, klebrige, staubige Gegend, dieser Hermannplatz.

Die Menschen wurden aus den U-Bahnen gespült, aus Bussen, Autos, Läden.

Sie alle träumten von Liebe. Von Gott. Von Macht, Geld und Sex. Von einer Familie. Von Geborgenheit und Licht. Von neuen Zähnen oder einem Hüftgelenk aus Keramik. Von alten Liebschaften, von Respekt und Vertrauen. Von feuchten Schlüpfern, von Menstruationsblut, vom nächsten Schuss.

Sie suchten Antworten auf Fragen, die sie selbst nicht kannten. Meist taten die Antworten weh, wie ein Schlag in die Fresse. Manchmal nebelten sie einen weg, wie ein Shut, der erst die Lungen füllt und sie dann zum Platzen bringt. Manchmal gab es auch gar keine Antwort, nur eine Bierdose, eine Umarmung oder einen Kuss am Abend, wenn der Wind sich legte und auch der Staub.

Dies war der Ort, wo Pheline ihren Körper verkaufte und Toni mit seinem 24-Stunden-Shop die Welt erobern wollte.

Aber was auch immer sie suchten, hofften, träumten: Alle hatten Hunger.

Monsieur Xian Tu lächelte.

Er ließ das Gewusel an sich vorüberziehen.

Ein Busfahrer hatte sich mit einem Autofahrer in der Wolle. Ein Schnorrer wollte einen anderen vom Karstadt vertreiben. Wieder quietschten Fahrradbremsen, wieder gab's Gekreisch, Gehupe, Lachen. Wieder kamen Gäste aus seinem Foodstore und neue gingen hinein.

Monsieur Xian Tu schnippte die Kippe auf den Boden, setzte seine Lesebrille auf und ging die paar Meter zurück.

Ihm war entgangen, dass vier Männer seinen Laden betreten hatten.

Er zog die Tür auf, und augenblicklich schlug der Geräuschpegel über ihm zusammen.

Die zweite Rushhour hatte begonnen. Zu den Stoßzeiten wurden die Gäste im Akkord abgefüttert. Man wurde zum nächsten freien Platz geschleust und wählte Gericht 1 oder Gericht 2. Und weil man praktisch immer neben Fremden saß, achtete man nicht besonders auf seine Nachbarn, sondern aß dieses süchtig machende Zeug, von dem sie behaupteten, dass es ohne Geschmacksverstärker zubereitet sei. Sie klatschten das Ganze auf einen UFO-Teller und brachten es sofort an den Tisch. Vorsichtshalber steckten immer Stäbchen und Gabel seitlich in der duftenden, mit frischen Kräutern und einer roten Paprikaspalte garnierten Pampe. Man aß den Teller leer, zahlte seine 4,50 Euro und machte Platz für die nächsten Gäste, die im engen Eingangsbereich bereits warteten.

Das Konzept ging auf. Heute genauso wie gestern und sicher auch morgen.

Die vier Männer hatten im hinteren Raum am zweiten Tisch rechts an der Wand Platz genommen. Sie alle aßen Gericht 2.

Monsieur Xian Tu stand an der Kasse und behielt die hin und her hetzenden Kellner im Auge, als ein Schuss fiel. Schlagartig war es absolut still. Dann brach das Geschrei los. Geschirr ging zu Bruch, Tische und Hocker stürzten um. Im allgemeinen Durcheinander achtete niemand auf die drei Männer, die den Foodstore verließen.

Weder am Tisch noch an den Stühlen ließen sich später Fingerabdrücke oder DNA-Spuren feststellen, die Teller waren bereits abgeräumt und in einem Berg aus schmutzigem Geschirr verschwunden. Nur die DNA des Toten konnte ermittelt werden – aus dem Hirnmatsch, der zusammen mit Knochensplittern, Blut und Haaren an der ockerfarbenen Wand klebte. Aber das war gar nicht nötig. Seine Identität kannte man auch ohne Abgleich.

Vier Männer hatten am Tisch gesessen, drei waren gegen 18:20 Uhr wieder gegangen, gleich nach dem Schuss. Niemand hatte sie daran gehindert. Einer von ihnen hatte vollgeschissene Hosen, unter seinem Platz hatte sich eine braune Pfütze gebildet. Was jedoch genau passiert war, konnte später niemand sagen. Der Laden war brechend voll gewesen, niemand hatte gesehen, wer geschossen hatte. Niemand konnte sich an ein Gesicht erinnern. Der eine soll hager und groß gewesen sein, mit schütterem Haar. Der andere vielleicht ein Araber. Der Dritte hatte möglicherweise einen Dreitagebart, der Vierte, der Tote, war ein bulliger Typ gewesen.

Sein Gesicht gab es nicht mehr.

Ein bebrillter Student, dem eine einzelne currywurstdicke Dreadlock aus dem Hinterkopf wucherte, sagte später aus, dass ihn ein Kellner zu den vier Männern an den Tisch setzen wollte, diese ihn aber zurückgewiesen hätten.

Das war ungewöhnlich für Anh Tu's Foodstore.

Eines stand außer Zweifel: Es war eine geplante Tat gewesen.

Und wer auch immer sich das ausgedacht hatte – er war ein kaltblütiger, berechnender Teufel.

# 2

Der Audi Quattro parkte direkt vor Erkans Haus in der Boppstraße. Sein Fenster im zweiten Stock war angelehnt, eine leuchtende Glühbirne hing von der Decke, nur von ihm war nichts zu sehen. Es war kurz vor acht, ein wolkenloser Frühlingstag. Hinter dem Lenkrad saß Nina am offenen Fenster und beobachtete einen Spatz, der auf der zerbeulten Motorhaube herumhüpfte. Paul lungerte auf der Rückbank, mies gelaunt und mit dickem Kopf vom Vorabend.

»Wann kommt der endlich?«, murmelte er.

Im Laufe der Jahre waren seine Haare dunkler geworden, aber Strähnen hingen ihm wie früher in die Stirn, sein Blick war verschlossen. Paul hatte kräftige Hände voller kleiner Narben. Sein Gesicht hingegen hatte ausgesprochen feine Züge, die Wangenknochen saßen hoch, die Nase war ebenmäßig und gerade. Er trug praktisch immer Jeanssachen – und zwar so lange, bis sie ausblichen und fast auseinanderfielen.

Das Rauschen, das vom Kottbusser Damm herüberdrang, übertönte beinah die Frauenstimme aus den Radionachrichten: Arbeitslosenzahlen konstant, Beinahe-Tankerunglück im Atlantik, Mord am Hermannplatz.

Auf der anderen Straßenseite, dem Zickenplatz, waren die Kastanien schon fast vollständig belaubt. Ein paar ältere Herren warfen Bocciakugeln, Kinder rangelten am Fuß der Rutsche auf dem angrenzenden Spielplatz.

Der Spatz auf der Motorhaube, ein schmutziger kleiner Vogel mit zerzausten Federn, wetzte seinen Schnabel am Rand einer faustgroßen Delle, machte drei kleine Hüpfer, schiss und flog davon.

*Der ist frei,* dachte Nina.

Im selben Moment fragte Paul von hinten: »Was hat die gerade gesagt?«

Nina schaltete das Radio aus.

»Rundfunk findest du doch scheiße.«

»Nur deinen Sender.«

Nina arbeitete als Redaktionsassistentin, Sprecherin und inoffizielle Musikexpertin bei *RadioDrei.*

»Weil da einer umgelegt wurde, tropft dir jetzt der Zahn, oder was?«

»Ist mein *Job.*«

»Yeah. *Job!*« Sie sprach das O wie ein A aus und zog es in die Länge. »Du bist doch bloß 'n kleiner Zivilbulle … Was hast du mit Mord zu tun?« Nina schaute in den Rückspiegel. »Regst dich über Gaffer auf und bist selbst einer …«

»Na klar.«

»Hells Angels, Bandidos, Russenmafia. Da juckt dir die Lunte, was?«

»Weißt du, mit was für Idioten ich mich jeden Tag rumschlagen muss? Komm, leg deine Platten auf, und lass mich in Ruhe!«

»Das kriegen wir hin.«

Paul schaute wieder zum Hauseingang und dann auf die roten Ziffern der Digitaluhr in der Mittelkonsole. Da blinkte 23:14. Das Ding hatte sich schon wieder verstellt. Es war ihm ein Rätsel, wie sich eine Digitaluhr, deren Batterien funktionierten, von allein verstellen konnte.

»Kannst du mir *bitte* sagen, wie spät es ist?«

»23:14 Uhr«, sagte Nina.

»Oh Mann.« Paul fummelte eine Kopfschmerztablette aus der Hosentasche und gurgelte sie mit dem Schluck aus einer alten Wasserflasche hinunter.

»Warum hast du nicht gleich bei Erkan gepennt, wenn ihr saufen geht?«

Paul schmiss die Flasche auf den Boden. »Nina, was ist los mit dir?«

Singvögel tollten in den Baumkronen, der Verkehr vom Kottbusser Damm nahm allmählich zu, ein Lieferwagen rangierte vorsichtig um den Audi herum. Er war schon an ihnen vorbei, da drehte sich der Fahrer um und hupte.

Nina schaute aus dem Fenster und schwieg, ihre Haare bewegten sich im Wind.

»Du siehst gerade wunderschön aus in diesem Licht«, sagte Paul. »Ich mein das ernst. Kannst du genau so bleiben? Bleib so für immer …«

Nina zog den Kopf aus der Sonne.

»Was sagen eigentlich eure Kollegen, wenn ihr morgens mit so 'ner Fahne ankommt?«

Paul und Nina waren beide Mitte zwanzig und schon fast zwei Jahre zusammen. Doch seit einiger Zeit war der Wurm drin in ihrer Beziehung.

»Nina«, sagte Paul. »Wenn ich dich hier so sitzen sehe, und du siehst so irre schön aus, dann weiß ich einfach, dass wir zusammengehören.«

Nina holte Luft, um etwas zu sagen, aber Paul war schneller: »Ich bin verknallt in dich. Ich glaub, ich könnte um die ganze Welt segeln, wenn ich nur 'n Bild von dir hätte.«

Er suchte im Rückspiegel ihren Blick, doch Nina hatte den Kopf gesenkt.

»Paul, wir müssen reden. So geht's nicht weiter.«

Paul atmete hörbar aus. »Zur Abwechslung mal reden?«

»Ja.«

»Im Schneidersitz … mit Räucherstäbchen?«

»Paul, du bist so cool …« Sie schob ihre Unterlippe nach vorne und sprach wie Udo Lindenberg: »Ey Aschenputtel, lass ma Weltumsegeln, alles easy und so … Du Pseudo-Sheriff!«

»Komm runter, Nina!«

»Du spürst mich nicht. Du spürst gar nichts!«

»Hast du sie noch alle?«

»Und du kapierst nicht, dass du ein Problem hast, wenn ich eins habe.« Nina schaute zu den Kindern auf dem Spielplatz hinüber. »Oder wenn ich schon keins mehr habe –«

In diesem Moment flog die Haustür auf, und Erkan trat auf die Straße. Er improvisierte eine kleine Pantomime, indem er sich immer wieder übertrieben unauffällig umsah und Botschaften in ein nicht vorhandenes Mikrofon flüsterte. Er spielte Geheimagent.

Auch heute hatte er den Kragen seines hellblauen Poloshirts hochgeklappt, was wie zufällig aussehen sollte. Überhaupt legte er Wert auf sein Äußeres und war auch schon öfter in lokalen Anzeigenkampagnen zu sehen gewesen. Mal lächelte er dann aus dem Schaufenster eines Neuköllner Porträtfotografen, oder er posierte mit grimmigem Gesicht und verschränkten Armen auf dem Flyer für ein Jugendprojekt des Senats. Bisheriger Höhepunkt war sein Bild auf dem Cover einer TIP-Ausgabe gewesen, das er dann auch monatelang mit sich herumgetragen hatte. Paul nervte das alles, und er hatte Erkan mal eine Armbinde mit den Initialen MP angeheftet, was aber nicht für Military Police stand, sondern für Model Police.

Nina öffnete die Tür. »Paul, ich geh zu Fuß. Erkan scheint ja so fit zu sein, dass er fahren kann.«

»Bist du bescheuert? Ich lass den doch nicht meinen Quattro fahren!«

Aber Nina war schon ausgestiegen. »Bye-bye«, sagte sie und ging.

»Verdammt!« Paul kämpfte mit dem Vordersitz, quetschte sich aus dem Fond und brüllte Nina hinterher: »Du bist so *fantastischgeil,* das ist ja nicht auszuhalten. Kannst froh sein, wenn du endlich hinter deinem Neumann-Mikro sitzt, neben deinem bekloppten Robert und endlich ohne Limit reden kannst. Weißt du, der Gipfel des schönen Morgens wäre, wenn ich dich in Stereo hätte – einmal aus dem Radio und dann noch live. Die doppelt sabbelnde Nina. Ganz viel reden! Sprich doch mal ein Hörbuch ein! Und übrigens: Glückwunsch, dass es wenigstens für dich karrieremäßig so … hochgeflutscht ist!«

»Sag doch hochgebumst«, schlug Erkan vor.

»Leck mich. Hey, Nina …«

Doch Nina war schon um die nächste Ecke verschwunden.

»Hör'n wir da bald die Hochzeitsglocken bimmeln?«

Erkan fläzte sich auf den Beifahrersitz.

Mit überhöhter Geschwindigkeit jagte Paul die Gneisenaustraße hinunter.

»Bei euch brennt wieder die Luft, was?«

»Ach, die hat 'n Knall. Hast du schon Nachrichten gehört?«

»Warum?«

Paul rauschte bei Kirschgrün über eine Kreuzung, musste aber kurz darauf stark abbremsen, weil in der zweiten Reihe ein DHL-Transporter hielt.

»Ich versteh echt nicht, wie das geht …«

»Was?«

»Dass du immer zu spät kommst! Das ist zum Kotzen.«

Erkan gähnte.

»Soll ich dir 'n Wecker kaufen?«

»Wecker?« Erkan dachte einen Augenblick nach. »Nein, man müsste mir eher einen Chip implantieren, in den Kopf. Du bekommst die Fernbedienung. Und wenn du draufdrückst, sendet das Ding Stromstöße aus …« Erkan verdrehte die Augen und wackelte mit dem Kopf wie bei einem epileptischen Anfall.

»Dir müsste man schon 'ne Granate implantieren.«

Paul bog vom Columbiadamm rechts in die Golßener Straße ein.

»Wenn du früher gekommen wärst, hätte ich mich nicht mit Nina gezofft.«

»Paul …«

»Was?«

»Du erzählst manchmal gewaltige Scheiße.«

Paul wollte sich gerade ein Gegenargument zurechtlegen, doch Erkan sagte nur: »Lass es einfach.«

Paul hielt die Klappe.

# 3

Der Pförtner saß in seinem Häuschen und glotzte regungslos auf die vielen leeren Kästchen des Kreuzworträtsels. Er hatte das Reich der tanzenden Buchstaben betreten und alle Türen hinter sich geschlossen. Mit einem blauen Kugelschreiber in der Hand war er erstarrt. Ein Speicheltropfen bildete sich an der Unterlippe, wurde größer und größer, von weit entfernt hörte er das dumpfe Tuten eines Nebelhorns und das Gekreische einer aufgebrachten Möwe. *Ozeanriese mit sechs Buchstaben …*

Wieder und wieder drückte Paul auf die Hupe. Erkan fuchtelte mit den Armen und brüllte: »Mach das Scheißding hoch, du Idiot!« Der Pförtner hob den Kopf, der Speichel platschte auf das Papier. Er sagte: »Hoppla, war mal kurz weg«, zwinkerte und drückte endlich den Knopf. Die Schranke öffnete sich.

Der Audi holperte über das Kopfsteinpflaster auf das weitläufige Gelände, das früher, bis kurz vor dem Ersten Weltkrieg, Offiziere der preußischen Kavallerie beherbergt hatte. Heute wurde es von der Berliner Polizeidirektion 5 genutzt, die für die Bezirke Kreuzberg, Neukölln und Friedrichshain zuständig war.

Paul hielt auf das mächtige Hauptgebäude zu, einen verwitterten, rot schimmernden Backsteinbau.

Plötzlich bremste er ab. Keine fünfzig Meter entfernt, direkt vor dem Haupteingang, stiegen fünf Männer aus zwei schwarz glänzenden BMW 5er Limousinen mit Wiesbadener Nummernschildern. Sie ließen die Wagen im absoluten Halteverbot stehen und gingen die Stufen zum Eingang hoch.

Einer der Männer, ein Türke Ende dreißig, hielt inne und betrachtete die mächtigen Außenmauern des Gebäudes. Er trat einen Schritt zurück und schaute bis ganz nach oben, wo sich die moosbewachsenen Regenrinnen mit letzter Kraft an der Dachkante festkrallten. Schließlich gab ihm ein hünenhafter Kerl mit hellblonden, längeren Haaren einen Klaps auf die Schulter, und gemeinsam verschwanden sie im Präsidium.

Es war Murat.

Paul und Erkan starrten zum Eingang.

»Was macht der denn hier? Der hat sich doch über ein Jahr nicht blicken lassen …«

»Fast zwei«, sagte Paul. »Zuletzt bei der Hochzeit von eurem Onkel.«

Erkan schnippte mit dem Finger. »Stimmt. Als du den Sirtaki aufgelegt hast. War'n geiler Rausschmeißer!«

Paul legte den ersten Gang ein und steuerte den Quattro auf den Parkplatz.

Das Präsidium mit seinen hohen Decken, den kühlen Wänden und dem abgetretenen Linoleum roch wie ein altes Schulgebäude, nur dass sich hier durch jeden Gang der Geruch von frisch gebrühtem Filterkaffee zog.

Sie gingen das Treppenhaus hinauf.

»Krasse Limos!«, sagte Erkan. »Hast du die Kennzeichen gesehen? Das BKA sitzt in Wiesbaden …«

Paul kratzte sich am Kopf. »Du glaubst, Murat ist jetzt beim BKA?«

»Kann eigentlich nicht sein. Vor anderthalb Jahren war er doch noch beim LKA in Frankfurt …«

»Das hat er uns erzählt. Aber heißt das was? Der sagt uns doch auch nicht, wenn er nach Berlin kommt.«

Genau wie sie hatte auch Murat hier auf der Direktion 5 begonnen und war innerhalb kürzester Zeit aufgestiegen – im Gegensatz zu Paul und Erkan. Sein engster Partner war damals Stephan Kohn gewesen, ein Schulfreund, der mit Murat durch dick und dünn und schließlich auch zur Polizei gegangen war. Das war unmittelbar nachdem Murat sein BWL- und Geschichtsstudium geschmissen hatte. Paul und Erkan hatten damals nur Spott für ihn übriggehabt, doch ohne ihm ein Wort zu sagen meldeten sie sich ein paar Jahre später ebenfalls für die Aufnahmeprüfung bei der Polizei an.

Dass Paul und Erkan bei der Direktion 5 anfangen durften, war vor allem auf Murats und Kohns Reputation zurückzuführen. Seither mussten sich die beiden immer wieder anhören, dass sie sich bequem ins gemachte Nest gesetzt hätten.

In Berlin hatten Murat und Kohn bald in leitender Stellung *qualifizierte Einsätze* im Bereich der organisierten Kriminalität durchgeführt. Sie waren schon nach drei Jahren an den *Kap-Sachen* dran, den Kapitalverbrechen. Die Kehrseite der Medaille war, dass Murat kaum noch Zeit für sie hatte – was vor allem Paul wehtat. Und niemals erzählte er ihnen etwas von seinen Einsätzen. Dann, vor drei Jahren, verschwand Murat ganz aus ihrem Blickfeld, weil er mit Kohn zum LKA nach Frankfurt wechselte.

Und jetzt war er plötzlich wieder da …

Sie stießen die wuchtige Schwingtür auf und marschierten zum Dispositionsraum, wo die Schichten und Teams des gesamten Abschnitts koordiniert wurden. Sie waren spät dran, und Rosi, die treue Dispo-Fee, die immer nach überquellendem Aschenbecher klang, hob drohend den Zeigefinger. Aber das tat sie jedes Mal.

Sie legte ihnen Schlüssel und Papiere eines Ford Focus auf den Ausgabetresen, dazu ihre Schutzwesten und Dienstwaffen. Ihr Einsatzgebiet war Südwest B4 und zog sich von Rudow über Rixdorf, das Rollbergviertel bis zum nördlichsten Zipfel Neuköllns, dem Hermannplatz. Und das hieß Straßen abfahren, potenzielle Delinquenten aufgreifen, filzen, wieder laufen lassen und auf Abruf sein. Immer die kleinen Fische, meistens Minderjährige, immer die gleiche Scheiße.

Sie gingen über den Korridor hinunter zum Clubraum, dem Kaffeegeruch hinterher.

Der Clubraum war ein mit alten Sofas, vollgefurzten Sesseln und ausrangierten Liegen ausgestatteter Aufenthaltsraum. An den Wänden klebten noch Polizeiplakate aus den frühen 80ern, auf einem stand in gesprayten rosafarbenen Lettern: *Gedränge nur dem Dieb gefällt, drum Augen auf und Hand aufs Geld!*

Normalerweise war es hier ruhig, weil man auf die Kollegen der Nachtschicht Rücksicht nehmen musste. Heute war das anders. Es gab nur ein Thema: Murat. Kaum hatten sie den Clubraum betreten, wurden sie auch schon von Kollegen umringt.

»Ist Murat jetzt beim BKA, Erkan?«, fragte Benneter, ein fünfzigjähriger Haudegen, dessen Gesichtsfarbe mit jedem Tag mehr dem schmutzig gelben Anstrich des Clubraums glich.

»Nein«, rief Bierofka, der mit seiner Nickelbrille fast wie ein Intellektueller daherkam, »hab ich doch gesagt: Der ist beim LKA in Frankfurt. Du musst mir mal zuhören!«

»Ach, und die Nummernschilder? Guck dir doch die Nummernschilder an.«

Krause, ein dicker, gedrungener Ausbilder, meldete sich zu Wort: »Passt mal auf: Rosi sagt, dass es schon gestern Nacht 'nen Anruf gegeben hat und dass irgendeine Sonderkommission auf dem Weg hierher ist. Aus Wiesbaden.«

»Das wär ja der Superkracher: Murat bei einer Sonderkommission des BKA«, rief einer von hinten. Und noch ein anderer lachte: »Das schaffst *du* nicht, Erkan!«

Schabroth trat in den Kreis und legte ein feistes Grinsen auf. »Türke müsste man sein, wa?« Er klopfte Erkan auf die Schulter.

»Schabroth, halt's Maul. Bist doch nur neidisch«, sagte Benneter.

Krause hob den Finger, um anzukündigen, dass jetzt was Wichtiges kam: »Wenn Murat beim BKA ist, dann arbeitet der vielleicht auch mit Hasso Möller …«

Für einen Moment herrschte andächtiges Schweigen.

»Wer ist Möller?«, fragte Folke, ein jüngerer Kollege, den sie wegen seiner hohen Stimme nur »Piepsi« nannten.

»Hasso Möller, du Idiot«, fuhr ihn Bierofka an, »der hat den *ersten finalen Rettungsschuss* in der Geschichte der BRD ausgeführt.« Er sprach jedes Wort einzeln aus. »Nachdem der Scharfschütze die Flatter bekommen hatte.« Dann murmelte er, mehr zu sich selbst: »Der Typ ist legendär.«

»Also, Erkan. Jetzt erzähl doch mal. Warum ist dein Bruder hier?«, fragte Benneter.

Alle blickten Erkan an. Auch Paul.

In diesem Augenblick flog die Tür auf. Mats Lehmann kam herein und ließ sich völlig übermüdet in einen der Sessel fallen.

»So ein Scheißdreck«, fluchte er.

»Was maulst 'n rum?«, fragte Bierofka.

»Kann mir erst mal jemand 'nen Kaffee bringen? Ey Piepsi, biste so nett?« Piepsi stand auf und goss ihm eine große Tasse Filterkaffee ein.

»Schwarz?«

»Jaja, is egal.« Piepsi brachte ihm die Tasse. Lehmann nahm einen kräftigen Schluck und wurde plötzlich ganz grün im Gesicht. »Wer hat 'n den gemacht?«

»Ich«, sagte Piepsi.

Lehmann verdrehte die Augen. »So, das Ganze nochmal: großer Schwapps Milch, vier Stück Zucker.« Alle warteten, bis Lehmann seinen neuen Kaffee bekommen hatte. Dann legte er los: »Wir sind gestern Abend raus zur Hasenheide. War der erste Einsatz. In einem Asia hat einer 'ne Kugel gefangen, und keiner hat's gesehen.«

»Die haben das im Radio gebracht«, murmelte Paul zu Erkan.

Bierofka kräuselte die Stirn: »Wie, keiner gesehen? War der Laden leer, oder was?«

»Nein, rammelvoll! Bis auf den letzten Platz. Die haben sich gegenseitig die Sicht verdeckt. Wir waren gerade dabei, die Gäste und die Kellner zu befragen, da kommt die 6. Mordkommission angerauscht mit Mordbus und allem Pipapo. Allen voran Schmidt. Kennt ihr den Schmidt? Riesenarschloch. Der schmeißt uns erst mal raus, wir sollen draußen die Kollegen von der Streife unterstützen. Vor dem Eingang ist inzwischen 'n ganzer Pulk von Gaffern. Wir also: ›Hallo Leute! Hat hier vielleicht jemand was gesehen oder gehört? Kann uns jemand Angaben zu möglichen Tätern machen?‹« Den letzten Satz sprach Lehmann mit wackelndem Kopf und der Stimme eines Puppenkaspers.

»Es kommt ja vor, dass die ihr Maul halten, aber gestern: Vierzig minderbemittelte Halbleichen standen da rum und schrien: ›Ich! Ich! Ich!‹ Mann, als gäb's Freibier. Ich sag's euch, das ist eben der Hermannplatz. Freilicht-Klapsmühle. Die ganze verfluchte Nacht wurden wir abgestellt, um das Gesülze der Einsamen und Verlassenen abzutippen. Da war nicht einer dabei, der was gesehen hat! Vor einer Stunde sind wir endlich mit dem Papierkram fertig geworden. Ich denk: ›Schön, jetzt ab in die Heia‹, aber da steht Prietz auf der Matte und sagt, dass wir in einer Stunde von einer SoKo befragt werden. Aber nicht die 6. Mordkommission mit meinem Freund Schmidt. Nein! Eine Spezialtruppe vom BKA ist vor Ort. BKA! Und jetzt kommt der Hammer: Ratet doch mal, wer ganz vorne mit dabei ist. Da kommt ihr nie drauf …«

Paul und Erkan verkrümelten sich ans Fenster und schauten in den Hof. Die BMW-Limousinen standen immer noch im absoluten Halteverbot. Aber keiner regte sich deswegen auf.

»Von welchem Asia redet der?«, fragte Erkan.

»Weiß nicht. Kann eigentlich nur der Vietnamese sein.«

»Und wenn wir Murat einfach fragen, warum er hier ist?«

»Der sagt überhaupt nichts. Jedenfalls nicht uns … Dein Bruder ist 'n Arschloch.«

Paul überlegte kurz.

»Warum kommen die auf unseren Abschnitt? Die könnten sich doch bestimmt auch beim LKA einquartieren. Ist doch nur 'n paar Straßen weiter …«

»Vielleicht wollen die was von Prietz?«

»Hab ich auch schon dran gedacht. Aber war Prietz nicht stinksauer auf Murat, als der zum LKA ist? Da gab's doch so Geschichten, dass er Murats Sachen auf den Hof geschmissen hat.«

Prietz hatte in seiner Eigenschaft als Abschnittsleiter tatsächlich mal einen Spind geräumt und die Sachen auf den Hof geschmissen. Aber niemand wusste, ob es wirklich Murats Sachen gewesen waren.

»Jetzt scheint aber wieder alles in Butter zu sein. Guck dir an, wo ihre Karren stehen. Das hätte Prietz doch nicht mal dem Polizeipräsidenten erlaubt.«

»Den hätte er längst abschleppen lassen.« Paul sah auf die Uhr über der Tür. Es war eigentlich höchste Zeit loszufahren, doch stattdessen sagte er zu Erkan: »Geh noch mal zur Blotzner, die steht doch auf dich. Vielleicht erzählt die dir was.«

»Nee, ich geh zu Rosi ...«

»Rosi weiß nichts. Außerdem denkt die, dass wir schon weg sind. Mach schon.«

Paul ging die Hintertreppe hoch in den vierten Stock und stellte sich vor den Süßigkeitenautomaten. Keine zwanzig Meter entfernt stand Murat mit seinen Leuten. Die Köpfe zusammengesteckt, redeten sie aufeinander ein. Paul beobachtete sie durch die Glasscheibe der Schwingtür, die den Treppenaufgang vom Korridor trennte.

Von diesen Typen ging irgendetwas aus. Paul wusste nicht genau, was es war, eine Art Energie oder unnahbare Präsenz. Der Schillerndste von ihnen war Murat, er schien auch den Ton anzugeben. Ein Gefühl von Eifersucht keimte in Paul auf. Murat teilte sein Leben mit allen, nur nicht mit ihm und Erkan.

Der groß gewachsene Blonde, der vorhin mit Murat vor dem Eingang gestanden hatte, machte eine komische Handbewegung. Er war bestimmt zwei Köpfe größer als Paul und einen halben Kopf größer als Murat. Mit den Händen zeichnete er die Form einer Vase oder Amphore in die Luft und ließ sie dann, als wäre ein mächtiges Gummiband zwischen ihnen gespannt, ruckartig zusammenklatschen.

Murat lachte. Er schaute in Pauls Richtung, schien ihn aber nicht zu sehen. Oder doch? Pauls Brustkorb zog sich zusammen. Er löste sich von dem Automaten, machte einen Schritt auf die Schwingtür zu und zog sie auf. Ein Lächeln erhellte sein Gesicht, er hob die Hand – aber Murat wandte sich schon wieder ab.

Die Sonderermittler drängten in den Konferenzraum und schlossen hinter sich die Tür.

# 4

Aus dem Nordwesten rollte die S-Bahn Richtung Innenstadt. Es war einer von diesen engen, überhitzten Ost-Zügen, deren hochdrehende Elektromotoren jemanden mit Zahnschmerzen in den Wahnsinn treiben konnten.

Im vorletzten Wagen stand ein Mann mit kurz geschnittenen, grauen Haaren und einer dunkelgrünen Reisetasche zwischen den Füßen. Er schlief im Stehen, den Kopf gegen den Arm gelehnt, mit dem er sich an der Haltestange festklammerte.

Der Zug hielt, Türen wurden aufgerissen: Charlottenburg.

Der Mann hob den Kopf und blinzelte. Sein Mund war trocken, die Oberlippe klebte an den Schneidezähnen. Er wischte sich den Schweiß von der Stirn, nahm die Tasche, schob sich aus dem Abteil und hetzte den Bahnsteig entlang. Als er den nächsten Wagen erreicht hatte, warf er einen Blick zurück, stieg ein und ließ sich auf den ersten freien Platz fallen. Den Kopf in den Nacken gelegt, starrte er an die Decke und schnappte nach Luft.

Der Mann hieß Stephan Kohn. Seit Monaten schon lebte er in einer Parallelwelt. Das Tor zu dieser anderen Welt hatte sich erst geöffnet, nachdem er seinen Namen und seine Vergangenheit abgelegt hatte, was ihm als vierzigjährigem Witwer ohne Kinder einigermaßen leicht gefallen war. Inzwischen hatte er seinen richtigen Namen fast vergessen. Bis gestern.

Sie müssten etwas besprechen, hatte der Hagere gesagt, sein Mentor. Zu viert saßen sie dann beim Vietnamesen am Hermannplatz. Nach dem Essen erklärte der Hagere plötzlich, dass einer von ihnen ein Bulle sei. Er wandte sich zu Kohn und verlangte dessen Waffe. Kohns Unterleib wurde weich wie Butter, doch schließlich zog er die Beretta aus dem Hosenbund unter der Jacke hervor. *Jetzt bin ich dran,* dachte er. Denn dass er ein Bulle war, daran konnte er sich noch erinnern.

»Thomas Foryta – heißt du so?«, hatte der Hagere gefragt und dabei den bulligen Kerl angesehen, der ihnen direkt gegenübersaß. Kohn hatte den Typen ein-, zweimal zuvor gesehen, ohne zu wissen, wie er hieß. Aber der Name Foryta war ihm bekannt vorgekommen. Das war der Mann, den das BKA eingeschleust hatte.

Jetzt war es so weit.

»Ich heiße nicht Foryta«, sagte der Bullige bestimmt. Aber

die Art, wie er *Foryta* aussprach – das O kurz, das Y fast wie ein Ü –, verriet ihn. Der Hagere drückte ab.

Im selben Augenblick entleerte sich Kohn auf dem Hocker – oder war das schon vorher passiert, als er seine Waffe abgegeben hatte? Die ganze Nacht musste er darüber nachdenken. Er wusste es nicht mehr.

»Komm«, hatte der Hagere gesagt, ihn hochgezogen und in aller Ruhe hinausgeführt. Kohn, halb irre vor Angst, hatte sich in seiner Gegenwart merkwürdig sicher gefühlt, fast behütet. Und dieses Gefühl wirkte nach.

»Wir sehen uns morgen. Nimm die U-Bahn.« Die Waffe behielt der Hagere.

Kohn ging mit Storchenbeinen die Treppe zur U7 hinunter.

Alles hatte sich verändert. Er konnte nicht einmal ausschließen, dass sie auch über ihn Bescheid wussten. Aber sie brauchten ihn. Noch. Wenn er jetzt aufgab, wie Murat es verlangte, wäre alles umsonst gewesen. Er konnte jetzt nicht aussteigen.

»Savignyplatz«, sagte eine verzerrte Frauenstimme.

Kohn drängte sich durch eine Schülergruppe, lief den Bahnsteig in Fahrtrichtung entlang, bis er den vordersten Wagen erreicht hatte. Wieder wandte er sich um, nur kurz. Dann blinkten die roten Lämpchen, das Warnsignal quäkte, er stieg ein, und die Türen schlugen zu. Er sah auf die Uhr. Ein, zwei Sekunden lang spielte er mit dem Gedanken, sein Vorhaben doch noch abzublasen. Trotz seiner Müdigkeit spürte er Nervosität in sich aufsteigen. Wenn der Mann seines Vertrauens jetzt nicht zustieg …

»Zoologischer Garten«, sagte die Frauenstimme.

Noch bevor der Zug ganz zum Stillstand gekommen war, hatten sich vor den Türen dichte Menschentrauben gebildet. Nur am vordersten Wagen war es ruhiger. Kohn zog die Tür auf, und da sah er ihn auch schon: Der große blonde Kerl, eine Wasserflasche in der Hand, wich geschmeidig einer Gruppe heranstürmender Jugendlicher aus, umkurvte ein paar Touristen und stand gleich darauf vor ihm.

Also ging es weiter.

»Pjardenhetji«, sagte Pawel und stieg ein.

»*Përshëndetje*«, verbesserte Kohn.

»Scheißalbanisch! Ich lern's nie. Du siehst nicht gut aus, Stephan.«

»Ich weiß.«

Kohn mochte Pawel, weil er so gar nicht dem Klischee des Agenten entsprach. Er war trainiert, muskulös und kräftig – sein Gang war der eines drahtigen, entdeckungslustigen Naturburschen. Mit seinem runden Kopf und den hohen Wangenknochen sah er russisch aus, tatsächlich aber war Pawel Tscheche und arbeitete – zumindest bis vor zwei Jahren, als sie sich kennengelernt hatten – für die tschechische Militärpolizei.

»Was kann ich für dich tun?«

Draußen zog die glitzernde Viktoria auf der Siegessäule vorbei, drinnen war es heiß, als pumpte pausenlos die Heizung. Mit dem Jackenärmel wischte sich Kohn die Stirn.

»Tiergarten.«

»Nur ein kleiner Botengang«, sagte er und erklärte ihm dann, was zu tun war.

Pawel ließ sich nicht anmerken, dass ihm Kohns Atem Übelkeit verursachte.

»Verstanden?«, fragte Kohn. Pawel nickte.

Kohn lehnte sich plötzlich zurück und starrte ins Leere. Ihm war schwindelig.

»Alles klar mit dir?«, fragte Pawel.

Kohn griff nach der Wasserflasche, die Pawel ihm hinhielt. Er trank.

»Sag Murat, dass alles okay ist. Kennt ihr euch überhaupt?«

Pawel schüttelte den Kopf.

Plötzlich gab es hinter ihnen ein lautes Scheppern. Kohn riss den Kopf herum – eine junge Frau legte ihre Zeitung weg und stellte ihr Fahrrad wieder auf, das umgefallen war.

Kohn gab Pawel die Wasserflasche zurück, öffnete den Reißverschluss seiner Jacke und zog einen mit Tesafilm verklebten Umschlag von der Größe eines Portemonnaies aus der Innentasche. Pawel steckte ihn ein.

»Wenn du mich verarschst, schneid ich dir den Kopf ab.«

»Das schaffst du nicht.«

»Das schaffe ich. Und wenn's das Letzte ist.«

Der Zug hielt in Bellevue. Die Frauenstimme sagte tatsächlich: »Belle-Wü.«

Pawel zog die Tür auf, nur um frische Luft reinzulassen. An der spiegelglatten Fassade des Innenministeriums hing eine Gondel mit zwei Fensterputzern, weiter unten auf dem Landwehrkanal schipperte ein Lastkahn.

»Wie lange bist du jetzt schon drin?«, fragte Pawel.

»Ein halbes Leben«, sagte Kohn. Er grinste. Aber das Grinsen blieb starr und maskenhaft, weil die Oberlippe wieder an den Schneidezähnen festklebte.

»Du musst da raus.«

Kohn nickte. »Eine Woche noch. Vielleicht zwei.«

»Das hältst du nicht durch.«

»Doch, doch …«

Der Zug hielt am Hauptbahnhof.

»Ich muss raus«, sagte Kohn.

Pawel nickte: »Ich fahr zurück.«

Er klopfte noch einmal auf Kohns Schulter, wandte sich ab und tauchte in der Menge unter.

Seit zehn Minuten wartete Lars Boschko in der Nähe des Aufzugs auf der obersten Gleisebene. In dieser Zeit waren im Minutentakt Züge eingefahren und zahllose Menschen ein- und ausgestiegen. Hobbyfotografen und Touristen knipsten die riesige Halle, durch deren gigantisches Glasdach helles, blaues Licht hereinströmte. Es war angenehm kühl, die Glasplatten schienen die Hitze abzuhalten.

Boschko war Ende dreißig. Er trug Adidas, Jogginghose und einen blauen Kapuzenpulli, alles schon etwas abgewetzt. Eigentlich hatte er ein offenes Gesicht, das er aber unter der Kapuze versteckte. Seine Haare schimmerten rot, die Augen waren grün, die Haut von einem fahlen Weiß. Ganz sicher lagen ihm die Nächte näher als die Tage. Doch auch an diesem späten Vormittag ging eine friedlose Energie von ihm aus. Sein Körper war sehnig und robust. Während er wartete, machte er mit dem Oberkörper kleine, geschmeidige und kaum wahrnehmbare Pendelbewegungen, wie ein Boxer.

Die nächste S-Bahn, die einfuhr, war der alte Ost-Zug.

*Was haben sie denn mit dem gemacht?*, dachte Boschko, als er Kohn entdeckte. Er wirkte alt, fast greisenhaft.

Dann fiel Boschko ein großer, durchtrainierter Blonder ins Auge, der unmittelbar nach Kohn ausstieg. Sprachen die beiden miteinander? Doch schon im nächsten Moment war der Blonde verschwunden.

»Ich muss was essen«, sagte Kohn, noch ehe sie sich die Hand gegeben hatten.

Also fuhren sie ins Erdgeschoss.

»Da drüben is ’n King«, sagte Boschko.

Der Burger King war nicht einmal zur Hälfte gefüllt. Kohn pellte sich aus seiner Jacke und legte sie über einen Stuhl. Die Tasche behielt er bei sich, als er zum Tresen ging, um sein Menü zu bestellen. Er fragte nach Bier, aber es gab keins. Boschko sagte, er werde welches besorgen.

Während er gleich nebenan bei *Gosch* auf das Bier wartete, beobachtete er Kohn, der sein Essen wie ein Tier in sich hineinschlang. Zwischendurch blickte er sich immer wieder um, wischte sich mit dem Handrücken den Mund ab und aß hastig weiter.

Was war mit dem passiert? Vor einem Jahr, als sie sich in Frankfurt über den Weg gelaufen waren, hatte sich Boschko diesem Typen gegenüber irgendwie unterlegen gefühlt. Er leitete eine Operation gegen die Rockerclubs im Rhein-Main-Gebiet. Den Türken, Murat, hatte er gerade zum Prospect aufgebaut. Doch dann wurde Murat plötzlich abgezogen, Kohn trat an dessen Stelle und stieg in kürzester Zeit ganz nach oben. Wenig später ging er nach Berlin, und Murat war plötzlich beim BKA und wurde Möllers Vize. Was war da los? Wie ging so was?

Kohn fuhr zusammen, als Boschko mit dem Bier zurückkam und das Glas auf den Tisch knallte.

»Lass es dir schmecken.«

Kohn nahm ein paar Schlucke, stieß auf und griff wieder zum Burger.

»Scheiße, die Sache mit Foryta …«, begann Boschko mit leiser Stimme.

Kohn hörte plötzlich auf zu kauen, ein Schatten schien über sein Gesicht zu huschen.

*Hoppla,* dachte Boschko, *war da was?* Er fuhr fort:

»Was ist das für 'ne absurde Situation: Das BKA bohrt die Russenmafia an, das LKA die Rocker. Und beide bohren so tief, dass sich ihre Männer – ohne voneinander zu wissen – auf einmal in einer ganz neuen Organisation wiederfinden. So ungefähr war das doch, oder?«

»So ungefähr«, sagte Kohn.

»Was ist das für ein Verein?«

»Keine Ahnung.«

»Du weißt nichts?«

Kohn schwieg.

»Was ist mit dir los? Sitzen wir nicht im selben Boot?«

Kohn reagierte nicht.

»Hast du wenigstens das Material dabei? Oder bist du schon so weit abgetrudelt, dass du gar nichts mehr mitbekommst ... Wenn ich dich nicht gefunden hätte, wüsstest du vielleicht nicht mal, dass du morgen raussollst, oder? Hey, hörst du mir überhaupt zu?«

Kohn starrte auf ein einzelnes rotes Brusthaar, das oben aus Boschkos Kapuzenjacke rausguckte.

»Kanntest du Foryta eigentlich? Habt ihr euch mal getroffen?«, hakte Boschko nach.

Kohn schüttelte den Kopf. Er wollte gerade den letzten Bissen in den Mund schieben, da ließ er plötzlich die Hand sinken und sagte:

»Er saß mir gegenüber.«

»Hä?«, machte Boschko.

»Foryta saß mir gegenüber, als er abgeknallt wurde ...« Noch im selben Augenblick war ihm klar, dass er einen Fehler gemacht hatte. Die Bilder kamen zurück.

»Du warst dabei?«

»Lass …«, wehrte Kohn ab.

»Wer hat ihn abgeknallt?«

»Lass, ist noch frisch …« Kohn hatte alle Farbe verloren. Er schloss die Augen und musste schlucken. Dann sprang er auf, lief zur Toilette und kotzte alles aus, was er gerade gegessen hatte.

Nachdem Kohn zurückgekommen war und sich wieder gesetzt hatte, sagte Boschko etwas unbeholfen: »Na ja, morgen geht's jedenfalls raus … Dann wird's ruhiger.«

Kohn nickte. »Ich bleib noch.«

Boschko glaubte sich verhört zu haben. »Hast du was nicht mitbekommen?«

»Doch, aber ich bleib noch.«

Boschko starrte Kohn an.

»Ich bleib noch drin. Es läuft grad gut.«

»Ich denk, du warst dabei?«, sagte Boschko. »Und dann sagst du, dass es gut läuft? Hör zu, wir müssen unbedingt dein Material sichern …«

»Schon klar …« Kohn trank sein Bier aus, rülpste und atmete tief durch. Müdigkeit floss durch seine Glieder.

Boschko griff nach den Gläsern. »Ich hol uns noch eins.«

Kohn schaute auf seine Uhr und die Pommes. Er nahm sich eine, kaute langsam darauf herum und nahm die nächste. Boschko kam mit dem Bier zurück.

»Prost«, sagte er und trank den Schaum ab. »Also, spuck's aus. Was hast du jetzt vor? Ist das Material in der Tasche?«

»Woher weißt du eigentlich von dem Material?«

»Woher?«

Kohn schob sein Bierglas zurück. »Du hast mich schon verstanden.«

Boschko zog den Stuhl näher zu Kohn: »Drehst du jetzt

durch? Vor zwei Wochen hast du Nachricht gegeben, dass du ’n Haufen Zeug beisammen hast. Und dann Funkstille, nichts mehr. Bis ich dich vor ein paar Tagen im *Kamikaze* entdeckt hab. Da wusstest du noch nicht mal, dass es rausgeht …«

»Ja, kann sein.«

*»Ja, kann sein?* Gott, bist du fertig! Noch einen Tag länger, und du springst von der Brücke.« Boschko schüttelte den Kopf. »Pass auf, du kommst jetzt mit zu mir, und dann bring ich dich raus. Morgen sieht die Welt schon wieder anders aus.«

Das stimmte alles, was Boschko gesagt hatte. Murat hatte ihn wissen lassen, dass LKA und BKA an derselben Sache dran waren. Das war rausgekommen, weil der Hagere ihm von dem Bullen erzählt hatte, der »freigegeben« war. Er hatte die Nachricht sofort an Murat weitergeleitet. Kurz darauf waren die beiden Ermittlungsgruppen zusammengelegt worden, und damals war zum ersten Mal auch der Name Foryta gefallen.

Aber wann hatte er Murat von dem Material erzählt? Doch. Da war was …

*Hatte der Hagere eigentlich Handschuhe getragen, als er geschossen hatte?*

»Stephan!«

Kohn blickte auf.

PAFF! – Wie eine Silvesterrakete zerplatzte Boschkos Kopf vor seinen Augen. Roter Feuerregen. Sterne. Sein Magen rebellierte. Er glaubte, er müsste scheißen und kotzen und schreien, alles zusammen. Doch dann, so plötzlich, wie er gekommen war, war der Spuk vorbei.

Boschko stand vor ihm, die blaue Kapuze über dem Kopf.

»Geht’s wieder?«

»Wie? Ja, ja …«, sagte Kohn. Er schaute auf seine Uhr und stand auf. Alles war okay. Kein Schwindel. Er griff nach der Tasche.

»Ich muss los.«

Boschko packte ihn am Arm.

»Ich hab gesagt, ich muss los.«

»Wohin, Stephan? Du kannst nicht einfach gehen. Du bist fix und fertig. Wo ist das Material?«

»Das geht morgen raus. Ich hab's jemand gegeben.«

»Wem hast du's gegeben?«

Kohn wurde wieder schwindelig.

»Einem Bekannten.«

»Einem Bekannten? Treib's nicht zu weit.« Boschkos Augen verengten sich, seine Stimme bekam einen drohenden Unterton. Er kam ganz nah an Kohn heran. »Wem hast du die Sachen gegeben?«

Kohn ließ die Tasche fallen und packte Boschko am Kehlkopf. »Hör zu«, sagte er. »Ich kann nicht mehr.« Speichelflocken flogen aus seinem Mund, Boschko bekam keine Luft mehr. »Aber ich hab noch was zu erledigen. Für mich ist das Ganze noch nicht vorbei. Morgen ist das Paket da.«

»Und du?!«

Aber Kohn hatte sich schon abgewandt. Er griff nach seiner Tasche und ging.

Boschko ließ sich schwer atmend auf die Sitzbank fallen, rieb seinen Hals und sah Kohn nach, der irgendwo in der Menschenmasse auf der zweiten Ebene des Hauptbahnhofs verschwand.

# 5

Dietrich Schmidt stand am Fenster seines Büros in der Keithstraße, Berlin-Tiergarten. Er hielt eine Tasse in der Hand und schaute mit glasigen Augen in den Hof. Er nahm einen Schluck Kaffee, dann noch einen. Er war sauer.

Sein Vorgesetzter, Ernst Wolke, war vor zwei Stunden aufgekreuzt und hatte ihm mitgeteilt, dass die »Hermannplatzsache« wahrscheinlich nach Wiesbaden ginge, zum BKA.

*Okay,* hatte Schmidt gedacht. *Jetzt geht's los.*

Seit zwanzig Jahren war er hier bei der Mordkommission, und er hatte es bis zum Ermittlungsleiter der 6. Abteilung geschafft. Die meiste Zeit seines Lebens hatte er mit Mördern, Totschlägern und den Angehörigen der Opfer verbracht, und das hatte ihn abgehärtet. Es war ihm inzwischen egal, was er auf den Tisch bekam, solange kein Kind involviert war.

Bei diesem Fall aber, bei der *Hermannplatzsache,* war es anders. Um diese Ermittlungen hätte er auch gekämpft, mit allen Mitteln – wenn er nicht ohnehin Bereitschaft gehabt hätte und der Fall ganz regulär bei ihm gelandet wäre.

Schmidt hatte den Toten, Foryta, gekannt. Nicht gut, aber gut genug, um ein Bild von ihm zu haben und ihn irgendwie zu mögen.

Sie waren sich zum ersten Mal im Landgericht Moabit über den Weg gelaufen, vor Jahren, als Foryta als Zeuge gegen einen zwanzigjährigen libanesischen Dealer aussagen sollte.

Schmidt hatte als stiller Beobachter am Prozess teilgenommen, weil er sich für einen Mann aus dem Umfeld des Dealers interessierte. Der Anwalt des Angeklagten hatte versucht, die Festnahme, die offenbar ein wenig ruppig vonstatten gegangen war, zum eigentlichen Thema der Verhandlung zu machen. Er redete ohne Unterlass und provozierte Foryta so lange mit ausgestrecktem Zeigefinger, bis dieser aufsprang, einen gewaltigen Satz auf den Anwalt zu machte und brüllte: »Zeig mit deinem verdammten Finger auf den Angeklagten, aber nicht auf mich!«

Der Anwalt war so erschrocken zurückgewichen, dass er sich in seiner Robe verhedderte, zu Boden fiel und mit dem Kopf gegen ein Tischbein schlug.

»Das kommt in die Akten! Dieser Mann ist beherrscht von Gewalt! Der ist gefährlich!«, brüllte er, während er sich mühsam aufrappelte. Ehe Foryta irgendetwas antworten konnte, hatten ihn schon zwei Kollegen gepackt und hielten ihn fest – was erst recht den Eindruck vermittelte, Foryta wollte dem Anwalt an die Wäsche.

Das Gericht entschied nach kurzer Beratung, Foryta ohne weitere Befragung zu entlassen. Schmidt hatte ihn dann auf einer Bank vor dem Gerichtssaal wiedergetroffen, wo er wie ein trotziger Junge hockte, den man beim Schummeln erwischt hatte.

Sie gingen ein Bier trinken, und Schmidt, der ein guter Zuhörer war, ließ Foryta erzählen.

Er war als Fünfjähriger mit seinen Eltern aus Polen nach Deutschland gekommen. Die Familie war hundert Mal umgezogen, von der Stadt aufs Land und wieder zurück. Bis der Vater plötzlich verschwunden war. Wahrscheinlich zurück nach Polen. Foryta mogelte sich durch die Schule und zog mit 15 Jahren von zu Hause aus. Er arbeitete zuerst als Botenjunge, dann als Fahrer für einen Zuhälter in Bremen, und verdiente dabei nicht schlecht. Bis er sich in eins der Mädchen verliebte und sie rausholen wollte, was natürlich am Einspruch seines Arbeitgebers scheiterte.

Danach schlug er sich mit kleinen Gaunereien durch, knackte Autos, bis er endlich seine wahre Berufung fand: Polizeidienst! Gerechtigkeit!

Er sagte: »Polizeidienst ist Dienst für die Gesellschaft – und damit für uns selbst!« Nach dem Reinfall vor Gericht versuchte er, nicht nur sich selbst davon zu überzeugen, sondern Schmidt gleich mit. Das war irgendwie rührend.

Foryta meldete sich noch ein paar Mal. Er erzählte Schmidt, dass er gerade versetzt worden war oder dass er jetzt dies oder jenes machte. Sie gingen auch noch mal ein Bier trinken. Aber das, was Foryta suchte – oder was Schmidt glaubte, dass er in ihm suchte –, konnte er ihm nicht geben: einen großen Bruder oder Freund, eine starke Persönlichkeit, an der er sich festhalten konnte. Danach war der Kontakt abgebrochen, und er hörte lange nichts mehr von Foryta. Bis ihm vor drei Jahren zu Ohren gekommen war, dass die interne Ermittlung an ihm dran sei: Es ging um Korruptionsvorwürfe, um Amtsmissbrauch und Veruntreuung. Die Vorwürfe waren so massiv, dass Foryta nicht nur mit Suspendierung, sondern mit einer Anklage rechnen musste. Dazu kam es dann aber nicht. Der Engel, der ihn davor bewahrte, war ein Top-Ermittler des BKA, der gerade ein neues Team aufbaute: Hasso Möller. Möller hatte ihn angefordert, mit Unterstützung höchster Stellen zum BKA geholt und Foryta so gerettet. Oder auch nicht …

Dass das BKA nun versuchen würde, die Ermittlungen an sich zu reißen, lag auf der Hand. Vorsorglich hatte Schmidt deshalb mit dem leitenden Staatsanwalt gesprochen, der ihm versichert hatte, dass auch er diesen Fall freiwillig niemals abgeben würde. Rechtlich konnte die Berliner Mordkommission ohnehin nicht übergangen werden, außer der Generalbundesanwalt sah die innere Sicherheit des Landes bedroht und übergab das Ganze der Bundesbehörde. Solange dies nicht geschah, galt das Tatortprinzip.

»Selbst wenn wir wollten, könnten wir uns jetzt nicht zurückziehen«, erklärte Schmidt. »Ich hab ja nichts dagegen, wenn das BKA zwei seiner Leute schickt, wir stellen denen hier einen Tisch rein und gut ...«

»Das war doch ein verdeckter Ermittler von denen, oder?«

»Na und?«

Wolke stand vor Schmidts Schreibtisch, leicht vornübergebeugt, die Stirn in Falten gezogen, und wiegte den Kopf hin und her. Auf Schmidt machte er immer den Eindruck eines etwas farblosen Informatiklehrers.

»Oder«, schlug Schmidt vor, »das BKA spricht mit dem Generalbundesanwalt. Das wäre doch das Allerbeste!«

»Hm ...«, machte Wolke.

Er hatte den Posten als Chef aller Berliner Mordkommissionen nicht bekommen, weil er sich als energischer Ermittler einen Namen gemacht hatte, sondern weil er den diplomatischen Stil pflegte. Ein Mann der leisen Töne, aber mit Verwaltungserfahrung.

Und jetzt stand ihm ein Kompetenzgerangel mit dem Bundeskriminalamt bevor.

»Hm, hm«, Wolke schaute unentschlossen aus dem Fenster.

»Wer ist denn der Staatsanwalt?«

»Kiesmek.«

»Kiesmek? Der ist noch recht jung ... Was meinen Sie?«

»Das ist ein Guter. Der will den Fall, wir wollen den Fall

auch, die Rechtslage ist klar. Sagen Sie dem BKA, dass die uns einfach ein paar Männer vorbeischicken sollen. Ich hab wirklich kein Problem damit.«

»Das könnte man natürlich so machen …«

Die Diskussion zog sich noch weitere zehn Minuten hin, bis Schmidt schließlich sein Portemonnaie aus der Gesäßtasche zog und etwas tat, was er eigentlich nicht hatte tun wollen. Nur weil er diesen verdammten Fall unbedingt behalten wollte. Wegen Foryta. Und weil sein Chef der Zauderkönig unter den Verwaltungsaffen war.

Er reichte Wolke die Visitenkarte samt Privatnummer des Innensenators Ehrhart Körting. Schmidt kannte Körting eigentlich gar nicht. Die Karte hatte er bei irgendeiner blöden Wette unter Kollegen gewonnen, und gelegentlich machten sie ihre Späße damit. Jetzt verfehlte sie ihre Wirkung nicht.

Wolke starrte die Pappe an. »Sie und der Körting?«

Schmidt hob die Achseln.

»Über meine Frau …«

»Und dann sind Sie noch hier?«, platzte es aus Wolke heraus. Das überspielte er aber schnell mit einem Lächeln und gab Schmidt die Karte zurück. »Also gut – schaden kann's ja nicht. Ich geb das so weiter.«

Mit federndem Schritt verließ Wolke den Raum.

»Aber den Körting lassen Sie erst mal raus, der ist nur für den Notfall«, rief Schmidt ihm nach.

»Längst vergessen!«, sagte sein Chef und verschwand.

Keine zwanzig Minuten später, ohne Vorwarnung, ohne jeden weiteren Kommentar, stellte Wolke einen Anruf auf Schmidts Apparat durch.

Er hörte erst ein schweres Atmen, dann sagte eine Stimme ohne jeden Dialekt: »Du kennst den Körting doch gar nicht.«

Schmidt spürte einen Stock in seinem Rücken und richtete den Oberkörper auf.

»Der Foryta lief unter mir eine verdeckte Ermittlung, und jetzt wurde der weggeschossen. Wenn du dir hier auf dessen Kosten einen Namen machen willst, kriegen wir ein Problem. Hörst du mir zu?«

Schmidt konnte sich nicht erinnern, wann in den letzten dreißig Jahren jemand so von oben herab mit ihm gesprochen hatte. Und der Anrufer war jünger als er.

»Du meinst, hier gilt das Tatortprinzip?«

»Ja, also … Hier sind wir zuständig«, sagte Schmidt. Seine Stimme klang nicht so fest, wie er es gerne wollte.

»So … Dann hab ich das ja richtig verstanden.«

»Wie war denn überhaupt Ihr Name?«, fragte Schmidt, obwohl er mittlerweile wusste, dass Hasso Möller dran war.

Möller lachte bloß.

»Pass auf, wir machen das kurz. Entweder du gehst zu deinem Staatsanwalt und schlägst vor, uns die Ermittlungen zu übertragen – oder wir rotieren ein bisschen. Dann packst du deine Koffer und kannst noch diese Woche nach geklauten Fahrrädern suchen oder sonst einen Scheiß machen. Dann bist du fertig mit der Mordkommission. Hast du mich verstanden?«

Rotation bedeutete, dass ein Vorgesetzter zum Wohle eines Beamten dessen Versetzung beschloss. Gegen diese Art der Maßregelung war man machtlos. Schmidt kannte einen Kollegen vom LKA in Brandenburg, einen Familienvater, den sie von Cottbus nach Wittenberge versetzt hatten …

»Bist du noch dran, mein Guter?«

… das waren dreihundert Kilometer. Und als besonderes

Bonbon hatten sie ihn in die südliche Fahrbereitschaft versetzt, sodass er im Dienst immer in Richtung Heimat unterwegs war.

»Ich habe verstanden«, sagte Schmidt. Möller legte auf.

Keine Stunde später saßen ihm drei BKA-Leute gegenüber, keiner älter als vierzig, also alle fast noch Grünschnäbel. Aber sie traten mit der Selbstsicherheit von Boxchampions auf.

Einen von ihnen kannte er vom Sehen. Es war Murat Genç, ein Türke, der aussah wie ein osmanischer Märchenprinz. Scharfe Falten zogen sich von den Nasenflügeln zu den Mundwinkeln, Grübchen hatten sich gezeigt, als er zur Begrüßung kurz lächelte. Seine Augenringe verrieten, dass er in letzter Zeit kaum geschlafen hatte, trotzdem wirkte er hellwach. Schmidt meinte sich zu erinnern, dass Genç damals bei seinem Freund Prietz angefangen hatte, bevor es mit ihm steil bergauf ging. So eine Karriere sprach sich rum. *Eigentlich wie bei Foryta,* dachte er. *Nur eben andersrum.*

Der Zweite hatte sich als Simon von Ahnen vorgestellt. Ein Bär mit halblangen blonden Haaren, kräftig und schwer, mit weichen, fast kindlichen Gesichtszügen. Wenn er sprach, klang etwas Norddeutsches durch.

Der Dritte hieß Daniel Richter. Ein unterkühlter Typ mit blasskalter Ausstrahlung. Die Augen blaugrau, die dunklen Haare korrekt gescheitelt. Physisch wirkte er weniger präsent als seine Kollegen, aber das machte er mit seiner Blasiertheit wett. Ein intelligentes Arschloch.

»Was ist gelaufen, seit Sie dran sind?«, fragte Murat.

»Das ganze stinknormale Programm«, sagte Schmidt. »Soll ich das aufzählen?«

»Bitte nicht«, sagte Richter. »Ich bin sicher, dass Sie ein erstklassiger und hoch motivierter Polizist sind.«

»Gibt es brauchbare Zeugen?«, fragte von Ahnen.

»Da gibt es ein Problem, weil sich alle widersprechen. Deshalb sind wir heute früh noch mit einem Lautsprecherwagen rumgefahren und haben die Hausermittlungen verstärkt.«

»Haben Sie die retrograden Verbindungsdaten angefordert?«

»Natürlich.«

»Was ist mit einer Pressemitteilung?«

»Haben wir vorbereitet, könnte jetzt rausgehen.«

»Die geht nicht raus«, sagte Richter. »Hier geht gar nichts mehr raus.«

Schmidt lehnte sich zurück, atmete tief durch, verbarg seine Augen hinter den Händen, als müsse er sich sammeln, und sagte zu Richter: »Jetzt hab ich's. Sie erinnern mich an den Kindermörder Gäfgen!«

Von Ahnen lachte auf, Richter verzog keine Miene.

Murat fragte nur: »Was haben wir bis jetzt?«

»Was wir haben?«, wiederholte Schmidt. »Wir haben einen Schuss aus nächster Nähe in den Kopf. Vermutlich 9mm. Wir haben widersprüchliche Zeugenaussagen ohne Täterbeschreibung. Wir konnten praktisch keine DNA-Spuren sichern. Sieht fast so aus, als ob da jemand mit Desinfektionszeug drübergegangen ist.«

»Ein Kellner aus dem Laden?«, fragte von Ahnen.

»In welchem Imbiss wird denn das Mobiliar *desinfiziert?* Nein. Nach dem Schuss haben sie den Tisch nicht mehr angerührt. Sonst haben wir noch Exkremente auf einem Hocker und darunter gefunden. Und wir haben ziemlich sicher die Identität des Toten: Thomas Foryta – dürfte Ihnen ja wohl bekannt sein. Der arbeitete doch für Sie. Mehr haben wir nicht.«

Die Kaffeemaschine auf dem Fensterbrett fing an zu blubbern. Schmidt stand auf. »Ich geh davon aus, dass Sie eh nur Espresso trinken«, sagte er, goss sich einen Kaffee ein und setzte sich wieder.

»Waren Sie schon am Hermannplatz?«

Murat nickte. »Eben gerade.«

»Ja, mehr gibt's nicht … Aber was mich noch interessieren würde. An welcher Sache war der Foryta denn dran?«

»Das würde jetzt zu weit führen«, sagte Daniel Richter. Er tippte auf den Aktenstapel, der auf dem Tisch lag.

»Sind das die Akten?«

»Ja, das ist alles.«

Richter zog den Stapel vom Tisch.

»Wissen die anderen schon, dass wir übernommen haben?«, fragte Murat.

»Ich hab's nur dem Staatsanwalt gesagt.«

»Gut. Darum kümmern wir uns. Tut mir leid, dass es so läuft.«

Schmidt winkte ab. Murat stand auf und reichte ihm die Hand. Aber Schmidt blieb sitzen und ließ seine Hände auf der Schreibtischplatte.

Ohne ein weiteres Wort verließen die drei den Raum.

Schmidt blickte ihnen nach, dann ging er zur Fensterbank und schaute hinunter in den Innenhof.

# 6

Tief in seinen Sitz zurückgelehnt, drängelte sich Murat – mal auf der rechten, mal auf der linken Spur – durch den Stoßverkehr am Lützowufer. Von Ahnen saß neben ihm auf dem Beifahrersitz, Richter im Fond.

Jetzt, da sie sich der Berliner Mordkommission entledigt hatten, hatten sie praktisch allein die Kontrolle über den Fall und konnten die Ermittlungen nach eigenem Ermessen vorantreiben oder verzögern. Alle Fäden liefen bei ihnen zusammen, alle nachgeordneten Behörden waren voneinander isoliert. Auch kein Staatsanwalt konnte die Ermittlungen jetzt noch beeinflussen, weil es keinen zuständigen Staatsanwalt gab.

Sie waren eine autonome Zelle.

Die SoKo war nach einem Abgleich der Ermittlungsergebnisse des BKA und des LKA Frankfurt gebildet worden. Beide Behörden hatten unabhängig voneinander verdeckte Ermittler in Tuchfühlung zu einer Organisation gebracht, die mit bisher unbekannten Methoden den Drogenmarkt in ganz Deutschland an sich zu reißen versuchte. Das BKA hatte Thomas Foryta eingeschleust, das LKA Frankfurt Stephan Kohn.

Nach mehreren Monaten im Einsatz sollten diese Agenten jetzt für kurze Zeit abgezogen werden – ohne sie zu »verbrennen«. Dafür war eine Razzia auf einem Neuköllner Industriegelände geplant. Es ging aussschließlich darum, das von den Ermittlern gesammelte Material zu sichern und ihre persönlichen Erkenntnisse auszuwerten. Danach sollten sie – wenn möglich – ihre Undercover-Arbeit wieder aufnehmen.

Der Mord an Foryta hatte diesen Plan jedoch über den Haufen geworfen. Es ging jetzt nur noch darum, Kohn herauszuholen und zwar endgültig. Die Gefahr, auch noch ihren zweiten Mann zu verlieren, war zu groß.

Das Problem war, dass es schon seit Längerem keinen direkten Kontakt mehr zu Kohn gab. Die letzte Nachricht war eine Mitteilung gewesen, dass es ihm gut ging und er im Besitz von Material sei, das Aufschluss über diese neue Organisation geben könnte. Danach war der Kontakt abgebrochen – zumindest reagierte er auf keine ihrer Nachrichten. Man hatte also eine weiteren Verdeckten Ermittler – Boschko – losgeschickt, damit er ihn aufstöberte und an die anberaumte Bergungs-Aktion erinnerte …

In zwei Stunden landete Möller in Tegel. Zur selben Zeit war Murat mit Prietz zum Mittagessen verabredet, danach war eine Besprechung angesetzt, und erst dann sollten die letzten Details des Einsatzplans für die bevorstehende Razzia ausgearbeitet werden.

Der Verkehr wurde immer dichter. Murat blieb jetzt auf der rechten Spur, die einen Tick schneller zu sein schien, wechselte aber doch wieder nach links, weil sein Vordermann, ein alter Dieseltransporter, jedes Mal schwarze Rußwolken auspustete, wenn er anfuhr. Schließlich kam der Verkehr ganz zum Erliegen. Murat kuppelte aus, strich sich durchs Haar und fuhr mit Daumen und Zeigefinger die Nasenflügel entlang. Doch dieses leichte Brennen hörte nicht auf. Die Schleimhäute waren angefressen und brannten ständig.

Und dann, während sie im Stau festsaßen, verblasste plötzlich die Gegenwart, und die Erinnerung wurde lebendig: Diese ganze Stadt war ein einziger Spiegel voller Erinnerungen. Erinnerungen an seine Kindheit, seine Jugend – jede verdammte Ecke war mit Erinnerungen zugepflastert. Der Strom an Bildern, der auf ihn eindrang, überwältigte ihn fast: Kohlen holen in der eiskalten Parterrewohnung in Neukölln. Die Schulzeit in Kreuzberg. Schlägereien, Fußballspielen, vom Beckenrand springen im Freibad, Basketball und peinliche Rapversuche. Und hier, während sie am Hotel Esplanade vorbeischlichen, seine erste Festnahme: Ein durchgedrehter Freier hatte eine Hure verprügelt und randalierte in seiner Suite. Er beschimpfte Murat als Scheißtürken und entschuldigte sich kurz darauf. Als sie ihn über den Hinterausgang in die Wanne verfrachteten, hatte er geweint wie ein Kind.

Zwei Querstraßen weiter, im Café Einstein, hatte Murat tagelang mit einem Schriftsteller gesessen, dem Freund einer Freundin, der für irgendein Magazin eine Geschichte über junge Türken in Berlin und deren Wurzeln schreiben sollte. Der Typ hatte Geld, trank von früh bis spät Weißwein mit Eisstückchen, und es dauerte nicht lange, da saßen einige von Murats Kumpels – natürlich auch Stephan – mit am Tisch und ließen sich einladen, bis die Kreditkarte gesperrt wurde. Damals war Murat zum ersten Mal richtig betrunken gewesen.

Sie überquerten die Potsdamer Straße. Gleich vor der Neuen Nationalgalerie hatte er sich mal aus nichtigem Anlass mit ein paar Skatern aus Lichterfelde-West geprügelt. Irgendeiner hatte komisch geguckt, und dann ging's auch schon los.

An die Prügelei erinnerte sich Murat nur aus einem Grund: Der Polizist, der damals seine Personalien aufgenommen hatte, sagte: »Du bist doch ganz aufgeweckt. Warum wirst du nicht Polizist?«

»Was 'n mit Ihnen los? Ich bin Türke!«

»Na und?«, meinte der Polizist und schickte ihn fort. Murat hatte ihn nie wieder gesehen. Aber ohne ihn säße er jetzt vermutlich nicht in diesem Auto. Und Stephan – was wäre wohl aus dem geworden? Dolmetscher?

Stephans Vater stammte aus dem ehemaligen Jugoslawien und war im Zuge des Anwerbeabkommens als Gastarbeiter, wie man damals sagte, nach Deutschland gekommen. Das war, als Tito noch das Land kontrollierte. Damals war er einfach nur ein *Jugo,* niemand hatte nach seiner ethnischen Zugehörigkeit gefragt. Die erste Zeit arbeitete er auf dem Bau. Irgendwann lernte er Stephans Mutter kennen, begann ein Abendstudium und bekam schließlich mit etwas Glück eine Stelle beim Senat, die jedes Jahr neu bewilligt werden musste. Irgendwas im Bildungsbereich.

Murat hatte ihn ein paar Mal gesehen, als er Stephan zur Schule brachte. Ein schmächtiger Mann, leicht gebeugt im Gang, mit Brille und Scheitel und schmalen Lippen. Wenn er sich von Stephan verabschiedete, beugte er sich immer zu ihm hinunter und gab ihm ein Küsschen. Stephan rannte dann schnell Richtung Schulgebäude, sein Vater sah ihm nach, bis er verschwunden war.

Stephan bekam oft was auf die Mütze. Er gehörte keiner Gruppe an. Die *Jugo-Stars* akzeptierten ihn nicht, weil er zu *deutsch* rüberkam – so deutsch eben, wie man mit pechschwarzen Haaren und dunkelbraunen Augen aussehen konnte.

Irgendwann am Ende der Grundschulzeit – oder war es noch später? – war sein Vater dann auf den Balkan zurückgekehrt. Stephan hatte mal eine Andeutung gemacht, dass seine Mutter einen Neuen gefunden hätte. Sie nahm ihren Mädchennamen wieder an und wollte von seinem Vater nichts mehr wissen.

Murat und Stephan freundeten sich beim Basketball an. Sie gingen gemeinsam aufs Gymnasium in Schöneberg, hörten Rap, kifften, trieben Sport und begannen sich für Mädchen zu interessieren.

Stephan war auffallend sprachbegabt. Eigentlich hatte Murat erwartet, dass er auch irgendwas in dieser Richtung studieren würde. Stattdessen fuhr er nach dem Abitur auf den Balkan. Er nannte das »Spurensuche«.

Als er ein Jahr später zurückkam, sagte er, die Reise sei das Wichtigste gewesen, was er in seinem Leben bislang gemacht habe. Kurz darauf brach der Bosnienkrieg aus.

Murat hatte sich inzwischen an der FU eingeschrieben, schmiss das Studium jedoch nach kurzer Zeit hin. Er gammelte eine Zeitlang rum, erinnerte sich schließlich an den Polizisten – damals, nach der Prügelei – und bestand wenig später mit Bravour den Eignungstest bei der Polizei.

»Probier's doch auch«, hatte er zu Stephan gesagt, der den Eignungstest daraufhin ebenfalls bestand und …

Murat musste plötzlich scharf bremsen: Ein Radfahrer wollte nach links abbiegen und wechselte unvermittelt die Spur.

Neben ihm klappte von Ahnen seine Akte zu.

»Kann man sich kaum vorstellen«, sagte er. »So ein winziger Laden, überall Leute – und keine brauchbaren Beschreibungen … Vielleicht ist der Schmidt ja gar nicht so unglücklich, dass er raus ist.«

»Doch, doch«, sagte Murat. »Der kotzt richtig ab darüber.«

Richter meldete sich von hinten: »Gibt es Anhaltspunkte, dass Kohn mit am Tisch saß? Womöglich ist das auf dem Stuhl ja seine Scheiße gewesen …«

Murat sagte nichts.

»Wollte Boschko noch mal Nachricht geben, wenn er Kohn erwischt hat?«, fragte von Ahnen.

»Nein, bis morgen kommt nichts mehr. Beide wissen, wann und wo.«

»Hoffentlich ist Kohn nicht so ein Kandidat wie meiner«, sagte Richter. »Sonst fliegt uns morgen erst richtig die Scheiße um die Ohren …«

Von Ahnen wandte den Kopf nach hinten.

»Was ist los, Daniel – Was soll die Unkerei?«

»Schon gut. Alles in Ordnung … Wann landet Hasso?«

»Um 14 Uhr.«

»Murat, weiß dieser Prietz überhaupt, dass er uns eine halbe Hundertschaft zur Verfügung stellen soll?«

»Er weiß nur, dass wir Leute von ihm brauchen.«

»Verstehe.« Richter kratzte sich am Kinn. Dann sagte er: »Was ist eigentlich, wenn das Kohns Waffe war, mit der Foryta erschossen wurde?«

»Wie kommst du darauf?«, fragte von Ahnen.

»Der hatte doch auch eine 9mm. Vielleicht gefällt's ihm ja da, wo er ist, ganz gut …«

Murat blickte wieder in den Rückspiegel. »Du lehnst dich ganz schön weit raus Daniel, dafür, dass du für Foryta die Verantwortung hattest …«

»Ja, die hatte ich.« Richter wurde etwas lauter. »Und das ist leider nicht so gut gelaufen. Drücken wir die Daumen, dass du deine Hausaufgaben gemacht hast und dass wir Kohn …«

»Ich könnte was essen«, unterbrach von Ahnen. »Kommen wir hier noch an 'nem guten Imbiss vorbei?«

Sie hielten mitten auf der Busspur vor der *Curry 36* am Mehringdamm. An einem der Stehtische aßen sie ein paar Würste und tranken Cola. Von Ahnen amüsierte sich über einen Busfahrer, der sich weigerte, ihren BMW zu umfahren, sondern mit hochrotem Kopf wie ein Rohrspatz brüllte und auf die Hupe drückte, was natürlich ein paar Fußgänger gegen ihn aufbrachte.

»Ich muss mir noch Aspirin kaufen«, sagte Murat. »Ist es okay, wenn ihr zur Direktion hochlauft?«

»Wie weit ist das denn?«, fragte Richter.

»Zehn Minuten. Über die Kreuzung, dritte links.«

»Wir laufen«, signalisierte von Ahnen, der sich wieder in die Schlange gestellt hatte, um noch eine Wurst zu kaufen. Ein Jugendlicher versuchte sich vorzudrängeln. Von Ahnen packte ihn am Kragen und schubste ihn zur Seite.

»Stell dich hinten an«, sagte er.

Murat fuhr zur Sonnenallee, wo sein früherer Klassenkamerad Kemal Yildiz eine Apotheke besaß.

Das Ganze stellte sich als keine gute Idee heraus. Kemal freute sich, Murat wiederzusehen, doch der wollte weder sprechen noch erzählen noch irgendetwas wissen. Er brauchte etwas für seine Nase, weiter nichts.

»Was willst du?«, fragte Kemal und musterte ihn aufmerksam durch seine große, silberne Brille.

Er war einen ganzen Kopf kleiner als Murat, relativ dünn, fast zart gebaut. Seinen Doktortitel trug er auf einem goldenen Namensschild über der Brusttasche seines weißen Kittels. »Du siehst nicht gut aus, Murat.«

Kemal wollte genauer wissen, was in der Nase brannte und was die Ursache sein könnte. Als Murat sagte, dass er lange Schnupfen gehabt habe, hob Kemal die Augenbrauen. »Schnupfen? Aha … Und wie heißt das Mittel, das du genommen hast?«

»Keine Ahnung.«

»Du hast über Wochen Nasenspray benutzt und weißt nicht, wie das Zeug heißt? Wie sah denn die Verpackung aus? Wie das hier?« Kemal legte ein weiß-orangefarbenes Ratiopharm-Schächtelchen auf den Tresen.

»Gib mir doch einfach irgendwas.«

»Irgendwas?«

»Irgendwas ohne Wirkstoff …«

»Du kommst nach einer Ewigkeit hier reingeschneit. Sprechen willst du nicht mit mir, aber Medikamente ohne Wirkstoff kaufen …« Kemal schüttelte den Kopf.

Murat drehte sich um. Er wollte gehen, aber Kemal hatte ihm schon *irgendwas* in eine kleine Plastiktüte gepackt, dazu Papiertaschentücher und Hustenbonbons.

Er ließ nicht zu, dass Murat bezahlte.

»Wenn du eigentlich gar nicht kommen willst, dann komm einfach nicht. Zwingt dich doch keiner«, sagte er zum Abschied.

# 7

Vor Anh Tu's Foodstore standen ein paar neugierige Passanten und versuchten, mit zwei Streifenpolizisten ins Gespräch zu kommen. Einer der beiden war François Schraube, ein untersetzter, dicklicher Typ mit auffallend kurzen Armen. Als er sah, wie der Ford Focus von Paul und Erkan stoppte, kam er sogleich zu ihnen herübergewatschelt.

»Paul!«

Mit jedem Schritt, den er sich dem Wagen näherte, grinste er breiter.

»Wisst ihr, wer in Berlin ist?«

»Sag's nicht. Wir wissen's schon …«

Schraube hatte links und rechts jeweils ein silbernes Sternchen auf seiner Schulterklappe – rekordverdächtig wenig für einen fast fünfzigjährigen Polizisten. Weil er ständig an Sportverletzungen laborierte – zumindest gab er dies vor –, schob er fast ausschließlich Innendienst und wurde nur gelegentlich zu Hilfseinsätzen im Außendienst abkommandiert.

»Was ist denn passiert?«, fragte Erkan.

»Die haben da drinnen einen erschossen, als der Laden brechend voll war. Gestern, so gegen 18 Uhr. Mehr weiß ich auch nicht. Die haben mich nicht mal reingelassen … Sagt mal, ist Murat wirklich beim BKA?«

»Kann sein.«

»Müsst ihr doch wissen. Mensch, Erkan – der ist dein Bruder!«

»Eben.«

»Wer ist das denn?«, fragte Paul und zeigte auf den anderen Streifenpolizisten im ankratzenden Rentenalter, der wie festgewachsen am Eingang stand.

»Der heißt Schwarze und ist 'n Arschloch.«

»Den kenn ich«, murmelte Paul, lehnte sich aus dem Beifahrerfenster und ruderte mit den Armen, bis Schwarze ihn endlich wahrnahm und sich in Bewegung setzte. Schwarze war eindeutig John-Wayne-Fan. Jedenfalls versuchte er zu gehen wie der König der Cowboys.

»Was ist denn passiert?«, fragte Paul.

»Ein Mord ist passiert.«

»Aha. Und?«

»Was *und?*«

»Mord an wem? Gibt's schon einen Ermittlungsansatz?«

Schwarze hob die Augenbrauen und rückte seine Hornbrille zurecht: »Ist 'ne Nummer zu groß für euch.« Er lächelte großväterlich.

»Abrechnung unter Vietnamesen?«, fragte Erkan.

Schwarze schmunzelte zu Schraube hinüber. »Guck dir die Bengels an!«

»Wie bitte?«

»Ich darf euch nichts sagen.«

»Weil du nichts weißt!«, blaffte Paul.

»Aber wenn wir doch die Augen offen halten sollen …?«, wandte Erkan ein und neigte den Kopf zur Seite.

»Das machen schon andere, mein Junge …«

»Du kannst gehen«, sagte Paul knapp. »Tschüss!«

»Ich erzähl dir mal, was wir gehört haben«, sagte Erkan. »Wir haben gehört, dass ein pissender Elch mit 'ner Uzi rumgeballert hat. Wenn da was dran ist, wackel dreimal mit dem rechten Ohr.«

Plötzlich lehnte Schwarze sich zurück, holte tief Luft und wieherte wie ein asthmakranker Esel.

»Gott verdamm mich! Der war gut …« Er wischte sich eine Träne aus dem Augenwinkel, setzte sich rückwärts in Bewegung und hob im Umdrehen die Hand zum Cowboygruß.

Schraube klopfte aufs Autodach. »Hab ich's nicht gesagt? Als ich mir vorhin was zu essen geholt hab, hat der die Minuten gezählt. Nachher kommt übrigens dieser Hasso Möller vom BKA zu 'ner Besprechung mit Prietz. Ich denk mal, das ist Murats Chef. Kennt ihr den?«

»Nee …«

»Und wann soll diese Besprechung sein?«

»15 Uhr, glaub ich.«

Erkan brüllte zu Schwarze hinüber, der inzwischen wieder neben dem Eingang eingerastet war: »Vom Elch mit der Uzi werden wir natürlich nichts erzählen. Ehrenwort!« Er blinzelte erst links, dann rechts und ließ die Pupillen zur Nasenspitze wandern. »Parole Emil!«, rief er, startete den Motor und haute den ersten Gang rein.

Das Funkgerät krächzte.

»Ringelblume 21 von Rosi …«

Paul griff nach dem Gegensprecher.

»Ja, hier Ringelblume 21.«

»Hier Rosi. Fahrt bitte in den Renettenweg 10 in Altglienicke. Familie Dübel. Ihr werdet von den Anwohnern erwartet. Einbruch in den Keller.«

»Altglienicke? Das ist Direktion 6!«

»Engpass …«

»Und wieso fährt da nicht erst 'ne Funkstreife vorbei?«

»Auch Engpass …«

»Ringelblume 21 – haben verstanden.«

Paul hakte den Gegensprecher wieder ein.

»Warum müssen wir immer solchen Scheiß machen?«

Altglienicke lag fast bei Schönefeld. Sie brauchten eine halbe Stunde, und als sie endlich den Renettenweg erreichten, war vom Engpass nichts mehr zu merken. Eine Streife war lange vor ihnen da gewesen und bereits wieder kurz vorm Abflug. Einen Einbruch gab es ohnehin nicht, das Kellerfenster war schon im letzten Herbst bei Bauarbeiten beschädigt worden.

Das hatten die Kollegen auch längst an Rosi weitergegeben. Als Paul sie jetzt deshalb anfunkte, sagte sie nur:

»Nehmt euch mal nicht so wichtig, Jungs. Ihr seid es nicht.«

Inzwischen war es warm geworden, die Sonne stand hoch über der Stadt. Frühsommer lag in der Luft.

»Ich kenne den Schwarze von früher«, sagte Paul. »Der war damals an meiner Grundschule für die Auswahl der Schülerlotsen zuständig.«

»Du warst mal Schülerlotse?«

»Nein. Ich wollte, aber der hat mich nicht genommen. Für den war ich nicht sauber genug. Los. Lass uns mal was essen …«

An der nächsten Ecke war eine Bäckerei. Erkan fuhr rechts ran. Auf dem Schild stand: *Bäckerei & Konditorei Sigurd – 80 Jahre Qualität vom Feinsten!*

Sie standen an einem Stehtisch, Erkan biss gerade in einen Vanilleplunder und fummelte an seinem iPhone herum, als sein Blick auf den Aufmacher der *B.Z.* am Zeitungsständer fiel.

MORD AM HERMANNPLATZ
**War Toter Polizist?**

»Krass, guck mal.« Er legte das Handy zur Seite und griff sich die Zeitung.

Ein großes Foto von Anh Tu's Foodstore und ein kleiner Artikel darunter.

Aber mehr, als dass ein Mann im voll besetzten Laden um ziemlich genau 18 Uhr erschossen worden war, wusste die *B.Z.* auch nicht.

»Steht gar nichts drin …«

»Gib mal her.«

Erkan nahm den letzten Bissen, schob Paul die Zeitung rüber und ging zum Verkaufstresen, um zu bezahlen. Zwei junge Araber, vielleicht elf oder zwölf Jahre alt, kamen in die Bäckerei. Sie drückten sich um den Stehtisch und blieben vor der Eistruhe stehen.

»Ey, das klemmt!«, meinte der eine.

»Tschuldigung?«

Sie baten Paul, ihnen mit der Schiebetür zu helfen. Paul legte die Zeitung beiseite, kam zur Truhe und schob die Tür auf. Da klemmte gar nichts. Doch als er sich umdrehte, waren die Jungs verschwunden. Erkan stürmte gerade durch die Tür, und die schon etwas ältere Verkäuferin rief: »Die haben Ihr Telefon.«

Eine Viertelstunde später trug Erkan einen zappelnden 12-Jährigen zum Auto, öffnete die Tür hinter dem Fahrersitz und warf den Kleinen auf die Rückbank. Seinen Freund hatte Paul bereits eingefangen.

»Mistviecher«, sagte Erkan, ließ sich hinter das Steuer fallen und untersuchte sein iPhone.

»Eins ist klar«, sagte Paul und beugte sich zu Erkan rüber: »Die dürfen auf der Dienststelle auf keinen Fall erfahren, dass dein Handy von den zwei Pissern gezockt wurde. Niemals.«

»Die müssen 'ne Anzeige kriegen!«

»Denk dir was aus. Ist dein Handy.«

Im Radio liefen die letzten Takte von »Ricochet!« von den Shiny Toy Guns.

Plötzlich sagte Paul: »Wir sind doch die letzten Ärsche! Erst schickt uns die Kuh ans Ende der Welt, und dann müssen wir uns mit diesen Vollidioten rumschlagen …« Er trat gegen das Handschuhfach, woraufhin die Klappe aufsprang und sich nicht mehr schließen ließ.

»Scheißkarre!«

Erkan drehte das Radio lauter.

»Hör mal. Das ist Nina.«

*»… und das war ›On Stage‹ mit Nina Lohmann. Nicht vergessen: Morgen Abend ist die große RadioDrei-Party im Columbia-Club, es gibt noch Restkarten. Und jetzt geht's weiter mit dem schönen Robert …«*

*»Danke, Nina. Übrigens, Leute: Ihr könnt meine bezaubernde Studiopartnerin ja nicht sehen, wie auch, hahaha … aber ich sag euch: Jacqueline Bisset mit Ende zwanzig, nur in Blond. Und die Figur … puuhh … wie Angelina Jolie.«*

*»Danke, Robert. Und du siehst aus wie Peter Hahne mit 'ner Überdosis Viagra.«* Robert lachte und fuhr den nächsten Song hoch.

»Hat echt 'ne gute Stimme«, sagte Erkan.

Paul machte das Radio aus. »Ich wünsch diesem Robert, dass er mal in 'nen Käfig mit lauter geilen Gorillamännchen gesperrt wird.« Dann schaute er nach hinten. »Wir bringen euch jetzt zu euren Eltern. Wo wohnt ihr?«

Die Jungs schwiegen.

»Gut. Dann kommt ihr halt in den Knast.«

»Hä? Knast? Ihr könnt den Bullen gar nichts beweisen.«

»Wir sind die Bullen, Freundchen.«

»Niemals. Bullen haben viel bessere Autos!«, sagte der Größere.

»Ihr seid wahrscheinlich Streetworkers, oder so«, meinte der Kleinere.

Erkan holte seinen Dienstausweis raus und hielt ihn den Jungs vor die Nase.

»Könnte gefälscht sein.«

»Und wenn nicht, dann machen wir *Aussageverweigerung!*«, ergänzte sein Freund.

Sie klatschten sich ab.

»Ich hab keinen Bock mehr«, murmelte Paul und glotzte nach draußen.

»Herr Polizist, wir müssen noch Hausaufgaben machen ...«, meldete sich der Kleinere schließlich.

Erkan lachte auf.

»Ach ja? Du kannst doch nicht mal lesen!«

»Na und? Aber rappen! *Hör mein Wort, Massenmord, ihr seid die Opfers ab sofort!*«

»Halt die Klappe!«, brüllte Erkan und schaute zu Paul. »Was machen wir mit denen?« Paul zuckte mit den Schultern.

»Wer war denn die Bitch im Radio?«, fragte der Größere. »Hat die echt so Titten wie Angelina Jolie?«

Wieder eine Pause.

»Wenn Sie echte Polizisten sind, machen Sie auch so geheime Aktionen mit Abhören und so – wie im Film?«

*Leider nicht,* dachte Paul. Aber er sagte es nicht, sondern setzte sich unvermittelt auf.

»Was 'n los?«, fragte Erkan.

»Geht dein Handy wieder? Kann man damit auch Sprachaufnahmen machen?«

»Ja. Warum?«

»Ich weiß, was wir machen.« Er drehte sich wieder nach hinten.

»Sollen wir euch jetzt aufs Präsidium mitnehmen, oder schwört ihr, dass ihr nicht mehr so 'n Scheiß baut? Dass ihr immer brav zur Schule geht, Omis über die Straße helft und bessere Menschen werdet ...«

»Wie wird man das?«, fragte der Kleinere.

»Hab ich grad gesagt.«

Die Jungs schauten einen Moment lang verwirrt, dann hoben sie in Windeseile die Hände.

»Beim Tod von meiner Mutter, ich schwöre.«

»Ich schwör' auch, aber in echt!«

Paul stieg aus und öffnete die Hintertür.

»Okay, haut ab.«

Wie von der Tarantel gestochen sprangen die beiden aus dem Wagen und rannten johlend davon.

Paul setzte sich wieder.

»Bist du bescheuert? Die haben mein Handy geklaut. Jetzt rennen die zu ihren Kumpels und sagen: ›Ey Habibi, wir ham gerade zwei Bullen gefickt!‹«

»Scheiß drauf. Wir wollen doch wissen, was die SoKo bei Prietz bequatscht, oder?«

»Schon …«

»Los, Alter. Gib Gummi. Wir müssen nochmal zur Bäckerei.«

# 8

Der Konferenzsaal mit angrenzendem Sitzungszimmer war bereits so weit hergerichtet, dass man von einer Einsatzzentrale sprechen konnte. In der Mitte des Raumes stand ein riesiger, aus sechs Einzeltischen zusammengeschobener Konferenztisch. An der Fensterfront und an den Seiten waren ebenfalls Schreibtische aneinandergereiht, darauf Laptops, Akten, Kaffeebecher und Telefone.

Es herrschte bereits reger Betrieb. Neben Richter und von Ahnen waren da noch Kai Traemann, der erste Sachbearbeiter, ein großer, schlaksiger Typ, der mit seiner Brille ein wenig wie ein Soziologiestudent wirkte, sowie Severin Lang, der Einsatzkoordinator. Lang war etwas untersetzt, kräftig, seine Haare trug er sehr kurz und mit den Jeans, dem Flanellhemd und den Lederstiefeln, erinnerte er an einen Biker.

Mit Ausnahme von Murat waren alle schon längere Zeit beim BKA, und bis auf Traemann und von Ahnen gehörten sie auch zu jener Einsatzgruppe, die Thomas Foryta schließlich auf dieses neue, sich bisher nur schemenhaft abzeichnende Netzwerk angesetzt hatte. Dass Murat, in Wiesbaden bis vor Kurzem ein unbeschriebenes Blatt, direkt zum stellvertretenden Leiter der Ermittlungsgruppe ernannt worden war, hatte natürlich für Unruhe im Rudel gesorgt.

Traemann winkte Murat: »Es gibt da ein kleines Problem mit dem zuständigen Staatsanwalt. Der verlangt die Akten oder erwartet Anweisungen von der Bundesanwaltschaft.«

»Schmidt hat sich doch zurückgezogen …«, sagte Richter.

Lang unterbrach sein Telefonat: »Sag ihm, die Bestätigung kommt aus Karlsruhe – wenn er das beschleunigen will, soll er sich dorthin wenden.« Lang wusste, wie man Verantwortlichkeiten hin- und herreichte, Verwaltungsangelegenheiten auf die lange Bank schob und Behörden gegeneinander ausspielte, nur damit die Ermittlungseinheit ungestört arbeiten konnte.

»Wir haben noch keine Bestätigung!«

»Na und?«

»Es geht doch um Akten, die der Kiesmek noch gar nicht auf dem Tisch hat, die erst noch dort landen sollen … Glaubst du, dass der uns das Zeug weiterreicht, wenn wir ihn jetzt hinhalten?«

»Was soll'n da noch kommen?«

»Befragungen von zwei Einheiten fehlen noch.«

»Daniel!« Lang wandte sich an Richter. »Was fehlt noch?«

»Hausbefragungen untere Hermannstraße und Wissmannstraße.«

»Das ist alles?«

»Ja.«

»Na also!« Lang griff wieder zum Telefonhörer.

Traemann wandte sich an Murat. »Ich hätte ihm bis zur Klärung 'ne vorläufige Zusammenarbeit vorgeschlagen. Raus ist der doch sowieso …«

»Dann mach das«, sagte Murat.

»Warum? Was bindest du uns einen Berliner Staatsanwalt ans Bein?«, Lang sah zu Murat.

»Kai hat recht, warum den verprellen?«

»Weil die uns sonst nie in Ruhe lassen und einem auf die Ketten gehen. Deshalb ist Kuschelei nicht unser Stil.«

»Ist mein Stil.«

»Aber Möllers Einheit.«

»Der ist nicht da. Deshalb sag ich, wo's langgeht.«

»Wow«, sagte Richter von hinten, »'ne Ansage wie von einem US-Marshal!«

Murat brüllte: »Jetzt reißt euch den Arsch auf und quirlt in der Kacke, bis wir Ergebnisse haben. Das gilt vor allem für dich, Daniel. Fauler Sack!«

Alle lachten, auch Richter.

»Ja! Genau so hab ich mir das vorgestellt!«

»Du kriegst eben, was du brauchst. Übrigens, Hasso hat angerufen. Sein Flieger ist gelandet, er ist in 'ner guten halben Stunde hier. Ich geh in die Kantine. Wir sehen uns um 15 Uhr bei Prietz.« Murat verließ den Raum.

François Schraube stand im zweiten Stock des Präsidiums und schaute in den Hof. Er hatte die Ellbogen auf das Fensterbrett gestützt und trommelte ungeduldig mit den Fingern gegen die Scheibe.

Als Paul und Erkan endlich auf das Gelände fuhren, riss er

das Fenster auf, pfiff und machte eine energische Kreisbewegung mit der rechten Hand.

Die beiden rannten im Laufschritt nach oben, im Gepäck mehrere Brötchenbeutel und eine prall gefüllte Edeka-Tüte mit Aufschnitt.

»Sind die schon drin?«, fragte Paul.

»Noch nicht. Murat war mit Prietz in der Kantine, Hasso Möller ist eben erst angekommen. Das geht jetzt jeden Moment los …«

Schraube hatte in der Kaffeeküche alles vorbereitet. Jeder griff sich ein Messer und schnitt Brötchen in zwei Hälften. Dann bestrichen sie die Brötchen dick mit Margarine und Marmelade oder belegten sie mit Käse, Heringshappen und Salami.

Die fertigen Hälften deponierten sie auf der Tischplatte und der Anrichte. »Das ist für Murat«, sagte Paul und bastelte einen Doppeldecker mit Marmelade, Gurke und obendrauf einer Wurstscheibe mit Bärchengesicht.

»Ich könnt kotzen bei dem Zeug.«

»Die sollen das ja auch nicht essen. Jedenfalls keiner mehr als eins.«

Inzwischen war es 15 Uhr.

»Fertig?«

»Wir brauchen noch Kaffee.«

»Meinst du?«, fragte Erkan.

»Na, sicher.«

Schraube zog die Glaskanne aus der Kaffeemaschine und hielt sie in die Luft. Eine trübe, braune Suppe schwappte darin. Vermutlich von letzter Woche.

»Hier ist noch welcher …«

»Und 'ne Kanne?«

Sie durchsuchten alle Schränke, bis Schraube schließlich eine weiß geblümte Thermoskanne in der Hand hatte, in die er die abgestandene Brühe umfüllte. Paul schnitt derweil eine Aussparung in das letzte Brötchen.

»Los«, sagte er und schaute Erkan an. Der zögerte.

»Lasst uns nochmal kurz überlegen, ob wir das wirklich machen sollen …«

»Alter – das war bei dir schon immer so: Kurz bevor es ernst wird, kriegst du nasse Füße.«

»Na und? Im Gegensatz zu Schraube hab ich was zu verlieren – und du auch!«

»Du willst doch jetzt nicht über Rente reden«, sagte Schraube. »In deinem Alter!«

»Ich will vielleicht mal eine kriegen.«

»Ist doch cool, was wir hier machen«, sagte Paul. »Mann, wir leben im *Jetzt!*«

»Wenn du auch mal an *morgen* denken würdest, hättest du nicht so'n Stress mit Nina. Das mein ich ernst …«

»Nina hat das Problem, dass sie den ganzen Tag rumzickt, wenn sie mit dem falschen Fuß aufgestanden ist. Dafür kann ich doch nichts!«

»Du machst es dir ein bisschen einfach. Damit fliegst du nochmal auf die Fresse. Schwör ich dir!«

»… und Allah ist groß.«

Schraube ging dazwischen: »Entweder ziehen wir das jetzt durch, oder Erkan ist 'n Kameradenschwein.«

»Das wird ja immer besser. Eine Frage hab ich aber noch: Wenn ihr beide bekloppt in der Birne seid und ich diese bekloppte Nummer mit euch zusammen durchziehe, bin ich dann automatisch auch bekloppt?«

»Klar, Alter! Voll bekloppt!«

»Ihr zwei seid echt Idioten. Sind die Typen schon da?«

Schraube verließ die Küche, um kurz darauf zu berichten, dass Murat noch allein bei Prietz sei, die anderen aber jeden Moment kommen müssten …

Erkan zog sein iPhone aus der Tasche. Er stellte es auf lautlos, schaltete den Vibrationsalarm aus, öffnete *Dienstprogramme, Sprachmemos* und startete die Aufnahme. Dann steckte er es in das präparierte Brötchen, das Paul ihm hinhielt. Sie beschmierten den Rand mit Margarine, klebten eine Salamischeibe obendrauf und legten das Kunstwerk in die Mitte des Tabletts, das Schraube aus dem Hängeschrank über der Spüle gekramt hatte. Alle anderen Hälften wurden drum herum platziert, bis ein ganzer Brötchenberg aufgetürmt war.

Prietz stand am offenen Fenster seines Büros und saugte an einer Gitanes. Er war in den vergangenen zwei Jahren noch dünner geworden, sein Haar war grauweiß mit leichtem Gelbstich. Das konnte auch von seiner Qualmerei kommen. Er strahlte eine väterliche Wärme aus, auf seinen Lippen lag oft ein Schmunzeln – den abgezockten Bullen erkannte man erst auf den zweiten Blick. Dann wirkten seine Augen auch nicht länger verständnisvoll oder mitfühlend, sondern kühl und misstrauisch.

»Wie geht's deiner Frau?«, fragte Murat.

»Seit wann interessierst du dich für Erna?« Prietz zog an seiner Kippe.

Murat war kurz davor, das Handtuch zu werfen. Seit einer halben Stunde bemühte er sich nun schon um seinen ehemaligen Chef, aber der mauerte.

Früher hatte zwischen den beiden so etwas wie eine Vater-Sohn-Beziehung bestanden. Murat wusste, dass Prietz ihn schätzte und seine Karriere einerseits unterstützte, ihn andererseits lieber hier bei sich behalten hätte. Und seit er nach Frankfurt gegangen war, hatte er sich erst ein einziges Mal gemeldet. Vielleicht war es da nur verständlich, dass Prietz dachte, er sei von Murats Festplatte gelöscht.

»Ich hab mich auch bei meinen Eltern nicht gemeldet, oder bei Paul und Erkan. Ich hab wirklich viel zu tun.«

»Na, besser so als andersrum …«

»Das find' ich auch …«

»Mal was anderes: Wie geht's eigentlich Stephan Kohn?«

»Stephan?«

»Ja, ihr seid doch zusammen weg. Ist der jetzt auch in Wiesbaden?«

»Schon …«

»Und?«

»Was *und?*«

»Na, wie's ihm geht!«

Murat zupfte sich am Ohrläppchen. »Ganz gut, glaub ich.«

»Glaubst du …«

»Der ist halt auch ziemlich eingebunden …«

»Aha …«

Prietz schloss das Fenster und setzte sich auf seinen Schreibtisch.

»Und Möller?«

»Möller …? Guter Mann.«

»Kennt ihr euch schon länger?«

»Seit zwei Wochen.«

»Und schon bist du sein Stellvertreter? Ging ja fix, was?«

Murat zuckte mit den Schultern.

»Immer schön aufpassen!«

»Wie meinst du das?«

»Hab ich nur so gesagt …«

Es klopfte an der Tür, Frau Blotzner steckte ihren Kopf ins Zimmer.

»Die Herren sind jetzt da.«

»Gut«, sagte Prietz. »Dann mal los.«

Mit von Ahnen, Richter und Traemann im Schlepptau betrat Möller den Raum.

Er legte Murat die Hand auf die Schulter, zwinkerte ihm zu – dann stand er Prietz gegenüber.

»Du bist fett geworden«, sagte der.

»Was bin ich?« Möller legte die Hände auf die Wölbung seines Bauches.

»Oder trägst du 'ne Schutzweste?«

»Verrat ich nicht. Aus taktischen Gründen.«

»Alter Geheimniskrämer.«

Traemann legte die Hand an den Mund und flüsterte, allerdings so, dass alle es hören konnten: »Ist 'ne Schwimmweste …«

»Passt bloß auf!« Möller hob den Zeigefinger. »Oder ich lass euch alle festnehmen!«

Möller hatte zwar einen deutlichen Bauchansatz, war aber keinesfalls fett, nur groß und bullig. Er hatte ein kantiges Kinn und graue Haare, die über der Stirn schon fast ausgegangen waren. Die Seiten waren kurz geschnitten, das Deckhaar fiel etwas länger und klebte am Schädel. Seine Bewegungen wirkten bewusst und gezielt. Die Augen waren auffallend groß und schienen sein Gegenüber bis aufs Hemd auszuziehen. Wenn Möller lächelte, war er charmant und gewinnend – aber man spürte, dass sein Lächeln auch einfrieren konnte. Und dann konnte es in seiner Gegenwart kühl werden.

»Setzen wir uns.« Prietz wies auf den runden Tisch, der in der Ecke stand.

»Kurze offizielle Ansage«, sagte Möller. »Alles, was jetzt besprochen wird, ist vertraulich.«

Prietz schmunzelte.

Murat skizzierte grob die Vorgeschichte ihrer Ermittlungen und kam dann auf den eigentlichen Anlass des Treffens zu sprechen. Es ging um Beweismaterial, das zu bergen war. Außerdem wollten sie sichergehen, dass ihr Mann nicht in Gefahr geriet. Dafür hatten sie sich doppelt abgesichert: Sie hatten ihrem Mann auf dem üblichen Weg Bescheid gegeben und später noch eine weitere Kontaktperson reingeschickt, die ihm Zeit und Ort nochmals mitteilen sollte. Wichtig bei der ganzen Aktion war, nach wie vor, dass ihr Mann nicht *verbrannt* wurde.

»Ist der nicht schon *verbrannt?*«, fragte Prietz.

»Was meinst du?«

»Ich meine Foryta.«

Möller schaute zu Murat.

»Hat das schon die Runde gemacht?«

»Wo lebst du denn? Foryta war früher in Berlin. Zwei von meinen Leuten haben ihn gefunden, und es riecht ein bisschen so, als hättet ihr ihn nicht rechtzeitig rausgeholt. Ihr habt hier 'nen beschissenen Ruf, noch bevor ihr überhaupt angefangen habt.«

»Einen beschissenen Ruf hatte ich schon immer.«

»Vielleicht wollte Foryta gar nicht mehr raus«, sagte Richter.

»Das wissen wir nicht genau …«, meinte Traemann.

»Doch.«

»Um Foryta geht es hier nicht …«, sagte Murat.

Möller hatte die Arme hinter dem Kopf verschränkt und den Blick zur Decke gerichtet. »Ich will es mal so ausdrücken: Wenn du in der Hölle lebst, musst du Feuer fressen. Aber Foryta wollte mehr. Er wollte selbst das Feuer schüren, ohne den Schoß der heiligen Kirche zu verlassen.«

»Ein Poet!«, sagte Prietz. »Und deshalb habt ihr auch gleich noch Dietrich Schmidt abgefertigt.«

»Wir haben eine verdeckte Operation laufen. Du glaubst doch nicht im Ernst, dass wir alles aufs Spiel setzen, indem wir die Mordkommission ranlassen. Ich hab mich in Foryta geirrt. Das tut mir leid. Traurige Geschichte.«

»Ja«, sagte Murat. »Aber jetzt geht's um unseren zweiten Mann.«

»Wer ist denn der Zweite?«

»Wir werden hier keine Namen nennen.«

»So wie ihr euch anstellt, erfahre ich das sowieso.«

Murat stand auf und ging um den Tisch.

»Lasst uns jetzt weitermachen.«

Es klopfte an der Tür.

»Nein«, rief Prietz.

Es klopfte wieder.

Prietz' Lippen wurden schmal.

»Was denn?!«

Frau Blotzner, rot im Gesicht, öffnete die Tür. Schraube kam herein.

»Wir haben uns erlaubt, den Herrschaften vom BKA einen kleinen Willkommensgruß in Form einer Stärkung zu überbringen. Wir alle sind sehr froh, Sie in unseren bescheidenen Räumlichkeiten begrüßen zu dürfen, und wünschen guten Appetit!«

Er wuchtete die Aluschale auf den Tisch, nahm Frau Blotzner ein weiteres Tablett mit Thermoskanne und Tassen ab und stellte es dazu.

»Mensch«, sagte Möller. »Ihr gebt euch ja richtig Mühe!«

»Ganz bestimmt nicht.«

»Nur wenn das BKA kommt …«, flötete Schraube.

Alle außer Prietz lachten. Schraube, ein breites Grinsen im Gesicht, ging mit der kichernden Frau Blotzner hinaus.

Prietz massierte sich die Schläfen. »Wie der jemals die Aufnahmeprüfung geschafft hat …« Dann schob er die Aluschale von sich weg. »Bitte, wenn die Dinger schon auf dem Tisch liegen …«

Kai Traemann griff als Erster zu und biss in ein Brötchen mit Bärchenwurst.

»So, Murat. Weiter im Text«, sagte Prietz.

»Wir müssen erst mal rausfinden, wie das mit Foryta passieren konnte. Andererseits können wir jetzt natürlich keine Mordermittlung brauchen, die uns alle Türen wieder verschließt, die wir so mühsam aufgestoßen haben. Wir werden den Mord parallel untersuchen.«

»Was bin ich froh, dass ich diese Scheiße nicht verantworten muss«, sagte Prietz.

»Dafür gibt's Leute wie mich.« Möller nahm sich ein Brötchen und biss hinein, dass die Margarine an den Seiten rausquoll.

Traemann schenkte sich Kaffee ein, spuckte aber den ersten Schluck gleich wieder aus. »Was ist das denn?«

»Komisch«, meinte von Ahnen. »Die Brötchen sind in Ordnung.«

»Ihr seid ja auch nicht zum Fressen hier«, sagte Prietz. »Jetzt der Einsatz. Lasst uns mal konkret werden.«

Traemann holte eine Mappe heraus. »Wir haben drei SEK-Teams angefordert, die brauchen wir für dieses Gelände hier …«

Er präsentierte Prietz zwei Skizzen.

Die Tür zur Kaffeeküche stand offen, die Nachmittagssonne schien auf das braune Linoleum.

Schraube blätterte in einem Modellbaukatalog. Paul hatte mehrmals bei Nina angerufen und ihr schließlich auf die Mailbox gesprochen. Erkan vermisste sein iPhone.

Frau Blotzner kam mit der Thermoskanne herein.

»Schmeckt den Herren ganz lecker, aber man lässt fragen, ob Sie den auch noch in warm haben?«

»Lecker?«

»Ja, die haben fast alles weggeputzt!«

Erkan wurde blass.

»Ich würd sagen, die haben jetzt genug …«, sagte Paul und stieß Schraube an, der aufsprang und zu Prietz' Büro eilte. Er riss die Tür auf, steuerte direkt auf den Tisch zu und griff sich die Aluschale mit den restlichen Brötchen.

»Na«, sagte er, »zu Hause gibt's wohl nichts!«

Er drückte Frau Blotzner, die hinter ihm hergelaufen war, das Tablett in die Hand, sammelte die Tassen ein und wandte sich zur Tür.

»Schönen Feierabend!«

»Das war knapp …«

Alle starrten auf die verbliebenen Brötchen.

»Nimm's raus«, sagte Paul.

Erkan zog sein fettverschmiertes iPhone heraus.

»Was drauf?«, fragte Paul.

Erkan wischte das Handy mit einem Taschentuch ab und startete die Wiedergabe. Zunächst Rauschen, dann folgte Schraubes Auftritt. »*… nur wenn das* BKA *kommt.*«

Die Stimmen waren schwer zu verstehen. Wenn man sich jedoch konzentrierte, kriegte man einiges mit.

Mit angehaltenem Atem lauschten sie Murats Ausführungen. »... *das Ganze läuft wie gesagt als Schwarzarbeiter-Razzia. Wir schlagen auf dem ganzen Areal zu.*«

Rascheln. Irgendjemand schien sich ein Brötchen zu greifen.

»... *da wird dann auch für euch einiges abfallen ... Gib mir noch mal die Karte ...*«

Papierknistern ... dann sprach Murat weiter:

»*Ihr müsstet das Areal hier aufmischen, rechte Seite der Blaschkoallee. Genau hier. Wir gehen auf der anderen Seite rein. Hier. Das ist der verabredete Treffpunkt, die Kantine. Wenn alles planmäßig läuft, ist das eine kurze Geschichte. Wir greifen alles ab, was sich dort aufhält, und nehmen sie mit hierher. Bei den Vernehmungen sortieren wir unsere Jungs aus ...*«

»*Sofern sie da sind*«, sagte eine Stimme im Hintergrund.

»*Richtig. So weit also unser Plan. Sollte irgendwas schieflaufen und einer mit knallroten Haaren auf eurer Seite auftauchen, dann gebt uns Bescheid, das ist einer unserer Männer. Dasselbe gilt natürlich auch für den anderen, den er hoffentlich im Schlepptau hat. Wir haben zwei* SEKs *geor...*«

Die Aufnahme brach unvermittelt ab.

»Wieso ist das jetzt zu Ende?«

»Weiß ich auch nicht. Ich dachte, das läuft unbegrenzt.«

»Ist halt 'n Technikscheiß wie jeder andere.«

»Worum geht's da überhaupt?«, fragte Schraube.

»Keine Ahnung. ...«, sagte Paul.

»Und wann wollen die loslegen?«

»Das hätte er bestimmt gleich gesagt!«

»Was war das mit dem Rothaarigen?«

»Frag doch Möller!«

Schraube klatschte in die Hände. »Kinder, nächstes Mal ziehen wir das ganz anders auf: Mein Cousin Ronny hat noch

NVA-Wanzen, die guten aus dem Osten. Bei einem Testlauf haben wir mal Tante Mimi beim Spargelschälen furzen hören, obwohl die Puhdys im Wohnzimmer voll aufgedreht waren! Also die knallen richtig!«

# 9

Paul nahm die Auffahrt Tempelhofer Damm. Er fuhr über die Stadtautobahn, bis er am Messegelände endgültig in den Stoßverkehr kam, kroch mit fünfzig Sachen über die Avus Richtung Zehlendorf und nahm nach der Ausfahrt Potsdamer Chaussee den Schleichweg Richtung Babelsberg.

In Kohlhasenbrück fuhren Bonzen im Rentenalter ihre Nobelkarossen spazieren, aufgetakelte Omis in pelzbesetzten Übergangsjacken gingen mit ihren Fiffis Gassi. Auf dem Griebnitzsee schlugen Ruderer ihre Skulls in das glitzernde Wasser, ein schneeweißer Ausflugsdampfer glitt Richtung Wannsee.

Kurz danach bog Paul links in die August-Bebel-Straße ab, fuhr unter der S-Bahn-Brücke hindurch und dann rechts in die Marlene-Dietrich-Allee. Vor dem Eingang zum Studiogelände Babelsberg bremste er ab und wedelte mit seiner Dienstmarke, doch der Pförtner dachte gar nicht daran, die Poller abzusenken, sondern knabberte weiter an seinem Brot. Also stellte Paul den Wagen auf dem Seitenstreifen ab und ging die paar Meter zurück.

In der Lobby des *RadioDrei*-Hauses unterhielt sich eine Frau Mitte dreißig, die Haare kurz geschnitten und schwarz gefärbt, mit drei jungen Freaks. Sie sahen aus wie die Mitglieder einer aufstrebenden Indierockband. Die Typen mussten gelesen haben, dass man als Rockmusiker ohne Frauengeschichten nicht viel wert war, sie baggerten, was das Zeug hielt. Der Schwarzhaarigen schien das nicht unbedingt Spaß zu machen.

Paul kannte sie vom Sehen. Er schob sich an den Freaks vorbei und nickte ihr zu. Es dauerte eine Sekunde, dann hatte sie ihn auf dem Schirm.

»Nina ist noch im Park was trinken. Wir fahren auch gleich hoch. Kannst mitkommen, wenn du willst …«

Die drei Jungs gingen Paul auf die Nerven. Der eine fing an, auf seinem Kaugummi rumzuschmatzen. Der andere schob sich immer weiter vor ihn, sodass Paul die Frau gar nicht mehr sehen konnte, der Dritte im Bunde rotzte ihm ein »Sucker« vor die Füße. Das machte er einmal und dann gleich nochmal, weil er sich zuerst wohl nicht hinreichend beachtet gefühlt hatte.

»Sind die da beim Schloss?«, fragte Paul und schaute an dem Hinterkopf vorbei.

»Genau«, antwortete die Frau, wobei sie ihm etwas entgegenkam.

»Ich fahr schon mal vor.«

»Na dann, bis gleich.«

*»Bies glaisch!«,* sagte der Typ mit dem Kaugummi. Die beiden anderen grinsten und zeigten ihm den Mittelfinger.

Paul kaufte in einem Babelsberger Imbiss ein Sixpack *Beck's Green Lemon* – Nina trank das Zeug ganz gern – und hielt auf dem Parkplatz oberhalb des Schlosses auf dem Unigelände. Er setzte sich auf die Motorhaube.

Die hohen Eichen bildeten ein grünes Dach, darunter klebte der dicke orangefarbene Ball der Sonne, die im Begriff war unterzugehen. Von der Havel und der Glienicker Brücke drangen Motorengeräusche herüber. Die mächtige Blutbuche, die auf der abschüssigen Wiese stand, sah aus, als hätte ihr der Winter einen Zahn ausgeschlagen – ein dicker Ast war abgebrochen und hatte eine breite Lücke in die Krone gerissen.

Nina und ein knappes Dutzend anderer Leute saßen unterhalb des Weges auf der Wiese, die, unterbrochen von sich kreuzenden Wegen und kleineren Baumgruppen, bis zum Wasser reichte. Sie tranken aus Bierflaschen und Plastikbechern. Einer hatte einen Ghettoblaster an eine Autobatterie angeschlossen. Erst klappte irgendwas nicht, dann gab es ein lautes Knacken, und schließlich schepperte »You Could Be Mine« von Guns 'N Roses aus den Boxen.

Einen Augenblick später stand Nina auf, hob die Arme in den Himmel und bewegte sich im Rhythmus der Musik, was ganz cool aussah.

Dann schien sie irgendjemanden zu verarschen. Sie machte abgehackte Bewegungen, wie ein Sonnentänzer auf Speed. Dazu rief sie irgendwas, was Paul nicht verstehen konnte. Aber die anderen lachten laut auf und applaudierten. Nina nickte in die Runde und forderte weitere Ovationen ein, doch dann hatte sie genug und tanzte weiter zu diesem zwanzig Jahre alten Song, tanzte, als wäre sie ganz allein. Paul machte sich eine Flasche auf.

Seit er Nina kannte, war kein Tag vergangen, an dem sie sich nicht in Musik gestürzt hatte. Es gab vermutlich keinen Song, den sie nicht kannte. Sie war süchtig danach.

Einmal hatte sie ihm erzählt, dass das magische Momente für sie seien, wenn ein wirklich geiler Song in sie reinfuhr. Irgendwas zwischen erstem Kuss und Sex.

Aber es war nicht die Musik, die beide verband, und auch nicht die Tatsache, dass Paul, wenn er gut drauf war, ein ganz charmanter und witziger Kerl sein konnte. Das allein, wusste Paul, hätte Nina nicht länger als ein oder zwei Monate bei ihm gehalten. Der ausschlaggebende Grund war, dass sie beide gebrannte Kinder waren.

Nina war nie ganz mit dem Auseinanderbrechen ihrer Familie zurechtgekommen. Und noch weniger damit, dass sich ihre Mutter danach fast nur noch um sich selbst gekümmert hatte. Nina hatte seitdem ständig das unbestimmte Gefühl, etwas zu verlieren.

Man konnte das sicher nicht mit dem vergleichen, was ihm widerfahren war, aber für Nina war entscheidend, dass er ihre Angst verstand. Wenn alles über ihr zusammenstürzte, reichte es ihr meist, wenn sie sich neben ihn legen konnte. Allein durch seine Anwesenheit gab er ihr Halt – war er doch der lebende Beweis dafür, dass man noch mit wesentlich Schlimmerem leben konnte.

Das war immer sein Trumpf gewesen. Etwas, das er mitbrachte, ohne darum kämpfen zu müssen. Hatte er sich darauf zu sehr ausgeruht?

Nina war bei ihrer Mutter aufgewachsen, zu ihrem Vater hatte sie kaum Kontakt. Ihre Schwester lebte in Australien, ihr Stiefbruder, glaubte Paul sich zu erinnern, war Veranstalter in Hamburg.

Äußerlich hatte Nina alles von ihrer Mutter mitbekommen: die grünen Katzenaugen, die Lippen, die winzig kleinen Grübchen, wenn sie lachte, die blonden Haare, die Figur. Und sie bewegte sich auch so gern wie ihre Mutter – jedenfalls hatte die noch mit Mitte vierzig umgesattelt und als Aerobic-Lehrerin in einem Fitnessstudio angefangen.

Dann hatte Nina mit 17 Jahren einen Knoten im Hals bemerkt, der sich als harmlose Zyste herausstellte und ohne Komplikationen entfernt wurde. Seit jedoch bei ihrer Mutter vor einem Jahr ein bösartiger Tumor entdeckt worden war, glaubte Nina an ein Gesetz der Folge, oder wie immer man das nennen mochte. Bei ihrer Mutter hatten sie das Ding zwar *unter Kontrolle,* mehr aber auch nicht. Und dafür musste sie einiges auf sich nehmen. Mit Aerobic jedenfalls war Schluss.

Das Leben konnte verdammt kurz sein. Nina hatte daraus den Schluss gezogen, nur noch für den Moment zu leben. Wenn irgendwas nicht so lief, wie sie sich das vorgestellt hatte, wurde sie unausstehlich.

Knapp fünf Wochen war es jetzt her, dass sie zum letzten Mal miteinander geschlafen hatten. Ewas schien für Nina wieder einmal nicht zu stimmen, also hatte er gefragt: »Du bist doch gekommen, also wo ist das Problem?«

Daraufhin war sie völlig ausgeflippt.

Paul leerte sein Beck's Lemon und knackte die nächste Flasche. Unten auf der Wiese lief jetzt ein langsamer Titel mit leierndem Chorgesang, Nina probierte HipHop-Schritte dazu.

Er hatte ihr das nie gesagt, aber ganz tief drinnen wertete er ihre Schicksale doch gegeneinander auf, und sein Verständnis für ihre Befindlichkeiten hielt sich entsprechend in Grenzen. Es war doch so: Im Gegensatz zu ihm hatte sie Vater und Mutter. Sie konnte immerhin fragen, was ihr erstes Wort gewesen war oder wann sie ihre ersten Schritte getan hatte.

Sie hatte Bruder und Schwester, ihren Job, der sie ausfüllte, und obendrein jedes Mal einen *magischen Moment,* wenn sie ein geiles Lied hörte. Die magischen Momente in seinem bisherigen Leben konnte er dagegen an einer Hand abzählen.

Zum Beispiel, als es hieß, dass seine Mutter aus der Klinik entlassen werden würde – damals war er gerade sechs Jahre alt. Für einen Tag war sie draußen gewesen und am nächsten Morgen wieder drin. Bis heute.

Oder als er die Brio-Holzeisenbahn von seiner Großmutter bekommen hatte. Dass er damit nur selten spielen durfte, weil er zu frech oder zu laut oder sonst was gewesen war, stand auf einem anderen Blatt.

Es gab ein paar Momente mit Murat und Erkan. Und natürlich mit Nina – als sie das erste Mal zusammen aufwachten und er begriff, dass er *sie* gefunden hatte. Oder als sie an seinen Geburtstag gedacht hatte. Im Nachhinein war klar, dass Erkan es ihr gesagt haben musste. Scheißegal. Sie hatte ihm den roten Kapuzenpulli mit dem Aufdruck *Unfuck The Planet* geschenkt.

Paul setzte die Flasche an. Er konnte jetzt wieder dieses Loch spüren, das sein toter Vater und seine durchgedrehte, lebensuntüchtige Mutter – die seit mehr als zwanzig Jahren auf *Bonnies Ranch* vor sich hinvegetierte – in ihm hinterlassen hatten.

Die Zuckerplörre schmeckte plötzlich schal und bitter.

Zwei Autos hielten auf dem Parkplatz. Die Schwarzhaarige stieg aus, zusammen mit den drei angehenden Rockstars. Aus dem anderen Wagen kletterten zwei Girls und zwei Typen, die Getränke zum Ufer hinunterschleppten.

Nina hatte aufgehört zu tanzen. Sie stand mit zwei Kollegen rum und unterhielt sich. Und jetzt tauchte an ihrer Seite auch noch Robert auf, der schleimige Moderator aus gutem Hause. Erkennbares Interesse an ihm hatte sie nicht, umgekehrt schien das jedoch sehr wohl der Fall zu sein.

Plötzlich konnte sich Paul nicht mehr erinnern, wie Ninas Haut roch oder ihr Haar. Er hatte das Gefühl, als wäre sie Lichtjahre von ihm entfernt.

Das war ’ne geschlossene Veranstaltung da unten, er hatte hier nichts verloren. Er schmiss die Flasche in die Böschung, setzte sich ins Auto und fuhr los.

Die Dämmerung hatte schon eingesetzt, aber die Vögel zwitscherten noch in den Baumkronen über dem Wildenbruchplatz, einer kleinen städtischen Grünanlage in Berlin-Neukölln, mit Bänken, einer Wiese in der Mitte, Bepflanzungen, Tischtennisplatten und eingezäuntem Fußballplatz.

Tischtennis wurde nicht mehr gespielt. Die Kiffer hatten die Kellen eingepackt und sich stattdessen ganz aufs Quarzen verlegt.

Einer von ihnen hatte herausgefunden, dass man mit einem defekten, durch einen Riss unbrauchbar gewordenen Tischtennisball abgefahrene Sounds erzeugen konnte. *Pingpong-Tunes!* Man musste den Ball nur aus einer Höhe von dreißig Zentimetern auf die Steinplatte tropfen lassen. Das machte dann *Plops* und war saumäßig geil.

Und während hier gekifft, gehustet und mit einem defekten Pingpong-Ball musiziert wurde, ertüchtigten sich andere auf dem angrenzenden Bolzplatz beim Fußballspielen.

Der Platz maß nicht mal ein Viertel eines regulären Spielfeldes und war von einem sieben Meter hohen Zaun umschlossen, an dem sich Kletterpflanzen hochrankten und Schneebeerbüsche drängten.

Jeweils vier Spieler standen sich schwitzend und mit roten Gesichtern gegenüber. Nur Fetty, der Torwart von Erkans Mannschaft, wirkte ausgeruht. Siebenmal hatte er schon hinter sich greifen müssen, aber er stand immer noch da, als hätten sie noch nicht angefangen. Hinter ihm lagen Jacken, Taschen, Portemonnaies und Handys.

Nachdem sich Erkan schon so reingehängt hatte, wollte er nicht mit einem solchen Ergebnis – 2:7 – nach Hause gehen. Doch schon der nächste Angriff ging daneben, sie fingen sich einen Konter ein, und es stand 2:8.

»Ey, Fetty – da kann ich auch 'n Stuhl reinstellen!«, schrie Finas, dessen Traum von einer Fußballerkarriere wegen einer angeborenen Fußschiefstellung frühzeitig geplatzt war. Die anderen lachten und klatschten sich ab.

Da sich Fetty auch weiterhin nicht vom Fleck bewegte, nahm Jakub die Pille und passte auf die rechte Seite zu Finas. »Los, noch zehn Minuten. Das drehn wir noch!«

Inzwischen hatte der Himmel von zartem Blau zu Grau gewechselt, der Ball war kaum noch zu sehen.

»Los, ein Tor noch!« Das letzte des Spiels. Wenigstens eins noch, bevor es ganz dunkel wurde.

»Hier!«, schrie Erkan und riss den Arm hoch. Der Pass war gefühlvoll, genau, perfekt. Mit drei Schritten hatte er ihn. Er rannte an, noch ein Zwischendribbling – die Knirpse sollten seinen rechten Hammer in Erinnerung behalten –, dann schnellte sein Bein vor. Er musste den Ball nur richtig treffen, in der Mitte. Und exakt dort traf er ihn auch. Genau in der Mitte – nur in Rückenlage …

Es war ein Sonntagsschuss, wenn man Tauben treffen wollte. Das Ding flog wie eine Silvesterrakete steil nach oben, höher und höher. Und während Erkans rechter Schuh, den er vorsichtshalber gleich mit abgefeuert hatte, auf Yasos Kasten landete, sauste der Ball weit über die Einzäunung hinaus. Alle verstummten und lauschten. Der Ball war irgendwo in einem Gebüsch oder auf einem Rasen gelandet. Jedenfalls weit weg.

»Ist der blöd!«

»Scheiße.«

»Echt cool …«, sagte Easy. »Das schafft meine Schwester auch immer.«

Goran schüttelte den Kopf: »Oh Mann.«

»Hey, der Ball!«, schrie Yaso. »Der ist von Toni – der will den wiederhaben!«

»Los, gehn wir ihn suchen«, sagte Jakub. »Fetty – friss auf und komm!«

»Ist doch schon dunkel!«

»Faule Sau!«

»Ich brauch den Ball! Wirklich! Alle müssen suchen!«

»Den finden wir schon …« Goran klopfte ihm auf die Schulter.

Erkan hatte den Schuh wieder angezogen und durchstreifte mit den anderen den Wildenbruchplatz. Aber auch nach einer halben Stunde hatten sie den Ball nicht gefunden. Es war zu dunkel.

»Oh, oh … das ist gar nicht gut! Das gibt Ärger mit Toni …« Yaso nervte.

»Das Scheiß-Plastikding ist morgen auch noch da.«

»Plastik? Der ist echt, Mann. Das ist ein *Teamgeist!* Das Original, verstehst du?«

Erkan drehte sich zu Finas und Jakub.

»Was erzählt der Junge für ’n Scheiß? Der ist niemals echt. Ist viel zu leicht!«

»So wie du Fußball spielst, hast du doch keinen Plan, wie schwer 'ne echte Pille ist«, sagte Goran.

»Aber der Kleine, oder was?«

»Der Kleine spielt auf jeden Fall besser als du.«

Erkan holte Luft. »Was sagst du, Finas – ist das jetzt ein echter *Teamgeist* oder nicht?«

»Ist nicht echt. Zu leicht.«

»Der kann auch nicht spielen.«

»Und du, Jakub?«

»Ich halt mich raus.«

»Easy«, sagte Yaso, »du weißt, dass der echt ist, oder?«

»Klar ist der echt, Mann.«

Fetty saugte an seiner Capri-Sonne, bis alle Augen auf ihn gerichtet waren.

Dann zuckte er mit den Achseln und meinte: »Könnte echt sein. Aber heutzutage weiß man ja nie.«

»Warum gibt dir dein Cousin eigentlich 'nen echten *Teamgeist*, wenn du nur 'n bisschen bolzen willst?«, fragte Erkan.

»Weil er mir vertraut«, sagte Yaso. »Das ist einer der WM-Bälle vom Spiel Deutschland gegen Argentinien.«

Erkan und Finas grinsten. »Hey, das wird ja immer besser!«

»Gib ihm doch dein iPhone, Erkan.«

Paul stand plötzlich hinter ihm.

»Verpiss dich.«

»Du hast ein iPhone? Welches?«, fragte Yaso.

»Hau ab, du Penner. Meinst du, ich geb' dir für den Scheiß-Plastikball mein Handy? Hast du sie noch alle?«

»Der *Teamgeist* ist richtig teuer. Die zahlen jetzt Sammlerpreise, weißt du?«

Paul musste lachen, genau wie Erkan und Finas. Sie schaukelten sich gegenseitig hoch, selbst Fetty grunzte mit. Die anderen fanden das Ganze nicht sonderlich witzig.

»Das reicht jetzt. Los, wir hauen ab«, sagte Erkan. »Danke fürs Spiel.«

Yaso gab sich nicht zufrieden.

»Was soll ich Toni erzählen? Du hast den Ball verschossen – du musst dafür sorgen, dass er wieder da ist!«

»Ich geh morgen früh nachschauen.«

»Wenn der Ball weg ist, kannst du selber mit Toni reden!«

»Klar …«

»Erkan!«

»Mach ich.«

»Kommt ihr morgen? Bist du auch dabei, Paul?«, fragte Finas.

»Nur wenn Erkan den *Teamgeist* findet.«

Sie gingen auseinander.

»Hier müsste es sein«, meinte Paul. Er bremste den Audi vor einem massiven Eisentor an der Blaschkoallee ab.

Laut Schraube waren auf dem Gelände viele kleine Baufirmen. Hier sollte die Razzia stattfinden.

Sie stiegen aus und spähten über die Mauer. Paul zeigte auf einen Industriekomplex auf der anderen Straßenseite mit einer Reihe alter, heruntergekommener Fabrikgebäude.

»Dass es so was noch gibt.«

»Rüberklettern?«

»Können wir uns morgen immer noch angucken.«

Sie setzten sich wieder in den Wagen.

»Noch 'n Bier?«

»Wo?

»Graefestraße.«

»Dann lass uns in den Studentenladen gehen. Da arbeitet 'ne coole Braut.«

»Okay.«

»Hast du Nina eigentlich noch gesehen?«

»War schon weg.«

Paul startete den Wagen. »Kann ich heute bei dir pennen?«

»Auf keinen Fall.«

# 10

Morgens um fünf ging's los.

Die SEKs bereiteten sich außerhalb Berlins auf ihren Einsatz vor. Zwei Überwachungswagen bezogen im Umfeld der Blaschkoallee Stellung, um ausgehende Telefonverbindungen vom Gelände abzufangen. Mehrere Pkw, die die Zufahrtsstraßen zum Gelände blockierten, wurden abgeschleppt. Die SoKo kam erst kurz vor dem Zugriff mit zwei Lieferwagen zum Einsatzort. Traemann, Lang und Möller blieben auf der Direktion 5, Murat, Richter und von Ahnen waren vor Ort. Murat hatte die ganze Nacht kein Auge zugetan. Er hatte Stephan nochmals angemailt und ihm eine SMS auf dessen Prepaid-Handy geschickt. Außer ihm kannte niemand diese Nummer. Doch es kam keine Antwort.

Paul und Erkan waren noch bis nachts um eins in der Kneipe gewesen – obwohl die *coole Braut,* die Erkan gerne gesehen hätte, gar nicht da war. Paul hatte dann bei Erkan geschlafen. Mit Nina hatte er nicht mehr gesprochen.

Um kurz vor neun kam Schraube mit rotem Kopf aus Prietz' Büro. Prietz hatte Schraube zu sich zitiert, um ihm Anbiederungsveruche, wie das gestrige Auftischen der Brötchen, ein für alle Mal zu untersagen. Ein kleiner Anschiss wäre ja in Ordnung gewesen. Aber dass Prietz sich wegen der Sache dermaßen ereiferte! Der war ja richtig in die Luft gegangen! Schraube fand Prietz irgendwie drollig.

Er konnte über ihn lachen. Allein die Mundfalten! Wenn Prietz schlecht drauf war, sah er immer aus, als hätte er ein nach unten gebogenes Hufeisen im Mund. Wenn er aber grollte, wurde seine Oberlippe schmal wie ein Strich, das Kinn zog sich zurück, und er schnappte nach Luft, bevor er losmeckerte.

Heute war Prietz geradezu explodiert!

Lag es vielleicht daran, dass er Möller nicht leiden konnte?

Schraube begann zu glucksen. Keine zwei Wochen war es her, da hatte er mit seinem Cousin auf YouTube einen alten West-Fernsehspot gesehen – die HB-Reklame aus den Fünfzigern: Ein Comic-Männchen haut beim Versuch, eine Fliege zu töten, seine Wohnung zu Bruch. Als es den Schaden sieht, wird es so wütend, dass es vor Zorn in die Luft geht. *Wer wird denn gleich in die Luft gehen?*, fragte auch der Sprecher. Schraube blieb stehen. Das hätte er Prietz mal fragen müssen, während der wie ein Strauß in seinem Büro hin und her gestakst war: *Warum denn gleich in die Luft gehen, Kalle?* Schraube wieherte los und hörte nicht mehr auf. Das musste er doch gleich mal Paul und Erkan erzählen. Allerdings verspürte er einen ordentlichen Druck auf seiner Blase. Von Lachkrämpfen geschüttelt, riss er die Toilettentür auf, ging zum Pissoir und stellte fest, dass es nicht gut war, wenn man im Stehen urinierte und dabei laut lachte.

Als Schraube zehn Minuten später den Clubraum betrat, stand Prietz in der Mitte des Raumes und erklärte eben: »… alle verfügbaren Kräfte unserer Direktion sind dazu abkommandiert – natürlich in Absprache mit den anderen Direktionen, die unsere Aufgaben in dieser Zeit übernehmen.«

»Was für eine Razzia?«, fragte Krause.

»Das erfahren Sie gleich in der Einsatzbesprechung.«

»Wann soll die stattfinden?«, fragte Benneter.

»In einer halben Stunde.«

»Ist mal was anderes«, meinte Krause.

»Das Leben ist voller Überraschungen.«

»Gibt's noch Fragen, die sich nicht unmittelbar auf den Einsatz beziehen?«

Niemand rührte sich.

»Lüften Sie doch mal«, sagte Prietz, dann war er weg.

Es war kurz nach elf.

Mit zwei BVG-Bussen hatte man alle verfügbaren Beamten der Direktion 5 in die Blaschkoallee gebracht. Während der Einsatzbesprechung war Paul und Erkan aufgefallen, wie geschickt das Gelände für diese Schwarzarbeiter-Razzia abgesichert war. Der eigentliche Zugriffspunkt der SoKo wurde in einem weiträumigen Kreis eingekesselt. Da kam keiner mehr raus.

Die Order von Prietz, welche Teams wo eingesetzt werden sollten, war unmissverständlich, da gab es keinerlei Interpretationsspielraum. Wenn sie dort drüben, wo der eigentliche SoKo-Einsatz stattfinden sollte, mal »schnuppern« wollten, müssten sie sich über eine ganz klare und eindeutige Anordnung hinwegsetzen.

Eine halbe Stunde parkten die Busse mit der Aufschrift *Sonderfahrt* jetzt schon auf dem Standstreifen in der Blaschkoallee, etwa zweihundert Meter vor dem Industriegelände. In dieser Zeit war nichts passiert, und der Einsatz verzögerte sich weiter.

Benneter und Bierofka maulten, andere standen sich draußen die Beine in den Bauch und rauchten. Paul und Erkan nahmen die Zwangspause als Fügung und seilten sich ab.

Keiner achtete auf sie, als sie die Blaschkoallee überquerten. Kurz darauf erreichten sie die Auffahrt, an der sie gestern Abend schon einmal gestanden hatten.

Arbeiter in Blaumännern gingen an ihnen vorbei, eine Gruppe Osteuropäer – Albaner, wie Erkan vermutete –, von denen einer Geldscheine abzählte und an ein paar andere verteilte.

Die beiden blieben stehen und schauten zurück. Bei den Bussen rührte sich nichts.

»Los«, sagte Paul.

Sie betraten einen kahlen, weitläufigen Industriehof mit verrosteten, von Unkraut überwucherten Schienen, Lagerhallen und fünfzehn oder sogar zwanzig Meter hohen Fabrikgebäuden, von denen die meisten nicht mehr genutzt wurden und langsam verfielen.

Zwei Rocker auf ihren Harleys überholten sie.

Neben der Zufahrt zu *Hof 3* – wie auf zwei alten, über der Durchfahrt eingelassenen Kacheln zu lesen war – gab es eine verwitterte Schultheiss-Reklame und über der Tür zur Kantine einen blass-lilafarbenen Neonschriftzug: *Melancholie.*

Ein paar Autos parkten dort, Motorräder, Fahrräder. Die beiden Rocker stiegen von ihren Maschinen und verschwanden im Eingang unterhalb des Reklameschildes.

Die Tür stand offen. Selbst aus dieser Entfernung konnte man erkennen, dass es sich um eine Kantine handelte. Der Laden war rammelvoll und verqualmt. An langen Tischen saßen fast ausnahmslos Männer, die aßen, tranken, sich unterhielten.

»Das wird's wohl sein …« Erkan nickte in Richtung des Ladens.

»Behältst du den Bus im Auge?«

»Mach aber nicht zu lange …«

»Bleib cool«, sagte Paul. »Ich bring dir 'ne Bockwurst mit.«

Er stieg die Stufen zum Eingang hoch und betrat die Kantine, während Erkan sich umdrehte und zurück zur Auffahrt schlenderte. Der Besucherstrom riss nicht ab: ein Trupp Arbeiter kam ihm entgegen, ein paar aufgemotzte Typen, die aussahen wie Zuhälter oder Geldverleiher, schließlich einige Wachleute. Alle steuerten auf die *Melancholie* zu.

Lars Boschko saß in einer engen, verschmutzten Toilettenkabine.

Die Neonröhre über ihm flackerte. Er schaute auf die Uhr. 11:42 Uhr. Aus der Innentasche seiner Jacke zog er eine winzige Spritze, fertig aufgezogen. Zwei-, dreimal öffnete und schloss er die Finger der linken Hand, dann zog er mit dem Mund die Plastikkappe von der Spritze …

Beim Betreten der Kantine hatte er ihn gleich gesehen. Aber es hatte gedauert, bis er sich erinnerte: Der Blonde, der mit Kohn aus der S-Bahn gestiegen war, am Hauptbahnhof. Konnte das Zufall sein? Nein. Er saß da mit einer *B.Z.*, die er nicht las, und einem Teller Kantinenpampe, die er nicht anrührte. Der wartete nur. Boschko hatte sich zu ihm an den

Tisch gesetzt und ihn unverwandt angesehen, bis der Blonde schließlich die Geduld verlor.

»Was ist?«

»Schönen Gruß.«

»Was?«

»Ich soll dich grüßen. Von Stephan.«

Der Blonde hatte den Kopf geschüttelt. »Stephan?«

»Hör auf mit dem Scheiß. Du sollst mir was geben.«

»Was geben?«

»Das, was Stephan dir gestern gegeben hat. In der S-Bahn. Oder am Hauptbahnhof.«

»Keine Ahnung, wovon du sprichst ...«

Boschkos Bauch wurde plötzlich ganz leicht. Ein Gefühl von Euphorie. Dieser blonde Typ, der ihm gegenübersaß, wusste genau, wovon er sprach. Das war Kohns Bote. Boschko war sich ganz sicher. Aber wie sollte er hier an diesen kräftigen Kerl rankommen – oder an das, was er bei sich trug?

»Ich bin ein Freund. Hör zu ...«, Boschko beugte sich vor. »Ich bin –« Er wusste nicht genau, was er sagen sollte. »Du musst mir das jetzt geben, gleich ist hier der Teufel los ...«

Aber jetzt machte der Blonde die Schotten ganz dicht. »Hau ab«, sagte er. »Verschwinde!«

Boschkos Finger hatten sich an der Tischkante festgekrallt. Es brachte nichts. Jedes weitere Wort wäre sinnlos gewesen. Also war er aufgestanden und zur Toilette gegangen.

... Boschkos Hand zitterte, als er die Kanüle in die Vene schob und sich das Tilidin ins Blut drückte.

Seine Panik verflog augenblicklich. Er schmiss die Spritze in den Abfalleimer, zog die Hose hoch und spülte.

Vor dem Waschbecken blieb er stehen. Er benetzte sein Gesicht mit kaltem Wasser und strich sich mit den Händen durchs Haar. Er schaute wieder auf die Uhr: 11:44 Uhr. Noch eine Minute …

Paul kaufte sich eine Cola und stellte sich an einen der wenigen Stehtische. Dichte Rauchschwaden hingen unter der Decke, Stimmengewirr, dazu der Geruch von Bratfett und Bierdunst. Nicht weniger als sechzig, siebzig Typen saßen hier an langen Tischen und aßen. An den kleineren Tischen im hinteren Teil des Raumes wurde dagegen nicht gegessen. Hier wurde Schnaps und Kaffee getrunken. Die Männer spielten Karten oder besprachen Dinge, von denen andere nichts mitbekommen sollten.

Einer von ihnen hob eben die Hand und winkte zwei untersetzte, stämmige Südländer heran.

Einen Tisch weiter saßen die beiden Biker, um sie herum eine ganze Gruppe Rumänen oder Zigeuner. Einer aus der Gruppe schien für die anderen zu übersetzen.

Abgefahrener Laden, dachte Paul.

Ein schmächtiges Bürschchen, das wie verloren dagestanden hatte, ein Akkordeon um die Schulter und mit Klamotten, die mindestens zwei Nummern zu groß waren, ging plötzlich quer durch den Raum zu einem blonden, athletischen Kerl mit slawischen Gesichtszügen. *Der nächste Job,* dachte Paul, als sich der Zigeuner zu dem Blonden hinunterbeugte. Der sagte etwas, der Zigeuner nickte. Dann stand der Blonde auf, und die beiden gaben sich die Hand. Einen Moment hielt der Blonde die Hand des Zigeuners umschlossen, als wollte er dem Kleinen für irgendetwas danken oder ihm sein Mitgefühl ausdrücken.

Verdammt. Wie viel Zeit blieb ihm jetzt noch? Paul griff

nach der Cola-Flasche und wollte gerade einen Schluck nehmen, als er mitten in der Bewegung verharrte. Wie elektrisiert starrte er auf einen mittelgroßen Typen mit blauem Kapuzenpullover und käsiger, weißer Haut. Seine Augen glühten. Seine Haare waren rot und feucht und klebten am Schädel. Das musste der SoKo-Mann sein, von dem bei der abgehörten Besprechung die Rede gewesen war.

Der Rothaarige schaute wie gebannt auf einen bestimmten Punkt im Raum. Paul folgte dem Blick und sah den Blonden. Der schob den Zigeuner jetzt beiseite, griff sich seine Zeitung und wollte offenbar gehen. Sofort setzte sich auch der Rothaarige in Bewegung – es schien, als wollte er dem Blonden den Weg abschneiden. Etwa sieben Meter voneinander entfernt blieben beide stehen, musterten sich einen Augenblick und umkreisten sich dann wie zwei Boxer im Ring.

Erkan lehnte am Mauerpfosten des Zufahrtstores und beobachtete das Gelände. Bei den Bussen rührte sich niemand. Keine Spur von Murat, Möller, irgendwelchen SEKs oder anderen Spezialisten. Erkan schaute zurück zur Kantine. Nichts …

Allmählich bekam Erkan Hummeln im Arsch. Paul sollte doch längst wieder da sein. Und was wollten sie hier überhaupt? Murat eins auswischen? Worum ging es eigentlich? Ein bisschen Action war ja schön, nur wenn Paul jetzt nicht bald rauskam, würden sie mit ziemlicher Sicherheit auffliegen.

Am Eingang der *Melancholie* tat sich noch immer nichts. Als Erkan jedoch in die andere Richtung blickte, hatte der erste Bus gerade den Blinker gesetzt und fuhr an. Der zweite folgte.

»Scheiße!«

Erkan zog sein iPhone aus der Tasche, aber dafür war es zu spät. Schwarze Limousinen schossen wie aus dem Nichts direkt auf ihn zu, die Luft vibrierte vom Rotorenlärm der Hubschrauber. Er rannte zurück zur *Melancholie* – als er den Eingang erreichte, quietschten hinter ihm schon die Reifen.

»Razzia!« – »Razzia!«

In der *Melancholie* brach Chaos aus.

Erkan hatte kaum den Eingang passiert, da stürmte ihm bereits eine Gruppe Flüchtiger entgegen. Den ersten drei, vier Typen konnte er noch ausweichen, dann wurde er einfach über den Haufen gerannt. Bei dem Versuch, sich wieder aufzurichten, entdeckte er Paul, der die Tür zur Küche aufstieß und gleich darauf verschwunden war.

Fensterscheiben gingen zu Bruch, es gab Gebrüll, Tumult, Panik – die SEKs drangen ein. Erkan kämpfte sich Richtung Küche und erreichte sie, bevor der Durchgang ganz versperrt war. Doch da war niemand. Er lief weiter zu einer Metalltür auf der gegenüberliegenden Seite, riss sie auf und starrte ins Dunkel. Es dauerte ein paar Sekunden, bis sich seine Augen an die Finsternis gewöhnt hatten. Er befand sich in einem Treppenhaus. Von ganz weit oben ein schwacher Lichtschimmer. Und Fußgetrappel …

»Paul!«, rief Erkan und hetzte die Treppen hoch.

Als er die Tür zum Dach aufstieß, traf ihn grelles Sonnenlicht. Er kniff die Augen zu, seine Lungen schmerzten, sein Brustkorb hob und senkte sich.

Dann hörte er einen Schrei, verzweifelt und schrill, der gleich darauf erstarb.

Er blinzelte, hielt die Handfläche gegen die Sonne und versuchte sich zu orientieren. In dreißig, vierzig Metern Entfernung sah er einen Typen mit Kapuzenpullover an der Dachkante, die Arme weit vom Körper weggestreckt, so als wollte er jemandem zeigen, dass er keine Waffe bei sich trug – außer ihm war niemand zu erkennen. Vom Nachbardach ertönte plötzlich lautes Gebrüll. SEK-Männer stürmten aus dem Austritt und riefen: »Polizei! Runter! Runter auf den Boden!« Sekunden später schob sich ein Hubschrauber hinter der Dachkante empor, Staub wirbelte durch die Luft. Erkan verbarg sein Gesicht in den Händen und duckte sich hinter einen Lüftungsaufbau. Und dort entdeckte er auch Paul, der keine fünf Meter von ihm entfernt hinter einem anderen Lüftungsschacht kauerte. Sein Gesicht war weiß wie eine frisch gestrichene Wand, er schnappte nach Luft und starrte mit aufgerissenen Augen zur Dachkante.

»Was ist passiert?«, rief Erkan.

Paul reagierte nicht. Erst als Erkan ihn an der Schulter packte und rüttelte, hob er wortlos einen Arm und zeigte auf den Mann im Kapuzenpullover.

Erst jetzt erkannte Erkan, dass der Typ rote Haare hatte.

»Und?«

Paul sagte noch immer nichts, doch seine Kiefer mahlten, dass die Wangenknochen hervortraten.

Aus dem Hubschrauber sprangen zwei SEK-Leute, stürzten sich auf den Rothaarigen und warfen ihn zu Boden.

»Sie nehmen ihn fest«, murmelte Paul.

»Komm jetzt, wir müssen hier weg!« Paul rührte sich nicht. Erkan riss ihn hoch und zog ihn zur Dachtür.

Auf dem Gelände standen jetzt mindestens zwanzig bis dreißig Polizeiwagen sowie Kleinbusse und Wannen. Die Festgenommenen wurden in Handschellen zu den Autos geführt.

Benneter und Bierofka standen in der Nähe des riesigen Eisentores, hatten sich eine Kippe angesteckt und schauten sich das Spektakel an.

»Hast du 'ne Ahnung, was da los war?«

»Nö. Aber war ja richtig Bambule!«

»Kannste laut sagen ...«

In diesem Moment kamen mehrere schwarze BMW die Ausfahrt herunter – die SEKs traten den Rückzug an.

Bierofka schnippte seine Kippe zu Boden.

»Was war da los, verdammt?«

Mehr als hundert Meter weiter hinten sah Benneter Paul und Erkan über eine Mauer klettern. Er stieß Bierofka an.

»Guck mal!«

Bierofka grinste. »Gibt's doch nicht.«

Paul und Erkan sahen sich um, als wollten sie sichergehen, dass niemand sie beobachtet hatte. Dann gingen sie in Richtung der parkenden Polizeiwagen.

Paul wirkte merkwürdig kraftlos.

»Wo kommen die denn her?«

Plötzlich blieb Paul stehen, stützte sich mit der Hand an der Mauer ab.

»Was macht der denn da?«

Paul beugte sich vor und kotzte.

»Jetzt bin ich aber wirklich neugierig.«

# 11

Der Einsatz war beendet. Möller stand im Konferenzraum – Kohn war nicht aufgetaucht. Wütend trat Möller unvermittelt gegen den nächstbesten Drehstuhl. Der Tritt war so kräftig, dass der Stuhl drei Meter durch den Raum flog und neben der Tür gegen die Wand krachte.

Er atmete tief durch, bevor er sagte: »Sobald Boschko hier ist, vernehmt ihr ihn. Macht das gründlich. Und nach dem Umtrunk ziehen wir Bilanz. Alles kommt auf den Tisch. Severin, danach nimmst du einen Flieger nach Frankfurt. Du durchleuchtest den Kohn. Geh zum LKA und find raus, ob's Unregelmäßigkeiten bei seinen Abrechnungen gab. Bohr alle an, die mit ihm zu tun hatten, und greif dir auch ein paar von den Rockern, wenn sonst nichts rauskommt. Ich ruf in Frankfurt an, die sollen dir unter die Arme greifen. Kai, du machst den Leuten hier Dampf. Ich will wissen, wen Boschko da vom Dach geschmissen hat. Die sollen vor dem Wochenende ein bisschen klotzen.«

Die SEKs waren genauso schnell verschwunden, wie sie aufgetaucht waren. Murat, Richter und von Ahnen saßen in ihrem Wagen und folgten den Polizeibussen, in denen die Festgenommenen zur Direktion gebracht wurden.

Auf der Rückbank eines der VW-Busse saß Boschko. Die Handschellen drückten seine Handgelenke ab, Schweiß rann seine Schläfen herunter, er hatte brennenden Durst.

Der Blonde wurde ins Leichenschauhaus gebracht.

Paul und Erkan saßen in der vorletzten Reihe des *Sonderfahrt*-Busses.

Erkan hatte es inzwischen aufgegeben zu fragen, was da oben auf dem Dach passiert war. Paul blickte aus dem Fenster.

Bierofka schob sich den Gang entlang und lehnte sich an den Nebensitz.

»Wie geht's so?«, fragte er.

Erkan zuckte mit den Schultern. »Okay.«

»Und dem da?« Er zeigte auf Paul.

»Hat's mit dem Magen.«

Damit wandte sich Erkan ab, zog sein iPhone heraus und begann damit herumzuspielen. Aber Bierofka dachte nicht daran, wegzugehen. Im Gegenteil. Er stellte seinen Fuß auf Erkans Sitz.

»Spinnst du?«

»Ich würd nur gern wissen, wo ihr euch rumgetrieben habt. Da, wo ihr sein solltet, wart ihr jedenfalls nicht …«

Erkan spürte, wie ihm ein Hitzeschauer über den Rücken lief.

»Keine Ahnung, was du meinst. Aber wir sollten ein bisschen Rücksicht nehmen auf Paul. Dem geht's nicht gut – hat wohl 'ne Fischvergiftung …«

Paul sah immer noch aus dem Fenster.

»Soso, Fischvergiftung.« Bierofka drehte sich um und rief: »Hey, sag mal einer dem Fahrer Bescheid, dass wir 'n Umweg fahren. Paul muss ins Krankenhaus!«

»Mach doch nicht so einen Aufriss, Mann! So schlimm ist es auch wieder nicht.« Erkan stieß Paul in die Seite. »Geht's wieder?«

»Mhm«, murmelte der. »Alles super.«

»Hörst du?«, sagte Erkan. »Geht schon wieder.«

»Na, so ein Glück, hab mir schon Sorgen gemacht. Kommando zurück – unser Paule ist schon wieder ganz fidel!«

Einige lachten.

»Erzählt dem Onkel doch mal, wo ihr euch rumgetrieben habt …«

»Wir haben dir nichts zu sagen.«

»Doch. Habt ihr.« Bierofka schlug jetzt einen anderen Ton an. »Sonst sorg ich nämlich dafür, dass ihr das aufschreibt – mit Datum und Personalnummer.«

Erkan sah zu Paul, der aber weiterhin völlig unbeteiligt wirkte.

»Gib uns mal 'ne Stunde. Dann besprechen wir das alles, okay?«

»Na, das hört sich doch schon besser an.« Bierofka klang wieder ganz versöhnlich. »Dein Freund soll erst mal wieder richtig auf die Beine kommen. Mach ihm 'n kalten Umschlag und einen Kamillentee!« Dann ging er zurück nach vorne.

»Du bist ein Idiot, Erkan. Warum hast du nicht gesagt, dass da zwei Typen ausgebüchst sind und wir hinterhermussten. Fischvergiftung!«

»Können wir doch immer noch sagen …«

»Nee. Das kaufen die uns jetzt nicht mehr ab.«

»Mir ist nichts Besseres eingefallen.«

»Hab ich gemerkt.«

Der Bus bog in den Columbiadamm ein.

»Würdest du mir jetzt endlich mal erzählen, was da auf dem Dach los war?«

»Ja. Aber zuerst brauch ich 'n Kaffee.«

Boschko wurde gleich nach der Ankunft auf dem Direktionsgelände von den anderen Festgenommenen getrennt und in einen Verhörraum im Nebengebäude gebracht. Fünf Minuten später ging die Stahltür auf, Traemann und Lang kamen herein und setzten sich.

Die ersten Minuten sprachen sie kein Wort, aber Boschko war klar, dass dies nur das Vorspiel war.

»Gebt mir mal Wasser«, sagte er irgendwann und schaute von einem zum anderen. »Ich hab ’nen Scheißdurst.«

»Kriegst du. Wenn wir fertig sind.«

»Kommt, keine Spielchen. Lasst uns alles abklären, und dann ist gut.«

»Gar nichts ist gut.«

»Boschko«, sagte Lang, »du sitzt in der Scheiße.«

Boschko schloss die Augen. Sein Rachen brannte, er hatte Kopfschmerzen. Er sagte: »Los, fragt schon. Aber zuerst sagt ihr Möller, dass ich ihn sehen will.«

»Klar. Wenn er wieder hier ist, Ende der Woche.«

»Und wenn er nicht abgezogen wird.«

»Ach, erzählt keinen Mist …«

»Der Einsatz war ein totales Fiasko. Kohn ist nicht aufgekreuzt, und du schmeißt einen Kerl vom Dach.«

»Moment …«

»Wir haben uns noch mal deine Berichte angeschaut. Die sind in letzter Zeit immer dünner geworden.«

»Hört auf mit dieser Tour! Was soll das? Ich bin einer von euch, verdammt!«

»Halt’s Maul!«

Boschko verstummte. Sie legten es darauf an, ihn zu provozieren, bis er rumbrüllte, um ihn dann zurechtzuweisen. Was ihn natürlich noch mehr in Rage bringen würde – die Taktik war leicht zu durchschauen.

»Warum zitterst du? Hast du Angst?«

»Ihr kotzt mich an.«

»Wenn du sauber wärst, würdest du nicht zittern.«

»Setz dich gerade hin und beantworte unsere Fragen.«

»Verpisst euch! Wir sind Kollegen. So eine Scheiße zieht man untereinander nicht ab …«

»Ja«, sagte Traemann, »vielleicht hast du recht. Ich glaube fast, es wäre besser, wenn du gar nichts sagst.« Er nahm die Brille ab und rieb sich den Nasenrücken. »Wenn du einfach wartest und die Schnauze erst aufmachst, wenn dein Anwalt da ist. Gut gemeinter Tipp.«

»Was?«

»Sag nichts ohne Anwalt. Wirklich.«

Lang schien der Ratschlag seines Kollegen nicht zu gefallen. Aber der machte weiter:

»Die werden dir 'nen Strick drehen. Aber mach, was du für richtig hältst.« Und zu Lang gebeugt: »So fair sollten wir schon sein.«

»Also gut, Arschloch. Willst du Beistand?«, fragte Lang.

Sie sahen ihn an. Während Boschko in ihren Gesichtern zu lesen versuchte, schlug Lang plötzlich mit der flachen Hand auf den Tisch.

»Was ist jetzt? Mach's Maul auf!«

»Jetzt sag schon«, setzte Traemann in freundlicherem Ton nach.

»Nein.« Boschko sprach leise.

»Was hast du gesagt?«

»Ich brauch keinen Anwalt.«

»Aha«, sagte Lang.

Traemann schüttelte den Kopf und murmelte: »Idiot …«

Nebenan standen Möller, Murat, Richter und von Ahnen hinter einer verspiegelten Wand und verfolgten die Vernehmung.

»Dafür, dass die das zum ersten Mal zusammen machen, ist es gar nicht schlecht …«

»Gibt's was von der Telefonüberwachung? Sind in den Funkzellen um das Gelände ein paar bekannte Nummern angewählt worden?«

»Keine Treffer bei den Nummern.«

»Scheiße.«

»Und die Identität des Blonden?«, fragte Murat.

»Sein Gesicht wurde beim Aufprall vollständig zerschmettert. Papiere hatte der nicht dabei, aber wir sind dran.«

»Wann hast du Kohn getroffen?«, fragte Traemann.

»Gestern. Und davor Samstag … oder Sonntag.«

»Was jetzt?«

»In der Nacht von Samstag auf Sonntag.«

»Wo?«

»Gestern am Hauptbahnhof. Und Samstag am Westkreuz, an der S-Bahn-Station …«

»Bleiben wir mal bei Samstag. Da ist er dir zufällig am S-Bahnhof Westkreuz über den Weg gelaufen?«

»Nein. Ich hatte ihn schon davor gesehen.«

»Wo?«

»Da, wo ich auch Foryta gesehen hab: im *Kamikaze* in Tempelhof. Das war irgendwann nachts, etwa gegen drei oder vier.«

»Und dann ist Kohn gegangen?«

»Ja. Irgendwann ist er weg.«

»Wohin?«

»Zur S-Bahn!«

»Und da hast du ihn angesprochen?«

»Ich bin ihm erst hinterhergefahren, weil ich wissen wollte, wo er hinwill. Dann ist er am Westkreuz ausgestiegen, und auf dem Bahnsteig hab ich ihn angesprochen.«

»Wusste er, wer du bist?«

»Nicht sofort. Aber dann hat's *Klick* gemacht. Wir sind uns schon mal bei einer Art Fortbildung über den Weg gelaufen ...«

»Weiter.«

»Kohn war misstrauisch. Ich hab ihn gefragt, ob ihm klar ist, dass es übermorgen rausgeht. Ich glaube, er wusste das nicht. Dann haben wir uns für Donnerstag am Hauptbahnhof verabredet. Ich dachte, besser ein kürzeres Intervall – bevor er das vergisst oder so. Ich wollte wissen, wo er wohnt und wo er jetzt hinwill. Aber er hat nichts gesagt. Er hat nur gefragt, ob ich in Charlottenburg noch was zu erledigen hätte. Nein, hab ich gesagt, ich wollte nur mit ihm sprechen. Und er meinte, das hätte ich ja jetzt getan. Kurz darauf kam 'ne Bahn, er wollte, dass ich einsteige – was ich dann auch gemacht hab ...«

»Du weißt also nicht, wo er sich verkrochen hat.«

»Nein.«

»Und Foryta?«

»Den hab ich nicht mehr gesehen. Und Kohn dann erst wieder am Hauptbahnhof. Da sah der aus, als wäre er über Nacht zehn Jahre gealtert. Er war am Hermannplatz dabei gewesen, meinte er.«

»Hat er auch gesagt, wer geschossen hat?«

»Nein.«

»Wessen Waffe es war?«

»Nein. War's seine Waffe?«

»Wir stellen die Fragen. Er hat dir also nur erzählt, dass er dabei war, nicht mehr?«

Boschko schüttelte den Kopf. »Nein.«

»Und das Material?«

»Tja!« Boschko warf die Arme in die Luft. »Das wollte er über einen Freund rausschicken. Das sollte heute hier sein ...«

»Murat«, sagte Möller und wandte den Blick zu seinem Stellvertreter. »Ich muss Kohn überprüfen lassen.«

Murat starrte weiter auf die Trennscheibe und sagte nichts.

»Lang macht das, sobald wir hier fertig sind. Der fliegt nach Frankfurt …«

»Okay«, sagte Murat schließlich.

»Wie bist du überhaupt an Kohn rangekommen?«

»Foryta hatte mir den Tipp mit dem *Kamikaze* gegeben. Aber nicht, weil er wusste, dass er dort Kohn trifft, sondern dass da ein Treffen stattfinden sollte mit irgendwelchen neuen Partnern …«

»Und da bist du dann auf gut Glück hin?«

»Ja, verdammt! So viele Möglichkeiten hatte ich nicht.«

»Wie hast du Foryta gefunden?«

»Von dem wusste ich ja, dass der mit den Budaks abhing. Den hab ich auf einer Toilette in einer Bar in Moabit abgepasst. Foryta wirkte ziemlich fertig …«

»Hat der sich was in die Nase gerieben auf der Toilette?«

»Kann ich nicht sagen, hab ich nicht gesehen. Wenn ihr mich fragt, der wirkte nicht mehr richtig fest. Das bröckelte alles bei ihm weg. Ich hätte mich nicht gewundert, wenn er mir gesagt hätte, dass ich ihn rausholen soll.«

»Zurück zu Kohn. War Kohn alleine im *Kamikaze?*«

»Mit einem anderen Typ.«

»Kannst du den beschreiben?«

Boschko schüttelte den Kopf. »Nicht wirklich.«

»Gib dir mal ein bisschen Mühe!«

»Keine Ahnung, eher groß und schlank. Unauffällig. Ich hab sein Gesicht nicht gesehen, und ich wollte selbst auch nicht gesehen werden. Ich war ziemlich froh, dass ich Kohn überhaupt gefunden hatte …«

»Und dann?«

»Ich hab mich gegenüber in einen Imbiss gesetzt, ein Bier getrunken und gewartet. Zuerst kam Foryta mit zwei Leuten. 'Ne Stunde später ist dann Kohn mit einem Begleiter aufgetaucht. Ich glaube, die saßen dann zu fünft am Tisch. Irgendwann sind Kohn, sein Begleiter und noch einer gegangen.«

»Wer?«

»Ich glaube, einer von denen, die mit Foryta gekommen sind.«

»Foryta ist geblieben?«

»Ja.«

»Wer war der andere?«

»Keine Ahnung. Vielleicht einer von den Budaks?«

»Warum ist der mitgegangen?«

»Weiß ich nicht. Der ist dann beim S-Bahnhof in ein Taxi gestiegen, und Kohn und der andere sind hoch auf den Bahnsteig.«

Boschkos Lippen waren inzwischen aufgesprungen.

»Ich brauch Wasser«, sagte er.

»Kriegst du. Aber jetzt erzähl uns erst alles noch mal von vorne«, sagte Traemann. Und Boschko erzählte alles nochmal von vorn. Als er schon fast durch war und am Ende etwas lallte, weil seine Zunge schwer war und träge und pelzig, brüllte Lang: »Penn hier nicht weg, du Arschloch!«

»Wenn das hier durch ist, kriegst du eins auf die Fresse!« Boschko rieb sich die Schläfen. Plötzlich sprang Lang auf und stieß Boschkos Stuhl um. Er packte ihn und zog ihn zu sich heran. Traemann hatte Mühe, seinen Kollegen zurückzuhalten.

»Ganz ruhig, Leute«, sagte er, als sie wieder saßen. »Du hast doch Kohn auf das Material angesprochen, oder? Wie hat er da reagiert?« Boschko fuhr sich über die Augen. »Erst hat er gar nicht reagiert. Irgendwann hat er dann zugegeben, dass es überhaupt Material gab und dass er es rausschicken würde. Das würde ein Freund übernehmen. Mich hat das nicht überzeugt, aber mehr hat er dazu nicht gesagt. Kurz darauf ist er aufgestanden und gegangen.«

»Wieso ist der gegangen? Er wusste doch, dass heute der Zugriff stattfinden sollte. Hast du ihm das nicht gesagt?«

»Natürlich! Er wusste das, aber er meinte, er hätte noch was zu erledigen. Er wollte noch nicht raus. Verstehst du, der ist aufgestanden und gegangen.«

»Und warum hast du ihn nicht aufgehalten?«

»Hätt ich ihn festnehmen sollen, oder was?«

Lang und Traemann gingen ins Detail: Was hatte Kohn angehabt? Was hatte er gegessen? Hatte er den Eindruck erweckt, Drogen genommen zu haben? Wieder und wieder ließen sie sich jede Einzelheit genauestens beschreiben.

Dann kam die Razzia dran.

»Also Kohn hat gesagt, er selbst würde nicht kommen, aber ein *Freund?*«

»Nicht so direkt. Er hat nur gesagt, dass er noch drin bleibt. Und dass er einen Freund schickt mit dem Material.«

»Aha, und das klang überzeugend?«

»Nein. Ich weiß nicht … Hätte sein können.«

»Einerseits hast du ihm nicht geglaubt, andererseits hätte es aber doch sein können …« Lang sah zu Traemann. »Seit der sein Maul aufgemacht hat, erzählt der nur Mist.«

»Was hätte ich denn tun sollen? Gar nicht erst hinfahren?«

»Weiter«, drängte Traemann.

»An diesem Blonden bin ich hängengeblieben. Ich wusste

erst gar nicht, woher ich den kannte – aber dann fiel mir ein, dass ich ihn am Hauptbahnhof gesehen hatte, als Kohn aus der S-Bahn gestiegen war.«

»War das vielleicht sein Freund?«

»Weiß ich nicht. Ich bin nicht mal sicher, dass der wirklich zu Kohn gehörte. Das war ein Strohhalm. Ich hab alles auf eine Karte gesetzt und den Blonden angesprochen. Hab ihn direkt nach Kohn gefragt, ob der ihn geschickt hätte … Der Typ hat aber nur gemauert. Ich wollt ihn mir mal richtig zur Brust nehmen, aber da ist der Kerl abgehauen.«

»Warum?«

»Keine Ahnung.«

»Vor oder nach dem Zugriff?«

»Keine Ahnung. Ich glaub, als es losging. Der ist hoch bis aufs Dach, ich bin hinter ihm her, und dann hat er sich wie ein Irrer auf mich gestürzt.«

Wie in einem Film spielte sich alles noch einmal vor Boschkos Augen ab. Während er sprach, begann er zu zittern. Es war, als könnte sich sein Körper an alles erinnern, an jeden Schlag, jede Drehung.

»Das war ganz schön wirr. Ich bin da nicht ganz mitgekommen. Bitte noch mal von vorn«, verlangte Traemann.

Die Situation war wirklich absurd. Boschko durchschaute die zwei – ständige Unterbrechungen, endlose Wiederholungen, Wasserentzug, die Taktik, Widersprüche nicht sofort aufzuzeigen, sondern erst später, wenn der Verdächtige schon nicht mehr genau wusste, was er gesagt hatte. Auch die Rollenverteilung der beiden war bekannt. Vernehmungen liefen eigentlich immer nach demselben Muster ab. Und die beiden machten ihre Sache gut.

Boschko war fix und fertig. Er machte inzwischen nicht einmal mehr den Versuch, sich aufzubäumen. Er hatte keine Kraft mehr.

»Warum ist der Blonde weggerannt?«

»Ich weiß es nicht. Ich … vielleicht war der in Geschäfte verwickelt.«

Traemann und Lang blickten sich an.

»Wie bitte? Was für Geschäfte? Woher weißt du das?«

Boschko wusste gar nichts. Er war sich nicht mal mehr sicher, ob das wirklich der Mann war, den er mit Kohn gesehen hatte.

Und warum war er ihm dann hinterhergelaufen?

Er zuckte mit den Schultern. Er hatte sich eben in den Kerl verbissen. Er hatte das Gefühl, dass ihm alle Felle davonschwammen: Foryta war tot, Kohn weg – und der Kerl hatte nur gemauert und wollte abhauen. Also war er ihm aufs Dach gefolgt.

»Das ist Scheiße! Du erzählst von vorne bis hinten Scheiße!«

»Sieht nicht gut aus für dich. Du hättest auf mich hören sollen. Ein Anwalt hätte dir helfen können.«

»Vielleicht hattest du ja Geschäfte mit dem am Laufen und hast die Gunst der Stunde genutzt, ihn loszuwerden?«

»Seid ihr verrückt?«

»Hast du doch gerade gesagt.«

»Hab ich nicht!«

»Doch. Wenn du ihn einmal gesehen hast, warum nicht zweimal?«

»Und du selbst hast von Geschäften gesprochen, in die er …«

»Das war ein Erklärungsversuch, weil er abgehauen ist!«

»So kommen wir nicht weiter.«

»Wir brechen jetzt ab. Das macht so keinen Sinn. Du willst dich offenbar in die Scheiße reiten.«

Lang und Traemann standen auf und gingen raus.

»Ihr Wichser!«, schrie Boschko ihnen nach.

»Und?«, fragte Möller.

»Der ist sauber«, meinte Lang. Traemann nickte.

»Ist verdammt unglücklich gelaufen. Ich hoffe, wir haben bald die Identität des Blonden. Da bin ich wirklich gespannt.«

»Hat einer vom SEK was gesehen?«

»Zwei haben den Kampf vom Nachbardach beobachtet. Die meinen, der eine hätte einfach Glück gehabt – und der andere halt Pech.«

»Hatte Boschko irgendwas in den Taschen?«

»Nichts Besonderes.«

»Und unser Blonder?«

»Nur Geld.«

»Warum ist der dann so durchgedreht?«

»Geschäfte vielleicht, wie Boschko sagt. Oder der hatte sie nicht alle. Oder Boschko hat seine Vampirzähne gezeigt.«

»Wir halten uns hier mit Boschko auf, aber ich werd vor allem aus Kohns Verhalten nicht schlau«, sagte Richter und sah zu Murat. »Keiner von uns kennt den, nur du. Was treibt der eigentlich? Was zieht der ab?«

»Ich weiß es nicht«, sagte Murat knapp.

»Das reicht aber nicht.«

»Du hast deinen Mann verloren, Daniel. Das heißt nicht, dass mir das auch passiert.«

Möller stand auf. »Kommt jetzt. Alles Weitere besprechen wir nach dem Umtrunk. Ein paar Ansätze haben wir ja.«

»Erst sollten wir Boschko mal rausholen, sonst nimmt er das noch persönlich«, sagte Lang.

»Kohn wird schon seine Gründe haben …«, meinte von Ahnen.

»Genau die Gründe, die auch Foryta hatte.«

»Was soll das, Daniel?«

»Was ich hier gar nicht brauchen kann, ist ein Hickhack untereinander!« Möller war laut geworden. Dann sah er jedem Einzelnen in die Augen: »Jetzt sind wir alle wieder nett zu Boschko, dann bedanken wir uns artig bei unseren Berliner Freunden, und danach geht's an die Arbeit.«

Lang ging zum Wasserhahn und füllte ein Glas.

Sie öffneten die Stahltür, nahmen Boschko die Handschellen ab, klopften ihm auf die Schulter und entschuldigten sich für die kleine Unannehmlichkeit.

Paul und Erkan saßen in der Kaffeeküche. Paul hatte sich wieder so weit beisammen, dass er endlich erzählen konnte.

»Auf dem Dach, da oben … Ich hab einen Mord gesehen.«

Erkan stieß einen leisen Pfiff aus. »Da war dieser Schrei …«

»Ja. Das war ziemlich übel.«

»Wie ist das genau passiert?«

»Die haben gekämpft.«

»Warte. War außer dir noch jemand da oben? Also, bevor der gefallen ist …«

»Ich glaub nicht. Die SEKs …«

»Ja, die hab ich auch gesehen. Aber kamen die nicht erst später?«

»Wahrscheinlich schon.«

»Scheiße. Ich mein … geil.«

»Wieso …«

»Dann bist du der einzige Zeuge.«

»Keine Ahnung … Vielleicht.«

»Hey, da gibt's nichts zu überlegen. Wenn du allein da oben warst, als es passiert ist, bist du der einzige Zeuge!«

Paul stand auf, trank etwas Wasser aus dem Hahn und ließ sich wieder auf seinen Stuhl plumpsen.

»Ja. Ist dann wohl so.«

Erkan wurde hibbelig. Er zog einen Stuhl heran, setzte sich, stand aber gleich wieder auf.

»Paul, wahrscheinlich wissen die längst, was da passiert ist. Aber du bist Zeuge. Du bist wichtig … Mann! Du bist unsere Eintrittskarte! Hey, vielleicht lassen die uns sogar ein bisschen … mitermitteln. Nur so'n bisschen.« Er klatschte in die Hände. »Murat geht zu Möller und sagt, dass er zwei coole *Special Agents* kennt, Straßenbullen, die Berlin kennen wie ihre Westentasche. Ich mach ja nur Spaß. Aber für Recherchen könnten die uns vielleicht doch gebrauchen.«

»Kann man denen ja mal anbieten.«

»Auf jeden Fall! Aber jetzt erzähl endlich mal, was genau passiert ist.« Erkan hob die Hände, spreizte die Finger und sagte mit verstellter Stimme: *»Der Mooooord!«*

»Das war krass. Ich hab danach gekotzt.«

»Weiß ich ja. Aber jetzt erzähl mal.«

»Der Rothaarige und der Blonde haben gekämpft. Und sich irgendwas zugerufen. Hab aber nicht verstanden, was. Und als ich dachte, die hören auf, hat der Rothaarige den Blonden plötzlich so in eine Drehung gerissen.« Paul stand auf, ging zu Erkan und packte ihn, wie der Rothaarige den Blonden gepackt hatte. »Und dann hat er ihn über die Kante gestoßen und losgelassen. Das war's.«

Erkan nickte.

»Hm … Murat musst du das dann etwas klarer – also genauer erzählen. Klingt jetzt noch nicht ganz so zwingend.«

»Kein Problem.«

Erkan grinste. »Wenn das alles auf dem Tisch liegt, kann uns Bierofka auch nicht mehr anpissen.«

»Der Typ kann einpacken!«

Sie klatschten sich ab.

Auf dem Weg zum Hof kamen sie am Dispositionsraum vorbei. Hinter ihnen machte jemand ein Geräusch, als würde er ein Kätzchen anlocken.

Es war Bierofka. Breitbeinig stand er da, eine Kippe in der Hand, die allerdings nicht brannte. Direkt hinter ihm stand Benneter, und auch Schabroth streckte seinen Kopf aus der Tür.

»Hey Bierofka!«, sagte Paul. »Machst du hier einen auf Cowboy, oder was?«

»Scheint dir ja schon wieder besser zu gehen. Schön. Na, dann erzählt uns doch mal, was ihr da Spannendes erlebt habt. Oder halt! Sollen wir uns lieber gemütlich in den Clubraum verziehen? Ich setz frischen Kaffee auf, die Rosi bringt Kuchen – und dann kommt Benneter vielleicht auch noch mit dazu. Was meint ihr?«

»Klingt super«, sagte Paul. »Kann mir fast nichts Schöneres vorstellen, als mit dir schön gemütlich auf 'ner vollgefurzten Couch zu kuscheln und zu quatschen, wie es sonst nur beste Freundinnen tun …«

Bierofkas Oberlippe zuckte kurz. Dann steckte er die Kippe in den Mund, nahm sie aber gleich wieder heraus.

»Leider musst du heute auf uns verzichten, Bierofka. Wir haben 'nen Termin.«

»Kopf hoch. Vielleicht klappt's morgen …«

»Oder nächste Woche! Mach keine Versprechungen, die wir nicht halten können, Paul!«

»Ja, zurzeit ist's etwas eng.«

Bierofkas Augen waren schmal geworden, sonst ließ er sich nichts anmerken.

»Habt noch ’nen schönen Tag, Jungs«, sagte er nur.

# 12

Die sogenannte Baracke, ein ehemaliger Pferdestall, wurde entweder als Lagerraum oder für Veranstaltungen genutzt. Tatsächlich hatten auf dem abgewetzten Podest schon unzählige drittklassige Bands gestanden und für Betriebsfeiern und Hochzeiten gespielt. Den Höhepunkt der musikalischen Unterhaltung bildeten jedes Mal ein paar alternde Polizeibeamte, die den Rock’n’Roll immer noch in den Knochen zu spüren glaubten und mit ihrer Combo ein paar Bill-Haley-Songs runterschrammelten.

Weil sich aber kein halbwegs nüchterner Mensch freiwillig die alten Herren mit Tolle und Cowboystiefeln anhören oder zu dem abgenudelten Zeug tanzen wollte, fungierten sie zugleich als Organisatoren, die die Baracke in Schuss hielten und sich eben dadurch ihr Auftrittsrecht erwirkten. Heute allerdings durften sie nicht spielen, obwohl sie die Getränke und das kalte Buffet besorgt hatten.

Hasso Möller betrat das Podest. Er dankte für die Kompetenz und Schnelligkeit, mit der »Berlin« sie in dieser wichtigen Angelegenheit unterstützt hatte. Die Herren des Führungsstabes, die das alles so »unbürokratisch« abgesegnet hatten, hielten ihre Sektgläser hoch und lächelten höflich. Schaden konnte es ja nicht, wenn ein Spitzenermittler vom

Schlage eines Hasso Möller sich ihnen verpflichtet fühlte. Ein besonderer Dank ging an Prietz für dessen Gastfreundschaft und die personelle Unterstützung, die entscheidend dazu beigetragen hatte, dass der Einsatz ein voller Erfolg geworden war. Möller ließ nichts aus, um die Zuhörer von seiner Dankbarkeit und Begeisterung zu überzeugen. Auf Details ging er zwar nicht ein, allerdings war es kein Geheimnis, dass die Razzia in direktem Zusammenhang mit der »Hermannplatzsache« gestanden hatte.

Prietz, der etwas abseits stand, schaute auf seine Uhr und gähnte.

Die Ansprache war noch nicht beendet, als Paul und Erkan in die Baracke drängten und die Tür so leise wie möglich hinter sich schlossen. Sie drückten sich an der Wand entlang bis zu einem kleinen Tisch, auf dem Kaffee, Kartoffelsalat, Würstchen und ein paar Flaschen Sekt bereitstanden.

»Hat Spaß gemacht mit euch. Danke.« Mit diesen Worten schloss Möller seine Rede. Es gab kurzen Applaus, das Stimmengewirr schwoll an.

Paul und Erkan entdeckten Murat im Gespräch mit drei anderen Ermittlern aus Berlin. Er wirkte noch immer angespannt und müde – und irgendwie erwachsener, als sie ihn von früher kannten.

»Willst du hingehen?«, fragte Erkan.

Paul wollte lieber noch warten.

Als Murat endlich in ihre Richtung schaute, hob Erkan sofort den Arm. Einen Moment lang verfinsterte sich Murats Gesicht, doch dann grinste er, unterbrach sein Gespräch und kam auf sie zu. Er nahm beide in den Schwitzkasten, Erkan links, Paul rechts, und drückte sie ein paar Sekunden an sich.

»Na, ihr kleinen Scheißer!«

»Machst du hier einen auf Chefermittler, oder was?«

»Vizechefermittler, bitte.«

»Nicht schlecht.«

»Wieso meldest du dich nicht?«

»Weil ich viel um die Ohren hab. Außerdem bin ich doch erst seit gestern hier. Ich hätte mich schon noch gemeldet …«

Paul nestelte am Kragen seines T-Shirts.

»Äh, Murat. Hör mal bitte …«

»Oha! *Hör mal bitte …*«, sagte Murat. »Wie geht es dir? Ich wünsche dir einen guten Tag, auf Wiedersehen …«

»Ich hab dir was zu sagen.«

»Und deswegen bist du so formell?«

»Paul muss dir wirklich was sagen«, sagte Erkan.

»Schon verstanden. Soll ich mir vorher noch 'ne Krawatte umbinden?«

»Sehr komisch.«

»War doch nicht schlecht.«

»War richtig geil. Los jetzt …«, sagte Erkan.

»Falls ihr noch einen Zeugen braucht …«, begann Paul.

»Hä?«

Erkan nickte Paul zu. Die erste Hürde war genommen, die BKA-Karriere zum Greifen nah …

»Ich war oben auf dem Dach. Hab alles gesehen.«

Murat kniff die Augen zusammen.

»Du warst also auf dem Dach. Und was hast du da gesehen?«

Prietz war auf die drei aufmerksam geworden

»Was hast du gesehen?«, wiederholte Murat.

Paul wirkte plötzlich unsicher. Er schaute zu Erkan, zu Murat, zu Prietz …

»Paul?«

»Was habt ihr hier zu suchen?«, mischte sich Prietz ein.

»Moment.« Murat klang jetzt sehr bestimmt. »Was hast du gesehen, Paul?«

»Den … Mord.« Paul sprach sehr leise.

»Den Mord?«

Prietz machte einen Schritt auf Paul zu.

»Du hast einen Mord gesehen? Wo?«

»Beim Einsatz heute.«

»Beim Einsatz? Wieso gab's da einen Mord? Hab ich da was nicht mitbekommen?«

»Da ist doch einer vom Dach gestürzt«, fügte Erkan hinzu. »Jetzt erzähl schon, Paul.«

»Sprichst du von dem Unfall?«

»Das war kein Unfall …«

»Stopp. Wo ist da was passiert?«

»Auf dem Dach, in dem Komplex, wo die *Melancholie* ist. Heute. In der Blaschkoallee.«

Prietz sah Murat an.

»Was ist passiert? Da hattet ihr doch überhaupt nichts zu suchen!«

»Wir mussten dorthin – einem Flüchtigen hinterher«, sagte Erkan.

Murat packte Paul am Arm. »Na los, lass dir nicht alles aus der Nase ziehen. Erzähl ganz genau, was du gesehen hast.«

Paul fing an zu erzählen, und sofort war er wieder mitten im Geschehen.

»Die beiden hatten einen Vorsprung, drei oder vier Treppen. Ich glaube, es kam schon dort zu Handgreiflichkeiten, jedenfalls hörte es sich so an. Einer von denen hat geschrien. Als ich dann aufs Dach kam, waren die schon ganz am anderen Ende und hielten sich gepackt. Der Blonde hat versucht, auf den Rothaarigen einzureden, aber der hat nicht reagiert.

Der war völlig außer sich, hat nur irgendwas gebrüllt. ›Gib's her‹, oder so. Hab's nicht richtig verstanden. Irgendwann waren sie dann still. Der Blonde war kräftiger, der wollte den Roten immer zu einem der Schornsteine schieben. Aber der hat sich losgerissen … Die haben sich immer weiter zur Dachkante bewegt. Irgendwie hatte der Blonde den Arm vom Roten gepackt – nein, umgekehrt. Der Blonde war's. Der eine hat versucht, den anderen zu Boden zu drücken, oder zu stoßen. Aber geschubst hat der andere … Und dann war's vorbei. Der Rothaarige hat den Blonden in eine Drehung gerissen. Beide waren vielleicht noch einen Meter von der Dachkante entfernt. Der Blonde kam aus dem Gleichgewicht, stolperte und hing plötzlich in der Luft, so …«

Paul lehnte den Oberkörper zurück, breitete die Arme aus und deutete den Moment des Fallens an.

»Er hat noch versucht, sich an dem Roten festzuklammern, aber der hat ihn weggestoßen und die Arme weggeschlagen. Und dann kam der Schrei … Der Rothaarige hat sich noch so komisch umgeguckt, als ob er sich vergewissern wollte, dass ihn niemand beobachtet hat. Aber da kamen schon die SEK-Typen und haben ihn festgenommen.«

Prietz setzte eine ernste Miene auf.

»Der eine schubst, der andere guckt komisch? Oder war's andersrum?«

»Anders! Ich meine, ich konnte ja nicht alles sehen. Die waren doch ein ganzes Stück entfernt, aber ich bin ganz sicher. Das war …«

»Mord?«, ergänzte Murat, bevor Paul den Satz vollenden konnte.

Paul nickte. Die Anspannung war weg. Die Bilder verblassten, er war wieder hier, in der Baracke, mit Murat und Prietz und Erkan und den anderen.

»Wie kannst du dir so sicher sein, wenn du das alles gar nicht genau gesehen hast?«, fragte Murat.

»Das Entscheidende hab ich doch gesehen.« Paul sah zu Erkan, der seinem Blick jedoch auswich. Prietz' Gesicht war undurchdringlich wie ein Fels, und auch was in Murat vorging, konnte Paul nicht lesen. Irgendwie lief alles anders als gedacht. Und jetzt, nachdem er seine Version der Geschehnisse erzählt hatte, begann er plötzlich selbst zu zweifeln, was da eigentlich gewesen war. Er ließ seinen Blick durch den Raum schweifen – und erstarrte.

»Da«, sagte er und zeigte auf einen Mann, der mitten in einer Gruppe schwatzender Kollegen stand. »Den mein ich.«

Paul zeigte auf Boschko, der just in diesem Moment den Kopf hob und in ihre Richtung blickte. Er sah krank aus. Und hart.

Murat schob sich vor Paul und schirmte ihn ab.

»Das ist also dein Mörder?«

»Ja«, sagte Paul mit betont fester Stimme.

Murat hob den Zeigefinger.

»Pass jetzt genau auf, was du sagst.«

»Was hattet ihr auf dem Dach zu suchen?«, fragte Prietz.

»Wir haben jemanden wegrennen sehen, und da sind wir hinterher …«

»Ich vermute, dass das einer Überprüfung nicht standhalten wird, oder?«

»Doch, doch«, murmelte Erkan.

»Hast du denen was von dem Einsatz erzählt, Murat?«

»Bist du verrückt?«

»Aber ihr habt was von dem Einsatz spitzgekriegt … Nur wie?« Prietz forschte in ihren Gesichtern, brach dann aber ab: »Mensch, guck dir den Kleinen an«, meinte er. »Ist ganz durcheinander … Und da kann nichts dran sein, Murat?«

»Nein.«

»Eins kann ich euch sagen«, sagte Prietz. »Murat war früher nicht so blöd wie ihr!«

»Ihr habt Spezialagenten gespielt, stimmt's?«, fragte Murat. »Derselbe Scheiß, den ihr schon vor Jahren als Kinder abgezogen habt. Vollidioten! Also wenn's nach mir geht, können die euch die Hammelbeine lang ziehen!« Er war kurz davor, sich richtig in Rage zu reden, wandte sich dann jedoch schnell ab. Paul hielt ihn an der Schulter.

»Murat!«

»Nimm deine Finger weg! Du hast von nichts 'ne Ahnung. Weißt du eigentlich, wer dein *Rothaariger* ist? Das ist Boschko – der gehört zu uns! Geh mal rüber, und erzähl ihm, was du alles gesehen hast. Aber wunder dich nicht, wenn er dir eine scheuert. Der wär nämlich um ein Haar selbst dabei draufgegangen. Aber gut, ich kann dich beruhigen. Du bist nicht der einzige Zeuge – zwei SEK-Leute haben auch was gesehen. Allerdings keinen Mord. Nur einen Kampf und Notwehr.«

Paul sah jetzt aus wie ein achtjähriger Junge, dem ein Sheriffstern aus Plastik am Hemd klebte. Mit weit aufgerissenen Augen versuchte er zu erklären, was nicht mehr zu erklären war.

»Ich dachte, ich hätte …«

»Hätte, könnte, täte, Tröte! Du kannst ihn ja anzeigen! Willst du?«

Paul schüttelte den Kopf.

»Ich kann dich nicht hören!«

»Nein!«

»Dann halt besser den Mund!«, sagte Murat und ging.

»Ihr geht jetzt besser auch«, sagte Prietz. »Schreibt mir mal auf, was da los war. Das mit dem Dach lasst ihr besser weg.«

Er zwinkerte ihnen zu und schaute sich noch einmal im Raum um. Die Sektgläser wurden gerade nachgefüllt, der Führungsstab und alle anderen waren in angeregte Gespräche vertieft.

»Diese Scheiße muss doch langsam mal vorbei sein«, murmelte er.

# 13

»Warte doch mal!«, rief Paul.

Aber Erkan ging einfach weiter über den Hof.

»Erkan!« Paul hatte ihn endlich eingeholt. »Ich versteh das nicht. Ich bin doch nicht verrückt!«

»Keine Ahnung.«

»Die haben mir nicht richtig zugehört!«

»Kein Mensch der Welt hätte deinem Gestammel folgen können.«

»Doch. Du!«

»Ich auch nicht. Niemand.«

»Ich weiß, was ich gesehen hab! Ist halt schwer zu erklären, weil alles so schnell ging. Aber das ändert ja nichts an der Sache. Der Rothaarige …«

»Dein *Rothaariger* heißt Boschko und ist vom BKA.«

»Na und?«

»Na und? Glaubst du, dass ein Kollege von Murat jemanden umbringt?«

»Vielleicht …«

»Der wurde auch von zwei SEK-Leuten gesehen. Da gab's keinen Mord. Wach auf, Alter!«

Paul kratzte sich am Kopf. »Ich dachte, ich wär allein dort oben gewesen.«

»Dachte ich auch. War aber nicht so.«

Sie kamen an einer Gruppe von Anwärtern der Bereitschaftspolizei vorbei, die stramm vor ihrem Ausbilder standen.

»Du hättest mal hören sollen, wie du da rumgestottert hast! Ist dir aufgefallen, dass Murat sich vor dich geschoben hat?«

»Warum hat er das gemacht?«

»Damit dich keiner hört. Der wollte dich schützen, verdammt!«

Paul stutzte. »War's so schlimm?«

»Ja. Echt grausam.«

Erkan warf die Arme in die Luft und stotterte wie ein kaputter Motor.

»*... d-d-da hat er ihn gedrückt, n-nein, gestoßen! Ach, d-doch ganz anders, und geschubst hat d-der andere. Huch – d-der Blonde war's. Oder der Rothaarige?*«

»So hab ich aber nicht geredet!«

»Doch. Genau so.«

»Alter, ich mach nicht *d-d-d!*«

»Aber das andere.«

»Scheiße.«

»Kopf hoch. Nächstes Mal machst du Fotos. Am besten in Farbe!« Erkan lachte.

Sie hatten Haus 7 erreicht, eine ehemalige Offiziersvilla ganz am westlichen Ende des Geländes an der Außenmauer zur Friesenstraße. Dort befand sich die Kantine.

Polizisten in Einsatzanzügen kamen gerade die Treppen herunter. Einer rülpste, dass die Backsteine wackelten.

Erkan warf einen Blick auf seine Uhr. »Willst du was essen?«

»Keinen Appetit.«

»Hab ich mir fast gedacht. Aber ich hab richtig Hunger nach deiner Wahnsinnsshow gerade.«

»Warte doch mal …«

»Nein, die Kantine macht gleich zu. Wir sehen uns später.«

»Ich fang dann schon mal den Bericht für Prietz an.«

»Coole Idee. Aber achte darauf, dass er *glaubwürdig* ist. Du weißt schon …«

Paul hing in dem alten Drehstuhl, ein Bein auf dem Schreibtisch, den Blick lethargisch zur Decke gerichtet.

»Schon angefangen?«

Paul hatte natürlich nicht angefangen.

»Na, dann lass uns mal loslegen!«

Paul zeigte auf den mit Alufolie abgedeckten Teller. »Wozu denn das? Ich hab doch gesagt, dass ich nichts essen will.«

»Ist nicht für dich.«

»Dann iss! Das Zeug stinkt.«

Nach nicht einmal zwei Minuten hatten sich die beiden dermaßen in der Wolle, dass an das gemeinsame Verfassen eines Berichts nicht mehr zu denken war. Dabei realisierten sie gar nicht, dass Prietz ins Büro kam. Sie bemerkten ihn erst, als er bei ihnen am Schreibtisch stand und mit einer Mischung aus Enttäuschung und Verachtung auf sie herabsah. Mindestens eine Minute lang blieb er so stehen, ohne ein Wort zu sagen.

»Wir hätten auf jeden Fall Verstärkung anfordern müssen«, sagte Erkan schließlich.

»Verstärkung anfordern? Halt die Klappe, Erkan! Bis vor zehn Minuten hätte ich euch beide einfach nur ein bisschen rundgemacht, und das wär's gewesen. Inzwischen hat sich die Situation jedoch geändert. Bierofka war gerade bei mir und hat erzählt, dass ihr beide erst lange nach dem Einsatz wieder aufgetaucht seid. Er meinte auch, ihr hättet euch schon verdrückt, bevor es überhaupt losging. Und als er von euch wissen wollte, wo ihr wart, hättet ihr freche Antworten gegeben. Das steht euch nicht zu! Einem älteren Kollegen, der zwanzig Jahre Erfahrung auf dem Buckel hat, habt ihr nicht dumm zu kommen! Ihr beide habt noch nichts vorzuweisen! Wer zwanzig Jahre diese Arbeit macht, verdient Respekt! So viel ist euch hoffentlich klar: Wenn ich die Vorschriften streng auslege – und um so einen Laden hier im Griff zu behalten, muss ich eine gewisse Strenge walten lassen –, bekommt ihr ein Disziplinarverfahren an den Hals. Ihr habt den Einsatz gefährdet und seid noch Beamte auf Probe. Das würde bedeuten, dass ihr raus seid!«

Prietz machte einen Schritt zum Fenster und schaute in den Hof.

»Ihr bekommt jetzt einen Aktenvermerk. Das ist eine Vorstufe. Und ihr werdet auf unbestimmte Zeit keinen Außendienst machen. Ihr werdet der Verwaltung unter die Arme greifen. Bürodienst. Was genau, muss ich noch mit unserem Verwaltungsleiter Horst Bohne absprechen.«

Prietz legte den Kopf auf die Seite und blinzelte zur Zimmerdecke.

»Wenigstens müsst ihr euch für den Bericht jetzt keinen Mist mehr ausdenken. Was mich aber interessiert … Irgendwie müsst ihr doch mitbekommen haben, wo die Musik spielt. Von Murat wisst ihr's nicht. Also woher?«

»Da war dieser Typ, der wegrannte …«, begann Paul.

»Ist gut«, ging Prietz dazwischen. »Den Quatsch musst du mir nicht nochmal auftischen.« Plötzlich begann er zu husten. Und als er gerade dachte, er sei fertig, ging's wieder von vorne los.

»Scheißbronchien!« Er schnappte nach Luft. »Ihr beide kommt mir vor wie zwei Teenager aus der Provinz. BKA!«, rief er etwas kurzatmig. »Das BKA kommt!« Prietz sprach jetzt mit piepsiger Stimme. Paul und Erkan mussten lachen.

»Und dieser Schraube«, er tippte sich an die Stirn, »was sollte das mit diesem albernen Tablett, hm?« Er ließ den Blick ganz langsam zwischen Paul und Erkan hin und her wandern. Die beiden verstummten augenblicklich. »Und dass ihr mich jetzt wie Chorknaben anseht …« Aber dann brach er ab. »Wollt ihr Murat was beweisen?«

Die beiden schwiegen.

»Murat ist clever, aber er ist auch einfach ein guter Polizist. Das liegt vor allem daran, dass er schon ganz früh was Grundlegendes kapiert hat … Ein Polizeibeamter kann auf sich aufmerksam machen, indem er hervorragenden Dienst leistet. Indem er eine Arbeitshaltung an den Tag legt, die sich von der seiner Kollegen unterscheidet. Er macht sich unverzichtbar, weil er sich für nichts zu schade ist. Er erwirbt sich auf dem Gebiet, auf dem er gerade arbeitet, profundes Fachwissen. Und er verrichtet seinen Dienst mit Stolz und Anstand! All das tut er, weil er es von sich aus will, weil er ein guter Polizist sein will – und nicht, um auf der Karriereleiter eine Sprosse höher zu kommen. Ich habe jedenfalls vor einfachen Straßenpolizisten und Funkstreifen weit mehr Achtung als vor diesem BKA-Verein! Wer hat euch nur so kirre gemacht, dass ihr dorthin wollt? Macht hier eure Arbeit, und zwar gut und mit Einsatz. Was ihr dann erreicht, ist mindestens doppelt so viel wert wie der ganze Kram, den eure Super-SoKo vom BKA da ermittelt!«

Nach einer kurzen Pause fügte er an: »Horcht doch mal ganz tief in euch rein.« Er nickte den beiden zu, drehte sich um und schloss leise hinter sich die Tür.

# 14

»Sachen, die so gnadenlos richtig sind, sind immer langweilig«, fand Erkan. Paul dachte schon etwas konkreter: »Lass uns mal überlegen, wie man Bierofka wegknallen könnte. Vielleicht mit 'ner Autobombe. Als Schuldigen präsentieren wir Benneter. Das Motiv: Unerfüllte Liebe. Erst hatte Bierofka ihm den Hof gemacht und dann wie 'ne heiße Kartoffel fallenlassen. Der wollte eben nur das eine …«

Die Erinnerungsfunktion seines Handys unterbrach ihn. Er schaute aufs Display und stöhnte.

»Was ist?«, fragte Erkan.

»Ist nur wegen Ninas Radio-Party heute.«

Erkan zog den Essensteller zu sich heran, entfernte die Alufolie und sah auf das kalte, streng riechende Kantinenereignis.

»Weißt du, was der Mist ist? Wenn wir uns jetzt noch irgendwas leisten, fliegen wir raus. Dann war's das. Weil der Penner das offiziell gemacht hat …«

Er nahm zwei Bleistifte, hielt sie wie chinesische Stäbchen und begann zu essen.

»Haben Murat und Kohn nie Scheiße gebaut?«

»Ich glaub, das war'n richtige Streber.«

»Aber mit sensationeller Arbeitshaltung!«

Erkan hatte die Hälfte des Auflaufs in den Mülleimer geworfen und wusch am Waschbecken im Büro Bleistifte und Teller ab. »Heute ist also Radio-Party?«

»Mhm.«

»Lass uns hingehen. Ich will mir heute die Kante geben …«

»Zulöten können wir uns auch woanders.«

»Ich hab aber Bock auf laute Musik und Leute und Frauen …«

Paul stand auf und sah aus dem Fenster in den Hof.

»Willst du Nina aus dem Weg gehen?«

»Nein. Weiß ich nicht …«

»Komm schon, gib dir ’nen Ruck.«

Paul zuckte mit den Schultern. »Also schön … Abhauen kann ich ja immer noch.«

Sie schalteten die Rechner aus und packten ihre Sachen.

»Wäre vielleicht nicht schlecht, wenn du dich bei Murat … wenn du nochmal mit ihm sprichst«, sagte Erkan.

»Warum soll ich mit ihm sprechen?«

»Dich irgendwie entschuldigen …«

»Ich soll mich bei ihm entschuldigen?«

»Irgendwie so was.«

Paul dachte kurz nach.

»Der fängt doch an zu kotzen, wenn er mich sieht.«

»Glaub ich nicht.«

»Was soll ich denn sagen?«

»Musst du wissen.«

»Reicht ’ne SMS?«

»Oder du schickst ihm ’nen Blumenstrauß.«

Paul stand auf und ging zum Fenster. Von hier oben konnte man auf der anderen Seite des Geländes die Rückseite der Baracke sehen, vor der ein Mann stand und rauchte.

»Mach, was du denkst«, sagte Erkan. »Ich fahr schon mal los.«

Sich zu entschuldigen war das, was Paul überhaupt nicht leiden konnte.

Das weitläufige Hauptgebäude kam niemals ganz zur Ruhe. Aber mancher Trakt wirkte an einem Freitagabend wie ausgestorben. Paul lief durch den langen Gang des dritten Stocks. Die Notbeleuchtung surrte leise, die Sohlen seiner Turnschuhe quietschten auf dem Linoleum.

Paul glaubte, aus der Baracke Musik zu hören. Der kleine Umtrunk da unten wuchs sich offenbar zu einer feucht-fröhlichen BKA-Party aus.

An der Tür zum großen Konferenzraum war ein provisorisches Schild angebracht, auf dem BKA stand. Er zog an der schweren Tür – sie war nicht verschlossen. Drinnen war es stockdunkel.

Er blieb einen Augenblick stehen, bis sich seine Augen an das spärliche Licht gewöhnt hatten, das durch die gegenüberliegenden Fenster in den riesigen Raum fiel.

Vierzig oder fünfzig Tische standen da in schnurgeraden Reihen und mindestens drei- oder viermal so viele Stühle. Rechts war ein Durchgang. Paul steuerte schon darauf zu, als er bemerkte, dass an der Stirnseite mehrere Tische zu einem großen Block zusammengeschoben waren, darauf standen Laptops, Aktenstapel und Kaffeetassen. Er trat näher und entdeckte ein funkelndes MacBook Pro. Das musste Murats Platz sein, Paul war sich sicher. Vom Nachbartisch griff er sich einen Kugelschreiber und ein Post-it: *Murat, tut mir leid, wenn ich dich in Schwierigkeiten gebracht habe …* Er hielt inne, zerknüllte den Zettel und stopfte ihn in die Hosentasche. Der nächste Versuch war nicht besser: *Hi Murat. Ich wollte nur sagen, dass ich mich gefreut habe, dass du da bist. Eigentlich wollte ich gar nicht aufs Dach …*

Er zerknüllte auch diesen Zettel. Einen Moment starrte er vor sich hin, dann zog er sein Handy heraus und durchsuchte seine SMS. Ihm fiel auf, dass es über drei Monate her war, seit

Nina ihm eine geschrieben hatte. Doch Paul suchte eine von Erkan. Sie war fast zwei Jahre alt: *Paul – tut mir leid. Ich wollte mich nicht in deine Familiensachen einmischen. Geht mich nichts an. Glaube, Nina hat das auch nicht so verstanden. Ich geb dir n Bier aus, okay? Erkan.*

Die SMS bezog sich auf einen Streit, dessen Auslöser ein Telefonat mit seinem Onkel war. Paul konnte die Familie seines verstorbenen Vaters absolut nicht leiden. Und am schlimmsten war der Onkel, ein Gymnasiallehrer. Der hatte ihn mit seiner überheblichen Art daran *erinnert,* dass er beim Geburtstag seiner Tante zu erscheinen habe. Paul hatte ihm umgehend geantwortet, dass er sich die verkackten Familienfeste sonst wohin stecken könnte. Er hatte keinen Bock darauf, dass man ihn in ihrem Studiertenkreis als schief gewachsenes Pflänzchen präsentierte, immer mit einem mitleidigen Auge, weil sein Alter tot und seine Mutter in der Klapse war.

Und als Paul die lieben Verwandten tatsächlich mal brauchte, waren sie nicht da gewesen. Da hatten sie ihn sich selbst und seiner Großmutter überlassen.

Erkan und Nina hatten dabeigesessen und sich eingemischt. Beide zusammen gegen ihn. Damals war er ganz kurz davor gewesen, Erkan was auf die Fresse zu geben.

Paul nahm ein weiteres Post-it und schrieb: *Hey Murat. Ich wollte mich nicht in deine Arbeit einmischen. Tut mir leid. Kann ich dir Montag in der Kantine einen Kaffee ausgeben? Paul*

Er heftete den Zettel an Murats MacBook, legte den Kugelschreiber zurück auf den Nachbartisch und schob den Stuhl ran. Gerade als er den Konferenzraum verlassen wollte, hörte er ein leises Knarren. Es kam von dem Durchgang, der zum

Nebenraum führte. Vorsichtig drückte er die Tür einen Spaltbreit auf. Der Monitor eines Laptops tauchte den Raum in ein gespenstisches Licht. Er sah halb ausgepackte Kisten, Akten auf den Tischen, technisches Gerät – und eine dunkle Männergestalt vor dem Bildschirm.

Plötzlich klingelte ein Handy.

»Na endlich«, sagte der Typ, dann hörte er ein paar Sekunden zu. »Ja, den hab ich auf die Bretter geschickt. Was? Ja … Er hatte nichts dabei? Gut. Und ist raus, wer das war? Wirklich? Es hat ihm das Gesicht zermatscht?« Wie aus dem Nichts lachte der Typ auf – schrill, heiser, krampfartig. Ebenso plötzlich verstummte er wieder. Dann klang er niedergeschlagen und sprach leise: »Nein, weiß nicht, wo«, sagte er. »Ich weiß … Ich denk nach. Tut mir leid. Ja, wir sprechen später übers C-Netz.« Der Typ drehte sich zur Seite, und für den Bruchteil einer Sekunde wurde sein Gesicht erhellt. Es war Boschko.

Paul wich augenblicklich zurück.

»Ja, bis dann«, sagte Boschko und steckte das Handy in die Hosentasche.

Das Letzte, was Paul sah, war, wie Boschko die Hand zur Faust ballte, so als hätte er in der Lotterie gewonnen oder unwahrscheinliches Schwein gehabt.

Im Laufschritt hastete Paul den Gang hinunter. Erst nachdem er den Trakt verlassen hatte, zwang er sich, wieder etwas langsamer zu gehen. Sein Herz raste noch immer.

Boschko hatte merkwürdig vertraulich geklungen, kaputt und kalt – und irgendwie unterwürfig.

# 15

Die Schlange vor dem Columbia-Club bestand aus mehr als zwanzig jungen Leuten. Paul stand mittendrin und öffnete mit seinem Autoschlüssel eine Bierflasche, als Erkan zu ihm trat und mit dem Handballen kräftig auf den Flaschenhals schlug.

»Biersperma!«

Schon schoss der weiße Schaum aus der Öffnung. Paul bemühte sich, das herausschäumende Bier abzuschlürfen – als sein Mund voll war, versuchte er die Suppe auf Erkans Schuhe zu spucken, doch der sprang rechtzeitig zurück.

»Schaumweitrotzen – los, nochmal!«

»Das lasst ihr bleiben!«

Ein Türsteher stand vor ihnen. »Haben wir uns verstanden?«

»Der Türke war's«, murmelte Paul.

»Ist mir egal!«

»Wollt's ja nur sagen. Nicht dass es heißt, die Deutschen …«

»Hör auf, mich zu verarschen, Junge. Jetzt ist Ruhe, oder ihr schiebt ab!«

In diesem Moment schwebte eine gazellenhafte, hochgewachsene Brünette an ihnen vorbei, die mit Handy am Ohr aus dem Club kam.

»Der Sommer kommt«, sagte Erkan, während er ihr nachsah. Der Türsteher war weg, aber in der Schlange ging's nicht recht vorwärts. Ganz vorne am Eingang diskutierten ein paar Mädels mit der Einlasserin, die mit ihren Listen, dem Stempelkissen und dem Stempel in der Hand auf einem Barhocker saß.

»Hast du Murat noch gesehen?«, fragte Erkan.

»War schon weg. Hab ihm 'ne Nachricht geschrieben.«

»Also doch 'ne SMS?«

»Nee, 'nen Zettel.«

»Und?«

»Dass ich ihn Montag auf 'nen Kaffee in der Kantine einladen will.«

»Ist doch okay.« Erkan sah zu der Brünetten, die etwas affektiert mit der freien Hand in der Luft gestikulierte. Ihre schwarzen Skinny Jeans lagen hauteng an den Beinen. Darüber trug sie Lederstiefel mit fingerhohen Absätzen, eine Strickjacke mit rotem Kragenhemd drunter und an den Ohren zwei große, silberne Ringe. Je länger Erkan hinschaute, umso besser gefiel sie ihm.

»Was ist eigentlich das C-Netz?«

»Hm?«

»Das *C-Netz.*«

»War doch dieses Autofahrer-Netz. Gibt's aber nicht mehr. Wurde vor einigen Jahren abgeschaltet, glaub ich.«

Erkan sah wieder zu der Brünetten, die ihr Telefonat beendet hatte und zurück in den Club ging. Die Schlange war inzwischen deutlich geschrumpft.

»Warum willst du das wissen?«

»Nur so.«

Paul trank sein Bier aus und stellte die Flasche an die Seite.

Sie waren an der Reihe.

»Fünfzehn pro Nase«, sagte die Stempelfrau, deren Kopf dem Rhythmus der Musik folgte, die durch die Mauern wummerte.

»Wir stehen auf der Liste«, sagte Erkan und drehte sich zu Paul. »Du hast Nina doch gesagt, dass wir kommen, oder nicht?«

»Ich dachte, das wäre klar.«

»Was jetzt, steht ihr drauf oder nicht?«

»Guck mal unter *Braun*.«

Sie schaute nach. »Da steht nichts.«

»Und *Paul?*«

»Auch nichts.«

Erkan fasste sich an die Stirn.

Paul versuchte es weiter.

»Unter *Genç?*«

»Nein.«

*»Erkan?«*

»Ihr zwei Vögel nervt.«

»Warte! *Nina Lohmann?*«

»Nina steht drauf, aber ohne Begleitung. Das war's jetzt – fünfzehn Euro oder Abgang.«

»Dann zahlst du«, sagte Erkan.

»Ich will hier doch gar nicht rein!«

»Habt ihr's jetzt bald?«, fragte die Stempelfrau.

Die beiden drückten das Geld ab und bekamen dafür einen Stempel in Form eines Dinosauriers auf den Handrücken.

Die Tür wurde aufgezogen, die Musik dröhnte, die Luft wurde stickig und warm. Von nun an musste gebrüllt werden. Es war schon ziemlich voll. Nina stand hinter der Tanzfläche in einer Traube von *RadioDrei*-Kollegen, dicht neben ihr natürlich Robert. Als sie Paul und Erkan sah, verfinsterte sich ihre Miene.

»Was ist denn mit der los?«, fragte Erkan.

Paul tippte sich an den Kopf. Es war genau so gekommen, wie er sich das vorgestellt hatte. Entweder ging er ihr jetzt aus dem Weg – was hier praktisch unmöglich war –, oder er musste zu ihr hin.

»Ich sag mal Hallo …«, rief er Erkan zu. Paul drängelte sich zum Tresen und schob sich rücksichtslos zwischen zwei Typen, die denen zum Verwechseln ähnlich sahen, die er gestern in Potsdam am Empfang von *RadioDrei* gesehen hatte. Er war ein bisschen auf Streit aus, bekam jedoch keine Widerworte.

Paul bestellte drei Beck's. Mit den Flaschen in der Hand ging er zum DJ und wünschte sich einen Song. Einen, von dem er mit Sicherheit wusste, dass er Nina was bedeutete und zu dem sie gerade deshalb garantiert nicht tanzen würde.

Der DJ guckte genauso, wie alle DJs gucken, wenn man sie mit Liedwünschen konfrontiert. Aber er freute sich über das Beck's, die Bullenmarke fand er richtig witzig, und so zeigte er Paul den hochgereckten Daumen – der übernächste Titel war seiner.

Als er dann vor Nina stand, hielt sich ihre Begeisterung erwartungsgemäß in Grenzen. Sie tat nichts, um ihn in ihren Kreis aufzunehmen.

Paul hielt Nina das Bier hin.

Sie schüttelte den Kopf und hob ihre eigene Flasche hoch. Doch darin war nur noch eine abgestandene Pfütze, also griff sie zu.

»Woll'n wir tanzen?«, brüllte Paul.

»Du tanzt doch nicht gern!«

»Heute schon!«

»Wow! Großer Tag!«

»Ja, und nur mit dir.«

»Keine Lust!«

»Und wenn ›König von Deutschland‹ käme?«

Paul wusste, dass es Ninas erstes Konzert gewesen war, in der Waldbühne und natürlich mit ihrer Mutter, und Rio Reiser hatte barfuß getanzt. Sie konnte sich an so ziemlich alles noch sehr genau erinnern, weshalb man wohl von einem Schlüsselerlebnis sprechen konnte.

Seither stand Rio Reiser bei Nina ganz oben.

»Was dann?«, rief sie.

»Würdest du dann mit mir tanzen?«

»Läuft ja nicht!«

Gerade verklangen die letzten Takte eines britischen Elektrostücks. Nina hatte sich schon wieder weggedreht, als das Vorspiel zu »König von Deutschland« begann.

Die anderen hatten ihr Gespräch zwar nicht mitbekommen, aber Paul war sicher, dass Robert die Nummer *ganz originell* gefunden hätte.

Paul nahm Nina an der Hand und zog sie Richtung Tanzfläche.

»Das war jetzt ganz lustig, Paul. Aber ich will nicht mit dir tanzen. Bitte!«

»Wann haben wir das letzte Mal getanzt?«

»Keine Ahnung. Wahrscheinlich nie. Du tanzt nicht. Ich weiß nicht, ob dir das mal aufgefallen ist, aber man kann nicht unbedingt davon sprechen, dass wir dieselben Interessen hätten. Ich steh auf Tanzen, Radio, Musik, du auf Serienmörder, Bier und Erkan. Das passt nicht.«

»Den Serienmörder tausch ich gegen Musik. Was sagst du jetzt?«

»Paul …«

Weiter kam sie nicht. Paul nahm sie plötzlich in den Arm und hielt sie fest. Er kam mit seinem Gesicht ganz nah an ihres heran – ihre funkelnden Augen, der Kajal leicht verschmiert, eine Haarsträhne an ihren Brauen, die nicht gezupft, aber perfekt geschwungen waren. Sie war so schön und gleichzeitig so fremd. Er suchte ihre Lippen, doch sie wich zurück. Paul folgte ihr, bis Nina den Kopf schließlich ganz wegdrehte.

»Nina!«

»Was?«

Es war wirklich heiß in dem Club. Und extrem laut.

Paul ließ sie nicht los. Er fasste mit Daumen und Zeigefinger ihr Kinn, winzige Schweißperlen glänzten auf ihrer Stirn. Sein Mund näherte sich ihren Lippen, er küsste sie – einmal, zweimal. Seine Zunge tastete sich an ihrer Oberlippe entlang. Er versuchte, ihren Mund zu öffnen. Nina ließ es geschehen, Paul machte weiter. Doch als er die Augen öffnete, sah er, dass sie ihre Augen zusammengekniffen hatte. Er hörte auf, und im selben Augenblick riss sie sich los. Eine Sekunde lang standen sie sich gegenüber, schwer atmend, als hätten sie Sex gehabt. Nina drehte sich um und ging zum Ausgang. Einen Moment sah er ihr nach, dann folgte er ihr nach draußen.

Die Schlange war inzwischen auf das Dreifache angewachsen. Nina fragte den erstbesten Typen nach einer Zigarette, und nachdem er ihr auch Feuer gegeben hatte, ging sie zur Straße hinunter. Sie schaute über die vorbeifahrenden Autos hinweg auf das dunkle Flughafengelände. Es war kühl, eine Laterne verströmte blasses, gelbliches Licht. Sie legte die Arme eng um ihren Körper und zog an der Kippe.

»Alles klar?«

Paul stand direkt hinter ihr, doch sie rührte sich nicht.

»Was ist denn so verdammt scheiße bei uns?«

Sie antwortete nicht.

»Was ist denn immer so gottverdammt scheiße?«

Sie zuckte mit den Schultern. Paul packte sie am Arm und drehte sie zu sich.

Nina sah ihm in die Augen. Sie pustete den Rauch aus und schaute zu Boden.

»Sprich mit mir!«

Partygäste gingen an ihnen vorbei, einer schrie ausgelassen

einen Refrain in den Nachthimmel. Nina kannte den Song, sie bewegte ihre Lippen dazu. Das machte Paul wütend.

»Nina!«

Sie hörte sofort auf und sah ihn an.

»Wir müssen mal reden«, sagte sie.

»Reden!«

Paul vergrub seine Stirn in den Händen.

»Reden, reden, reden …«

»Du kannst nicht reden«, sagte Nina so leise, dass er es fast nicht hören konnte.

Paul lehnte sich an den Laternenpfahl.

»Nina«, sagte er fast flehend. »Können wir nicht einfach mal … cool sein, uns auf 'ne Situation einlassen?«

»Ja, wenn sich's gut anfühlt.«

»Das fühlt sich dann schon gut an. Ich hätte jetzt auch getanzt!«

Ninas Finger zitterten leicht.

»Wenn du jetzt deinen Spaß am Tanzen entdeckst, dann mach das. Ich glaube, dass es besser ist, wenn jeder erst mal für sich allein tanzt.« Den letzten Teil des Satzes sprach sie wieder ganz leise.

»Dann lass uns endlich 'nen Schlussstrich ziehen. Darauf läuft es doch hinaus. Es hat keinen Sinn mehr. Wir trennen uns.«

»Paul …«

»Achtung, ich trenne mich. Genau in dieser Sekunde. Jetzt. Ab jetzt tanzt jeder für sich!«

»Paul …«

»Nein, ich hab keinen Bock mehr auf die Scheiße, die du hier abziehst. Mach deinen Mist in deinem verfickten Sender, mit deinem verfickten Robert, sei immer schön schlagfertig. Einerseits willst du, keine Ahnung … Freiheit? Ich weiß es nicht. Andererseits bist du wie ’ne Klette. Dein Gezicke, deine Scheißangst, die zwar jeder hat, aber von der du glaubst, bei dir wär sie was Besonderes. Mir geht das auf den Keks. Mach’s gut. Ich bin sauer. Willst *du* jetzt noch was reden?«

»So jedenfalls nicht.«

»Wie dann?«

»Das hat jetzt keinen Sinn. Du bist mir wichtig.«

»Ich weiß, aber komm mir jetzt bitte nicht mit der Nummer.«

»Aber ich mein das ernst.«

»Ich auch. Ausheulen musst du dich ab heute woanders!«

Nina nahm einen letzten Zug, dann ließ sie die Kippe fallen. In ihren Augen hatten sich Tränen gebildet, was wirklich selten vorkam. Wenn Nina litt, dann meist ohne Tränen. Sie fuhr sich mit dem Handrücken über die Augenwinkel und ging.

»Nina?«

Sie drehte sich um.

»Dann zieh’n wir’s aber auch durch.«

»Ist gut.« Auf ihrem Weg zurück in den Club lief sie aufrecht und mit erhobenem Kopf, als würde sie etwas Schweres darauf balancieren. Oder als hätte man ihr eine ungeheure Last genommen.

Erkan saß an der Bar, den Kopf leicht geneigt, die Augenbrauen hochgezogen. Er hörte zu, nickte, nahm einen Schluck Bier, hörte zu, nickte …

Die Brünette erzählte mit Händen und Füßen. Und wenn ihr die Umstehenden keinen Platz zum Gestikulieren ließen, drehte sie sich um und schüttelte den Kopf, weil sie sich so eingeengt fühlte.

Erkan ließ sich gerne das Ohr abkauen, das gehörte dazu.

Einmal wanderte sein Blick durch den Club, doch von Paul und Nina war nichts zu sehen. Sie führten wohl ein Krisengespräch. Das war der große Nachteil einer festen Beziehung.

Dann aber entdeckte er Paul, der gar nicht gut aussah. Er stand auf der gegenüberliegenden Seite der Bar und starrte vor sich hin. Erkan wandte sich wieder der Brünetten zu.

»Hakan, kennst du das?«

»Erkan.«

»Hakan.«

»Erkan!«

»Jaaha, Erkan!« Jetzt hatte sie's. »Also kennst du das?«

»Sicher.«

»Du denkst, du hast den Job, und dann entscheiden die sich für eine, die … Weiß auch nicht. Warum die? Könnte ich doch besser …«

»Klar kenn ich das.«

Sie nippte an ihrem Cocktail und schaute auf ihr Handy.

»Wartest du auf einen Anruf?«

»Ja, ist aber nicht so wichtig. Was machst du eigentlich, *Erkan?* Was im Eventbereich?«

»Kann man so sagen.«

»Also was?«

»Müllabfuhr.«

Sie lachte laut auf. »Coool! Und wirklich?«

Erkan nahm einen Schluck Bier. Dann sah er wieder zu Paul, der sich gerade sein drittes Beck's reinkippte.

»Erkan?«

»Warte mal, ich muss kurz zu meinem Kumpel. Bin gleich wieder da …«

Paul knallte die leere Flasche zu den anderen und rülpste. Dann stieß er sich vom Tresen ab, bahnte sich einen Weg durch die tanzende Meute und blickte sich um. Nina saß in einem der hinteren Räume auf einer Couch, neben ihr eine Arbeitskollegin und natürlich Robert. Die Arbeitskollegin, die ein bisschen wie Betty Boo aussah, hatte ihren Kopf an Ninas Schulter gelehnt. Robert griff nach Ninas Hand, bekam jedoch eine Abfuhr erteilt. Aber das beeindruckte ihn nicht. Im Gegenteil – er beugte sich zu den beiden hinunter und sagte irgendwas. Betty Boo lachte, sah zu Nina. Die setzte sich auf, sah sie an und küsste sie. Die beiden lächelten. Roberts Gesicht war entspannt, seine Augen ruhten auf den beiden jungen Frauen, er biss sich auf die Unterlippe. Er rutschte näher zu Nina und pustete ihr in den Nacken. Dann griff er wieder nach ihrer Hand, und diesmal zog sie sie nicht weg. Er beugte sich zu ihr und küsste sie. Und Betty Boo. Dann wieder Nina. Und dann küsste Nina auch ihn.

Paul stand einfach nur da und sah zu. Sie hatten sich getrennt, Nina wollte das durch diese Knutscherei besiegeln. Das war ihre Sache. War okay. Fühlte sich trotzdem scheiße an. Er wollte ihr noch was sagen, aber das passte jetzt nicht. Sie war jetzt wirklich verdammt weit weg.

Er drehte sich um und ging mit Tunnelblick an der Bar vorbei. Er bemerkte gar nicht, dass Erkan nach seiner Schulter griff und ihm nach draußen folgte …

Im *Habibi,* dem Falafelimbiss am Südstern, wartete das Nachtvolk auf sein Essen – drei Araber, zwei Filmstudenten mit Hornbrille, zwei Afrikaner und vier Schwedinnen. Zumindest glaubte Erkan, dass es Schwedinnen waren. Dem Falafelmann hatten es die vermeintlichen Skandinavierinnen jedenfalls angetan. Er steckte die dunkelbraun frittierten Kichererbsenbällchen nicht einfach in die Brottasche, sondern warf sie mit der Zange hoch in die Luft und fing sie mit dem Brot wieder auf. Meistens klappte das. Die Sonderwünsche der Filmstudis – ohne Tomaten, aber mit Zwiebeln, ohne Soße, nicht so scharf, aber möglichst doch – brachten ihn durcheinander. Als Erkan dran war, sauste ihm der fertige Falafel bei der Übergabe aus der Hand und landete in der Auslage.

Also nochmal das Ganze. Erkan wartete und sah durch die Glasscheibe nach draußen.

Paul saß auf der Terrasse, wenn man sie so nennen wollte – ein paar Klapptische und -stühle auf einem alten, abgelatschten Stück Kunstrasen. Er hatte die Arme verschränkt und sah stumpfen Blickes auf die leeren Bierflaschen, die vor ihm auf dem Tisch standen. Es war kühl, der Wind fegte schwarze Wolken vom Westen her über die Stadt. Wenn die Wolken aufrissen, zeigte sich der blanke Nachthimmel mit Sternen und einer schmalen Mondsichel.

Ein Feuerwehrwagen schoss mit Blaulicht zum Mehringdamm, kurz darauf folgte ein zweiter. Paul war inzwischen aufgestanden, ging auf und ab, telefonierte, setzte sich wieder und trank aus seiner Bierflasche.

Paul hatte ihm allen Ernstes erklärt, dass ihn das Geknutsche nicht sonderlich gestört habe. Nina sei nun mal so: Was sie bewege, würde niemals gleich rauskommen, sondern immer verzögert und irgendwie verbunden mit einer Übersprungshandlung. Erkan glaubte natürlich auch nicht, dass Nina jetzt auf Frauen stand. Konnte es aber sein, dass sie ernsthaft was von Robert wollte?

Paul meinte, da sei irgendwas anderes – was, wüsste er auch nicht genau. Aber das müsste ihn ja jetzt nicht mehr interessieren, war nicht mehr seine Baustelle.

Für Erkan war es ein Schock. Es hatte ihn richtig aufgewühlt.

Dass Paul jetzt telefonierte – mit Nina, klar –, war jedenfalls der Beweis, dass es ihn doch getroffen hatte. Und dass er kämpfte.

»Nachschub«, sagte Erkan, stellte zwei weitere Flaschen auf den Tisch, setzte sich und biss in den tropfenden Falafel.

»Und, was sagt sie?«

»Wer?«

»Nina. Du hast doch mit ihr gesprochen …«

»Nö, warum?«

»Warum du mit Nina gesprochen haben sollst?«

»Hör zu, das mit Nina ist erst mal vorbei. Es ging so nicht mehr weiter. Wir haben uns nur noch angezickt.«

Paul nahm einen Schluck, einen kleinen, und stellte die Flasche ab. »Was sie jetzt tut oder nicht tut, ist mir egal. Es geht mich nichts mehr an, verstehst du?«

»Erzähl doch keinen Scheiß, Alter!«

»Ich hab kein Problem damit.«

»Paul …«

»Guck mal. Die Kirche sieht geil aus mit den Wolken.«

Von der Mittelinsel des Südsterns ragte die riesige Garnisonskirche dunkel und bedrohlich in den Nachthimmel. Es sah aus, als würde die Turmspitze die Wolken aufschlitzen, die rasend schnell über sie hinwegzogen.

Erkan nahm einen weiteren Bissen. Die Bällchen waren nicht richtig frittiert.

Die Schwedinnen kamen aus dem Laden und gingen Richtung Blücherstraße. Kurz darauf folgten die Afrikaner und schauten den Blondinen nach.

Pauls Handy klingelte.

»Ja? Ich weiß, war schon spät, tut mir leid. Ach so? Verstehe … Ja, können wir machen! Cool … bis morgen«, sagte er und steckte sein Handy zurück in die Tasche.

»Hatte schon gepennt …«
»Wer?«
»Schraube.«
»Warum rufst du den jetzt an?«
Paul dachte kurz nach, dann sagte er: »Nur so.«
»Aha. Wollen wir langsam mal gehen?«
»Ich dachte, wir wollten saufen – der Sommer kommt!«
»Noch ist er aber nicht da.« Erkan knöpfte seine Jeansjacke zu und stellte den Kragen hoch.

Gegenüber, am Eingang der U-Bahn-Station, kläffte ein Pitbull, den ein Möchtegern-Zuhälter an kurzer Leine führte, einen Besoffenen an, der auf die drei verbliebenen Saiten seiner Gitarre eindrosch. Der Wind stand so günstig, dass praktisch kein Ton herüberdrang. Die ganze Szene wirkte absurd und unwirklich.

»Soll'n wir jetzt nach Hause?«, fragte Erkan nochmal.
Paul nahm einen Schluck von seinem Bier.
»Ich will noch saufen.«
»Saufen kannst du auch bei mir.«
Paul musste grinsen. »Hab verstanden. Du willst, dass ich bei dir penne, du Memme. Keine Sorge, ist alles okay! Ich mach jetzt noch 'nen Spaziergang. Mein erster in Freiheit! Den muss ich allein machen …«
Er schnappte sich die letzte Bierflasche und trottete los.
»Paul!«, rief Erkan. »Das renkt sich wieder ein. Bestimmt!«
»Lass mich mit dem Scheiß in Ruhe!«

Paul überquerte die Straße, ging noch ein Stück weiter geradeaus, bog danach links ab und verschwand in der Hasenheide.

Erkan warf den Rest von dem Falafel in einen Mülleimer, zog sein iPhone raus und schrieb eine SMS: *Ich weiß nicht ge-*

*nau, wie es dazu kam, und für alles gibt es gute Gründe, aber Paul und du, ihr gehört zusammen. Erkan.*

Er trank sein Bier aus und schickte sie ab.

# 16

Erkan wurde vom Telefon geweckt. Seine Mutter war dran und fragte, ob er heute Abend zum Essen käme.

»Wie spät ist es denn?«

»Nach 11 Uhr, Erkan. Man sollte meinen, dass das eine Zeit ist, zu der man anrufen kann – oder schläfst du jetzt schon so lange wie dein Vater?«

*Oh,* dachte er, *der Arme kriegt's schon wieder ab …*

»11 Uhr?«

»*Nach* 11 Uhr. Steh auf und ruf mich dann zurück!« Sie legte auf.

Erkan streckte die Arme in die Luft und gähnte. Nach 11 Uhr? Er schaltete den CD-Player und den Verstärker ein, legte sich auf den Rücken, verschränkte die Arme hinter dem Kopf und schaute aus dem Fenster in ein Stück blauen Himmel. Sanfter, warmer *Guten-Morgen-Sound* strömte aus den Boxen. Den Mix hatte ihm Nina mal zusammengestellt.

Wie ein träger Fluss zogen die Bilder des gestrigen Tages an ihm vorbei. Schien irgendwie schon lange her, war aber ein ziemlich krasser Tag gewesen. Vor allem für Paul. Ohne sich aufzurichten, tastete er nach dem iPhone neben dem Bett und sah nach, ob sich Nina vielleicht gemeldet hatte. Natürlich nicht. Warum auch? Die lag jetzt bei Robert, diesem Arschloch. Er legte das Handy weg und blieb noch ein bisschen liegen. Dann stand er auf und rief seine Mutter zurück.

»Kommst du heute Abend? Wir müssen einkaufen!«, sagte sie mit demselben nörgelnd forschen Ton wie vorhin.

»Die Vorfreude auf das Essen wird mir den ganzen Tag Kraft geben!«, säuselte er.

»Erkan …«

»Hm?«

»Was erzählst du da für dummes Zeug? Hör auf damit. Also bis später.«

»Warte!«, sagte Erkan. »Kommt Murat auch?«

»Du kommst doch nicht nur wegen Murat?«

»Ich hab doch schon zugesagt.«

»Er kommt.«

»Und Paul?«

»Herrgott, was weiß ich, ob Paul kommt? Soll ich den auch noch anrufen? Was muss ich denn noch alles organisieren? Stell dir mal vor, Erkan – auch andere haben zu arbeiten und bestimmt nicht weniger! Im Gegenteil. *Kommt Paul?* Frag du ihn, ob er kommen will. Könnt ihr nicht mal was alleine machen? Ich muss jetzt auflegen, ich hab zu tun!«

Pauls Handy war aus, Erkan sprach ihm auf die Mailbox.

Für einen Moment hatte er so ein Bild vor Augen: Paul eingepennt auf dem Boden, umgekippte Bierflaschen um ihn rum, vielleicht noch härteres Zeug, während ein Musikmix von Nina in Endlosschleife lief. Alles Quatsch! Die beiden brauchten die Pause, die Zeit lief für sie – nur dieser bescheuerte Robert musste weg.

Erkan drehte die Musik lauter, ging in die Küche und setzte einen Espresso auf. Er schmiss Brotscheiben in den Toaster, holte Marmelade und Butter aus dem Kühlschrank. Die Bialetti blubberte. Erkan gab zwei Löffel Zucker in eine Tasse, goss den Espresso ein und setzte einen Schuss Sprühsahne obendrauf. Alles zusammen stellte er auf ein Tablett und trug es ins Wohnzimmer. Er öffnete das Fenster, von dessen altem Holzrahmen der Lack abblätterte, zog sich einen Stuhl davor, legte die Füße auf das Fensterbrett und saß jetzt in den Baumkronen über dem Zickenplatz.

Das hellgrüne Laub raschelte sanft im Wind, zwei Buchfinken jagten sich vor seinem Fenster. Die Sonne kroch langsam ums Dach und schien auf die gegenüberliegenden Bäume und Häuser. Während er frühstückte und »Summers Gonna Be My Girl« hörte, kam ihm plötzlich wieder Ninas Geknutsche mit dieser Frau in den Sinn.

Verdammt, es war Frühling! Die Vögel spielten erst Fangen, und dann fickten sie. Ihn überkam plötzlich ein so mächtiges Verlangen, dass er nicht mehr klar denken konnte.

Er nahm sein iPhone und schickte so ziemlich allen Frauen, die er kannte, dieselbe SMS: *Hey – musste gestern an dich denken. Wie geht's dir, was machst du so? Gruß, Erkan.*

Es ärgerte ihn, dass er die Nummer der Brünetten nicht hatte. Noch zehn Minuten saß er mit dem Handy in der Hand am Fenster. Keine Antwort. Dann ging er unter die Dusche.

Paul war nicht auf dem Fußboden eingeschlafen, er hatte sich keinen von Ninas Musikmixen angehört, er hatte nicht einmal weitergesoffen – jedenfalls nicht schlimm. Aber er hatte noch lange wach gelegen und die Augen erst zugemacht, als es dämmerte. Doch das hing in erster Linie mit der Razzia und Boschko zusammen.

Da er das Rollo nicht weit genug heruntergezogen hatte,

war er von der Sonne geweckt worden und nicht wieder eingeschlafen. Es war Viertel nach zehn.

Paul schleppte sich in die Küche, trank Wasser aus dem Hahn und setzte sich auf einen alten, staubigen Sessel. Kaffee war nicht da. Zum Frühstücken hatte er auch nichts eingekauft.

Schraube wollte ihn um halb zwölf abholen.

Paul ging wieder ins Bett, machte den Fernseher an und schob eine DVD in den Player. *Bullitt.* Staubfusseln tanzten im Sonnenlicht, das Bild war kaum zu erkennen. Also döste er vor sich hin, bis Schraube an seiner Tür klingelte.

»Wo geht's jetzt hin?«

»Nach Tanneberg bei Finsterwalde!«, sagte Schraube, der die vorderen Fenster seines Jetta runtergekurbelt hatte und ein kurzärmliges Karohemd trug. »Wir holen Ronny ab, und dann geht's weiter zum Anbaden am Senftenberger See. Da zieht's dir die Eier zusammen, wart's ab!«

Schraube hatte Paul schon gestern Nacht am Telefon erzählt, dass Ronny früher Nachrichtentechniker bei der NVA gewesen und deshalb genau der richtige Ansprechpartner sei, wenn er Fragen zu irgendwelchen Netzen habe.

»Guck mal da hinten«, sagte Schraube.

Auf der Rückbank stand eine riesige Kühlbox.

»Mach mal auf!«

Paul lehnte sich nach hinten, öffnete den Schließmechanismus und hob den Deckel. Das Ding war randvoll mit Hasseröder.

»Und?«, fragte Schraube.

»Bier – und nicht zu wenig.«

»Ein ganzer Kasten! Los, greif zu!«

»Jetzt schon?«

»Na klar!«

»Oh je«, murmelte Paul und nahm eine Flasche. Er trank ein paar Schluck und rülpste.

»Gib mal her«, Schraube streckte die Hand nach der Bierflasche aus.

»Du fährst doch.«

»Nur mal nippen!«

Schraube spitzte die Lippen und schlürfte wie bei einer Weinverkostung.

»Mein Gott, ist das gut.« Dann stutzte er. »Was ist das denn?«

Sie hatten an der Karl-Marx-Straße die Auffahrt zur Stadtautobahn genommen – und schon steckten sie im Stoßverkehr. Offenbar wollte jeder zweite Berliner, der ein Auto hatte, ins Grüne. Es ging kaum vorwärts. Schraube schaltete das Radio ein. Auf seinem Lieblingssender – Antenne Brandenburg – lief gerade »Männer« von Grönemeyer.

Hinter ihnen tauchte plötzlich Blaulicht auf.

»Der kommt uns gerade recht …« Schraube setzte seine Pilotenbrille auf, irgendeinen Ray-Ban-Verschnitt, und drehte die Lautstärke bis zum Anschlag.

»Pass auf«, sagte er.

»Das schaffst du nicht. Nicht mit der Karre.«

Schraube sah zu Paul und schob mit dem Zeigefinger die Brille von der Nase, bis er über den oberen Rand sehen konnte. Dann haute er den ersten Gang rein, der Krankenwagen schoss vorbei – und Schraube gab Vollgas. Es fühlte sich an, als würde sich ein Pferd aufbäumen, das Quietschen der Räder ein schrilles Wiehern.

Das letzte Wiehern vor dem Tod …

Doch der Jetta hielt durch, und Schraube konnte sich direkt hinter den Krankenwagen setzen. So kamen sie fast bis nach Schönefeld – ab da war die Autobahn wieder frei.

Erkan traf sich mit Aylin. Sie war zwar nicht die Einzige gewesen, die geantwortet hatte, aber die Einzige, die Zeit hatte und sich mit ihm treffen wollte.

Er holte sie am U-Bahnhof Gneisenaustaße ab.

Aylin war Deutsch-Libanesin und arbeitete in einem Klamottenladen in Charlottenburg. Sie war klein, hatte aber ein hübsches, volles Gesicht, dunkle, mandelförmige Augen und einen Leberfleck über dem Mund – wie Marylin Monroe. In ihr volles schwarzes Haar waren blonde Strähnchen eingeflochten. Erkan fragte sich, ob er das sexy fand. Zumindest mochte er ihr Parfum. Vielleicht etwas aufdringlich, aber blumig und sehr weiblich. Ein Frühlingsduft.

Sie schlenderten die Bergmannstraße entlang und schauten in ein paar Läden. So richtig viel zu sagen hatten sie sich nicht. Aber Erkan ging es eh um was anderes. Er hoffte nur, dass Aylin das nicht auffiel. Sie streiften durch die Markthalle am Marheinekeplatz und tranken dann draußen auf dem Vorplatz eines Cafés einen Cappuccino.

»Ich kriege Hunger!«, stellte Erkan fest und schlug vor, dass sie eine Kleinigkeit essen gehen könnten. Aylin griff schon nach der Karte, doch Erkan hatte eine bessere Idee.

»Weißt du was? Ich könnte selber kochen!«

»Du? Du willst kochen?«

»Ja, bei mir zu Hause …«

Aylin legte den Kopf zur Seite und kniff ein Auge zu.

»Was denn? Ich hab geübt in letzter Zeit!«

»So?« Aylin grinste.

»Ich weiß genau, was du denkst. Aber da liegst du völlig falsch.«

»Was denk ich denn?«

»Du denkst, ich will Geld sparen.«

Aylin lachte.

Nachdem sie in seiner Wohnung angekommen waren, verschwand Erkan sofort in der Küche, während Aylin seine CD-Sammlung durchwühlte.

»Aylin, kannst du mir mit den Zwiebeln helfen?«

Sie hatte gerade irgendwas von Rihanna eingelegt, als Erkan mit tränenden Augen vor ihr stand.

»Was machst du denn? Ist dein Haustier gestorben?!«

»Ich hasse Zwiebeln!« Er hatte seinen Kopf wie ein Schwerverletzter in den Nacken gelegt.

»Komm mal her.« Sie zog ihn zum Fenster und tupfte mit einem Taschentuch sein Gesicht ab. Sie war äußerst behutsam dabei, als wären die Tränen kleine Glassplitter. Erkan spürte ihre Brüste. Ihr Atem roch nach einem *Airwave Cherry Menthol.* Und dazu ihr Parfum …

Während sie auf Erkans riesiger 7-Zonen-Matratze miteinander schliefen, zerkochten die Nudeln.

Zwei Stunden später lagen sie immer noch im Bett und hörten Musik. Die Sonne schien durch die offenen Fenster ins Zimmer. Aylin hatte den Blick zur Decke gerichtet, strich durch Erkans Haar und erzählte davon, wie komisch das Leben doch sei.

Erkan hörte nicht zu. Er hatte die Augen geschlossen – eine merkwürdige Schwermut hatte sich seiner bemächtigt. Er wollte sich an Aylins Körper schmiegen – gleichzeitig wollte er sie loswerden. Sie beackerte gerade die Beziehung zwischen einer Freundin und irgendeinem verheirateten Typen.

»Aylin«, fragte er, »glaubst du an die wahre Liebe?«

»Die wahre Liebe triffst du nur einmal im Leben. Wenn du sie dann nicht festhältst, ist es zu spät.«

Dann klappte der Onkel sein Märchenbuch zu und

schickte die Kinder ins Bett, dachte Erkan, während er ihre Hand in seinen Nacken zog. Sie begann, seinen Hals zu massieren.

»Und woher weißt du das?«, fragte er schließlich.

»Das weiß man. Wusstest du das nicht?«

»Nein.«

»Wie findet man denn die große Liebe?«

»Das spürst du.«

»Ich spür das jedes Mal, wenn ich ficken will.«

Aylin fing an zu kichern. »Ich schwöre – ich spür' das auch immer!«

»Aber danach ist es weg …«

Fünf Sekunden war es ganz still.

»Das ist nicht schlimm«, sagte Aylin schließlich. »Dann ist es eben nicht die große Liebe gewesen.«

Sie lagen noch eine Weile da, lauschten den Vögeln und den Straßengeräuschen.

Aylin bekam wieder Lust. Ihr Atem wurde schwer. Ihre Finger fuhren über seinen Nacken und den Rücken entlang. Erkan wollte gar nicht mehr …

Nachdem Aylin gegangen war, fühlte er sich schlechter als zuvor.

Er rief noch mal bei Paul an, aber das Netz war so schlecht, dass er ihn kaum verstehen konnte. Nur so viel: Paul lag mit Schraube an irgendeinem See in der Lausitz, grillte, soff Bier und hatte »angebadet«. Er sagte noch was von einem »geilen Gimmick«, – dann war die Verbindung weg.

Zum Abendessen war der jedenfalls nicht zurück.

Erkan kaufte sich unten im Zeitungsladen ein Eis und fuhr mit dem Fahrrad den Kottbusser Damm runter. An der Weserstraße bog er ab und radelte weiter, immer geradeaus.

Noch vor drei Jahren war in dieser Gegend samstagabends absolut tote Hose gewesen. Heute strömten die Leute in die zahllosen Kneipen und Bars, die hier inzwischen aufgemacht hatten. Die Gegend war angesagt, überall standen Tische und Stühle auf den Bürgersteigen. Es waren vor allem Studenten, die hier unterwegs waren und junge Touristen aus aller Herren Länder.

Erkan wusste selbst nicht, was ihn plötzlich ritt. Er breitete beide Arme aus und brüllte: »Berlin!«

Einige Passanten drehten sich um und glotzten verständnislos. Nur zwei junge Kerle, Bart im Gesicht und Kippen im Mundwinkel, hoben ihre Bierflaschen und riefen: »Yeah!«

Das Essen bei seinen Eltern nahm Erkan fast die Luft zum Atmen. Murat hatte abgesagt und damit vor allem seine Mutter in eine Laune versetzt, die unerträglich war. Sein Vater zog sich schon bald ins Schlafzimmer zurück. Sybel, Erkans Schwester, stellte sich wie immer auf die Seite der Mutter, während Hakan, Erkans kleiner Bruder, für den Vater Partei ergriff. Zwei Minuten blieb Erkan sitzen, blickte von einem zum anderen, schließlich stand er auf.

»Ihr seid schlimm! Ihr ladet zum Essen ein, und dann streitet ihr nur!«

»Wie sprichst du mit deinen Eltern?«, sagte Sybel, die sich gern als Hüterin von Sitte und Anstand aufspielte.

»Halt die Klappe«, sagte Erkan.

»Woher nimmst du das Recht, dich hier einzumischen? Du lässt dich nie blicken, und wenn, dann isst du nur heimlich unseren Kühlschrank leer!«

Das war genug.

Auf dem Heimweg rief er Paul an, um zu fragen ob sie sich

morgen sehen würden, aber der wollte noch bei Schraube und Ronny bleiben.

Als er später ausgestreckt im Bett lag und sich einen Rodriguez-Film reinzog, surrte sein Handy. Nina hatte ihm geschrieben:

*Alles nicht so einfach. Schlaf gut, ich versuch's auch. Hab übrigens gehört, es ist Frühling. Nina.*

# 17

Um 19 Uhr traf sich die gesamte SoKo im Restaurant *E.T.A. Hoffmann* zum Abendessen mit Bundesanwalt Dr. Nikolaus Schliem, der eigens zu diesem Zweck mit dem Zug aus Karlsruhe angereist war.

Schliem trug Cordsakko, Hemd und Jeans, die Ärmel hatte er hochgeschoben. Die blonden Haare waren zurückgekämmt, auf der Nase saß eine Lindberg-Brille mit aufgesetztem Kunststoffrahmen. Seine Unterarme waren unbehaart, am Handgelenk prangte eine Rolex Daytona.

Er war Mitte dreißig und sprach ein astreines Hochdeutsch, seine Aussprache war prononciert und geschliffen. Um seine bürgerliche Herkunft nicht allzu deutlich spüren zu lassen, gab er sich kumpelhaft und lotete aus, wer von der SoKo sich für Fußball interessierte. Er fragte nach den aktuellen Ergebnissen und bekannte sich zum Tabellenführer.

In Gegenwart von Schliem interessierte sich allerdings keiner für Fußball, und dass er mit seinem iPhone nicht längst die Ergebnisse abgerufen hatte, glaubte ihm ohnehin niemand.

Murat hatte keine Ahnung, woher Schliem und Möller sich kannten. Eine enge Bekanntschaft war es allerdings nicht, denn Schliem wirkte im Umgang mit Möller hölzern und formell, obwohl oder gerade weil er ohne Unterlass redete.

Sie saßen in einem separaten Raum des Restaurants ganz für sich allein.

Die Hauptspeisen, irisches Rinderfilet, Brandenburger Rehnüsschen und Lammrücken in Senfkruste, waren eben serviert worden, was Schliems Redefluss allerdings kaum bremsen konnte.

»*Die Staatsanwaltschaft ist die Kavallerie der Justiz – schneidig, aber doof* – den kennen Sie doch?«, fragte er in die Runde.

Es war eine rhetorische Frage. Den kannte jeder, nur lachen konnte darüber keiner mehr.

»… *schneidig, aber doof.* Und jetzt stellen Sie sich mal vor: Das sagt doch Leuchtenbrenner, dieser Grüne aus Bayern, vor laufenden Kameras dem Generalstaatsanwalt ins Gesicht. Keine Entschuldigung, nichts. Das war in den Nachrichten – haben Sie das gesehen?« Er säbelte in sein Rinderfilet. »Sehr gut«, murmelte er und nahm einen Schluck Wein. »Das ist einfach eine Frage der politischen Kultur! Ein Ossi hätte sich das nicht erlaubt. Nicht mal der Gysi …« Er steckte sich den nächsten Bissen in den Mund.

Nachdem die Teller abgeräumt waren und die Kellnerin Espressotassen und Wasserflaschen auf den Tisch gestellt hatte, sagte Möller: »Wir sollten anfangen.«

»Fang du an, Daniel«, sagte Murat. Foryta war schließlich noch vor Kohn eingeschleust worden, und es war sinnvoll, bei all dem Durcheinander chronologisch vorzugehen.

»Die gegenwärtige Situation ist darauf zurückzuführen, dass zwei verdeckte Ermittler – einer vom BKA, einer vom

LKA Frankfurt – unabhängig voneinander auf eine bisher unbekannte Struktur der organisierten Kriminalität gestoßen sind. Es geht um den Verkauf von Drogen, hauptsächlich Kokain. Wir machen diese Organisation für den Mord an Thomas Foryta verantwortlich.«

Schliem nickte.

»Ich skizziere kurz die Vorgeschichte: Foryta, den wir vom BKA aus geführt haben, hat für uns verdeckt gegen eine Baufirma in Mannheim ermittelt. Wir hatten ihn dort über einen Subunternehmer eingeschleust. Foryta konnte sich profilieren und nach einiger Zeit dorthin wechseln, wo wir ihn eigentlich haben wollten – in einen Nachtclub, der für diese Baufirma Geld wäscht. Nach zwei Monaten haben die ihn dann zu Geschäftspartnern nach Berlin geschickt, zur sogenannten Budak-Gruppe. Das sind Zuhälter, die einige Clubs und Nachtlokale mit Frauen und Drogen beliefern. In Berlin hat er dann Kontakt zu jener Organisation bekommen, um die es hier geht.«

»Was ist mit den Ermittlungen gegen diese Baufirma?«, fragte Schliem.

»Das hat eine andere Ermittlungsgruppe übernommen«, erklärte Möller.

»Der erste Kontakt zwischen den Budak-Leuten und dieser neuen Organisation lief folgendermaßen – Foryta hat das eher zufällig miterlebt: Ein Mann, Typ Versicherungsvertreter, kam in einen von deren Läden und machte ihnen ein Angebot – ein Kilogramm reinstes Kokain zu einem unglaublich günstigen Preis. Die erste Lieferung gab es zudem gratis. Das ist doch nicht schlecht, ein ganzes Kilo für lau. Die Budak-Leute waren natürlich zuerst misstrauisch, aber welches Risiko gingen sie denn ein? Ein Kilogramm behielten sie auf jeden Fall. Einen verdeckten Ermittler mussten sie bei dieser Menge nicht fürchten, das wussten sie – also ließen sie sich auf den Deal ein, und fortan war man im Geschäft. In bestimmten Abständen tauchte dieser Vertreter auf und fragte, ob es Bedarf gäbe. Wenn ja, ließ er sich seine Provision auszahlen und verschwand wieder. Erst ein paar Tage später wurde mitgeteilt, wann und wo die Ware übergeben werden sollte. Es waren immer 1-kg-Deals, und die Lieferanten waren in beiden Fällen, bei denen Foryta anwesend war, unterschiedliche Leute. Mit der Bezahlung lief es ebenso: Niemals bei Lieferung, sondern immer ein paar Tage später. Dabei wechselten die Übergabeorte und auch die Empfänger. Diese Art des Ablaufs ist für uns vollkommen neu. So was gab's unseres Wissens noch nicht. Tja – und weitere Informationen haben wir nicht.«

Murat zupfte an seinem Ohrläppchen. »Bei unserem anderen Ermittler lief es praktisch genauso. Wir, das heißt das LKA Frankfurt, waren an den Hells Angels dran. Wir konnten unseren Mann über eine Anwalts-Legendierung bei denen einschleusen. Er hat sie vor allem in Finanzangelegenheiten beraten und war schließlich in größere Transfers auf Auslandskonten involviert.«

»Von welchen Summen sprechen wir hier?«, fragte Schliem.

»Ein paar Millionen. Die Anklage wird bei der Staatsanwaltschaft Frankfurt vorbereitet. In der Zeit bei den Rockern konnte sich unser Mann einen Vertrauensbonus aufbauen, ohne zuvor die übliche Aufnahmeprozedur zu durchlaufen. Das Vertrauen war so groß, dass sie unseren Ermittler mit einbezogen, als bei den Angels auch so ein Vertreter mit eben jenem Angebot wie auch schon bei den Budaks auftauchte: Koks-Deal zum Spitzenpreis, erste Lieferung umsonst.«

»Gehen Sie davon aus, dass das ein und dieselbe Person war, dieser Vertreter?«

»Nein, mit Sicherheit nicht. Das passt im zeitlichen Ablauf nicht, und auch in der Personenbeschreibung gibt es Unterschiede.«

»Konnten Sie einen der Beteiligten identifizieren?«

»Nein.«

»Welche Erkenntnisse konnten Ihre Ermittler bis jetzt zusammentragen?«

»Nichts weiter. Mehr Informationen haben wir nicht.«

»Ich habe im Bericht gelesen, dass Sie mit konkretem Material eines Ihrer Ermittler rechnen …«

»Ja, das Material ist angekündigt, hat uns aber noch nicht erreicht.«

»Was heißt das?«

»Es gibt da ein Kommunikationsproblem.«

»Machen wir erst mal weiter …«, sagte Möller.

»Wie gesagt, dieser Vertreter hat den Rockern praktisch denselben Deal vorgeschlagen wie bei den Budak-Leuten. Nur ist er hier mit zwei Kilo eingestiegen. Bei der Übergabe war unser Mann zwar nie dabei, aber er wurde von den Rockern sehr genau informiert. Was er da erfahren hat, deckt sich eins zu eins mit den Informationen von Foryta.«

»Warum hier die größere Menge?«

»Vermutlich, weil die Angels etablierter sind«, warf Traemann ein.

»Genau. Vor sechs Wochen hat dieser Vertreter dann direkten Kontakt zu unserem Ermittler aufgenommen und ihn gefragt, ob er sich vorstellen könnte, von jetzt an für ihn zu arbeiten.«

»Der hat ihn abgeworben?«

»Ja. Für uns war das ein Dilemma. Ist schließlich nicht ganz einfach, einen Ermittler bei den Rockern zu etablieren.«

»Ich muss überhaupt sagen … Das mit diesem Foryta ist ja

schon eine Bombenleistung. Das gibt's selten, dass man einen Beamten so tief reinbekommt. Aber was Ihren anderen Agenten angeht – dass Sie den so dicht an die Rocker rangespielt haben, ist herausragend.«

»Danke«, sagte Murat.

»Dieser Vertreter hat unserem Ermittler viel Geld geboten, wenn er für ihn arbeiten würde. Es sollte auch keine Drecksarbeit sein, reine Vermittlertätigkeiten. Er hat auf unseren Mann einen sehr seriösen und glaubwürdigen Eindruck gemacht. Dabei war immer klar, dass es um kriminelle Geschäfte ging. Aber die sollten mit absoluter Professionalität durchgezogen werden.«

»Interessant.«

»Das fanden wir auch.«

»Was, glauben Sie, war der Grund, warum Ihr Ermittler angeworben wurde? Was hat ihn für die so interessant gemacht?«

»Er war wohl deshalb in den Fokus gerückt, weil er so dicht bei den Rockern war, ohne selbst einer zu sein. Und dann liegt es sicher auch an seiner Sprachbegabung.«

»Wie meinen Sie das?«

»Dieser Ermittler spricht mehrere Sprachen fließend – Englisch, Russisch, Bosnisch, Albanisch und noch mehr. Das kann ein Pfund sein, wenn man Geschäftsbeziehungen ins Ausland knüpfen will.«

»Exzeptionell.«

»Deshalb haben wir auch entschieden, dieses Risiko einzugehen. Wir wussten ja praktisch nichts über diese Organisation. Außerdem musste das von heute auf morgen losgehen. Wir hatten kaum Zeit, die Sache vorzubereiten. Unser Mann hatte gerade mal zwei Tage, sich zu entscheiden. Er hat einen letzten Anruf abgesetzt, sich von uns grünes Licht geholt und war drin.«

Schliem nahm einen Schluck Wein. »Hatte ich das richtig verstanden: Die Ermittlungen von diesem Foryta und Ihrem anderen Mann liefen parallel, ohne dass sie voneinander wussten?«

»Richtig. Wir haben über einen Routine-Abgleich erfahren, dass beide Männer offenbar in Kontakt mit derselben Organisation stehen.«

»Und nach diesem Abgleich wurde dann diese SoKo zusammengestellt«, fügte Richter hinzu.

»Wie genau läuft die Kommunikation zwischen Ihnen und Ihrem Ermittler?«

»Das ist das Hauptproblem. Wir wussten zwar, dass unser Mann seine Handys abgeben musste und wir auf E-Mails angewiesen sind oder Voicemails oder Anrufe, wenn er mal unbeobachtet ist. Doch offenbar ist er nie unbeobachtet. Dieser Vertreter hatte unserem Mann das zwar angekündigt, aber dass die 24 Stunden am Tag zusammenkleben würden, hatten wir nicht gedacht. Das macht die Kommunikation natürlich äußerst schwierig. Wir befinden uns zurzeit in einer Art Funkloch.«

»Und wie ging's weiter?«

»Uns wurde das Risiko allmählich zu hoch – deshalb haben wir uns eine Bergungsaktion überlegt, um unseren Mann rauszuholen. Möglichst ohne ihn zu verbrennen. Dazu war eben diese Schwarzarbeiter-Razzia gedacht. Wir haben ihm Nachrichten geschickt und einen weiteren verdeckten Ermittler eingesetzt, der ihn auftreiben und zusätzlich über diese Aktion, also die Razzia, informieren sollte.«

»Hat er ihn gefunden?«

»Ja.«

»Und?«

»Leider ist unser Mann nicht gekommen. Und auch das Material, das er rausschicken wollte, ist bislang nicht aufgetaucht.«

Schliem blätterte in den Papieren.

»Es gibt hier irgendwo einen Hinweis, dass Ihr Ermittler anwesend war, als Foryta erschossen wurde ...«

»Ja. Die Möglichkeit besteht.«

»Wissen Sie, was der Anlass des Treffens war, bei dem Foryta erschossen wurde?«

»Laut Foryta stand angeblich eine Schlichtung bevor. Aber was das konkret bedeutete, wissen wir nicht.«

»Es wird noch besser: Wir können nicht mal ausschließen, dass Foryta mit der Waffe ... jenes Ermittlers erschossen wurde«, sagte Richter.

»Ach, du Scheiße«, entfuhr es Schliem. »Und wann haben wir da Gewissheit?«

»Morgen Abend.«

Schliem nippte an seinem Weinglas.

»Also, das ist schon spektakulär ... Was meinen Sie? Womit haben wir es hier zu tun?«

»Mit ein paar Arschlöchern, die 'ne Tonne Koks rumstehen haben und das Zeug abverkaufen«, sagte Möller.

Schliem schmunzelte. »Ach, so simpel? Passt das zu der Geschichte mit den Vertretern?«

»Alles Masche.«

»Aber diese Sache mit den Sprachen – das könnte doch darauf hindeuten, dass die Gruppe expandieren will.«

»Die wollen ihr Zeug loswerden. Die brauchen viele Abnehmer und sind clever genug, sich nicht an eine einzige Gruppierung zu binden. Und die wissen auch, dass sie den Markt nicht überschwemmen dürfen ...«

»Und wer sind diese Vertreter? Deutsche?«

»Ich geh davon aus. Dafür spricht auch die Abwerbung des Frankfurter Ermittlers«, meinte Möller. »Genauso gut könnten da aber auch noch ein paar Russen oder Türken oder sonstwas dabei sein.«

»Woher wissen Sie, dass die eine Tonne rumstehen haben?«

»Weil sie sonst versuchen würden, größere Mengen zu verkaufen, und den Stoff nicht so breit streuen würden. So ganz blöd sind die nicht.«

»Und woher stammt der Stoff?«

»Südamerika, woher sonst? Ich vermute, dass die beim Zoll was abgezweigt haben. Aber noch haben wir keine Proben. Kriegen wir aber …«

Murat wusste nicht, ob Möller den Ball absichtlich flach hielt – oder ob das tatsächlich seine Überzeugung war. Er konnte auch nicht in den Gesichtern der anderen lesen, was die dachten. Für Murat stand allerdings außer Frage, dass sie es hier mit einem regelrechten Netzwerk zu tun hatten, das drauf und dran war, den gesamten Markt an sich zu reißen. Das hieß dann aber auch, dass sie keine Tonne rumstehen hatten, sondern dass sie über einen Kanal verfügten, der sie zuverlässig und dauerhaft mit Ware belieferte. Das Einzige, was bislang fehlte: Es war noch kein Krieg ausgebrochen. Dramatische Verschiebungen des Marktes konnten nicht durchgeführt werden, ohne dass die, die außen vor blieben, sich zur Wehr setzten. Vielleicht war das Kohns Aufgabe – einen Krieg verhindern …

»Was ich nach all den Jahren, die ich jetzt dabei bin, sagen kann, ist Folgendes«, fuhr Möller fort. »Je größer der Profit, desto banaler das Modell. Wir haben es hier nicht mit irgendwelchen Supergangstern zu tun und sollten uns auch nicht von diesem *Vertreterscheiß* blenden lassen. Dieser Hokuspokus um die Bezahlung ... Dass alles indirekt läuft ... Wozu eigentlich? Wenn man mir Top-Ware zu einem Top-Preis anbietet, will ich die Geschäftsbeziehungen vertiefen und nicht kaputt machen, oder?«

Murat schüttelte unmerklich den Kopf. Möllers Ausführungen ließen außer Acht, dass diese Vertreter eine Provision kassierten. Waren die Vertreter und die Lieferanten Teile ein und derselben Organisation – oder handelte es sich eher um ein Joint Venture? Murat glaubte eher Letzteres. Dann war *Vertreter* aber nicht die richtige Bezeichnung. *Vermittler* war treffender. Eine Schaltstelle zwischen Verkäufer und Kunde – ein völlig neuartiges Geschäftsmodell, fast wie Ebay. Nur ohne Auktion. Der Preis stand fest ... Die Vermittler führten lediglich Käufer und Verkäufer zusammen und kassierten dafür Provision.

»Wie geht es jetzt mit dem anderen Ermittler weiter?«, fragte Schliem.

Möller sah zu Murat.

»Tatsächlich bleibt uns nicht viel mehr, als zu warten ...«

»Das ist ziemlich wenig ...«

»Ja.«

»Vertrauen Sie Ihrem Mann?«

»Absolut. Mit der Labilität von Foryta ist hier nicht zu rechnen. Mein Mann ist stabil. Wenn er sich jetzt nicht meldet, hat er einen triftigen Grund.«

»Warum ist er nicht bei der Razzia erschienen?«

»Weil ein übergeordnetes Interesse ihn dazu bewogen hat. Sie können sicher sein, dass er ausschließlich den Erfolg der Operation im Sinn hat. Sonst nichts.«

»So viel Vertrauen hab ich nicht mal von meiner Mutter bekommen«, sagte Daniel Richter.

»Du gehst mir auf den Senkel, Daniel.«

»Was soll das heißen?«, fragte Schliem.

»Bei Foryta waren wir uns auch erst sicher, aber dann ist ihm offenbar die professionelle Distanz verloren gegangen«, erklärte Traemann.

Schliem winkte nach der Kellnerin, aber die war schon wieder draußen. »Und tschüss ...« Er wandte sich wieder an die SoKo: »Welche Spuren haben Sie in diesem Imbiss sichergestellt? Ergeben sich da Ermittlungsansätze?«

»Wir haben DNA-Spuren von unserem Undercoveragenten gefunden«, sagte Murat.

»In seiner Scheiße«, warf Richter ein.

»Wer geschossen hat, scheißt danach nicht«, meinte von Ahnen.

»Vielleicht davor«, murmelte Richter.

»Es gibt noch weitere DNA-Spuren, aber die können wir niemandem konkret zuordnen«, fuhr Murat fort. »Auch ob sie von einem der vier stammen, ist unklar.«

»Was war der Grund für die Exekution? Dass Foryta Polizist war?«

»Da schwimmen wir. Einiges spricht dafür, aber genauso viel auch dagegen.«

»Und wie wollen Sie vorgehen?«

»Jetzt sollten wir uns erst mal darüber unterhalten«, sagte Lang, »ob wir in der Sache auch zusammenkommen, Dr. Schliem.«

Alle Augen waren auf den Bundesanwalt gerichtet, der aussah, als legte er gerade ein Osterei. Er nahm die Brille ab, putzte, schob sie auf die Nase – und nickte.

»Gut«, sagte Möller und lächelte. »Also, wir setzen bei der Budak-Gruppe an. Und zwar gleich mit dem großen Lauschangriff. Dann geht's weiter mit all den Läden, in denen sich unsere Ermittler mit den Geschäftspartnern getroffen haben. Und wir müssen rauskriegen, wo sich Murats Ermittler in Berlin versteckt hält – wenn er überhaupt noch hier ist …«

»Stellt sich auch die Frage, wie der Mord im Milieu aufgenommen wurde«, warf Murat ein. »Da könnte es Bewegungen geben, die aufschlussreich sind.«

»Wie sieht es mit den Befragungen rund um diesen Imbiss aus?«, fragte Schliem.

»Nix«, sagte Richter. »Das ist tot.«

»Nun, ich hielte es für vernünftig, da nochmal nachzuhaken.«

»Die Spuren sind tot«, sagte von Ahnen. »Das hat die Mordkommission schon versucht. Da kommt nichts mehr.«

»Geben Sie mal nicht so schnell auf. Wenn ich die Sache übernehme, werden Sie dafür auch die nötigen Leute kriegen. Aber das will ich dann auch in den Akten sehen.«

»Traemann kümmert sich darum«, versprach Möller.

»Gut. Und weiter? Wie gehen wir jetzt strategisch vor …« Schliem dachte einen Augenblick nach. »Ich denke, wir machen das so: Ich setze das Verfahren zunächst in Beobachtung. Das heißt, erst mal gehen die Akten zurück an die Berliner Staatsanwaltschaft.«

»Nix da!« Möller wurde laut, Schliem zuckte unmerklich zusammen.

»Warten Sie …«

»Nein! Ich will nicht, dass diese Idioten mir in die Ermittlungen reinfummeln!«

»Passen Sie auf – am Montag müssen die Akten in Berlin auf dem Tisch liegen. Schon morgens habe ich angekündigt, dass ich das Verfahren wegen des Verdachts auf internationale Verbindungen in Beobachtung setze. Bis dahin können die also nicht aktiv werden. Im Laufe des Tages stellen mir Ihre Leute dann was zusammen, was diesen Verdacht untermauert. Und wenn das ein Bulgarischer Schafskäse ist, den Sie irgendwo gefunden haben. Am Dienstag haben wir das Verfahren dann endgültig bei uns.«

Lang grinste und hob den Daumen.

Schliem hielt die Akte hoch, die Traemann ihm hingeschoben hatte. »Ist das Material auf dem aktuellsten Stand?«

Traemann nickte.

»Und was ist mit diesem Toten vom Dach? Das hab ich nicht ganz verstanden …«

»War ein Unfall«, sagte Richter. »Sollten Sie da Ermittlungen einleiten wollen, müssen Sie das zügig veranlassen.«

»Wissen wir, wer der Tote ist?«

»Nein. Wir schicken Anfragen raus.«

»Nach allem, was ich in der Akte gefunden habe, scheint das nicht nötig zu sein. Da gibt's ja auch die Aussagen vom SEK. Nein. Meinetwegen müssen wir das nicht hochkochen.«

»Haben Sie schon einen bestimmten Ermittlungsrichter im Auge?«, fragte Möller. »Wir werden erhebliche Mittel benötigen.«

»Der Bosdorf«, sagte Schliem. »Der ist meine erste Wahl. Der unterschreibt alles, was ich ihm vorlege. Da können wir dann wirklich aus dem Vollen schöpfen. Nächste Woche werd ich dann selbst nach Berlin kommen, um ganz dicht dran zu sein!«

Möllers Miene blieb ausdruckslos, aber alle von der SoKo wussten, was er dachte.

»Hervorragend …«, sagte Lang in die Stille.

Und während Schliem die Ärmel des Sakkos herunterstreifte, fing von Ahnen plötzlich an zu lachen. Er steckte alle anderen an – nur Schliem guckte verständnislos in die Runde.

»Wissen Sie«, sagte Traemann. »Immer wenn ich neben Simon sitze, kann ich sicher sein, dass er mir irgendwann seine Hand auf den Oberschenkel legt …«

»Was?«, rief von Ahnen.

Das Gelächter am Tisch wurde noch lauter.

Schliem nahm seine Brille ab und hob den Zeigefinger. »Also wenn sich einer von Ihnen an meinem Hosenbein vergreift … dann bekommt er es mit der Bundesanwaltschaft zu tun!«

Jetzt lachten wirklich alle.

Traemann stand auf und zeigte auf den Saum seiner Hose, den von Ahnen noch nie berührt hatte.

Lang brachte die auf dem Tisch verbliebenen Akten in Sicherheit, bevor eines der Gläser umstürzte.

Schliem stand auf und verabschiedete sich bei jedem mit Handschlag. Zu Möller sagte er: »Auf eine erfolgreiche Zusammenarbeit.« Dann verließ er bestens gelaunt den Raum.

Möller sah ihm nach. »Goldjunge …«

»Ich dachte, jetzt kommt noch Fußball«, sagte Lang.

Murat war gespannt, wie Möller sich verhalten würde, wenn Schliem tatsächlich anrückte. Er selbst hatte kein Problem damit. Vielleicht war Schliem ja offen für seine Überlegungen …

# 18

Gegen halb drei in derselben Nacht stand Murat auf der Autobahnbrücke, die die Kantstraße mit dem Messegelände verbindet. Er hatte die Hände auf das Geländer gestützt und schaute Richtung Süden.

Rechts ragte der silberne Koloss des ICC wie ein Eisberg in den Nachthimmel, links begrenzten die Brandmauern der Mietshäuser die Tangente. Der Strom der Autos erzeugte ein ständig auf- und abschwellendes Rauschen. Murat hatte das Gefühl, an einem Strand zu sein. Jedes Mal, wenn ein Auto unter seinen Füßen verschwand, war es, als hielte das Meer für einen Augenblick den Atem an, bevor es die nächste Welle anspülte und der nächste Wagen unter der Brücke wegtauchte.

Er dachte nach, über das Essen mit Schliem, die Razzia und alles, was in den vergangenen Tagen geschehen war. Und er überlegte, wo Kohn hier in der Gegend untergekrochen sein konnte.

Vor ihm, einen knappen Kilometer weiter, war die S-Bahn-Station Westkreuz, wo sich der Ring und die Ost-West-Linien der S-Bahn kreuzten. Dort war Kohn laut Boschko ausgestiegen und zum Ausgang gegangen.

Murat löste sich vom Geländer, überquerte die Neue Kantstraße und lief zum Ibis-Hotel.

An der Rezeption zeigte er seinen Ausweis und fragte nach Ralf Tiemann.

Der Hotelangestellte, ein junger Typ, der etwas unsicher wirkte, fand weder einen Tiemann im Computer noch einen der anderen Namen, die Murat ihm nannte. Auch ein Foto von Kohn sagte ihm nichts, und da der junge Mann die ganze letzte Woche Nachtschicht gehabt hatte, war die Sache schnell erledigt.

Spätestens Mitte nächster Woche würden sie genug Leute haben, um sämtliche Hotels und Pensionen im Umkreis von fünf Kilometern zu überprüfen. Dass sie Kohns Unterkunft finden würden, stand außer Frage. Doch er wollte als Erster da sein.

Er stieg in seinen Wagen und fuhr zurück ins Hotel.

Kurz nachdem die Dämmerung eingesetzt hatte, wachte er auf. Er wälzte sich im Bett herum und streifte die Decke ab, zog sie aber gleich wieder hoch, weil er fror.

Als Murat noch ein kleiner Junge war, hatten sie in einer zugigen Neuköllner Parterrewohnung gelebt. Im Winter war es eisig kalt, im Sommer heiß und stickig, und es gab viel zu wenig Platz für eine Familie mit drei Kindern.

Erst Jahre später waren sie dann ein paar Straßen weiter in eine größere Wohnung gezogen, vom Parterre in den zweiten Stock. Murat war mittlerweile zwölf und hatte endlich sein eigenes Zimmer – kaum größer als ein Kämmerchen, aber ein Bett und ein kleiner Tisch passten hinein. Und man konnte die Tür von innen abschließen.

Wenn er an diese Zeit zurückdachte, kam ihm das alles fern vor, wie das Leben in einer Spielzeugwohnung. Mit diesem Hotel hier wurde er allerdings auch nicht warm. Alles war so hypermodern durchgestylt. Stahl, nackte Betonwände, ein Flachbildschirm an der Wand und alles in Blau: der Teppich, die Sessel, die Bettdecke. Und Fenster, die sich natürlich nicht öffnen ließen.

Der Wecker fiepte, es war kurz nach acht.

Murat stand auf und ging ins Bad.

Er stellte sich unter die Dusche und ließ minutenlang heißes Wasser auf sich herabregnen.

Nachdem er sich abgetrocknet und rasiert hatte, bemerkte er, dass auch sein Kulturbeutel ins Farbkonzept des Hotels passte – blaue Nähte auf grauem Leder. Er griff nach dem Kokstütchen in der Seitentasche, fuhr mit der Spitze der Nagelschere hinein und nahm ein Näschen. Anschließend legte er den Kopf in den Nacken und kontrollierte, dass keine Rückstände zu sehen waren. Sobald die Wirkung einsetzte, hörte das Brennen in den Nasenlöchern auf. Kemals dämliches Nasenspray hatte überhaupt nichts bewirkt. Koksen war eben doch die beste Medizin.

Der Mann, der mit ihm in der vierten Etage auf den Fahrstuhl wartete, ein Dicker mit Anzug und Glatze, passte ebenfalls hervorragend ins Konzept des Hotels: Er war blau. Wie ein Veilchen. Mit zittrigen Fingern riss er eine Rolle Vivil auf, zwei Bonbons fielen auf den Boden, den Rest der Packung stopfte er sich in den Mund und kaute darauf herum wie ein Ochs auf einer Almwiese. Die Fahrt nach unten war ein einziges Aufstoßen und Stöhnen. Als sich die Türen öffneten, stieß er Murat beiseite und rannte in Richtung Toiletten.

In der Lobby war es brechend voll und so laut wie auf dem Wochenmarkt am Maybachufer. Touristen und Geschäftsleute redeten, lachten oder riefen sich quer durch die Halle Grußworte in unterschiedlichen Sprachen zu.

Murat ging zur Bar, trank einen doppelten Espresso und ein Glas Wasser, dann drängte er sich an den Menschen vorbei, lief die Feuertreppe hinunter in die Tiefgarage, setzte sich ins Auto und fuhr zum Frühstück mit Prietz.

Eine halbe Stunde später stand er mit einem Blumenstrauß vor der Gartentür eines leicht verwitterten, graubraunen Einfamilienhauses in Lankwitz, am südlichen Stadtrand von Berlin.

Als er auf die Klingel drückte, war aufgeregtes Bellen zu vernehmen. Gleich darauf schoss ein schwarzer Hund quer durch den Vorgarten zum Nachbarzaun und begann zu graben.

»Jule! Hierher!«, rief Prietz.

Der Hund, eine Mischung aus Pudel und Dackel, scharrte wie besessen, als wollte er sich unter dem Zaun hindurchbuddeln. Prietz packte ihn am Halsband, woraufhin er mit dem Schwanz wedelte und den Gast mit seiner sandigen Schnauze anstupste.

»Alles in Ordnung«, rief Prietz über den Zaun. Erst jetzt sah Murat, dass eine Gardine im Fenster des Nachbarhauses bewegt wurde.

»Die hätten längst die Polizei gerufen, wenn sie nicht wüssten, dass ich selber Polizist bin.« Sie gingen ins Haus.

Auf der Straße hörte Jule angeblich wie eine Eins. Das hatte seine Tochter, die gemeinsam mit seiner Frau verreist war, ganz prima hingekriegt. Nur im Garten war sie eben nicht zu halten.

»Was machen wir damit?«, fragte Murat und hielt die Blumen hoch.

»Hau sie ins Waschbecken.«

Während Prietz in der Küche hantierte, sah sich Murat im Wohnzimmer um. In der Mitte gab es einen Esstisch, auf dem der Hausherr Kaffeegeschirr, ein Rollmopsglas, Salz- und Pfefferstreuer, in Scheiben geschnittenen Käse, Eier sowie eingerollte und mit Zahnstochern fixierte Wurstscheiben verteilt hatte. An der Längsseite des Raums standen eine

Kommode, ein Glasschrank, der an Chippendale erinnerte, und eine riesige Gründerzeit-Anrichte.

Zwischen den Fenstern war ein zierlicher Schreibtisch aus Birkenholz platziert, der offenbar von Prietz' Frau benutzt wurde – zumindest konnte sich Murat kaum vorstellen, dass sein ehemaliger Chef so ein kleines, vergoldetes Briefmesserchen benutzte. An der Stirnseite schließlich war eine Tür eingelassen, die man erst auf den zweiten Blick erkannte, da sie von innen tapeziert und mit zahllosen Fotorahmen behängt war. Murat drückte die Klinke nach unten und zog die Tür einen Spaltbreit auf. Draußen war eine kleine Terrasse mit ein paar Stühlen und einem Stehaschenbecher, wie man ihn aus Behörden und öffentlichen Gebäuden kannte, solange das Rauchen dort noch erlaubt war.

»Kann losgehen«, sagte Prietz und stellte die Kaffeekanne auf den Tisch.

Nach dem Frühstück rauchte Prietz auf der Terrasse eine Gitanes, dann spielten sie eine Runde Schach.

Murat war so schlecht, dass Prietz ihn mit zwölf und dann, nachdem sie gewechselt hatten, mit neun Zügen matt setzte.

»Hast wohl lange nicht gespielt?«, fragte Prietz ohne jeden Vorwurf.

»Zuletzt mit dir.«

»Wenn's bei dir ruhiger ist, spielen wir uns wieder warm.«

Murat nickte.

Prietz sah auf die Uhr.

»Kommst du mit 'ne Runde spazieren?«

Die Straße war wie ausgestorben.

Als sie ein paar Schritte gegangen waren, ließ Prietz Jule von der Leine. Der Hund setzte sich an jeder Straßenecke hin und wartete geduldig, bis Prietz »Lauf!« sagte. Dann bellte er und flitzte zwanzig Meter vor, ehe er mit seinen kurzen krummen Beinchen wieder ins Trippeln verfiel und nach den Pissmarken anderer Hunde schnüffelte.

Sie ließen die Einfamilienhäuser hinter sich und erreichten den Stadtrand. Prietz zündete sich eine Zigarette an.

Auf den ehemaligen Rieselfeldern, die sich endlos weit hinzogen, war bedeutend mehr los. Hier tobten sich die Tölen von ganz Lankwitz und Marienfelde aus, dazwischen Jogger, Rentner und Kinder, die ihre Drachen steigen lassen wollten und feststellen mussten, dass man die Dinger ohne Wind nur schwer in die Luft bekam.

Das Gespräch drehte sich um Belanglosigkeiten – zum Beispiel um Horst Bohne.

»Ich dachte, ich seh nicht recht«, sagte Prietz. »Da steht der Bohne vorgestern im Einsatzanzug inmitten der Bereitschaftshünen und marschiert wie ein kleiner Napoleon auf und ab … Was hat der da verloren? Und dann erzählt mir Rottnagel, dass der im Frühling gelegentlich den zweiten Einsatzleiter macht, wenn Hertha spielt – und der ist doch nur so groß.« Prietz hielt den Arm auf Schulterhöhe. »So'n Zwerg ist das!«

»Bohne hat mich damals auch schon mal über Bauchtänzerinnen ausgequetscht, ob die privat gar kein Kopftuch tragen, ob die vielleicht Alkohol trinken und so …«

Prietz lachte. »Lass uns mal setzen.«

Er wies auf eine der Bänke, die am Weg entlang der Felder aufgestellt waren. Sie setzten sich, Jule legte sich daneben und begann, an einem Grasbüschel zu kauen.

»Bei euch ist also Ausnahmezustand – Möller treibt euch zu Höchstleistungen …«

»Kann man so sagen.«

»Ja, so einen wie den gibt's nur einmal.«

Murat zuckte mit den Schultern.

»Ist schon faszinierend. Wo immer ihr vom BKA auftaucht, habt ihr das Sagen. Ihr fahrt schicke Autos, wohnt in Hotels der oberen Mittelklasse, und für die Drecksarbeit könnt ihr jederzeit Leute anfordern, die das für euch erledigen. Über euch ist nur der Himmel!«

Murat steckte sich einen Kaugummi in den Mund. Wenn das jetzt so weiterging, würde er einen dringenden Termin aus dem Hut zaubern.

»Andererseits habt ihr auch diesen Druck. Da besteht natürlich die Gefahr, dass man andere Sachen aus den Augen verliert.« Er machte eine Pause, Jule würgte halb zerkautes Gras hervor und schnupperte an dem Malheur. »Weißt du, mir hat nicht gefallen, wie du mit Paul umgegangen bist.«

*Aha,* dachte Murat.

Prietz tätschelte Jules Kopf.

»Wollt's nur mal gesagt haben.«

»Genau.«

»Jetzt warte doch mal …«

»Nein. Ich hab nicht den Nerv für ein Gespräch über Paul.«

»Das mein ich! Du hörst nicht zu, das verlernt man bei euch.«

»Was ist denn das für'n Scheiß? Wem soll ich zuhören? Paul, wenn der krudes Zeug verzapft?«

»Murat …«, sagte Prietz und hob beschwichtigend die Hand.

»Verdammt! Was hatten die da oben zu suchen? Woher wussten die davon? Für mich interessieren die sich einen Scheißdreck. Hören die mir vielleicht zu? Die haben keinen Bock mehr, Zivilstreife zu fahren, und finden's ungerecht oder geil, dass ich inzwischen beim BKA bin. Das ist alles.«

»Paul ist dein Ziehbruder.«

»Kalle, bei mir brennt's gerade. Ich kann diesen Moralischen jetzt nicht brauchen.«

»Du warst ihm gegenüber zu hart, Murat. Der Junge steht mit aufgerissenen Augen vor dir und stammelt, dass da jemand vom Dach gehopst ist. Der macht daraus ein Osterei, aber wenn man so dicht dran ist am Tod … Das muss ich dir doch nicht erklären. Paul träumt noch die nächsten vier Wochen davon. Sag ihm doch einfach, dass zwischen euch alles in Ordnung ist.«

Murat stieß Luft aus.

»Mal sehen …«

»Na, das klingt doch schon besser.« Prietz kratzte sich an der Schläfe. »Da ist noch was«, begann er etwas zögerlich. »Ihr wart doch vor ein paar Tagen in der Keithstraße, bei der Mordkommission.«

»Ja, bei diesem Schmidt.«

»Du – das ist ein Guter.«

»Glaub ich dir.«

»Der kannte den Foryta.«

»Und?«

»Er wollte mal mit dir – ach, was soll's.« Prietz beugte sich vor. »Dietrich«, rief er und winkte Schmidt zu, der zehn Meter weiter auf der nächsten Bank saß.

»Der will nur kurz was fragen. Halb so wild.«

Murat stand auf. Er nahm einen Stock, hielt ihn Jule vor die Nase, die daraufhin sofort unter der Bank hervorkam, und warf ihn aufs Feld.

Der Hund schaute dem Stock nach und machte wieder Platz.

»Ja, ja«, sagte Schmidt und lachte. »Die Köter sind manchmal genauso faul wie ihre Halter.«

Er hielt ihm die Hand hin, Murat nahm sie schließlich.

»Ich hab nicht entschieden, dass Sie draußen sind«, sagte er.

»Weiß ich. Ich wollte nur was fragen, wegen Thomas Foryta. Ich kannte ihn …«

»Ich kann zu den Vorgängen nichts sagen.«

»Natürlich … Ich frag' mich nur, wie man einen erwiesenermaßen labilen Kerl wie den in eine verdeckte Ermittlung stecken kann. Das versteh ich nicht.«

Murat zuckte mit den Achseln. »Ich hab ihn nicht reingeschickt.«

»Kennen Sie seine Vorgeschichte, was der alles am Laufen hatte? Amtsmissbrauch, Drogengeschichten, Korruptionsverdacht … Der war eigentlich fertig mit der Polizei. Der war praktisch schon im Knast. Und ausgerechnet so einen schickt Möller in diesen Sumpf zurück. Warum?«

»Wahrscheinlich, weil Foryta authentisch war. Sonst kriegst du da keinen rein.«

»Und dafür riskiert ihr seine Sicherheit?«

Prietz schüttelte energisch den Kopf. »So was ist unverantwortlich«, murmelte er.

»Wissen Sie, der Thomas war eigentlich ein ganz anständiger Kerl, nur unglaublich naiv. Bei dem ist 'ne Menge schiefgelaufen – aber trotzdem hatte der einen merkwürdigen Glauben an das Gute. Der brauchte eine besonnene und erfahrene Führungsperson.«

»Die hatte er doch …«, sagte Murat.

»Ja, Möller hat Erfahrung. Das stimmt. Aber was bringt das, wenn es ihm egal ist, was mit seinem Mann passiert?«

»Das war ihm nicht egal.«

»Wie konnte er ihn dann als Ermittler einsetzen?«

Möller hatte Foryta aufgebaut, aber geführt wurde er von

Daniel Richter. Doch das war nebensächlich. Es ging den Schmidt nichts an.

»Wenn Sie sauer sind, weil Sie raus sind aus der Ermittlung, dann beschweren Sie sich doch!«

»Wo?«

»Tja ...«, Murat dachte kurz nach. »Dürfte nicht so leicht sein.«

»Genau. Aber darum geht's mir nicht. Ich will ja auch Sie nicht angehen oder so. Ich will nur verstehen, warum man ausgerechnet den Thomas da reinschicken musste. Der Möller ist ja nun nicht blöd. Diese Einsätze kosten Zeit und Geld, und bei Foryta konnte man doch voraussehen, dass das früher oder später in die Hose geht.«

»Ich vermute, dass die keinen anderen gefunden haben, den sie hätten reinschicken können. Mehr kann ich dazu nicht sagen. Und ich hab auch keine Lust mehr. Wir drehen uns im Kreis.«

»Murat«, sagte Prietz. »Dietrich will dir doch nichts Böses ...«

»Das hab ich verstanden!«

»Sie oder Ihre Leute waren doch noch nicht mal bei seiner Freundin und haben ihr gesagt, dass er tot ist. Offiziell weiß die das noch gar nicht.«

»Ich muss Ihnen keine Rechenschaft über unsere Ermittlungsschritte ablegen. Sie sind draußen. Es tut mir leid, dass der Kerl tot ist – meinetwegen hätten Sie uns gerne unterstützen können, ist halt anders gelaufen.«

»Wussten Sie überhaupt, dass er eine Freundin hatte?«

»Nein. Ist nicht meine Baustelle. Er hatte einen Hang zu Nutten und Drogen. Und als das offensichtlich wurde, hat man sich bemüht, ihn rauszuholen.«

»Ja, Drogen und Nutten. Den Hang hatte er auch schon vorher. Und seine Freundin war früher auch eine Nutte.

Aber jetzt nicht mehr, denn sie ist schwanger. Sechster Monat, schätze ich.«

»Ist doch schön für sie.«

Schmidt lachte gequält auf. »Ja, ist schön für sie. Sicher.« Mit einer fahrigen Bewegung wischte er sich über die Stirn. »Ich werd mich mal wieder auf den Weg machen, Kalle. Wir sehen uns.«

Murat sah ihm nach, blickte dann zu Prietz und sagte: »Ich muss auch langsam los.«

Die beiden gingen schweigend nebeneinander her. Als sie die ersten Häuser erreicht hatten, summte Murats Blackberry. Das Display zeigte eine ausländische Vorwahl.

»Hallo?«

Nach anfänglichem Knacken und Brummen hörte er eine Stimme.

»Hallo?«, brüllte Murat. »Stephan?«

Es war tatsächlich Kohn, nur sehr leise. Das Signal wurde von einem Rauschen überlagert.

»Stephan?«, brüllte er. »Hörst du mich?«

»Murat, ruf mich nicht unter dieser Nummer zurück«, hörte er ihn sagen. »Verstanden?«

»Ja …«

»Ich musste weg. Aber es läuft …« Das Rauschen nahm wieder zu, Kohns Stimme verschwand.

»Stephan?«

»… geklappt hat. Ich bin ständig unter Beobachtung. Aber es läuft. Ich melde mich wieder. Murat, ruf nicht diese Nummer an …«

»In Ordnung. Was ist im Foodstore passiert? Wer hat geschossen?«

»Ich nicht …« Wieder gab es Überlagerungen.

»Stephan, was ist mit dem Material?«

Murat lauschte angestrengt, hörte jedoch nichts mehr. Dann klickte es in der Leitung, und die Verbindung war weg. Vermutlich hatte Stephan seine Frage nicht einmal mehr verstanden.

Murat starrte auf das Display und rief die Nummer auf. Die Vorwahl begann mit +48. Das war Polen.

»Scheiße.«

»Kann ich irgendwas tun?« Prietz war hellwach.

»Nein. Ich muss zum Auto.«

Als sie wieder vor seinem Haus angelangt waren, entschuldigte sich Prietz dafür, dass er dieses Treffen mit Schmidt arrangiert hatte.

»Ist gut«, meinte Murat. »Stephan ist drin.«

»Hab ich mir schon gedacht … Wenn du mich brauchst – ich bin da.«

»Danke.« Murat stieg in den Wagen, schloss die Tür und raste mit siebzig Sachen durch die Dreißigerzone.

# 19

Stephan Kohn stand mit dem Rücken zur Tür im Zugabteil. Er hatte den Kopf zur Seite gewandt, um den Gang im Auge zu behalten, und fluchte leise.

Er schaltete das Handy aus, steckte es zurück in die Jacke, die an einem Haken gleich neben dem Fenster hing, ließ sich auf dem gegenüberliegenden Platz nieder und starrte aus dem Fenster.

Fast im selben Augenblick wurde die Abteiltür geöffnet, und die Frau kam zurück – etwa sechzig Jahre alt, vollbusig und recht adrett anzusehen. Sie trug einen türkisfarbenen Rock, passend zu der Jacke am Haken, ihr Haar war toupiert, Bernsteinschmuck hing um ihren Hals und an den Ohren.

»Mój Boże – dwa godziny!«, schimpfte sie. Der Zug hatte zwei Stunden Verspätung. »Ich hoffe, sie stellen mir das Essen warm!« Sie strich ihren Rock glatt und setzte sich.

»Die Deutsche Bahn ist nicht besser«, sagte Kohn auf Polnisch.

»O tak! To jest katastrofa!«, fuhr sie ihn an – Zugverspätungen in Deutschland seien die Ausnahme, in Polen die Regel!

Offenbar war sie von ihrem eigenen Temperament überrascht. Sie legte ihre Hand auf die Brust und schenkte Kohn ein Lächeln. Dann nahm sie die Zeitschrift PANI aus ihrer Handtasche und blätterte darin.

Wieder wurde die Schiebetür aufgezogen, und der Hagere trat ins Abteil.

Er zog den Reißverschluss seiner Reisetasche auf, die auf der Gepäckablage stand, entnahm ihr ein Buch und setzte sich neben Kohn. Auf dem Buchdeckel stand *Finanzplanung*. Ehe er zu lesen begann, beugte er sich vor und zupfte den beigefarbenen, etwas verdreckten Vorhang zurecht.

»Wir hätten mehr zu lesen mitnehmen sollen«, sagte er und vertiefte sich in seine Lektüre.

Der Zug fuhr dahin, begleitet vom fortwährenden Rattern der Gleisschwellen. Kohn sah aus dem Fenster: kleine Gehöfte mit Ackerflächen, weiße Tupfer auf Grasland – Gänse oder Hühner –, dann wieder Weideland mit ein paar Kühen und

Ziegen. Von Dorf zu Dorf spannten sich Stromleitungen auf krummen, hölzernen Masten.

Murat hatte offenbar nichts verstanden. Weder als Kohn gefragt hatte, ob das Material angekommen sei, noch als er sagte, dass er nicht auf Foryta geschossen hatte. Dass ausgerechnet in diesem Moment die Funkverbindung zusammengebrochen war, ärgerte ihn maßlos. Es war nicht abzusehen, wann er wieder eine Möglichkeit fand, sich zu melden.

Hatten sie inzwischen herausbekommen, dass er in diesem Internetladen am Hermannplatz gewesen war? Kannten sie seine Unterkunft in Berlin? Vielleicht hatte Murat nicht einmal verstanden, dass er ihn nicht unter dieser Nummer zurückrufen sollte …

Plötzlich ertönte die Nokia-Melodie. Kohn hielt den Atem an.

Die Frau legte die Zeitschrift beiseite und griff nach ihrer Jacke. Sie rückte die Brille zurecht, sah aufs Display und kniff die Augen zusammen.

Der Hagere schaute von seinem Buch auf.

Kohn sah weiter aus dem Fenster. Er zwang sich, ganz ruhig zu atmen.

»Dwa godziny!«, schrie die Frau.

Zwei Stunden. Wenn's dabei bleibt!

»Halo? Halo?«

Aber die Verbindung war wieder weg. Sie steckte das Telefon zurück in die Jacke und sank in ihren Sitz.

Kohn atmete aus, ganz langsam. Der Hagere wandte sich seinem Buch zu, die Frau vertiefte sich in ihre Zeitschrift.

# 20

Horst Bohne trug eine leuchtend blaue Wrangler, darüber ein weißes T-Shirt mit dem Aufdruck *Single* und Bikerstiefel mit erhöhten Absätzen, die es ihm ermöglichten, den Getränkeautomaten im Untergeschoss des Verwaltungstraktes auch ohne fremde Hilfe mit Kleingeld zu bestücken.

Sein Haar war grau und voll und reichte bis über beide Ohren. Sein Markenzeichen aber war sein Musketier-Bart, ein schmal geschwungener, ausgebürsteter Schnauzbart, der zusammen mit dem Ziegenbärtchen an der Unterlippe die Dreifaltigkeit darstellte.

Er sprach leise, der Oberkörper aufrecht, die Ellbogen wie ein Pinguin ausgefahren. Es war ihm ein Anliegen, mit dem Missverständnis aufzuräumen, dass Verwaltungstätigkeiten langweilig seien. Im Gegenteil. Hier ging es teilweise richtig ab. Als er damals begonnen hatte, die Effizienz der Verwaltung zu steigern, da war hier *Party, bis der Arzt kam* … Das alles mussten sich Paul und Erkan an einem Montagmorgen um neun Uhr anhören. Sie saßen dem kleinwüchsigen Verwaltungsguru an dessen Schreibtisch gegenüber und kämpften mit ihrer Müdigkeit.

»Kaffee?«, fragte Bohne plötzlich, und ehe Paul und Erkan nickten, drückte er schon auf die Lautsprechertaste des Telefons vor ihm.

Es tutete, und irgendwo draußen klingelte es. Bohne hatte seine Hände in Warteposition flach auf den Tisch gelegt und begann nun sanft mit den Fingern auf den Tisch zu trommeln. Es dauerte … Er hatte wohlgeformte Finger, die Nägel waren sauber und kurz geschnitten. Er hatte noch niemals daran geknabbert.

Endlich waren im Nebenraum eilige Schritte zu hören, die Tür wurde hastig aufgestoßen. Bei Frau Marquard, einer schlanken Frau in den ausgehenden Vierzigern, bauschte sich seitlich der Rock.

»Wo waren wir denn?«, fragte Bohne. Die Sekretärin begann herumzustottern, bis er sie unterbrach: »Hinter Ihnen!« Frau Marquard drehte sich um, und nun konnte man sehen, dass sie in der Eile den hinteren Teil ihres Rocks in den Schlüpfer gesteckt hatte. Während Paul und Erkan den Blick senkten, klatschte Bohne in die Hände und kringelte sich vor Lachen. Frau Marquard wurde rot und zupfte den Rock zurecht.

»Drei Kaffee bitte!«, sagte Bohne. Als die Sekretärin das Zimmer verlassen hatte, beugte er sich mit spitzbübischem Grinsen vor und kraulte sein Ziegenbärtchen. »Süßes Ding.«

Erkan warf einen Blick zu Paul, der unmerklich den Kopf schüttelte. »Und was sollen wir jetzt tun?«

Bohne schwenkte sofort um: In Absprache mit Prietz hatten die beiden in den nächsten drei Wochen den riesigen Aktenkeller auszuräumen und die Akten, die das Verfallsdatum überschritten hatten, auszusortieren. Das waren mehrere Tonnen Papier, die bewegt werden mussten. »Ihr könnt euch die Arbeit frei einteilen – das ist Gold wert, jetzt, wo die Freibadsaison losgeht!« Bohne zuckte zwei, dreimal mit den Augenbrauen und reichte ihnen zum Abschied die Hand.

Kurz darauf waren sie endlich draußen.

Es hatte sich bereits herumgesprochen, dass sie in Bohnes Reich strafversetzt worden waren. Sprüche kamen von allen

Seiten – die meisten Lacher erzielte Krause, der aus einem Fenster brüllte, ob es denn wahr sei, dass Bohne sie als *Spezialermittler* angefordert habe.

Zwei Stunden später saßen sie in der Kantine und warteten auf Murat.

»Bin mal gespannt, ob der kommt«, sagte Paul.

Er kam tatsächlich, zusammen mit drei Kollegen. Sie setzten sich an einen Tisch im Nebenraum, aber Murat hatte ihnen beim Hereinkommen schon zugenickt.

»Wie war's mit Schraube?«, fragte Erkan.

»Erzähl ich gleich.«

Murat kam zu ihnen herüber. Er trug einen schwarzen, relativ eng sitzenden Pullover mit V-Ausschnitt, dunkelgraue Chinos und weiße Adidas.

Paul holte den versprochenen Kaffee.

»Danke.«

»Wo wohnt ihr eigentlich?«, fragte Paul.

»Im Hotel.«

»Ja, aber wo?«

»Im Mariner.«

»Ihr alle?«

»Ja. Nein, nicht alle. Warum?«

»Nur so …«

Murat nahm einen Schluck.

»Wir haben gestern auf dich gewartet beim Essen …«, sagte Erkan. »Warum bist du nicht gekommen?«

»Keine Lust auf Familie.«

»Dachten wir uns dann auch …«

»Bist du blöd? Ich musste arbeiten!«

»Hat das was mit dem Foodstore zu tun?«

»Hör auf, Paul. Ich kann euch nichts sagen. Haben wir denn

sonst nichts zu reden? Was macht deine Freundin. Geht's euch gut?«

»Alles super«, meinte Paul.

»Das klingt doch gut. Und bei dir, Erkan?«

»Alles im grünen Bereich.«

»Sehr schön. Erkan – sag der Familie, dass ich in den nächsten Tagen mal vorbeikomme. Sobald ich's einrichten kann.« Er nahm noch einen Schluck Kaffee und schob die Tasse dann schnell weg. »Mann, schmeckt der beschissen!«

François Schraube kam in den Kantinenraum, eine abgegriffene Aldi-Tüte unter dem Arm. Als er Paul sah, grinste er und verdeckte die Augen, was wohl heißen sollte, dass ihn das Wochenende ziemlich geschlaucht hatte. Er nahm ein Tablett und stellte sich an den Tresen.

»Murat, ich wollte noch was sagen …«, begann Paul.

»Sag was.«

»Da oben auf dem Dach …«

Murats Mundwinkel zuckte.

»Paul …«

»Nein, warte! Ich will dir nochmal ganz genau beschreiben, was ich gesehen habe. Bitte …«

Schraube setzte sich an den Nachbartisch und murmelte ein »Guten Morgen«, während Murat den Stuhl zurückschob und aufstand.

»Wir haben uns irgendwie missverstanden. So kommen wir nicht zusammen.«

»Murat …«

Murat beugte sich zu ihm und packte ihn am Oberarm. »Lass es! Halt dich raus, oder du kommst in Teufels Küche. Hast du mich verstanden?«

»Ja«, sagte Paul, den Blick auf den Tisch gerichtet. Murat ging.

Erkan sah seinem Bruder nach, dann beugte er sich vor. »Was war denn das, du Idiot?«

»Du hast ja nicht gesehen, was ich gesehen habe«, blaffte Paul ihn an.

Inzwischen ging es auf die Mittagszeit zu. Immer mehr Kollegen betraten die Kantine, stellten sich an den langen Tresen und bestückten ihre Tabletts mit Salatschälchen, Getränkeflaschen und Essenstellern. Ein freier Tisch nach dem anderen wurde besetzt. Schraube packte seine Sachen und kam zu Paul und Erkan.

»Hast du's dabei?«, fragte Paul.

Schraube biss in sein Hackepeterbrötchen. »Aber sicher.«

Ein Grinsen huschte über Pauls Gesicht. »Du kannst dir nicht vorstellen, was Ronny für ein Freak ist, Erkan. Der hat damals noch als Techniker für die Stasi gearbeitet. Sonntagabend hat der im Suff noch was zusammengeschraubt, damit wir die Sonntagsspiele auf SKY gucken konnten!« Und dann sprudelte es aus Paul heraus. Abenteuerliche Geschichten vom Wochenende, die in Erkans Augen allerdings kein bisschen lustig waren, sondern nur illustrierten, dass Paul ein Wochenende mit Bekloppten verbracht hatte, von denen mindestens einer nach der Wende nicht mehr hatte Fuß fassen können.

Dann sagte Paul unvermittelt: »Du warst Zeuge, Erkan. Ich hab Murat eine Chance gegeben.«

»Du hast was?«

»Er hat mir nicht zugehört. Beim ersten Mal nicht und jetzt auch nicht. Sein Problem.«

»Spinnst Du?«

»Soll ich dir sagen, was der Plan ist?«

»Ich brauche keinen Plan! Hier ist einer bekloppter als der

andere. Und euer Ronny, der braucht offenbar dringend einen Job …«

»Nichts gegen Ronny«, sagte Schraube. Und in merkwürdig hohem, mechanischem Tonfall setzte er hinterher: »Wer nicht für uns ist, ist gegen uns.«

»Der hat sie nicht mehr alle!« Erkan schüttelte den Kopf. »Ich krieg Angst vor dem.«

»Willst du denn gar nicht wissen, was wir machen werden?«

»Nein.« Erkan stand auf.

»Ist es da drin?«, fragte Paul und tippte auf Schraubes Aldi-Tüte.

Schraube nickte.

»Erkan, warte! Was da drin ist, wird unser Leben verändern. Wirklich.«

»Vielleicht wär's gut, wenn du erst mal dein Leben änderst.«

»Hä?«

»Hast mich schon verstanden.«

»Jetzt setz dich hin und hör zu.«

Erkan stöhnte und nahm wieder Platz. Ein bisschen neugierig war er natürlich doch.

»Du hättest Murat irgendwann später fragen können, ob ihr euch darüber nochmal unterhalten könnt. Hast du gesehen, wie fertig der aussieht? Der hat Stress. Du hast uns mit deinem Gefasel schon genug in die Scheiße geritten. Und jetzt haben wir auch noch diesen notgeilen Zwerg an der Backe.«

»Ja, ja«, murmelte Paul. »Schraube, hol das Ding mal raus.«

»Hier? Vor all den Leuten?«

Paul lehnte sich vor und zog die Plastiktüte heran. Er faltete sie auf, sah hinein und runzelte die Stirn. Langsam, als könnte er zerbrechlich sein, zog er einen alten Kassettenrekorder heraus. Er hatte einen Mono-Lautsprecher, ein mechanisches Zählwerk und eine Aufnahmefunktion. Die Kassettenklappe war aus braun getöntem, durchsichtigem Plastik.

»Was ist das denn für'n Scheiß?« Erkan krallte sich das Ding und drückte auf die Eject-Taste. Die Klappe ploppte auf.

»Ein Robotron LCR-C-Data.«

»Wow! Da steck ich mein iPhone rein, und dann können wir 'ne Fete machen!« Er lachte.

Paul sah zu Schraube. »Und das ist …?«

»Das Empfangsteil!«

»Sieht eher nach Kindertagesstätte Neukölln aus. Aber vor zwanzig Jahren«, meinte Erkan.

»Pah!«, machte Schraube. »Ist absolutes Profizeug. Von Ronny.«

Er zeigte auf die Tüte. »Da ist noch mehr drin …«

Paul griff nochmals hinein und zog eine Streichholzschachtel heraus.

Vorsichtig schob er sie auf und nahm eine gespannte Haltung an.

»Das ist sie«, sagte Schraube. Paul flüsterte: »Geil!«

In der Schachtel war ein fingerhutgroßer Würfel mit abgerundeten Kanten. Aus dem Korpus ragten zwei winzige Drähte heraus, die wiederum mit einer kleinen Batterie verbunden waren.

»Hobbykeller bizarr«, murmelte Erkan. »Was soll'n das sein?«

»Das hier?«

Paul drehte das Ding unter dem Tisch zwischen Daumen und Zeigefinger. »Meinst du das?«

»Was sonst?«

»Das ist die Wanze.«

»Wanze?«

»Genau.« Er sah zu Schraube. »Wie weit reicht die?«

»Ronny meint, ungefähr 500 Meter.«

»Paul …«, Erkan wurde bleich. »Wozu brauchst du eine Wanze?«

»Um Boschko abzuhören.«

»Du willst Boschko abhören? Bist du jetzt völlig durchgedreht? Du hast sie doch nicht mehr alle!«

»Erkan …«

»Das ist Kinderkram! Um jemanden abzuhören, zapfst du sein Telefon an. Willst du dem das Ding um den Hals hängen, oder was? Und wenn überhaupt, dann bräuchtest du fünf von diesen Wanzen!«

»Nein – eine! Genau eine. Für sein Auto. Boschko hat doch vom C-Netz gesprochen … Ronny meint, dass die richtigen Freaks damit eine abhörsichere Funkverbindung meinen. Verstehst du?«

»Wann hat er vom C-Netz gesprochen?«

»Als ich Murat den Zettel geschrieben hab, war Boschko im Nebenraum. Er dachte, er wäre allein. Sein Handy hat geklingelt – und dann hat er mit dem Anrufer abgemacht, später über das C-Netz zu sprechen. Also verwanzen wir seine Karre und kriegen raus, was der vorhat. Mit dem stimmt was nicht. Ich schwör's dir, Erkan!«

Erkan schüttelte den Kopf.

»Da mach ich nicht mit«, sagte er schließlich.

»Du wirst mitmachen, Erkan.«

»Warum?«

»Weil du mich nicht hängenlässt.«

»Für diese Aktion braucht man Eier«, sagte Schraube. »Hast du Eier?«

Erkan ignorierte ihn.

»Hilf mir nur, die Wanze zu platzieren. Dann fahren wir Boschko ein bisschen hinterher. Wenn nichts passiert, dann war's das. Okay?«

»Wo willst du das mit der Wanze machen, vielleicht hier auf dem Parkplatz?« Er dachte kurz nach. »Ach! …« Erkan tippte sich an den Kopf. »Deshalb hast du Murat gefragt, wo die wohnen. Aber er hat doch gesagt, dass sie nicht alle im Mariner …«

»Eben«, sagte Paul. »Wir machen das so: Schraube kriegt raus, was Boschko für 'ne Karre fährt, und dann hängen wir uns an ihn dran. Hoffentlich ist er heute überhaupt hier … Erkan – kann ich auf dich zählen?«

Erkan vergrub sein Gesicht in den Händen. Dann sagte er: »Okay.«

Prompt landete Schraubes Pranke auf seiner Schulter.

»Guter Junge!«

Auch Paul wirkte erleichtert. »Erkan und ich machen noch ein bisschen im Aktenkeller weiter, und du hältst die Augen offen.«

Schraube nickte. »So machen wir's – Mensch, hätt' ich fast vergessen!« Er zog einen kleinen Beutel aus der Jackentasche. »Ronny hat mir noch einen Peilsender mitgegeben. Ist magnetisch. Einfach ranheften.« Er gab ihn Paul, stand auf und klopfte auf den Tisch:

»Die Jagdsaison ist eröffnet!«

# 21

Am Nachmittag fuhr Boschko mit seinem zehn Jahre alten schwarzen 540er BMW auf das Direktionsgelände. Er trug eine Sonnenbrille.

Gestern Nacht war in seinem Kopf ein Bild aus der *Melancholie* aufgetaucht, das er seitdem nicht mehr loswurde: Als er von der Toilette gekommen war, hatte der Blonde sich mit einem Zigeuner unterhalten, der ein Akkordeon dabeihatte. Boschko hatte die beiden bloß für ein oder zwei Sekunden gesehen, denn der Blonde hatte sich sofort in seine Richtung gedreht und war auf ihn zugekommen. In der Nacht war ihm klargeworden, was er damit bezweckt hatte: Er wollte ablenken. Je häufiger Boschko diesen Moment abrief, desto sicherer war er – der Blonde hatte dem Zigeuner was zugesteckt.

Boschko stieg aus dem Wagen und lief zum Hauptgebäude. Sein Gang war langsam, fast schleppend. Er schmiss seine Zigarette achtlos hinter sich und betrat das Dienstgebäude. Kurz darauf zog er die Tür zum Besprechungsraum auf.

Der Brillenträger, Traemann, der ihn zusammen mit Lang verhört hatte, saß mit Daniel Richter an einem der mittleren Tische. Zwischen ihnen lagen Fotos und haufenweise Papiere.

Eine Sekunde lang dachte Boschko, dass es sich hier um Kohns Material handelte.

Als Richter ihn bemerkte, nickte er ihm zu und reckte den Daumen in die Luft. Der Türke stand am Fenster und sah in den Hof. Er hatte den anderen den Rücken zugekehrt und telefonierte.

Von Ahnen, der blonde Hüne, war aufgestanden und begrüßte ihn.

»Willst du Kaffee?«

»Warum nicht.«

Er bekam eine Tasse.

»Wie geht's jetzt weiter?«, fragte Boschko.

»Wir schieben die Ermittlungen gerade nach Karlsruhe.«

Von Ahnen erzählte von dem Treffen mit Schliem und dass Kohn sich aus Polen gemeldet hatte. Vermutlich war er mit dem Zug unterwegs. Mehr wussten sie bislang nicht, die Anfragen nach den Verbindungsdaten liefen. Außerdem hatten die Ballistiker festgestellt, dass Foryta tatsächlich mit Kohns Waffe erschossen worden war.

»Und das Material?«

»Nichts«, sagte von Ahnen. »Hör zu – wenn du fit bist, sollst du zu den Budaks. Murat und Daniel arbeiten da was aus, aber das dauert noch ein paar Tage. Du bist ein bisschen früh …«

»Mir ist die Decke auf den Kopf gefallen.« Boschko nahm einen Schluck Kaffee. »Schon was raus über den Blonden?«

Von Ahnen sah ihn einen Moment lang an. »Von dem wird wohl nicht viel bleiben.«

»Warum nicht?«

»Weil der in keiner Datenbank drin ist. Und weil der Staatsanwalt entschieden hat, dass keine Ermittlungen eingeleitet werden.«

Der Schrei war das Einzige, was von dem Blonden zurückblieb. Kein Gesicht, denn das war beim Aufprall zerschmettert. Kein Name, denn er trug nichts bei sich, anhand dessen man ihn hätte identifizieren können. Nur dieser Schrei, der sich wie ein Tinnitus in Boschkos Ohr hielt.

»Pass auf!«, sagte von Ahnen.

Boschko hatte die Tasse schief gehalten, der Kaffee war aufs Linoleum getropft.

»Ich muss nochmal zu Möller.«

»Komm mit.«

Von Ahnen klopfte an die Tür des Nebenzimmers und öffnete. Möller saß auf seinem Schreibtisch, einen Telefonhörer am Ohr. Er blickte kurz hoch, murmelte noch irgendwas und legte auf.

»Wie geht's dir?«, fragte Möller.

Boschko wirkte etwas fahrig. Er nickte, ohne Möller direkt in die Augen zu sehen.

»Du siehst immer noch ein bisschen kaputt aus. Warst du mal beim Arzt?«

»Warum?«

»Weil du humpelst.«

»Nur 'n bisschen das Knie verdreht. Nichts Ernstes.«

Boschko wollte einen Schluck von seinem Kaffee nehmen, ließ es aber bleiben, als er merkte, dass seine Hand zitterte.

»Wir wollen dich da einsetzen, wo Foryta aufgehört hat. Wir bauen dir da was, aber das dauert noch ein paar Tage. Samstag oder Sonntag … kannst du dir das vorstellen?«

»Klar.«

»Dann sieh zu, dass du dich ausruhst. Du musst in guter Verfassung sein. Lass dich mal durchchecken.«

»Okay …«

»Hat es einen bestimmten Grund, warum du hergekommen bist?«

»Ihm ist die Decke auf den Kopf gefallen …«, sagte von Ahnen.

»So?«

Möllers Telefon klingelte.

»Ich hab noch was«, sagte Boschko.

Möller drückte den Anrufer weg.

»Was?«

»Ich will die Listen mit den Festgenommenen von der Razzia nochmal durchgehen …«

»Und was soll da rauskommen?«

»Ich weiß nicht. Einer der Ausländer kam mir irgendwie bekannt vor. Ich will da einfach sichergehen.«

»Mach das«, sagte Möller. »Wenn du glaubst, dass da ein Ansatz ist, leg los. Aber wenn sich was bestätigt, übernehmen wir das. Keine Alleingänge.«

»Klar.«

Von Ahnen gab ihm die Akten, und Boschko sah eine nach der anderen durch. Die fünfte oder sechste Mappe enthielt ein Foto von einem Mann mit müden, großen Augen und weichen Gesichtszügen. Er hieß Jozef Stojka. Rumänischer Staatsangehöriger. Sechsunddreißig Jahre alt. Keine aktuelle Wohnanschrift, angeblich auf der Durchreise. Aber das hieß nichts. Das sagten sie alle, wenn sie keine feste Anschrift hatten – oder keine angeben wollten. Der Kerl hatte kaum Habseligkeiten dabeigehabt. Erwähnenswert war nur ein Akkordeon, ansonsten Kleinkram. Etwas Geld, ein Ausweis – und ein Umschlag.

Boschko nahm das Aktenblatt, faltete es und steckte es ein. Er bemühte sich, ganz ruhig zu bleiben.

Jozef Stojka war sein Mann.

Boschko stand auf und gab von Ahnen die Akten zurück.

»War was dabei?«

»Ich weiß nicht.«

»Murat will noch was mit dir besprechen.«

Der Türke hatte sich seine Aussagen übers Wochenende offenbar nochmal angesehen. Er wollte wissen, wie das Treffen mit Kohn am S-Bahnhof Westkreuz genau abgelaufen war.

Boschko überlegte kurz und rekapitulierte genau das, was ohnehin in der Akte stand: Kohn war zum Ausgang des S-Bahnhofs gegangen und nicht zum anderen Bahnsteig.

Der Türke nickte.

»War's das?«, fragte Boschko.

»Ja …« Es gebe da zwar noch ein, zwei andere Punkte, die ihm nicht ganz schlüssig seien, aber das habe keine Eile.

»Na dann«, Boschko drehte sich weg.

Als er schon an der Tür war, trat Daniel Richter neben ihn und fragte mit leiser Stimme: »Du hast was gefunden, oder?«

## 22

Ohne das Fernglas abzulegen, griff Schraube nach seinem Handy. Er stand am geöffneten Toilettenfenster im dritten Stock und beobachtete, wie Boschko in seinen BMW stieg. »Geht los«, flüsterte er. Kurz darauf schob sich Pauls Audi Quattro zwischen parkenden Autos vor und folgte dem BMW im Schritttempo.

»Und bald quiekst du wie ein ertrinkendes Meerschweinchen, du rothaarige Wasserleiche.« Schraube schloss das Fenster.

An der Schranke ließ Paul noch einen Touran-Funkwagen vorfahren, der aber in die entgegengesetzte Richtung abbog. Dann gab er Gas. Schon bald hatten sie Boschko eingeholt.

»Langsam«, meinte Erkan. Boschlo hielt knapp dreißig Meter vor ihnen vor einer roten Ampel. Paul stoppte, ließ einen Lieferwagen und einen alten Mercedes passieren und reihte sich dann wieder in den Verkehr ein.

Der BMW fuhr gemächlich, Paul und Erkan blieben ohne Probleme hinter ihm.

Boschko wohnte in einer Pension in der Schützenstraße, nah beim Checkpoint Charlie. Die Parkplätze waren im Bürogebäude nebenan angemietet. Er fuhr in die Tiefgarage.

Paul und Erkan kurvten zweimal um den Block, ehe sie eine freie Parklücke fanden. Als sie dann mit dem Aufzug runtergefahren waren, saß Boschko bereits wieder in seinem Wagen und steuerte auf die Ausfahrt zu.

Paul fluchte.

»Jetzt setzt er sich ins Ausland ab«, überlegte Erkan. »Oder er bringt den Nächsten um!«

Paul fand das nicht sonderlich komisch.

Schräg gegenüber der Zufahrt zur Tiefgarage war ein kleiner Sandwich-Laden – etwas ungünstig gelegen, da er einen Tick zu weit abseits der Touristenroute lag.

»Lass uns dort warten«, schlug Erkan vor.

Der Verkäufer sah sie an, als disqualifizierten sie sich allein dadurch, dass sie seine Tür öffneten. Als sie aber zwei Kaffee bestellten, taute er auf. Er hieß Rezzan, war Kurde aus dem Irak und musste den Laden im nächsten Monat schließen – man verstand hier sein Konzept nicht. Da war was dran.

Sie warteten, Rezzan quasselte. Irgendwann wechselten sie sich ab. Erkan lief zum Checkpoint Charlie – vorbei an Touristen und Straßenverkäufern, die Russenmützen und Orden verkauften. Er ließ sich von einer Gruppe Spanier überreden, ein Foto von ihnen zu machen, dann das Gleiche mit Japanern. Er ging weiter bis zu einem schicken Computerladen, klimperte auf den neusten Laptops rum, kaufte sich ein Eis und war nach einer halben Stunde zurück.

Dann ging Paul los. Als er wiederkam, meinte er nur: »Lass uns im Auto warten, bevor der Typ mich totquatscht.« Sie fuhren mit dem Audi in die Tiefgarage.

Paul hatte sich rückwärts zwischen einen Passat und einen Mercedes gestellt. Endlich, nach weiteren vierzig Minuten, kam Boschko. Er parkte neben einem Bus von *City-Clean,* stieg aus und verließ das Parkdeck.

»Auf geht's«, sagte Paul. Er versuchte das Schloss mit einem Tennisball zu knacken, in den er ein kleines Loch geschnitten hatte. Er stülpte ihn über das Schlüsselloch, doch so oft er auch dagegenschlug – die Druckluft reichte nicht aus, um den Stift nach oben zu schieben. Er setzte sich wieder ins Auto und kramte aus dem Handschuhfach zwei Metallstifte hervor. Der eine war wie ein gewöhnlicher Dietrich gebogen, der andere war dünner und hatte eine s-förmige Spitze.

»Probier's an der hinteren Tür«, sagte Erkan. »Wenn was bricht, fällt's nicht so auf.« Paul fummelte minutenlang an dem Schloss rum. Ohne Erfolg.

»Gib her«, sagte Erkan.

Er nahm das Werkzeug wie ein Zahnarzt in die Hand und kniete sich hin. Mit dem Haken versuchte er den inneren Zylinder festzuhalten, während er mit dem dünneren Stift ganz vorsichtig das Gewinde entlangfuhr.

*»Erkan Jinekolog!«*, sagte Paul und zog Schraubes Beutel mit dem Peilsender aus der Hosentasche. Er war nicht viel größer als ein Magnet, mit dem man Notizen an eine Kühlschranktür heftet. Paul befestigte ihn an der Innenseite der Karosserie über dem Radlauf.

»Du sollst aufpassen, ob jemand kommt!«, zischte Erkan.

Paul ruckelte kurz an dem Sender, der saß bombenfest. Er stand auf, lehnte sich an einen Betonpfeiler und ließ den Blick schweifen. Nichts los hier unten …

»Geht's?«

Erkan war voll konzentriert. Behutsam arbeitete er sich Windung um Windung vor, – dann spürte er Widerstand. Er drehte den Haken, testete, ob der Widerstand ausreichte, und bog den Hebel mit einem kräftigen Ruck nach rechts.

»Achtung!«, rief Paul.

Erkan zog den Kopf ein und verharrte.

Eine Frau in flottem Kostüm stieg auf der anderen Seite in ihren Mini. Sie startete, würgte den Motor ab, probierte es erneut – beim dritten Mal schaffte sie es und fuhr zur Ausfahrt.

Als der Mini weg war, zog Erkan an der Tür. Sie war offen.

Paul untersuchte kurz den Müll, der auf dem Beifahrersitz lag, öffnete das Handschuhfach und stieß einen leisen Pfiff aus: Da lag es – ein massiver schwarzer Kasten in der Form eines Autoradios. Das Funkgerät. Anschließend ging er um das Heck des Wagens herum und setzte sich auf die Rückbank, hinter den Fahrersitz. Mit seinem Taschenmesser machte er einen kleinen Schnitt in die Deckenverkleidung, etwa dreißig Zentimeter hinter der Kopflehne des Fahrersitzes. Dann nahm er mit einem Taschentuch die Wanze aus der Streichholzschachtel und schob den winzigen Kippschalter mit der Spitze des Messers hoch, sodass der Stromkreis geschlossen war. Er ließ die Wanze in der Ritze verschwinden, kletterte aus dem Wagen und schloss die Tür.

»Da kommt nichts durch«, sagte Paul. Sie saßen wieder im Audi. Der Empfänger war eingeschaltet, doch nach anfänglichem Knacken war es wieder still geworden.

»Was soll da durchkommen? Ist doch keiner drin.«

»Rauschen oder so. Vielleicht schaltet sich das Ding auch erst ein, wenn eine bestimmte Dezibelzahl erreicht ist … Klopf mal aufs Dach!«

Erkan stieg aus, ging zum BMW und tat wie befohlen.

»Und?«, fragte er, als er wieder im Audi saß.

»Ich war noch nicht so weit.«

»Wie, du warst noch nicht so weit?«

»Klopf einfach noch mal.«

Paul drehte am Lautstärkeregler, schaltete das Gerät aus und ein und hielt den Lautsprecher ganz dicht ans Ohr, während Erkan noch mal zum BMW stiefelte, einmal mit der flachen Hand aufs Dach schlug und wieder zurückkam.

»Du musst länger klopfen!«

»Quatsch. Hol das Ding raus, und lass uns ins Kino gehen.«

»Was?«

»'N schönen schlechten Ami-Scheiß.«

»Wir starten gerade eine Überwachungsaktion!«

»Kinderkacke.«

»Erkan – zum ersten Mal, seit wir Dienst schieben, begreif ich, warum ich überhaupt Polizist bin. Und du willst ins Kino?«

»Ja. Nachmittagsvorstellung. 'n Actionstreifen. Mit Halbstarken vor uns, die zum ersten Mal fummeln und um die Wette rülpsen. Darauf hab ich Bock. Lass uns diese Abhör-Nummer vergessen. Das bringt uns nur Scherereien.«

»Schisser …«

Erkan hob die Arme, machte Rap-Gesten und freestylte: »Yo! I-i-ich stand auf 'nem Dach, h-h-hab was gesehen. Eine R-R-Ringel-Rangelei. Yo, das war echt krass …«

»Halt's Maul!«

»Sorry.«

»Ist gut. Jetzt weiß ich wenigstens, dass ich mich auf dich verlassen kann.«

»Hey, du weißt ganz genau, dass du dich auf mich verlassen kannst! Ich bin da, wenn du mich brauchst. Aber was wär ich für 'n Freund, wenn ich dich bei so 'ner bekloppten Aktion blind unterstütze? Wenn sich Nina beruhigt hat, wirst du das auch entspannter sehen ...«

»Glaubst du, ich mach das wegen Nina? Mir ist scheißegal, was mit Nina ist! Ich will einen Typen drankriegen, den ich dabei beobachtet hab, wie er einen vom Dach gestoßen hat, du Penner! Was Nina macht, ist ihre Sache. Nina kann in Urlaub fahren, sich 'nen Adler auf die Stirn tätowieren lassen oder mit Robert in die Kiste steigen. Ist ihre Sache. Mein Ding heißt Boschko!«

»Ganz so cool, wie du tust, bist du doch gar nicht.«

»Doch, ich bin verdammt cool, Alter. Frag Nina doch mal, ob sie Lust auf 'nen flotten Dreier hat, mit dir und Robert.«

»Jetzt wird's billig.«

»Ja, ja. Aber heul nicht rum, wenn Roberts Dödel größer ist als deiner, okay?«

»Paul, das reicht.«

»Dann musst du allein um deine Ehre kämpfen ...«

»Es reicht!«

»Mir auch, Alter.«

Erkan sah Paul einen Moment an und stieg aus. Ohne sich umzudrehen verschwand er durch die Tür zu den Aufzügen.

»Ja, hau doch ab!«, rief Paul ihm hinterher.

Er nahm den Rekorder und gab ihm mit der flachen Hand einen Klaps. Nichts. Er zog sein Handy aus der Tasche, musste aber feststellen, dass er hier unten kein Netz hatte. Also fuhr er rauf in den ersten Stock.

»Das Ding funktioniert nicht«, sagte er, als Schraube dran war.

»Hm. Mal an- und ausgemacht?«

»Hab an jedem Knopf rumgespielt, der an dem Ding dran ist. So viele sind's ja nicht.«

»Vielleicht 'n Wackler?«

»Das sollst du mir sagen.«

»Tja …«

»Wie funktioniert das eigentlich mit dem Peilsender?«

»Da brauchst du den Laptop …«

»Welchen?«

»Den hab ich bei Ronny vergessen. Kriegst du nächstes Mal.«

»Scheiße!« Paul versuchte sich zu beherrschen. »Was soll ich jetzt machen?«

»Wenn ich ganz ehrlich sein soll … Keine Ahnung.«

»Ruf Ronny an!«

»Ich wollt gerade was essen gehen!«

»Du kannst nachher noch genug in dich reinstopfen!«, brüllte Paul. Er legte auf, trat gegen ein Geländer und ging zurück zu den Aufzügen.

Einer der beiden Fahrstühle war im Untergeschoss, der andere irgendwo oben. Er überlegte kurz, dann spurtete er los. Er folgte den Notausgangschildern, riss die Tür zum Treppenhaus auf und nahm drei Stufen auf einmal. Als er auf das Parkdeck stolperte, sah er gerade noch, wie der BMW die Ausfahrtschranke passierte.

Er rannte zum Audi, startete und raste mit quietschenden Reifen auf die Ausfahrt zu. Vor ihm war noch ein anderer Wagen – ein dunkelblau glänzender Volvo mit Münchner Kennzeichen, der ganz langsam vorfuhr. Paul drückte auf die Hupe, aber das bewirkte nichts. Im Gegenteil. Der Fahrer schien sich jetzt extra viel Zeit zu lassen, wollte den Berliner wohl ein bisschen erziehen.

Als der Volvo endlich die Schranke passiert hatte, trat Paul aufs Gas. Der rot-weiße Blechbalken senkte sich schon wieder und touchierte sein Heck, doch so weit er das im Rückspiegel sehen konnte, wackelte das Ding nur etwas benommen.

Boschkos BMW stand vor einer roten Ampel, zwischen ihnen waren vier andere Wagen. Pauls Handy klingelte.

»So ganz hab ich Ronny zwar nicht verstanden, aber da muss 'ne Kassette rein. Um die Spannung irgendwie zu erhöhen. Dann kannste auch gleich aufnehmen! Wie'n Hörspiel.«

Die Ampel sprang auf Grün, Boschko bog rechts ab.

Paul nahm die Grünphase gerade noch mit, aber schon an der nächsten Ampel musste Boschko wieder warten.

Paul riss das Handschuhfach auf, fischte eine Kassette heraus, eine von Nina, und steckte sie in den Rekorder. Das Band begann sich zu drehen, aus dem Lautsprecher ertönte leises Radiogedudel.

Paul hatte gar kein Radio an.

»Das klappt!«

»Das ist eben Ronny! Wenn der sagt, dass es klappt, dann klappt das.«

Die Ampel stand längst wieder auf Grün. Paul musste Gas geben, damit er noch über die Kreuzung rutschte.

Boschko fuhr Richtung Friedrichshain, und er war schnell unterwegs. So schnell, dass Paul, obwohl er zweimal über Rot gefahren war, ihn am Halleschen Ufer wieder verlor. Er merkte es auch daran, dass die Verbindung abbrach und sich das Band automatisch ausschaltete.

Paul bog in eine Seitenstraße ab, aber das war ein Fehler.

Alle zehn Meter hielten Lieferwagen auf der zweiten Spur, und bei dem Gegenverkehr kam er kaum vorwärts. Er überlegte schon, zur Pension zurückzufahren, da lief das Band wieder an, und aus dem Rekorder kam erneut Rauschen und leise Musik. Das Signal wurde stärker, und plötzlich sah er Boschkos BMW hundert Meter vor sich die Straße kreuzen. Für einen Moment war Paul perplex, dann startete er durch, musste jedoch noch eine ganze Autokolonne an sich vorbeilassen, bevor er abbiegen konnte.

Der BMW war längst hinter den Pfeilern der Hochbahn verschwunden und mit ihm das Signal. Paul dachte daran, ihm den Weg abzuschneiden, konnte aber nicht zurück – hinter ihm stand jetzt ein Robben & Wientjes-Transporter mit einem Studenten als Fahrer, der den Rückwärtsgang nicht fand. Und als er ihn gefunden hatte, stand schon der Nächste hinter ihm.

Ohne Hoffnung, Boschko wiederzufinden, fuhr Paul zur Wiener Straße, um sich einen Öko-Burger zu kaufen – Nina hatte ihm den Laden mal gezeigt –, als der Rekorder plötzlich knackte. Das Band lief an, und Boschkos Stimme sagte ganz deutlich: »Ein TS-Menü mit Cola.«

Der McDonald's war nur einen Steinwurf entfernt.

Paul wartete unter der Hochbahn auf dem Mittelstreifen und setzte sich direkt hinter Boschko, nachdem dieser sich wieder in den Verkehr eingereiht hatte. Es war ihm jetzt egal, ob er ausreichend Abstand hielt oder nicht – er wollte Boschko nicht wieder verlieren.

Der BMW fuhr zum Kottbusser Tor, dann den Kottbusser Damm entlang, immer geradeaus über den Hermannplatz bis zur Flughafenstraße. Dort bog er rechts ab und parkte knapp vor dem Eingang zur Hasenheide. Boschko aß, sein Schmatzen konnte man über den Lautsprecher hören.

Die Dämmerung hatte inzwischen eingesetzt. Ein paar Minuten verstrichen, dann stieg Boschko aus dem Wagen und lief in den Park. Paul überlegte noch, ihm zu folgen, aber dann wurde eine Parklücke frei, in der er sich und den Wagen besser verstecken konnte. Boschko musste ja eh irgendwann zurückkommen …

# 23

Erkan transportierte den ersten Schwung Akten mit einem Rollwagen in den renovierten und mit moderner Belüftungstechnik ausgestatteten Archivierungskeller. Auf den Arbeitstisch am hinteren Ende des Raumes hatte Bohnes Sekretärin nicht nur eine kleine Zimmerpflanze hingestellt, sondern auch ein Radio, das hier unten – vermutlich wegen der Nähe zum Fenster – tatsächlich funktionierte.

Erkan prüfte die Akten auf ihr Verfallsdatum. Die ganz alten warf er weg, die übrigen sortierte er ins Regal, katalogisierte sie zuerst handschriftlich und übertrug dann alles in einen Rechner.

Nach vier Stunden machte er Pause. Der Staub der Jahrzehnte hatte sich in seiner Kleidung festgesetzt, alles kratzte und juckte. Er schnappte sich sein altes Mountainbike, rollte die Friesenstraße runter bis zum Marheinekeplatz, kaufte sich in der Markthalle ein Asia-Gericht und trank anschließend beim Italiener einen Cappuccino.

Danach fuhr er durch die Hasenheide. Im Radio war gemeldet worden, dass es gestern Nacht hier im Park einen

Überfall gegeben hatte. Ziemlich brutal – zwei Männer waren mit schweren Verletzungen ins Krankenhaus eingeliefert worden. Für die Hasenheide war das ungewöhnlich. Es war ein friedlicher Ort, selbst wenn hier kräftig gedealt wurde und die Kerle an den Parkwegen jeden anquatschten, der sich ihnen auf zehn Meter näherte. Hier liefen harmlose Verrückte rum, Kiffer, die auf Bongos trommelten, blonde, reife Frauen, die in wallenden Kleidern von Sonne und Meer sangen und mit Afrikanern ihren dritten Frühling erlebten. Und natürlich Jogger, Studenten, Alkis, Omis, Kinder und Hunde – aber dabei blieb es eigentlich immer friedlich. Selbst nachts.

Während er weiter durch den Park radelte, kehrten seine Gedanken zurück zu dem, woran er schon den ganzen Morgen gedacht hatte: Nina. An Nina und die Art, wie sie ihn angesehen hatte.

Gestern, nach dem Streit mit Paul in der Tiefgarage, war er zu ihr gefahren. Als er vor ihrer Wohnungstür stand, hatte er behauptet, auf der Suche nach einem Song jener Band zu sein, die sie zu dritt – Nina, Paul und er – vor ungefähr einem Jahr auf einem Konzert im Festsaal Kreuzberg gehört hatten. An den Namen der Band konnte er sich nicht erinnern, aber eben an einen bestimmten Song, und den suchte er angeblich.

Was Besseres war ihm nicht eingefallen.

Er hatte dieses Konzert ausgesucht, weil Paul und Nina an diesem Abend die ganze Zeit nur rumgeknutscht hatten. Sein Plan war, Nina einen innigen, glücklichen Moment mit Paul vor Augen zu führen. Sie sollte erkennen, was sie an ihm hatte und die Trennung rückgängig machen. Denn so, wie Paul jetzt drauf war, war er unerträglich.

Nina hatte ulkige Stoffschlappen an den Füßen, mit einer

roten und einer grünen Bommel. Sie trug graue Jogginghosen und einen hellblauen Kapuzenpulli, der mit den Tourdaten der *Ponys* vom vergangenen Jahr bedruckt war. Sie kaufte ihm seine Geschichte keine Sekunde ab, und er war so blöd, sich noch weiter in die Scheiße zu reiten, indem er behauptete, dass er mit seiner Schwester eine Wette am Laufen hätte und deshalb unbedingt wissen müsse, wie dieser eine Song hieß. Schließlich bat er Nina sogar, die Platte kurz aufzulegen. Welche Band sie damals zusammen gehört hatten, hatte Nina natürlich längst auf dem Schirm.

»*Was* soll ich machen?«

»Die Musik auflegen. War doch ein schöner Abend …«

Spätestens da wusste Nina, dass er kuppeln wollte.

»Pass auf – ich hab mich von Paul entfernt. Ich glaub nicht, dass wir noch eine Chance haben.«

Sie schluckte, ihre Stimme klang brüchig. Aber sie hatte sich schnell wieder im Griff.

Ehe Erkan ging, drückte sie ihm genau die Platte in die Hand, von der er gesprochen hatte.

Als er schon im Treppenhaus war, sagte er noch: »Ich hab dich auf der Party gar nicht mehr gesehen. Ich glaub, das letzte Mal mit Robert und so einer Schwarzhaarigen … Kann das sein?«

»Ja.«

»Ihr habt euch geküsst!«

Nina lachte. »Robert ist ein witziger Kerl. Mehr aber auch nicht.« Während sie das sagte, war sie ein bisschen rot geworden.

»Grüß deine Schwester«, rief sie ihm nach und sah ihn dabei merkwürdig an. Einerseits belustigt, aber gleichzeitig auch traurig. Und dann lag da noch etwas anderes in ihrem Blick. Es ging ihm nicht aus dem Kopf.

Seit mehr als einer Stunde hatte er sich wieder in die Akten gegraben, als ihm auffiel, dass er inzwischen zum vierten Mal immer dieselben Nachrichten auf *RadioInfo* hörte. Er suchte einen anderen Sender. Aber es kam nichts Anständiges. Er wollte das Ding schon ausmachen, blieb dann aber bei einem Typen hängen, dessen Stimme ihm bekannt vorkam. Es war Robert, der durch den Äther parlierte! Er sprach von Schmetterlingen im Bauch, von Frühlingsgefühlen, wie er sie seit Jahren nicht erlebt hatte – davon, dass er einfach total verknallt sei …

Das Problem, das er jetzt im ganzen Sendegebiet erörtern wollte: Wie bringt *Mann* die Frau seiner Träume dazu, ihren Gefühlen endlich nachzugeben und ihm die Tür zu ihrem Herzen ein klein wenig zu öffnen? Dabei ging er gleich mal davon aus, dass sie dasselbe empfand wie er selbst.

»Ihr Männer im *RadioDrei*-Land, erzählt mir und allen anderen Desperados der Liebe, wie ihr eure Angebetete für euch gewinnen wollt! Ruft jetzt an – die *Leitung der Liebe* ist ab sofort geschaltet!« Er nannte die Potsdamer Nummer und fuhr »Against All Odds« von Phil Collins hoch. Erkan hörte sich die ersten Takte der Schnulze an – bei der Zeile *Take A Look At Me Now* griff er jedoch zum Telefon und wählte die Nummer, die Robert genannt hatte. Eine Assistentin mit erstaunlich tiefer Stimme fragte ihn nach seinem Namen, wo er wohnte und was er zur Diskussion beizutragen hätte. Erkan saugte sich ein paar Sätze aus den Fingern, die Assistentin war zufrieden und bat ihn, ein Momentchen zu warten und sein Radio auszuschalten.

Er war vielleicht ein bisschen vorschnell gewesen. Was wollte er Robert überhaupt sagen? Dass er die Finger von Nina lassen sollte? In Gedanken ging Erkan das Gespräch mit ihm durch.

»Hallo Erkan«, würde Robert sagen. Und ehe er ihn so richtig schön anmoderiert hätte, würde Erkan loslegen: »Hör mal, du kannst mit deinen Schmetterlingen in den Botanischen Garten gehen. Verführen wirst *du* jedenfalls niemanden. Schon gar nicht die Freundin meines besten Kumpels, du Penner! Die will mit dir überhaupt nichts zu tun haben!« Nein, so ging das nicht. Robert würde sich davon überhaupt nicht beeindrucken lassen. Der war Anrufe von irgendwelchen Bekloppten gewohnt. Er würde das als Steilvorlage nehmen und erst mal ganz scheinheilig fragen: »Hey, was regst du dich denn so auf? Wovon redest du überhaupt?«

»Wovon ich rede?«, Erkan hörte sich brüllen. »Dass du die Freundin meines Kumpels in Ruhe lassen sollst! Nutz ihre Situation nicht aus!«

»Ganz ruhig, Erkan. Einatmen, ausatmen. Wenn die Frau, auf die ich stehe, nicht will, dann sagt sie mir das einfach. Ich find das echt rührend, wie du dich für deinen Freund ins Zeug legst. Aber irgendwie geht hier offenbar dein Ehrenkodex mit dir durch. Lass los. Es ist Sommer, alles fließt …«

Was ihn dann natürlich vollends in Wut versetzt und zu einem ganz dummen Kommentar verleitet hätte. Etwas wie: »Leck mich am Arsch …«

In diesem Moment sagte die Assistentin, dass er jetzt dran sei. Und dann war da wirklich Roberts Stimme.

»Erkan, was geht gerade in dir vor?«

»Äh, ich weiß nicht …«

»Bist du verliebt?«

»Nein …«

»Ein bisschen?«

»Vielleicht. Nein. Ich …«

»Was kann ich für dich tun?«

»Ich wollte mir nur ein Lied wünschen.«

»Ach, wie schön. Welches?«

Erkan hatte die Platte von Nina vor sich auf dem Tisch liegen. Er nannte den Titel.

»Guter Geschmack, Erkan! Haben wir den da? Ja, die Redaktion ist fündig geworden. Spielen wir gleich rein. Für wen ist der Song?«

»Für meinen Freund«, sagte Erkan etwas überrumpelt.

»Respekt! Dass du dich zu deinem Freund bekennst, Erkan. Das ist bei euch ja nicht gerade an der Tagesordnung.«

»Ey, ich bin nicht ...«

»Kein Problem ... Das bleibt unter uns!« Robert kicherte.

»Hör mal zu, ich bin Polizist!«

»Auch das noch! Eine ganz ungewöhnliche Kombination ... Vielen Dank! Das war Kommissar Erkan mit dem guten Musikgeschmack«, Robert senkte die Stimme, »der gaaanz heimlich gaaaanz doll an seinen Freund denkt. Schönen Tag noch!«

Fast eine Stunde saß Erkan auf einem ausgeschlachteten Fernseher vor Pauls Haustür, ehe der mit seinem Audi vorfuhr.

»Was machst du denn hier«, fragte Paul und ging mit zwei Einkaufstüten in der Hand geradewegs an Erkan vorbei zur Tür. »Willst du da Wurzeln schlagen?«

Paul stellte einen Topf mit Wasser auf den Herd und entzündete die Gasflamme. Erkan lehnte im Türrahmen und beobachtete ihn.

»Die Nummer im Auto war voll daneben«, sagte Erkan.

Paul öffnete eine Dose mit geschälten Tomaten und gab etwas Öl in eine Pfanne.

»Was meinst du?«

Paul goss die Tomaten dazu.

»Das weißt du genau!«

»Willst du mitessen?«

Paul zerkrümelte einen Salzklumpen und mahlte anschließend Pfeffer in den Sud.

»Bei dir schmeckt's doch nie.«

Die Tomaten begannen zu blubbern und zu spritzen. Paul drehte die Flamme klein.

»Sagst du jedes Mal. Und dann werd ich wieder nicht satt.«

Der Deckel auf dem Wassertopf klapperte. Paul nahm ihn ab, schmiss Nudeln ins Wasser, rührte, bis sie vollständig untergetaucht waren, und legte den Deckel wieder drauf.

»Hast du mir eigentlich zugehört?«, fragte Erkan.

»Mhm.«

»Mach das nicht noch mal!«

»Gut – war nicht in Ordnung. Okay?«

Erkan nickte.

Paul stellte Teller auf den Tisch und kramte Gabeln aus der Schublade. »Kann ich auf dich zählen?«, fragte er. »Bei Boschko?«

Erkan schlug mit der Hand gegen den Türrahmen.

»Was willst du mit Boschko? Und mit dieser NVA-Wanze? Das ist Schwachsinn! Du hast 'ne ganz andere Baustelle!«

Paul nahm die Pfanne vom Herd, hob den Blick und sah Erkan in die Augen.

»Kann ich auf dich zählen?«

»Aber nicht, wenn du dich noch mal so blöd verhältst und ich das Gefühl hab, dass es nur um dich geht. Dann bin ich draußen!«

»Gut«, sagte Paul, goss die Nudeln durch ein Sieb und gab sie zu der Soße. Das Ganze rührte er einmal gründlich um und stellte die Pfanne auf den Tisch.

Sie aßen und sprachen dabei kein Wort. Erkan ging sein idiotischer Anruf nicht aus dem Kopf. Er fragte sich, wie er da je wieder rauskommen sollte – bei Paul und bei Nina.

Paul stand auf, räumte das Geschirr in die Spüle, ging ins Nebenzimmer und kam mit dem Rekorder zurück.

»Das ist der Nachtisch«, sagte er.

»Nachdem du weg warst, bin ich Boschko gefolgt – bis zur Hasenheide. Er hat sein Auto abgestellt und ist im Park verschwunden. Für mehr als eine Stunde. Als er zurückkam wirkte er völlig ausgepowert. Er hat sich ins Auto gesetzt und ist in sein Hotel zurückgefahren. Möglich, dass er mich gesehen hat. Aber egal. So. Jetzt hör zu …«

Paul drückte die Play-Taste. Das Band lief an, doch es kam nichts als Rauschen, Brummen und wieder Rauschen. Erkan wurde ungeduldig, aber Paul legte nur den Finger auf die Lippen.

Endlich kam Boschkos Stimme aus dem Lautsprecher:

»Ich bin's.« Seine Stimme war dumpf und verzerrt, trotzdem konnte man seine Anspannung hören. »Die kennen sich alle untereinander«, sagte er. »Aber ich hab's! Reden wollten die erst nicht, haben sie dann aber doch. Was? Nein, kein Problem, die kommen durch … Morgen müsste ich das Material haben. Wenn mir diese Sache in der *Melancholie* nicht eingefallen wär … Genau. Hat ihm 'nen Batzen Geld versprochen, wenn er's aufbewahrt. Und jetzt wartet der Zigeuner jeden Abend ab acht in der Gropiusstadt an einem Brunnen. Dieser Blonde war nicht blöd. Hatte 'nen Riecher. Wär einer für dich gewesen … Ja, ein Frettchen. Ist schon raus, wer er ist? Gut. Ich brauch jetzt was zu trinken. Bis dann.«

Paul grinste, Erkan bekam seinen Mund nicht mehr zu.

»Noch mal«, sagte Erkan. Paul spulte zurück, und sie hörten sich die Aufnahme noch zwei weitere Male an.

»Verdammt – gestern Nacht gab es in der Hasenheide einen Überfall mit zwei Schwerverletzten!«, sagte Erkan. »Kam heute im Radio.«

»Hab ich auch gehört. Boschko wusste natürlich, dass die Zigeuner alle irgendwie zusammenkleben … Da ist er nachts hin, hat sich welche von denen gegriffen und so lange auf sie eingeprügelt, bis die geredet haben … Ich glaub, ich kann mich sogar erinnern, wie der Blonde einem von den Typen was zugesteckt hat. So einem kleinen Rumänen mit Akkordeon. Ich würd den wahrscheinlich wiedererkennen.«

Paul zog den Rekorder zu sich und drehte die Kassette um.

»Das war aber noch nicht alles. Kurz bevor wir am Hotel waren, haben die nochmal gesprochen – und das ist jetzt der Knaller. Pass auf.«

Er drückte wieder auf Start. Das Band lief an – wieder Rauschen. Paul spulte kurz vor und drückte die Play-Taste. Kurz darauf war erneut Boschkos Stimme zu hören.

»Ich bin's nochmal. Stimmt das – Stephan Kohn hat sich gemeldet?«

»Kohn?«, entfuhr es Erkan.

»Psst!«, machte Paul.

Boschko sprach weiter: »Ich dachte, der ist unter ständiger Beobachtung … Warum haben die den nicht längst abgeknallt? Wie? Ja, bis das Ding über die Bühne ist, brauchen die den noch … okay. Wollt's nur wissen. Klar. Bis dann …«

Paul stoppte die Aufnahme.

Einen Moment schwiegen sie, dann sagte Erkan: »Hast recht gehabt.«

Paul nickte.

»Das heißt also – Kohn ist wie Boschko ein verdeckter Ermittler und zum Abschuss freigegeben, wenn sie das Ding gedreht haben. Der schwebt in Lebensgefahr, oder?«

»Scheint so. Entscheidend ist dieses Material, das Boschko dem Blonden bei der Razzia abjagen wollte …«

Sie entschieden sich für folgenden Plan: Nach Gropiusstadt fahren und dem Zigeuner das Material abnehmen, bevor Boschko es tat. Damit wollten sie dann schnurstracks zu Murat.

Es war jetzt kurz nach halb zwei. Ein paar Stunden Aktenschleppen waren noch angesagt, bevor es losging.

# 24

Nachdem sie zentnerweise Papier herumgetragen hatten, kam Bohne vorbei. Er wollte Feierabend machen und mal sehen, ob am Wannsee schon was in der Sonne brutzelte. Er hatte ein schwarzes Piratentuch mit Totenköpfen darauf um den Kopf gewickelt. Der Mann sah aus wie eine Karikatur seiner selbst. Und als er dann auch noch zum Abschied ein Auge zukniff und seine Zunge seitlich rausstreckte – wie man das seiner Meinung nach unter geilen Kerlen tat –, fühlten Paul und Erkan das wahre Ausmaß ihrer Strafarbeit. Das war mehr als nur Aktenplackerei, obendrein hatten sie auch noch die Vertraulichkeiten dieses notgeilen Marsmännchens zu ertragen.

Die Nachmittagssonne stand tief, unzählige Platanen säumten die Buschkrugallee, die Schatten der Bäume flitzten über die Windschutzscheibe des Audi Quattro. Paul fuhr äußerst konzentriert, kein bisschen schneller als fünfzig. Erkan saß neben ihm und starrte auf die Heckscheibe des Vordermannes.

Für Paul war die Aussicht, Boschko dranzukriegen, zum alles beherrschenden Gedanken geworden.

Jeder Meter, den sie sich der Gropiusstadt näherten, ließ seine Anspannung steigen. Der Gedanke, das *Material* in den Händen zu halten, elektrisierte ihn. Es wäre der Beweis für Boschkos Schuld. Und Kohns Rettung. Und seine Rehabilitation.

»Bist du überhaupt nicht eifersüchtig?«, fragte Erkan.

»Was?«

»Ob du eifersüchtig bist?«

»Auf wen?«

»Robert.«

»Was soll das denn jetzt?«

»Nur so.«

»Warum?«

»Keine Ahnung. Ich wär eifersüchtig …«

»Der hat nicht das, was Nina sucht«, sagte Paul schließlich. »Selbst wenn sie mal zusammen ins Bett gehen, heißt das nichts. Wegen dem lehnt die sich nicht so weit raus. Vielleicht will sie sich ja nur beweisen, dass es auch alleine geht. Oder da ist noch was ganz anderes. Robert ist jedenfalls keine Konkurrenz.«

Paul fuhr rechts in eine Parklücke in der Lipschitzallee und zeigte auf den Durchgang einer Hochhausfront.

»Dahinter ist der Brunnen.«

Sie stiegen aus und verschwanden in den Fluchten eines zwanzigstöckigen Wohnsilos. Hier war irgendwann in den Achtzigern Walter Gropius' Vision von Licht, Luft und Sonne für den Süden Berlins krachen gegangen. Die berühmteste Tochter dieses Viertels war Christiane F. – und die hing mit knapp fünfzig immer noch am Kotti rum.

Die Sonne verschwand hinter den Hochhäusern, die riesenhaft und unwirklich über ihnen emporragten. Sie blickten sich immer wieder um, ob Boschko vielleicht aufkreuzte. Aber es war ja erst kurz nach sechs.

Paul und Erkan waren jedoch nicht die Einzigen, die zu früh erschienen waren. Vor ihnen, noch etwa vierzig Meter entfernt, saßen auf den Bänken um einen stillgelegten Brunnen ein paar Zigeuner. Sie waren zu fünft.

»Da ist er. Der Kleine«, flüsterte Paul. Er meinte den Akkordeonspieler, der zwischen den anderen auf dem Betonrand des Brunnens saß.

Der Weg teilte sich. Paul nahm den linken Bogen, Erkan den rechten.

Paul holte seine Marke raus und ging direkt auf sie zu.

»Ich will mit dir sprechen«, sagte er und zeigte auf den Akkordeonspieler.

»Was wollt ihr?«, fragte ein Dicker aus der Gruppe.

»Ihr habt was, das uns gehört«, sagte Paul, ging weiter und hielt seine Marke hoch. »Wir sind Polizisten!«

Der Dicke und noch ein anderer lachten auf. Sie hatten eine Front gegen Paul gebildet.

»Securitate«, sagte ein Dritter, der Kräftigste von ihnen, und schlug sich gegen die Brust.

»Klar. Und da kommt *mein* Geheimdienst.« Paul zeigte auf Erkan, der sich fünf Meter hinter ihnen unbemerkt in Stellung gebracht hatte und beide Arme hob.

»Ganz cool. Wir tun euch nichts!«

Das beruhte jedoch nicht auf Gegenseitigkeit, denn urplötzlich stürmte die ganze Gruppe auf die beiden los.

Erkan bekam eins auf die Nase und gleich noch einen Tritt gegen den Brustkorb. Er taumelte zurück. Der nächste Tritt erwischte ihn am Kopf, er ging zu Boden. Zu zweit waren sie jetzt über ihm. Erkan konnte nicht mehr tun, als die Schläge und Tritte abwehren, so gut es ging.

Die anderen drei hatten sich auf Paul gestürzt. Einem konnte er einen Schlag gegen die Schläfe verpassen, dann geriet er ins Stolpern. Tritte erwischten ihn am Oberkörper und am Kopf, er verlor das Gleichgewicht, fiel hin, rappelte sich schnell wieder auf und versuchte sich wegzudrehen. Schließlich gelang es ihm, ein paar Meter zwischen sich und die Angreifer zu bringen. Zum Glück hatten sie ihn nicht richtig getroffen. Dann sah er, wie der Akkordeonspieler davonrannte.

Erkan schrie. Immer wieder rief er Pauls Namen – aber der achtete nicht auf ihn, sondern sah sich nach dem Akkordeonspieler um, der zwischen zwei Aufgängen verschwand.

Paul wusste, wie er ihm den Weg abschneiden konnte. Er rannte um die Häuserfront herum und kletterte über einen dicht bewucherten Metallzaun. Der Kerl kam direkt auf ihn zu. Sobald er Paul sah, stoppte er ab und rannte nach links in Richtung eines eingezäunten Areals mit einbetonierten Mülltonnen und Glascontainern. Dahinter war eine gut vier Meter hohe Mauer.

Er kletterte auf eine der Mülltonnen und versuchte sich von da aus die Mauer hochzuziehen, aber Paul hatte ihn schon gepackt. Er riss ihn zu Boden, schleuderte ihn gegen einen Container, nahm ihn in den Polizeigriff und presste ihn gegen die Wand.

Paul schätzte den Kerl auf Mitte dreißig. Er war flink, konnte rennen – ansonsten war er schwach. Er hatte sich in der *Melancholie* rumgetrieben, in der Hoffnung, dort einen Job aufzureißen. Und dann hatte er wirklich Schwein gehabt: Wie aus dem Nichts hatte ihm ein blonder Typ ein Päckchen zugesteckt und ihm viel Geld versprochen, wenn er's für ihn aufbewahrte. Vermutlich hatte er dem Blonden selbst vorgeschlagen, sich hier zu treffen – irgendwo hier war er wohl mit seiner Sippschaft untergekommen.

Sie waren erst vor wenigen Tagen in Berlin eingetroffen. Die Schnorrer-Saison hatte gerade begonnen, und schon lagen zwei von seinen Leuten im Krankenhaus. Wenn sie im Radio von Schwerverletzten sprachen, waren die wirklich übel dran. Aber das interessierte niemanden – allenfalls das Krankenhaus wegen der Versicherung.

Auch Paul interessierte sich weder für ihn noch für seine Leute. Er sah sich kurz um, nur um sicherzugehen, dass Boschko nicht plötzlich hinter ihm auftauchte. Vor Boschko hatte er Angst. Er presste den Kopf des Akkordeonspielers an das Gitter und filzte ihn. »Wo ist es?«

Der Kerl stöhnte, sagte aber nichts. Paul drückte den Arm höher und höher.

»Stop«, stieß der Akkordeonspieler hervor. »Stop-Stop-stop-stop!«

Paul ließ los, drückte ihn mit dem Rücken ans Gitter und da sah er den Umschlag vorne aus dessen Hose ragen. Paul riss ihn heraus.

»Das gehört uns.«

Der Akkordeonspieler bewegte vorsichtig seine Schulter. Dann verzog er den Mund zu einem Lächeln. Er streckte die Hand aus. »Bitte, gib mir was«, sagte er. »Gib mir was!« Er kam auf Paul zu, die Hand immer noch vorgestreckt. »Das fair!«

»Ich hab aber nichts«, sagte Paul nur.

Die Hand war immer noch vorgestreckt, aber der Kerl bewegte sich nicht mehr. Sein Lächeln war verschwunden. Entscheidend war ja immer, was unterm Strich blieb. Dem blieb nichts.

Eine Menschentraube versammelte sich um den Brunnen. Erkan hatte nicht mitbekommen, wer ihm auf die Beine geholfen hatte. Seine Nase blutete. Die ganze linke Gesichtshälfte war geprellt, aufgeschürft, verdreckt, die Unterlippe aufgerissen. Zwei Finger der rechten Hand konnte er nicht richtig bewegen, außerdem hatte er einen bösen Tritt gegen das Knie bekommen.

Es war nicht einfach, den Leuten zu verklickern, dass sie nicht die Polizei rufen sollten – zumal er noch reichlich benommen war.

Paul drängte sich durch die Menge.

»Ich hab's«, flüsterte er, packte Erkan am Arm und zog ihn mit sich in Richtung Auto.

Von Boschko und dessen BMW war noch immer nichts zu sehen.

Paul hielt an einer Aral-Tankstelle, fuhr bis zum Schalter vor und kaufte zwei Cola. Dann zog er den Umschlag aus der Tasche und sah ihn sich an. Er war klein, nicht größer als eine Zigarettenschachtel aus grauer Pappe.

Irgendjemand hatte was draufgekritzelt, aber die Schrift war nicht zu entziffern. Sollte das *Hayan* heißen? Oder *Ayvan?* Er riss das Klebeband ab und ließ den Inhalt in seine Hand rutschen – ein Schließfachschlüssel, in den verschiedene Buchstaben und die Nummer 156 eingestanzt waren.

Paul sah zu Erkan, der ein blutdurchtränktes Taschentuch an seine Nase hielt.

»Geht's?«, fragte Paul.

»Arschloch!«

»He …«

Erkan schlug mit aller Kraft zu, wobei er sich selbst allerdings mehr wehtat als seinem Freund.

»Du hast mich im Stich gelassen!«

»Aber wir haben den Schlüssel …« Paul konnte seine Euphorie kaum bremsen.

»Vergiss den Schlüssel. Die hätten mich kaltmachen können. Ich hab nach dir gerufen!«

»Ich musste doch hinterher …«

»Nichts musstest du! Du wolltest. Ich war dir scheißegal.«

»Erkan, wir fahren jetzt zum Schließfach und holen das Material. Dann hast du einen gut bei mir. In Ordnung?«

»Ich muss zum Arzt. Bring mich zu einem Arzt. Was du dann machst, ist mir egal.«

»Jetzt zum Arzt – hast du sie noch alle?«

Erkans Handy klingelte. Mühsam kramte er es aus der Hosentasche.

»Oh, Mist«, murmelte er. Es war die erwartete Reaktion auf seinen Anruf beim Radio. Er ging ran. »Hallo Nina …«, sagte er mit einer Stimme, als hätte er Kreide gefressen.

»Was war denn das?«, Nina lachte. »Du kannst dir doch nicht für Paul ein Lied wünschen!«

»Das wollte ich ja gar nicht. Das war – ich kann halt diesen Robert nicht leiden und wollte dem ein bisschen Angst machen …«

»Was willst du? Irgendwie klingst du komisch. Ist was mit dir?«

»Nein. Ist alles super.«

»Warum ruft Nina dich an?«, fragte Paul.

»Warum hast du im Radio angerufen? Hast du dich in Paul verknallt?«, fragte Nina.

»Was? – Nein!« Er warf Paul einen finsteren Blick zu. »Ganz bestimmt nicht!«

Nina begann wieder zu kichern. »Ich hab deinen Anruf auf unser Best-Of-Medley gepackt. Die werden Ende des Monats immer auf YouTube hochgeladen … Kommissar Erkan!«

»Auf YouTube? Warum das denn?«

Plötzlich startete Paul den Wagen. Er haute den ersten Gang rein und raste mit quietschenden Reifen los.

Boschkos BMW hatte an der Tankstelle gehalten.

Paul fuhr über eine rote Ampel, bog sofort nach rechts ab und dann wieder nach links. Jedes Mal brach der Wagen seitlich aus. Dann schoss er geradeaus über den Buckower Damm.

»Der ist hinter uns!«, schrie Paul.

Erkan war gegen die Tür geknallt, das iPhone lag auf dem Boden. Irgendwie war der Lautsprecher angegangen, und Nina rief ständig: »Was ist los? Was ist denn los?«

»Erkan«, sagte Paul. »Wir holen jetzt sofort das Material!«

»Nein!«, schrie Erkan. »Fahr zur nächsten Wache und ruf Murat an.«

»Wir können jetzt auf keine Wache!«

Paul sah immer wieder in den Rückspiegel. Es sah so aus, als hätte er Boschko abgehängt.

»Paul – ich kann so nirgendwohin. Sieh mich doch an.«

»Herrgott«, stieß Paul zwischen den Zähnen hervor. Er griff nach dem Handy.

»Nina? Hier ist Paul. Erkan ist verletzt. Wir kommen jetzt vorbei …«

Paul raste Richtung Silbersteinstraße.

»Du bist so ein verdammtes Arschloch, Paul.«

»Nina versorgt dich, dann fahren wir weiter, holen das Zeug, und dann sind wir raus. Was willst du denn noch?«

Erkan wollte etwas sagen, biss sich aber auf die Zunge.

Von Boschko war nichts zu sehen.

Paul quetschte den Audi in eine winzige Lücke genau vor Ninas Haustür, wobei er den halben Gehweg zuparkte. Er öffnete die Beifahrertür und wollte Erkan beim Aussteigen helfen, doch der schlug seine Hand weg.

Als Nina den beiden die Tür öffnete, zuckte sie zurück. »Du musst zum Arzt«, sagte sie.

Erkan legte sich auf die Couch im Wohnzimmer, die von Ninas riesigen Plattenregalen eingerahmt wurde.

»Und was soll ich da machen?«, fragte sie.

»Na abtupfen. Jod drauf. Pflaster. So was halt«, meinte Paul.

»Wo soll ich denn hier ein Pflaster draufkleben? Ist doch alles offen!«

»Sieht schlimmer aus, als es ist ...«, stöhnte Erkan.

»Das mein ich auch«, sagte Paul.

Nina warf Paul einen giftigen Blick zu. »Am besten gehen wir ins Bad. Kannst du aufstehen?«

»Er ist doch auch die Treppe hochgekommen!«

Erkan setzte sich auf den Rand der Badewanne. Nina nahm einen Waschlappen und tauchte ihn in lauwarmes Wasser. Sie strich seine Locken aus der Stirn und tupfte ganz vorsichtig die lädierte Gesichtshälfte ab, die aussah, als hätte man sie einmal kräftig über den Asphalt gezogen.

»Wie ist das passiert?«, fragte sie.

»Ausländer.«

»Oh«, murmelte Nina, »nicht schön.« Dann kicherte sie. »Du mutiger, türkischer Bekenner!«

Erkan grinste. Es war ein schiefes Grinsen, wie nach einem Zahnarzttermin.

Plötzlich stand Paul im Türrahmen.

»Er ist da. Er steht unten und guckt hoch.«

Erkan sprang auf und stürzte ins Wohnzimmer.

»Nicht ans Fenster!«, zischte Paul. Erkan blieb stehen, ging zwei Schritte zurück und ließ sich auf die Couch fallen.

»So eine verdammte Scheiße ...«

»Wer ist da?«, rief Nina. »Was ist hier los?«

»Bleib vom Fenster weg!«, raunzte Paul sie an.

»Du spinnst wohl, das ist meine Wohnung!« Sie trat ans Fenster.

Auf der anderen Straßenseite stand Boschko, die Arme vor der Brust verschränkt, die Kapuze über den Kopf gezogen. Seine Miene war vollkommen unbeweglich. Als sich ihre Blicke trafen, hob er die Hand und deutete mit dem Zeigefinger auf sie. Nina hatte selten so stechende Augen gesehen. Sie machte einen Schritt zur Seite.

»Wer ist das?« Sie sah zu Paul, dann zu Erkan. »Wer ist das?«, wiederholte sie.

»Ein Polizist. Ein verdeckter Ermittler.«

»Und was will der von euch?«

Paul zog den Schlüssel aus der Tasche. »Den. Und den darf er auf keinen Fall kriegen.«

Er sah sich um, suchte im ganzen Zimmer nach einem Versteck für den Schlüssel.

»Wir rufen Verstärkung«, sagte Erkan.

»Du willst die Bullen rufen?« Paul schüttelte den Kopf. »Die lachen sich doch tot über uns.«

»Der Typ ist gefährlich!«

Paul zog aus dem obersten Regalboden einige Schallplatten heraus, legte den Schlüssel in die Lücke und schob die Platten samt Schlüssel zurück.

»Paul!«, rief Erkan.

»Bleib cool. Der wird hier schon nicht rumballern.«

Nina war inzwischen aus dem Wohnzimmer gegangen und hatte das Telefon von der Ladestation genommen.

»Nina, warte!« Paul lief ihr nach.

Es wummerte an der Haustür.

Paul kam zurück zu Erkan. »Wie kommt der überhaupt hierher?«

Die Türklingel surrte, gefolgt von dumpfen Schlägen gegen das Holz.

»Was weiß ich? Der hat dein Nummernschild abgefragt. Der weiß, wer du bist – und vielleicht auch, wer ich bin …«

»Aber wir sind hier nicht bei dir oder bei mir!«

»Wer ist da?«, rief Nina.

Sie hörten eine männliche Stimme, konnten aber nicht verstehen, was sie sagte.

»Paul?«, Nina erschien in der Tür. »Der da draußen sagt, er heißt Lars Boschko. Er ist von der Polizei und will mit dir reden.«

Sie wandte sich wieder um. »Haben Sie eine Polizeimarke?«, rief Nina.

Paul und Erkan traten ganz nah zur Tür.

»Ich bin verdeckter Ermittler. So was trage ich nicht mit mir rum. Frag Paul Braun – ich arbeite fürs BKA. Wir sind zurzeit auf seiner Dienststelle. Mein Chef heißt Möller. Er kann das überprüfen …«

Paul schwieg und dachte nach. Erkan murmelte »Scheiße« und humpelte zurück zur Couch.

»Wenn ihr jetzt nicht aufmacht, muss ich ein Einsatzkommando rufen. Das wird kein Spaß. Macht schon.«

Paul machte einen Schritt auf die Tür zu und öffnete sie.

Boschko stand da und musterte Paul vom Scheitel bis zur Sohle. Dann fragte er Nina, ob er reindürfe. Nina nickte und Boschko trat in die Wohnung.

»Vielleicht setzen wir uns«, sagte er.

Von Erkans Blessuren nahm Boschko keinerlei Notiz. Er interessierte sich ausschließlich für Paul.

»Warum hast du Jagd auf den kleinen Zigeuner gemacht?«

»Weil ich kleine Zigeuner nicht leiden kann.«

»Willst du ihr gefallen? Oder deinem Freund hier?«

Boschko war nur einen halben Kopf größer als Paul, wirkte ihm gegenüber aber riesig. Seine Hände waren verschorft und von Adern durchzogen. Er ging auf Paul zu.

»Ihr behindert BKA-Ermittlungen, und dir fällt nichts Besseres ein, als 'ne dicke Lippe zu riskieren. Wir können das auch ganz anders regeln, weißt du?«

Erkan und Nina blieb Pauls Nervosität nicht verborgen, aber er versuchte sich so wenig wie möglich anmerken zu lassen. Er hielt den Oberkörper aufrecht und wich keinen Millimeter zurück.

»Der Zigeuner hat dir einen Umschlag gegeben. Den gibst du jetzt mir.«

Paul verharrte regungslos.

»Wenn du das nicht tust, nehmen wir die ganze Wohnung auseinander, und ihr beide und eure Freundin seid wegen Behinderung der Ermittlungen dran ... Woher kanntest du den Zigeuner eigentlich?«

»Hab den irgendwann mal hopsgenommen, wegen 'ner Dealerei.«

»Du lügst. Zigeuner dealen nicht. Die klauen oder betteln oder machen Katzenmusik.« Boschko sah zu Erkan auf der Couch. »Weiß dein Bruder, was ihr hier macht?«

»Wer – Hakan oder Murat?«

»Stell dich nicht dumm. Hat er euch beauftragt, mir zu folgen?«

»Nein«, sagten Paul und Erkan gleichzeitig.

»Wie dann?«

»Der sechste Sinn«, sagte Paul.

Boschko drehte sich zurück und stach Paul mit dem Zeigefinger gegen den Kehlkopf. Das ging blitzschnell und tat höllisch weh.

»Gib nur weiter dumme Antworten.« Er zog sein Handy aus der Tasche. »Also machen wir's anders …«

Er tippte eine Nummer ein.

»Ich hab den Zigeuner in der *Melancholie* gesehen«, sagte Paul. »Kurz vor der Razzia. Ich hab mitgekriegt, dass so ein Blonder ihm was zugesteckt hatte. Den Zigeuner kannte ich von früher.«

Boschko ließ das Handy sinken.

»So …? Woher denn?«

»Weiß ich nicht mehr.«

»Oder kanntest du den etwa gar nicht? Und hast dich einfach an mich geklebt? Ich hab mich gestern gefragt, ob mir da nicht ein Quattro im Nacken sitzt …«

»Ich war kurz hinter dir. Aber ich war auch hinter Murat. Ich war neugierig, was ihr so treibt …«

»Und dein demolierter Freund hat brav mitgemacht?«

»Ich hab ihn drum gebeten.«

Die Türglocke schrillte. Boschko löste sich von Paul, während Nina zur Tür lief. Vom Flur drang Stimmengewirr zu ihnen – dann kamen Bierofka, Benneter und zwei Schutzpolizisten ins Zimmer.

Einen Moment waren alle perplex.

»Ich wusste nicht, dass er Polizist ist«, behauptete Nina und zeigte auf Boschko.

Boschko berichtete kurz von der SoKo und deutete seinen Auftrag an. Mit jedem Satz, den er sprach, flößte er Bierofka und Benneter mehr Respekt ein. Er schloss damit, dass sich seine Ermittlungen unerwartet mit denen von Paul und Erkan gekreuzt hätten und er bislang nicht habe feststellen können, wessen Auftrag sie da befolgten.

»Paul!«, Benneter machte eine Kopfbewegung.

Paul rührte sich nicht.

»Du kommst jetzt sofort hierher!«, schrie Bierofka mit hochrotem Kopf.

»Immer mit der Ruhe«, sagte Boschko. »Wir können das alles ohne großes Aufheben klären. Die beiden haben sich offenbar für die Ermittlungen interessiert, weil Erkans älterer Bruder stellvertretender Leiter ist.«

Benneter lachte. »Da könnten Sie richtig liegen!«

Und Bierofka fügte hinzu: »Dabei haben die schon einen Rüffel bekommen. Die sind ja immer noch auf Probe, die beiden, wissen Sie …«

»Den Umschlag«, sagte Boschko zu Paul.

Paul sah aus dem Fenster.

Benneter machte einen Schritt auf ihn zu. »Junge, du kannst froh sein, wenn er dich nicht anschwärzt!« Er stieß ihn gegen die Schulter. »Na, mach schon.« Es klang nicht mal böse.

»Ist schon okay«, sagte Erkan, mühte sich aus der Couch und holte den Schlüssel aus dem Regal. Er gab ihn Boschko.

»War da nicht noch ein Umschlag drum?«

»Stimmt«, sagte Erkan. »Den haben wir weggeworfen.«

»Na schön«, sagte Boschko. »Verbuchen wir das mal unter Jugendsünden.«

»Wir passen auf sie auf!«, lachte Bierofka.

»Was hinter die Löffel bräuchten die«, mischte sich jetzt auch noch einer der Schutzpolizisten ein.

Boschko sah zu Paul: »Ist schon in Ordnung, wenn du dich so einsetzt. Vielleicht laufen wir uns ja mal wieder über den Weg – und dann ziehen wir am gleichen Strang.«

»Bis du mich vom Dach schmeißt.«

Boschkos Miene erstarrte. Dann zuckte er mit den Schultern und wandte sich ab. Er nickte Benneter und Bierofka zu. »Ich will nicht, dass die mir noch mal hinterherfahren …«

»Keine Sorge. Wir passen schon auf …«

Boschko schob sich durch den Flur und verließ die Wohnung.

»Was schreiben wir denn jetzt?«, fragte einer der Polizisten.

»Nichts. Es gibt keinen Papierkram«, sagte Benneter und wandte sich zu Paul. »Hast ganz schön Schwein gehabt. Mehr als du verdienst.«

Eine gute Viertelstunde blieben die Kollegen noch, ehe sie sich vom Acker machten. Nina kümmerte sich im Badezimmer derweil um Erkans Blessuren.

Kaum hatten Benneter & Co. die Wohnung verlassen, sprang Paul aus dem Sessel und sah aus dem Fenster. Einer der Schutzpolizisten verpasste ihm eben zum Abschied noch einen Strafzettel.

Es war Zeit zu gehen.

Im Flur stand er Nina gegenüber. Sie sahen sich einen Augenblick lang an – sie hatten sich nichts zu sagen. Paul öffnete die Wohnungstür.

»Warte!«, hörte er Erkan noch im Treppenhaus rufen, ignorierte ihn jedoch. Er saß schon im Auto und hatte den Motor angelassen, als Erkan auf die Straße humpelte.

»Warte doch mal!«, rief Erkan und riss die Beifahrertür auf, »ich weiß, wo der hinwill!«

»Wohin?«

»Der wird früher oder später zum Zoo fahren. *Hayvan* stand auf dem Umschlag, stimmt's?«

»Und?«

»Das hat Murat früher immer für Zoo benutzt. *Hayvan* heißt eigentlich nur Garten. Aber weil Zoo irgendwie uncool war, haben die das abgekürzt. Das war 'ne Grußbotschaft von Kohn. Ganz sicher …«

»Steig ein!«

Paul raste Richtung Westen.

Erkan spürte immer deutlicher, dass er tatsächlich zum Arzt musste. Seine rechte Gesichtshälfte brannte wie ein Pizzaofen, seine linke Hand konnte er kaum noch öffnen, und inzwischen machte auch sein rechtes Bein Probleme. Irgendwas hatte er sich da gezerrt. Bei jeder Kurve durchfuhr ihn ein stechender Schmerz.

Paul hatte das Blaulicht aufs Dach gepflanzt. Wie aus dem Nichts rief er: »Ich mach dich fertig, du Schwein!« Und dann, etwas ruhiger: »Wenn wir erst die Sachen aus dem Schließfach haben, kriegen wir auch raus, mit wem Boschko gesprochen hat …«

Paul schoss über die Kreuzung Kurfürstenstraße, Ecke Budapester Straße, vorbei am Aquarium und an den beiden Betonelefanten, die den Eingang zum Zoologischen Garten flankierten.

»Moment mal. Ich dachte, dass wir Boschko überwachen. Dass wir beobachten, ob der die Sachen auch bei der SoKo abgibt. Wenn ja, ist alles gut. Und wenn nicht, rufen wir Murat an.«

Paul lachte auf. »Das macht der nie!«

»Bei was anderem bin ich nicht dabei.«

»Wir holen uns die Sachen! Du hast doch auf dem Band gehört, was der gesagt hat! Den Typ kicken wir in den Orkus!«

»Paul – drehst du völlig durch? Willst du die Sachen aus dem Schließfach vielleicht noch selbst auswerten? Was auf dem Band ist, kannst du niemals verwenden. Das kannst du nicht mal Murat vorspielen. Du bringst den doch in Teufels Küche. Und was hat Boschko schon gesagt? Nichts, was irgendwie als Beweis gegen ihn taugt.«

»Und der Überfall im Park?«

»Übles Ding. Der ist ein brutales Arschloch. Aber wie willst du dem das nachweisen?«

Paul hielt in der Jebensstraße auf der Rückseite vom Bahnhof Zoo.

»Was heißt das jetzt?«, fragte er.

»Schalt einen Gang runter, oder ich bin weg. Du hast genug Probleme. Auch ohne Boschko.«

»Aha.«

»Du kannst mir nicht erzählen, dass dich die Sache mit Nina kaltlässt. So viele Leute hast du nicht.«

»Hier geht's um was Wichtigeres!«

»Guck dir an, wie ich aussehe! Das ist dir nicht wichtig?«

»Heul nicht rum wegen den paar Kratzern!«

»Du kotzt mich an, Paul.« Erkan stieß die Tür auf und zog sich aus dem Auto.

»Und wohin geht's jetzt, du Schwerverletzter? Zu Nina?«

»Ich geh zum Arzt, du Arsch!«

Er trat die Tür so kräftig zu, dass sie gleich wieder aufsprang und humpelte davon.

Die Schließfächer in der hell erleuchteten Halle waren an einer endlos langen Wand aufgereiht, die von der Jebensstraße bis zum Vorplatz des Bahnhofs reichte. Gegenüber der Fächerwand ging ein weiterer Gang ab, der ebenfalls mit Schließfächern zugebaut war. Hier befand sich das Fach mit der Nummer 156. Die Belegungszeit war abgelaufen, eine rote Anzeige gab an, dass vierundzwanzig Euro nachgezahlt werden mussten.

Paul wartete an einem Getränkeautomaten nahe den Glastüren zur Haupthalle. Es herrschte noch reger Betrieb, immer wieder kamen Touristen, Ordnungspersonal und das übliche Bahnhofsgesindel vorbei.

Boschko tauchte nach einer halben Stunde auf, ausgerechnet als Paul seinen Posten kurz verlassen hatte und in die Vorhalle ging. Beide liefen direkt aufeinander zu, sie waren keine zehn Meter voneinander entfernt – zu spät, um sich wegzudrehen. Boschko verlangsamte seine Schritte und starrte Paul in die Augen.

Paul ging weiter geradeaus. Als sich beide schon fast auf gleicher Höhe befanden, schnalzte Boschko mit der Zunge. Paul wandte den Kopf – und jetzt machte Boschko mit beiden Händen eine plötzliche Stoßbewegung in der Luft. Paul zuckte zusammen, Boschko ging weiter.

Diese Bewegung – was sollte das sein? Ein Stoß? Ein Schubsen? Paul wurde schlecht. Boschko wollte ihn daran erinnern, wie er den Blonden vom Dach gestoßen hatte. Nichts anderes sollte das bedeuten. Paul zitterte, Wut stieg in ihm hoch, sein Mund war staubtrocken. Er drehte sich um, doch Boschko war schon um die Ecke gebogen.

Ein paar Sekunden blieb Paul wie angewurzelt stehen, dann spurtete er los. Weg von den Schließfächern, in die Vorhalle. Er rannte umher, sah sich um, stolperte über Gepäckstücke, lief weiter, bis er draußen auf dem Vorplatz zwei junge, groß gewachsene Polizisten in Einsatzanzügen entdeckte. Paul zog seine Marke. Er redete auf sie ein, und dann rannten sie zu dritt durch die Halle in Richtung der Schließfächer.

Boschko kam den Gang schon wieder zurück, sein Blick war auf einen Koffer gerichtet, den er jetzt bei sich trug. Paul schrie: »Festnehmen!« – und der Zugriff erfolgte. Boschko wehrte sich, aber die beiden Polizisten waren abgezockt. Offensichtlich hatten sie genügend Erfahrung mit widerspenstigen Delinquenten. Paul riss Boschko den Koffer aus der Hand.

»Ich bin Polizist!«, schrie Boschko. »Ich bin Bulle wie ihr!«

»Dann soll er sich ausweisen!«, brüllte Paul zurück.

Boschko fluchte und drohte. Paul hatte nicht den geringsten Zweifel, dass Boschko ihn mit bloßen Händen erwürgt hätte.

Aber nicht hier, nicht jetzt. Denn hier und jetzt war Boschko nur ein Kofferdieb ohne Ausweispapiere.

»Das war's für dich«, brüllte er. »Du bist fertig!«

Dann wurde er abgeführt.

Irgendwann, schon hinter dem großen Stern, bremste Paul ab. Er war den 17. Juni runtergebrettert, als wäre der Teufel hinter ihm her. Er fuhr rechts ran, stellte den Motor ab und starrte auf den mit dunklem Leder bezogenen Aktenkoffer, der neben ihm auf dem Beifahrersitz lag.

Aus dieser Nummer kam er nicht mehr raus.

Er kurbelte das Fenster runter. Der Tiergarten lag neben ihm, dunkel und kühl. Hundebellen. Ein Pfiff. Das Rauschen der Autos, die alle ganz weit weg zu sein schienen.

*Nina!,* dachte er. Der Koffer kam ihm plötzlich vor wie die größte Nebensache der Welt. *Du blöde, sture Kuh …*

Eine gute halbe Stunde später traf Paul im Präsidium ein. Er parkte den Audi direkt vor dem Hauptgebäude und ging mit dem Koffer die Treppen hoch zum Besprechungsraum, in dem die SoKo untergebracht war. Er sah einen kleinen Lichtstreifen unter der Tür und klopfte.

»Ja.« Die Stimme klang nicht nach Murat.

Paul zog die Tür auf und sah, dass der Raum fast leer geräumt war. Nur die Tische mit ein paar Kartons standen noch da. Von Ahnen saß auf einem der verbliebenen Stühle. Daniel Richter hockte auf einer Tischkante.

Richter machte eine Kopfbewegung, und Paul trat ein.

»Ist Murat da?«, fragte er.

Richter stand auf, kam zu ihm herüber und schubste ihn auf den letzten freien Stuhl.

»Hast du den Koffer aufgemacht? Irgendwas rausgenommen?«

Paul schüttelte den Kopf.

»Warum hast du so lange gebraucht vom Zoo bis hierher?«

Paul sah zu Boden, Richter riss seinen Kopf hoch.

»Warum?«

»Weil mir klargeworden ist, dass ich Mist gebaut habe.«

»Lass uns gehen«, sagte Richter nur. Er zog Paul vom Stuhl. Von Ahnen schnappte sich die Kartons, und sie traten auf den Flur.

»Wo ist Murat?«, fragte Paul.

Richter stieß Paul vor sich her, den Gang entlang und die Treppe hinunter.

Von Ahnen verstaute die Kisten im Kofferraum eines schwarzen BMW. Ganz leise, so dass Richter es nicht hören konnte, sagte er: »Murat ist nicht mehr hier. Den haben sie abgesägt.«

Dann stiegen sie ein und fuhren vom Gelände.

# 25

Murat war nachts über die Stadtautobahn gerast, von Wedding nach Neukölln, von Charlottenburg nach Zehlendorf. Hin und zurück – ohne bestimmtes Ziel. Er wollte einfach nur allein sein und nachdenken.

Das kreisrunde Avus-Motel im Schatten des Funkturmes –

zwischen Autobahntrassen, S-Bahn-Station und Messegelände, inmitten von Asphalt und Autolärm – war ein hässliches, piefiges Ausrufezeichen des alten Westberlin. Als er das Leuchtschild mit dem Stern obendrauf im Rückspiegel aufblitzen sah, hatte er eine Eingebung: Hier war Stephan abgestiegen.

Er nahm die nächste Ausfahrt, fuhr zurück, stellte den Wagen ab und betrat die Lobby. Er hielt sich nicht lange mit Kohns Decknamen auf, sondern legte gleich dessen Foto vor. Und seine Vermutung bestätigte sich. Zu zweit waren sie hier gewesen. Der etwas blasse schwarzhaarige Kohn und sein groß gewachsener Begleiter, den man sich laut Beschreibung der Rezeptionistin am ehesten als ehemaligen U-Boot-Kommandanten vorstellen konnte, der jetzt allerdings im graublauen Anzug Versicherungen an den Mann brachte.

Neun Tage hatten sie im Motel gewohnt, ohne jemals zu frühstücken. Es wurde kein Telefonat vom Zimmerapparat aus geführt, kein Pay TV gesehen, auch die Minibar war unberührt. Sie waren immer zu zweit gekommen und gegangen. Die Namen, die sie benutzten, ergaben natürlich nichts – die Organisation hatte Kohn offenbar mit neuen Papieren ausgestattet.

Nur am Abend vor ihrer Abreise hatte es eine Abweichung gegeben: Der Schwarzhaarige, also Kohn, kam allein gegen acht Uhr abends. Er roch wie ein Penner, als habe er sich in die Hose gemacht.

Als die Reinigungskraft am nächsten Morgen das Hotelzimmer betrat, roch es nach Desinfektionsmittel – Zimmer 23 war klinisch rein. Sogar das Bettzeug war unbenutzt, was nur bedeuten konnte, dass die beiden ihr eigenes mitgebracht hatten. Auf dem Kunststoffteppich war zu erkennen, dass sie das

Doppelbett auseinander- und dann vor der Abreise wieder zusammengeschoben hatten.

Die Überwachungskameras lieferten nur ungenaue Aufnahmen. Der Hagere hatte anscheinend gewusst, dass sie gefilmt wurden, und den Kameras stets nur den Rücken zugewendet. Die Spurensicherung stellte zudem fest, dass sämtliche Armaturen, Ablagen und Griffe sauber abgewischt worden waren.

Im Bad, gleich neben der Toilette wurden sie trotzdem fündig: winzige Spuren von Kokain, die sich in den Fugen zwischen den Bodenfliesen festgesetzt hatten.

Noch in derselben Nacht kam es zwischen Murat und Richter zu einer handgreiflichen Auseinandersetzung.

Richters ständige Spitzen gegen Kohn und seine zuletzt laut vorgetragene Überlegung – vielleicht nur in dem Bestreben, die etwas gedrückte Stimmung aufzulockern –, dass es hier offenbar nicht nur um einen Mordfall, sondern auch um einen bizarren *Sexfall* ging, brachten das Fass zum Überlaufen.

Sie standen zusammen mit von Ahnen auf dem Parkplatz. Murat verpasste Richter eine schallende Ohrfeige. Das ging so schnell, dass von Ahnen nur das Klatschgeräusch registrierte, gesehen hatte er nichts. Richter schien fassungslos. Murat hingegen wartete und hoffte insgeheim darauf, dass sein Gegenüber nachlegen würde.

»Dir liegt doch noch was auf der Zunge – spuck's aus!«

Was Richter dann ausspuckte, war jedoch kein weiterer Kommentar, sondern Blut. Er wischte sich mit einem Taschentuch über den Mund. Dann drehte er sich weg und ging zum Auto.

»Was war das denn jetzt?«, fragte von Ahnen.

»Wir haben unsere Freundschaft besiegelt«, sagte Murat trocken.

Am nächsten Morgen traf sich die SoKo zum ersten Mal in ihren neuen Büros nahe der Kochstraße. Ein amerikanischer Star-Architekt hatte den Komplex entworfen. Jede Etage maß etwa tausend Quadratmeter – weitläufige Zimmerfluchten im Stil von Altberliner Wohnungen, wobei jeder Raum mehrere Türen hatte. Für die meisten Firmen war das jedoch zu groß, weshalb mehrere Stockwerke leer standen.

Eine merkwürdige Aufbruchstimmung lag in der Luft, ständig trafen neue Mitarbeiter aus dem gesamten Bundesgebiet ein: IT-Fachpersonal aus Bayern, Abhörspezialisten vom LKA Niedersachsen, Observations- und Zugriffsspezialisten vom Berliner MEK sowie weitere Experten und Fachkräfte. Mehr als fünfzig Mann hatten sich hier einquartiert und bereiteten die Ausforschung der Budak-Gruppe vor.

Die Kerntruppe – Schliem, Möller, Richter, von Ahnen, Murat, Traemann und Lang, der am frühen Morgen aus Frankfurt zurückgekehrt war – saß in einem Besprechungsraum.

Schliem, die Ellbogen auf den Tisch gestützt, kaute auf einem Kaugummi, während Richter, dessen Wange über dem linken Jochbein rot angeschwollen war, Kohn abzuschießen versuchte.

»Das Kokain, das wir gefunden haben, untergräbt Kohns Glaubwürdigkeit immer mehr. Es ist schwer nachvollziehbar, weshalb er sich in all der Zeit nicht melden konnte. Er hat uns keinerlei Informationen zum Geschehen im Foodstore durchgegeben, keinen Hinweis auf die Identität seines Partners. Es gibt auch keine einzige Aufnahme von Kohns Partner aus dem Hotel – was die Vermutung nahelegt, dass er gewarnt wurde. Ich weiß zwar nicht, welche Informationen Lang aus Frankfurt mitgebracht hat, aber meiner Meinung nach haben wir nach Foryta einen weiteren Mann verloren. Wir müssen uns mit dem Gedanken vertraut machen, dass Kohns Ziel vielleicht gar nicht die Zerschlagung des Netzwerks ist, sondern dass er ganz eigene Ziele verfolgt, die unseren diametral widersprechen.«

Schliem forderte Murat mit einem Kopfnicken auf, Stellung zu nehmen. Mit dem Kaugummi im Mund und den Ellbogen auf dem Tisch wirkte er wie ein Konfirmand im Cowboykostüm.

Murat schloss kurz die Augen, dann erklärte er: »Ich beteilige mich nicht an Daniels Spekulationen. Mein Vertrauen in Kohn ist ungebrochen. Ich bin sicher, dass es für die fehlenden Anrufe und den Missbrauch seiner Waffe gute Erklärungen gibt. Dass sich Kohns Partner wie ein absoluter Profi verhalten hat, dass zum Beispiel keine Aufnahme von ihm existiert, war zu erwarten. Wir haben es hier doch nicht mit Dummköpfen zu tun!

Oder hast du das angenommen, Daniel?

Was das Kokain angeht – es ist ja nicht mal klar, wer von den beiden das Zeug geschnupft hat. Und wenn wir schon mal dabei sind – wer von den Anwesenden ohne Sünde ist, gebe eine Haarprobe ab. Oder er bläst um die Mittagszeit ins Röhrchen …« Murat blickte in die Runde. »Kleiner Spaß.«

Möller grinste, Schliem spuckte den Kaugummi auf den leeren Pappteller vor sich.

»Hören wir uns doch mal an, was Kollege Lang zu berichten hat.«

Lang referierte über seine Erkundigungen in Frankfurt.

Im Fokus stand dabei nicht die Rockerbande selbst, sondern Kohns Umgang mit dem Geld der Rocker und den fünfzigtausend Euro, mit denen er als verdeckter Ermittler ausgestattet worden war. Dieses Geld war bis heute nirgends aufgetaucht.

Es gab Abhörprotokolle, die bewiesen, dass unter Kohns Beratertätigkeit gewaltige Summen auf Auslandskonten transferiert worden waren. Offenbar gab es Überlegungen der Rocker, die Gelder wieder abzuziehen, was sich jedoch wegen der festgeschriebenen Laufzeiten als schwierig erwies.

Diese Transaktionen waren mit dem LKA zwar abgesprochen, aber natürlich nur in Länder, mit denen Deutschland ein Bankenabkommen hat. Wie es aussah, lag das meiste Geld allerdings woanders.

Schliem fragte eher beiläufig, ob die Kommunikation mit Kohn ausschließlich über Murat laufe – womit endgültig klar wurde, wem es hier an den Kragen gehen sollte.

»Schluss jetzt«, sagte Möller. »Was soll das? Wohin soll das führen?«

Aber Schliem blieb cool.

»Wir sollten jetzt einen Schnitt machen. Ich leite die Ermittlungen und im Hinblick auf eine mögliche spätere Untersuchung muss ich auf absoluter Transparenz bestehen.«

Möller war aufgestanden. Es sah aus, als ob er gleich platzen würde – aber Murat kam ihm zuvor:

»Jeder weiß, dass Foryta dir entglitten ist, Daniel. Jetzt wühlst du bei Stephan nach Schmutz, du intrigantes Arschloch.« Dann wandte er sich an Schliem. »Wo liegen Ihre Prioritäten, Herr Staatsanwalt? Wen wollen Sie drankriegen? Im Interesse des Falles handeln Sie jedenfalls nicht.«

Schliem sprang auf.

»Das lass ich mir nicht bieten!« Er schlug mit der flachen Hand auf den Tisch. »Ich will Sie hier nicht mehr sehen. Ab sofort sind Sie sind draußen.«

Murat packte sein Laptop ein, stand auf und wollte gerade den Raum verlassen, da fragte Schliem: »Wie lief die letzte Kontaktaufnahme mit Kohn?«

Murat verharrte.

»Das lief doch über Ihr Telefon – das bleibt hier!«

Murat war wie betäubt. Das Blackberry war sein einziger Kontakt zu Stephan. Sekunden verstrichen. Dann sagte Möller. »Das ist jetzt ein Gentlemen's Agreement: Sobald sich Kohn meldet, kontaktieren wir Murat. Er wird sofort zugeschaltet oder hergebracht.«

Schliem dachte nach.

»Mir ist nicht ganz klar, welchen Zweck das erfüllen soll.«

Möller bleckte die Zähne. »Schon klar, dass einer wie Sie davon keine Ahnung hat. Die Basis ist Vertrauen. Wenn der Führungsoffizier eines Ermittlers – seine Vertrauensperson, sein einziger Kontakt nach draußen – plötzlich nicht mehr da ist, kann das unabsehbare Folgen haben!«

Von Ahnen nickte, selbst Richter murmelte zustimmend.

»Falls Sie sich hier sperren, Herr Dr. Schliem, brechen wir alles ab. Ich packe meine Sachen und fahre zurück nach Wiesbaden.«

So weit wollte es Schliem dann doch nicht kommen lassen.

Murat zog das Blackberry aus der Tasche und schob es quer über den Tisch zu Möller. Ohne ein weiteres Wort verließ er den Besprechungsraum. Er fuhr zum Hotel und zog sein letztes Tütchen Koks leer.

So viel zur Haarprobe.

Ein paar Stunden später erhielt er einen Anruf von Traemann, dem die ganze Geschichte leidtat. Kurz darauf meldete sich auch von Ahnen. Er drückte sein Bedauern aus und legte ein Wort für Lang ein, der angeblich durch mehrere Anrufe Schliems dazu gebracht worden war, Material über die Finanzaktivitäten Kohns in den Bericht einzuarbeiten, selbst wenn es sich noch um keine gesicherten Erkenntnisse handelte.

»Hätte er den Rockern vorschlagen sollen, ihr Geld auf die Landesbank zu überweisen?«, fragte Murat. Er lief im Hotelzimmer hin und her und erklärte, warum Kohn höchstwahrscheinlich diese oder jene Transaktion forciert hatte. Von Ahnen unterbrach ihn.

»Das war Schliems Aufhänger, der wollte sich vor Möller profilieren und … na ja. Bei Kohn warst du angreifbar. Der Typ hat doch eine krankhafte Profilneurose. Möller hat nur auf Schliem gesetzt, weil er weiß, dass der die Verbindungen hat, ihm diesen gigantischen Ermittlungsapparat zu liefern.«

Wenig später checkte Murat aus. Er überlegte, ob er noch kurz bei seinen Eltern vorbeifahren sollte, ließ es dann aber bleiben. Stattdessen fuhr er zu Kemal.

Die Apotheke in der Sonnenallee war gut besucht. Murat kam zunächst gar nicht hinein, eine kräftige Oma versperrte ihm den Weg. Sie redete immerzu auf ihren Köter ein, der vor der Eingangstür angeleint war und jedes Mal zu jaulen begann, wenn Frauchen sich auch nur einen Schritt von ihm entfernte.

Eine junge, türkische Apothekerin lief nach hinten, kurz darauf trat Kemal in weißem Kittel an den Verkaufstresen. Als er Murat hinter der Oma hervorlugen sah, grinste er.

Zwei Minuten später kam Kemal raus, sie gaben sich die obligatorischen Wangenküsschen und gingen ein Stück.

»Du kannst nachher zum Essen kommen«, sagte Kemal.

»Was gibt's denn?«

Kemal wollte schon antworten, doch dann bemerkte er nur: »Nett, dass du vorher fragst.«

Sie gingen die Pannierstraße entlang bis zum Weigandufer und bogen dort nach rechts ab. Sie redeten fast überhaupt nicht. Es tat gut, miteinander zu sein und nicht sprechen zu müssen. Das war es, was Murat sich gewünscht hatte, als er Kemal vor ein paar Tagen aufgesucht hatte.

Nur manchmal, wenn sie an einem neuen Café vorbeikamen, an einem Fahrradladen, den es früher nicht gegeben hatte, an einer Bar oder Galerie, sagte Kemal, dass sich die Gegend hier gewaltig verändert habe.

»Hast du den Biokosmetik-Laden neben der Apotheke gesehen?«

Murat nickte.

»Das ist auch meiner …«

»Kemal – was hast du noch alles vor?«

»Nichts weiter. Nur die Apotheke und den Laden. Das reicht. Jeder muss für sich wissen, wann es genug ist.«

Am selben Abend brach Murat nach Wiesbaden auf. Möller hatte angerufen und ihm gesagt, dass er sich zunächst um administrative Aufgaben kümmern sollte, bis ihnen was Gescheiteres einfiel. Aber vielleicht würde es ja auch bald ein Ereignis geben, das ihn wieder zurückbrächte. Dann sagte er noch, dass es dumm gewesen sei, so auszuticken. Dadurch habe Murat genau den Beweis geliefert, den Schliem bis dahin nur als Vermutung in den Raum gestellt hatte, nämlich, dass er der Sache emotional nicht gewachsen sei.

Nach ein paar hundert Kilometern geriet Murat in einen Stau. Entnervt verließ er irgendwo bei Eisenach die Autobahn und legte bei einer Tankstelle eine längere Pause ein.

Von Ahnen versuchte ihn zu erreichen. Aber noch ehe Murat sein Handy hervorgekramt hatte, hatte er wieder aufgelegt. Und als Murat zurückrief, drückte von Ahnen ihn weg.

Ob Stephan sich vielleicht gemeldet hatte?, überlegte Murat. Wohl eher nicht …

Kurz nach ein Uhr morgens war die Autobahn wieder frei. Murat fuhr auf der linken Spur, die Tachonadel kratzte an der hundertachtzig, trotzdem schnupperte ein Porsche an seinem Heck – von Ahnen rief wieder an.

»Vorhin hast du mich weggedrückt«, meinte Murat.

»Tut mir leid – hier überschlägt sich's gerade. Wir haben Kohns Material.«

»Was?«

»Ja. Aber das ist nicht alles. Paul Braun hat uns den Koffer gebracht – nachdem er ihn Boschko abgejagt hat …«

Murat ging vom Gas, bremste den Porsche aus, zog auf die rechte Spur und setzte sich zwischen zwei Laster.

»Noch mal«, sagte er.

Von Ahnen erzählte, dass sich Boschko an den Rumänen in der *Melancholie* erinnert hatte – und Paul offenbar auch. Er berichtete, wie Paul sich an Boschko geheftet und ihm schließlich am Bahnhof Zoo mit Hilfe von zwei Streifenpolizisten den Koffer abgenommen hatte. Anschließend war er zur Direktion 5 gefahren, wo von Ahnen und Richter bereits auf ihn warteten, weil Boschko den Diensthabenden der Wache schnell davon überzeugen konnte, dass er ein Kollege war, und sie benachrichtigt hatte.

»Was war drin?«

»Dreckige Wäsche, ein Manager-Magazin, ein Nokia-Handy und eine Mappe mit Papieren.«

»Und?«

»Scheint alles ziemlich unspektakulär zu sein. Aber wir haben Fingerabdrücke gefunden. Das wird jetzt untersucht. Die Papiere könnten Aufschluss über die Geldtransfers geben.«

»Und, hat sich was … geändert?«

»Du meinst, ob du umkehren sollst?«

»Mhm.«

»Nein. Tut mir leid.«

»Schickt ihr die Sachen runter?«

»Sicher.«

»Was habt ihr mit Paul vor?«

»Wird noch vernommen.«

Murat stöhnte.

»Ich find den Typen ganz in Ordnung«, meinte von Ahnen. »Muss man erst mal bringen … Nur versteh ich nicht ganz, warum er das gemacht hat. Um dir zu imponieren?«

»Keine Ahnung.«

Murat überlegte kurz, ob er Paul anrufen sollte – aber er hatte keine Lust, sich um ihn zu kümmern. Auch wenn Pauls Polizeikarriere jetzt zu Ende war: Aus der Nummer kam er nicht mehr raus – nicht mal mit einem wohlwollenden Prietz.

Murat blinkte nach links und trat das Gaspedal durch.

Er wollte doch mal sehen, ob er den Porsche noch einholen konnte.

# 26

Wie schon bei Boschko, führten Lang und Traemann Pauls Vernehmung. Lang kam ziemlich hart rüber. Er brüllte, schrie und hatte auch schon mal nach Paul getreten, als der nicht gleich auf seine Frage geantwortet hatte, ob er Probleme habe oder so … Der andere, Traemann, trug Sakko und Brille und war deutlich umgänglicher. Wobei – ganz ohne war der auch nicht: wie aus dem Nichts zählte er plötzlich auf, welcher Vergehen Paul sich schuldig gemacht hatte. Und dass man ihn – wenn er die Unwahrheit sagte – fertigmachen und in den Knast stecken würde.

Paul beeindruckte sie mit seiner unfassbaren Blödheit. Als sein Motiv geklärt war, als sie verstanden hatten, dass sie es hier mit einem Kerl zu tun hatten, der sich um seinen Job brachte, nur weil er seinem großen Ziehbruder Murat imponieren wollte, war die Sache für sie praktisch gegessen.

Lang war fassungslos. »Dass so was wie der Polizist werden kann!«

Minutenlang ließ er sich über Pauls IQ aus, der sich seiner Meinung nach auf Sonderschüler-Niveau bewegen musste. Beide, Traemann ebenso wie Lang, trauten Paul einfach nicht zu, dass er ihnen etwas vorlog. Sogar die Geschichte, er habe sich plötzlich an den Akkordeonspieler erinnert, weil er Boschko mal mit Zigeunern gesehen hatte, kauften sie ihm umstandslos ab. Paul hatte auf diese Weise kein Wort von der Abhöraktion sagen müssen.

Gegen zwei Uhr nachts waren sie fertig.

Paul wollte eben die Einsatzzentrale verlassen, als von Ahnen ihn aufhielt – Möller wollte noch kurz mit ihm sprechen. Er führte ihn durch die weitläufige Büroetage, in der trotz fortgeschrittener Stunde noch rege Betriebsamkeit herrschte.

Möller stand mit Lang, Traemann und zwei anderen vor einer Pinnwand und feixte. Als Paul zu ihm trat, hob Möller den Arm und ließ ihn auf dessen Schulter fallen. Er sah ihn dabei mit einer Mischung aus Sympathie und medizinischem Interesse an.

Die vier anderen wurden still.

»Wie heißt du gleich?«

»Paul Braun.«

»Paul. Soso. Der Lars würde dich ganz gern mal übers Knie legen.«

Möllers Miene blieb völlig unbeteiligt. »Dir mal ein bisschen den Popo versohlen.«

Zuerst begann von Ahnen zu kichern. Dann stimmten die anderen ein.

Möller lachte nicht. Er sah Paul unverwandt an, las in seinem Gesicht – Paul fühlte sich wie auf einer Jahrmarktspräsentation. Die Pranke, die noch immer auf seiner Schulter ruhte, wurde schwer. Möllers Atem wurde schwer, es fühlte sich an, als würde dieser schwere, warme Atem auf ihn übergehen und ihn niederdrücken. »Stell dich mal auf die Zehenspitzen«, flüsterte Möller.

Und ehe Paul überhaupt denken konnte, drückte er sich vom Boden ab. Um sie herum war es still geworden.

»Bist wohl ein Frettchen, was?«

Paul wollte zurückweichen, aber Möller hielt ihn fest. Endlich sagte er: »Na los. Geh nach Hause.«

Paul kaufte sich ein paar Bier, fuhr in seine Wohnung und legte sich aufs Bett. In seinem Kopf drehte sich alles. Er wählte Ninas Nummer, brach ab, versuchte es wieder und hatte doch nie den Mumm, sie tatsächlich anzurufen.

Er dachte an die Vernehmung, vor allem aber an die Szene mit Möller. Und gleich wieder an Nina. Nichts war für ihn so bedrohlich wie Ninas Abwesenheit. Nicht mal sein bevorstehender Rauswurf. Er schob *The Getaway* in den DVD-Player, das Fenster stand offen, er hörte Gekreisch aus einer Wohnung im Nachbarhaus. Irgendwann dämmerte er weg.

Gegen halb zehn rief Frau Blotzner an und bestellte ihn in die Direktion.

»Ich hab schon mit Erkan gesprochen«, sagte Prietz. »Ich weiß dass du private Probleme hast, aber das tut leider nichts zur Sache.«

Dann las er ihm die Aussage vor, die er eben von der SoKo bekommen hatte. Als Prietz fertig war, nickte Paul. Alles hatte sich genau so zugetragen.

»Erkan haben sie heute früh auch befragt. Die sind ziemlich schnell, Paul. Und es wird eng für dich. Da kommt eine interne Ermittlung auf dich zu. Ich kann da nichts machen.«

»Vielleicht lern ich dann ja mal die Fechner kennen«, meinte Paul. Es sollte ein Spaß sein.

Kerstin Fechner war vom LKA 3 – Dezernat für Amtsdelikte. *Wer vor der Fechner steht, sollte ein zweites Paar Unterhosen dabeihaben,* hieß es unter Kollegen.

»Genau die wirst du kennenlernen. Sie ist hart, aber fair. Man muss bei ihr mitarbeiten. Du musst offen und ehrlich sein. Wenn du mich fragst, weich keinen Millimeter von deiner Aussage ab. Halt dich mit der Beobachtung auf dem Dach zurück. Du kriegst von mir gute Beurteilungen. Wenn du Glück hast, wenn die vom BKA nicht deinen Kopf fordern und wenn die Fechner keinen schlechten Tag hat, lässt sich vielleicht was drehen, dass du nur zurückgestuft wirst. Das läuft aber nur über eine akute private Ausnahmesituation – inklusive Auszeit und Therapie und so weiter. Ich glaube, das ist deine einzige Chance. Den Stempel hast du dann zwar für immer weg, aber damit kann man leben. Vielleicht bleibst du auf diese Weise drin.«

Paul war Beamter auf Widerruf. Erst wenn man die urkundliche Ernennung zum Beamten auf Lebenszeit entgegengenommen und in einer abschließenden Zeremonie den »Goldenen Handschlag« erhalten hatte, war man auch tatsächlich unkündbar. Das sollte eigentlich Ende des Jahres so weit sein.

»Was wäre denn, wenn ich von der Beobachtung auf dem Dach erzähle?«

»Egal, was da oben passiert ist – Boschko wurde entlastet. Damit drehst du dir nur selbst einen Strick. Vergiss ihn.«

»Okay«, sagte Paul.

»Die wird auch Erkan befragen – aber der bestätigt ja deine Aussage. Zumindest bis zu dem Punkt, als Boschko bei deiner Freundin aufgetaucht ist. Danach hat er wohl nicht mehr mitgemacht, stimmt's?«

»Ja.«

»Gut. Wir sind dann fertig.«

Paul stand auf, Prietz brachte ihn zur Tür und gab ihm einen Klaps auf die Schulter.

»Weiß Murat schon davon?«, fragte Paul.

Prietz lächelte.

»Davon würde ich mal ausgehen.«

Paul setzte sich in den McDonald's am Hermannplatz, biss einmal in seinen Royal TS, legte ihn aber gleich in die Pappschachtel zurück und ließ ihn kalt werden. Er schaute auf die Straße, über den Platz, zum U-Bahn-Ausgang, zu den Ständen, dem Biohändler, zu dem Libanesen, der seit Wochen sein Pide zum einmaligen Probierpreis anbot und es trotzdem nicht loswurde. Er beobachtete die Junkies, die sich um eine Bank gruppiert hatten – und dabei fiel ihm ein Mädchen auf. Sie war schlank, auffallend hübsch, mit langen, dunkelblonden Haaren. Paul schätzte sie auf höchstens zwanzig. Sie trug ein türkisfarbenes T-Shirt mit Glitzeraufdruck, eine eng anliegende Jeans und Chucks. Ihre Brüste waren so klein, dass sie sich unter dem Hemd kaum abzeichneten. Ein Typ mit einer Bierpulle in der Hand hielt eine Rede, kraulte ständig in ihren Haaren, zog sie an sich, und dabei legte sie ihren Kopf an seine Schulter. Das wirkte so friedlich, so freundschaftlich – wie auf 'nem Schuss.

Paul biss in den Burger und spülte den Happen, der wie kalte Knete schmeckte, mit Cola herunter. Als er wieder nach draußen sah, war die Kleine verschwunden. Nur ihr älterer Freund war noch da. Er breitete die Arme aus und segelte, die Bierflasche vorne in die Tasche seiner grün-braunen Jeans gesteckt, einmal um den ganzen Platz.

Paul machte sich auf den Weg zu Erkan.

Der Empfang fiel kühl aus. Erkan humpelte auf sein Kissenlager und löffelte eine Schüssel Joghurt mit Kirschen. Eine Soulplatte lief. Normalerweise hätte Paul darauf gedrängt, diesen Scheiß auszumachen, – er hasste Soul. Aber Paul fragte nicht. Er zog einen Stuhl ans Fenster und sah raus auf den Zickenplatz.

»Willst du was essen?«

Paul schüttelte den Kopf.

Als der letzte Song verklungen war, sagte Paul leise: »Tut mir leid.«

Erkan stellte die Schüssel beiseite. »Heul nich' rum, du Opfer.«

Paul grinste. »Wer ist hier das Opfer?« Er zupfte an Erkans Armverband »Hast dich mit Zigeunern geprügelt, oder was?«

Erkan zählte auf, was der Arzt alles bei ihm festgestellt hatte: »Nasenrücken angeknackst, Kapsel im rechten Hüftgelenk gezerrt, Prellung des Jochbeins, kleiner Finger gebrochen, Ringfinger verstaucht ...«

»Hör auf, du Angeber. Nächstes Mal ...«

»Nächstes Mal schicken wir Bohne vor.«

Sie frotzelten noch ein bisschen rum, dann wollte Erkan wissen, was sonst alles passiert war, seit sie sich vor dem Bahnhof getrennt hatten. Im Gegensatz zu Paul war Erkan ziemlich angetan von den Mitarbeitern der SoKo, die er heute früh ebenfalls kennengelernt hatte und mit denen er inzwischen per Du war.

»Die haben gesagt, dass ich mich anstrengen soll, damit ich auch den Sprung zum BKA schaffe. Nicht, dass ich das will ...« Zu guter Letzt war dann auch noch Möller gekommen und hatte sich vorgestellt.

»Cooler Typ. Er meinte, dass Murat aus politischen Gründen nach Wiesbaden geschickt wurde, aber dass er noch immer seine Nummer zwei ist. Der Einzige, der ziemlich arrogant rüberkam, war Daniel Richter. Hast du den kennengelernt?«

Paul schüttelte den Kopf.

»Ich soll dir von Möller ein Bier ausgeben.«

»Was?«

»Hat der gesagt. Du sollst das alles nicht persönlich nehmen – sondern wie ein Kerl, der einen von seinen verdeckten Ermittlern plattgemacht hat. Wenn das Ding vorbei ist, sollst du dich mal bei ihm melden.«

»Nein.«

»Ich schwör's!«

»Pah!«, entfuhr es Paul.

»Das ist echt 'n Knaller!« Erkan stand auf und hielt Paul die Hand hin, damit der einschlagen konnte.

Paul musste lächeln.

»Aber bis Murat mit mir spricht, werden noch Jahre vergehen.«

»Vergiss Murat! Stell dir vor, du löst den als Nummer zwei ab! Da hätte der aber die Arschkarte gezogen!«

»Wenn, dann will Möller, dass ich für ihn verdeckt arbeite …«, sagte Paul mehr zu sich selbst.

Erkan hörte auf zu lachen. »Was hat Prietz gesagt? Hast du 'ne Chance, drinzubleiben?«

»Im Dienst?«

»Mhm.«

»Muss halt die Psycho-Karte spielen.«

»Einen auf behämmert machen?«

»Genau. Das Ganze auf private Probleme schieben.«

»Hast du denn welche?«

»Vielleicht ein paar …«

»Verzweiflung? Stress mit Freundin? … In die Richtung?«

»So ungefähr. Wenn ich mich an den Bericht halte, wenn ich mich *öffne,* du weißt schon – wenn ich Einblick in mein Seelenleben gebe …«

»Oh, oh.«

»… dann werd ich wahrscheinlich drinbleiben.«

»Ist doch super!«

»Die würden mich zurückstufen, ich müsste regelmäßig zur Psycho …«

»Na und? Scheiß drauf!«

Paul hatte seine Aussichten gegenüber Erkan sehr optimistisch dargestellt. Aber letztlich war ihm das gerade egal. Was für ihn am meisten zählte – soviel war ihm inzwischen klar geworden – war nicht der Polizeidienst, sondern die Freundschaft zu Erkan. Und zu …

»Ich will nicht ohne Nina sein«, sagte Paul fast beiläufig.

»Na endlich ist der Groschen gefallen! Hast du sie schon angerufen?«

»Noch nicht.«

»Warum?«

»Keine Ahnung.«

»Schiss?«

»Weiß nicht.«

»Ruf an, Alter.«

»Jetzt?«

Paul ging in die Küche und wählte. Es klingelte ein paar Mal, dann war Nina dran.

»Hallo …« Pauls Stimme klang rau und trocken und dünn – und ihre genauso.

»Ich wollte dich auch gerade … ich weiß nicht …«, stammelte sie. Während Nina einen vernünftigen Satz suchte, schien sie ganz nah und vertraut. Paul presste das Handy ans Ohr. Zwei Minuten später ging er los.

»Wir können uns rübersetzen. Ins Wohnzimmer«, sagte Nina, was schon sehr förmlich klang. Paul fragte: »Wo lang?«, Nina lachte.

Paul ballte ganz kurz die Faust.

Kaum hatten sie sich gesetzt, sprang Nina wieder auf, um was zu trinken zu holen. Mit zwei Wassergläsern kam sie zurück.

Und um der Förmlichkeit noch persönlich die Hand zu schütteln, bedankte sich Paul artig.

Sein Mund war trocken, er trank.

»Ich weiß nicht, wie wir anfangen sollen«, Nina zupfte an einer Haarsträhne, ihre Wangen glühten. Sie nahm ebenfalls einen Schluck aus dem Glas, gab sich dann aber einen Ruck, wobei sie mit den flachen Händen auf ihre Oberschenkel schlug.

»Hör zu, Paul …«

»Warte! Warte, lass mich anfangen. Ich will …«

Jetzt war er dran. Er stand auf und setzte sich wieder, atmete ein und wieder aus und rieb die Handflächen an seiner Hose ab. Er schloss die Augen und sagte: »Ich mag dich.«

Dann setzte er an, dieses *mögen* zu beschreiben – was ihm weiß Gott nicht leicht fiel. Er saß da, erklärte, stotterte, fuhr sich mit den Händen übers Gesicht und trank, bis das Glas leer war. Zehn Minuten lang quälte er sich was ab – und in dieser Zeit gestand er Nina seine Liebe.

Er glaubte erkannt zu haben, was das Problem war: Es war nicht, dass ihr Gefühl füreinander – zumindest sein Gefühl für sie – nicht stimmte oder ausreichte. Es war der Alltag. Und ganz speziell seine Unfähigkeit zur Kommunikation. Dass er sich ausgeruht hatte, zu bequem gewesen war und nicht um das Besondere gekämpft hatte, das sie einmal verbunden hatte.

Das Besondere, das waren diese kurzen Momente zwischen ihnen – Beobachtungen, kleine, gewöhnliche Dinge, die erst dadurch besonders wurden, dass sie sie zusammen erlebt, geteilt und sich dabei gegenseitig ergänzt hatten.

Zum ersten Mal in die Philharmonie gehen und mit einem Strohhalm Dirigent spielen. Sich beim Gehen streiten und dabei gegen einen Laternenpfahl laufen. Gegen den Laternenpfahl treten, aber nicht den Pfahl treffen, sondern die Lichtanlage eines nagelneuen Kinderfahrrades – und gemeinsam stiften gehen. Im schicken Edel-Bioladen einkaufen, an der Kasse bezahlen und erst dann erstaunt feststellen, dass das Mindesthaltbarkeitsdatum längst überschritten war.

Sie hatten sich viel gezofft, aber sie hatten auch viel gelacht.

Paul gestand, dass er auch mal diese süßen, ekligen Blasenkaugummis gekauft hatte – ein Selbstversuch in der verzweifelten Hoffnung, Nina dadurch besser zu verstehen. Aber Nina mit all ihren Macken, Eigenheiten und ihrem irrationalen Verhalten war nicht zu verstehen – nicht mit Kaugummis, nicht mit Denkanstrengungen und auch nicht mit Atemübungen, die Paul vorm Ausflippen bewahren sollten.

Wer hörte denn heute noch Kassetten? Wer konnte einem die Freundschaft kündigen, nur weil man sich über Rio Reiser lustig machte? Wer konnte in einem Satz das exakte Gegenteil dessen behaupten, was im Satz zuvor gesagt worden war, und darauf bestehen, dass da kein Widerspruch war? Wer liebte nichts mehr, als mit einem Grashalm hinterm Ohr gekitzelt, auf die Schulter geküsst, über die Brust gestreichelt und ausgerechnet bei Nena, beim »Goldenen Reiter« oder anderem NDW-Zeug geliebt zu werden?

Er hatte ihr mal zum Geburtstag Haarspangen gekauft, sie ihr dann aber doch nicht geschenkt. Lieber hatte er ihr gar nichts geschenkt, weil er befürchtete, dass diese Haarspangen der ultimative Beweis für sein Unvermögen waren, sich in sie hineinzuversetzen.

Er hatte sie die ganze Zeit bei sich gehabt. Nina war stinkig, und er hatte krampfhaft überlegt, ob er schon mal von irgendwem gehört hatte, der seiner Freundin Haarspangen schenkte. Aber erst als er bei Erkan angerufen hatte und der nur meinte: »Lad sie doch gleich zu McDonald's ein«, war die Sache vom Tisch.

Nina saß ganz still da. Sie musste sich überrannt fühlen. So hatte sie Paul niemals zuvor reden gehört. Es war, als wollte er rückwirkend etwas wiedergutmachen.

Paul dachte, dass es eigentlich ganz gut lief, dass sie ihre Beziehung vielleicht auf eine andere Ebene würden heben können. Jetzt könnte das gehen, das spürte er. Paul sprach weiter und bemerkte nebenbei einen Plattenstapel, der auf dem Wohnzimmertisch lag.

»Hey, die kenn ich!«, sagte er, schob die oberste Platte zur Seite und sah auf das Cover der darunterliegenden. Die kannte er auch!

Plötzlich riss der Film. Er hob den ganzen Stapel hoch und blätterte ihn durch. Er kannte jede Platte – weil sie ihm gehörten. Es waren seine Platten, die er ihr geschenkt hatte. Und sofort war ihm klar, dass sie nur deshalb dort lagen, weil Nina sie ihm zurückgeben wollte.

Paul stand auf, riss eine Platte nach der anderen aus der Hülle, warf sie auf den Boden und zerriss die Cover.

Nina schwieg. Erst als sich Paul beruhigt hatte und sie anstarrte, sagte sie: »Es tut mir leid.« Und sie begann zu weinen. Es war ein furchtbares, schmerzhaftes Weinen. Sie griff nach Paul und wollte ihn halten, aber er stieß sie zurück.

»Ich muss gehen«, sagte er. »Ich will raus.«

Sie sagte nichts.

»Deine Sachen, die noch bei mir sind, bring ich dir vorbei. Tut mir leid, dass die Polizei gestern da war.«

»Warte!«

»Erkan geht's besser. Gut, dass er beim Arzt war.«

Paul ging zur Tür, zog sie auf und drehte sich nochmal um.

»Nina?« Er musste sich konzentrieren, denn die Stimme drohte ihm wegzubrechen. »Wie kannst du dir eigentlich so sicher sein?«

»Ich hab mich verliebt.«

## 27

Es war später Nachmittag, Nina saß vor der Kantine auf dem Studiogelände an einem der Biertische. Die meisten Kollegen, darunter Robert und Ilka, die Redaktionsleiterin, tranken Weinschorle oder Radler. Nina war bei ihrem dritten Jägermeister auf Eis. Dass mit ihr irgendwas nicht stimmte, war spätestens klar geworden, als sie sich bei der Abmoderation zweimal verhaspelte. Als Robert sie damit aufzog – live on air –, konnte sie nicht wie sonst einen lockeren Spruch zurückfeuern, sondern begann zu stottern, bis sie sich schließlich selbst stumm regelte.

Nina wollte allein sein, gleichzeitig aber auch nicht. Sie nippte an ihrem Glas, fühlte sich schuldig, im nächsten Moment erleichtert und dann wieder, als bekäme sie keine Luft mehr.

Robert, der wohl deshalb ein so guter Moderator war, weil er einfach wahnsinnig gerne Leute unterhielt, erzählte etwas von Schnecken und Luftschlangen und einer hypochondrischen Siamkatze. Nina hörte nur mit halbem Ohr zu, strich das Kondenswasser vom Glas, malte in den sich bildenden

Tröpfchen herum – und hob schließlich den Kopf, weil plötzlich alle Stimmen um sie herum verstummt waren.

Vor dem Biertisch stand ein schwarzlockiger Bulle. Wutschnaubend, mit funkensprühenden Augen und zugepflastertem Gesicht..

Wie paralysiert stand Nina auf, ihr Glas kippte um.

Robert fragte mit herabhängendem Unterkiefer: »Wer is'n das?«

Nina antwortete kaum hörbar: »Kommissar Erkan.«

Erkan stapfte über die Steinplatten in Richtung Filmhochschule, Nina stolperte hinter ihm her.

Plötzlich drehte er sich um, die Hände wie bei einer Beschwörung zusammengepresst.

»Nina!«, schrie er. »Das hat Paul nicht verdient! Doch nicht Robert!«

»Erkan ...«

»Nein, nein, nein!«

Ein paar Filmstudenten mit Gedanken, die keinen Aufschub duldeten, wurden unfreiwillig Zeuge ihrer Unterredung. Sonst hatten sie die ganze Marlene-Dietrich-Allee für sich, und Erkan war entschlossen, den Platz zu nutzen.

»Ich weiß, es gibt immer Momente, da denkt man, es muss was Neues kommen. Wenn man keine Luft mehr zum Atmen hat, braucht man Veränderung. Aber glaub mir, es gibt nur sehr, sehr wenige Menschen, mit denen man wirklich von Herzen verbunden ist. Verstehst du, Nina? Von hier«, er war um Nina herumgetänzelt, stand in der Kurve mitten auf der Straße und hämmerte auf seine linke Brusthälfte.

»Manchmal muss man kämpfen. Das klingt jetzt platt, aber die Liebe muss man festhalten. Meine Eltern – na, die sind vielleicht nicht das beste Beispiel –, aber wenn ich meine Liebe irgendwann gefunden habe, werde ich um sie kämpfen. Auch – nein, *gerade* wenn's mal nicht so läuft. Das weiß ich! Und das solltest du auch. Oder lass zu, dass Paul um dich kämpft. Paul hat doch gerade begriffen, was du ihm bedeutest. Der hat einen riesigen Schritt gemacht. Gib ihm Zeit! Lenk dich jetzt nicht mit irgend so einem Typen ab!«

Nina wusste nicht mehr, wann genau sie sich neu verliebt hatte. Zuerst hatte sie geglaubt, es sei bloß Schwärmerei. Paul war Paul. Zwischen ihr und ihm bestand eine ganz spezielle Verbindung. Paul verstand ihre Verlustängste, weil er sie schon viel früher und extremer durchlebt hatte. Wenn es überhaupt einen konkreten Grund gab, weshalb sie sich von ihm entfernt hatte, dann waren das seine Pascha-Allüren. Paul ging grundsätzlich davon aus, dass der andere kommen musste. Er setzte sich immer durch. Er hatte seine ganz eigenen Vorstellungen, von denen er nie abließ. Paul, geschlagen vom Schicksal, konnte immer seinen Mittelfinger ausfahren und sagen: »Ihr könnt mich alle mal, ich hab schon genug auf die Fresse gekriegt.«

Und es war ja nicht so, dass sie ihre Liebe mutwillig aufgegeben hatte – konnte man das überhaupt?

Nein, sie hatte sich neu verliebt.

Aber was verband sie mit ihm? Mit ihrer neuen Liebe? Eigentlich fühlte sie sich nur zu ihm hingezogen. Mehr und immer mehr – bis sie irgendwann das Gefühl hatte, ein Doppelleben zu führen, Paul zu betrügen, wenn sie nur an ihn dachte.

Erkan trat gegen einen weißen Plastikbecher, der auf dem Bordstein stand, und bespritzte sich dabei sein Hosenbein, weil noch ein Rest Rotwein drin war.

»Bitte erklär mir das«, sagte er. »Man kann so was nicht erklären, ich weiß. Aber ich versteh's trotzdem nicht.«

Beide sahen sich an, und plötzlich bekam Nina Angst. Sie drehte sich weg und hastete die Straße zurück – bis Erkan sie an der Schulter festhielt.

»Nina!«

Jedes Mal, wenn sie erfahren hatte, dass *er* mal wieder eine neue Frauengeschichte am Laufen hatte, wusste sie, dass das nichts werden würde. Er war ja nie wirklich verliebt. Oft versuchte er, dieser Affäre – es war ja nie mehr als das – einen besonderen Zauber einzuhauchen, obwohl sie für ihn längst schon entzaubert war.

Nina hatte sich wieder losgerissen.

»Warte!«, rief Erkan.

Sie ging jetzt noch schneller, bis Erkan ihren Arm packte und sie zu sich umdrehte.

»Red mit mir«, sagte er.

Sie standen ganz dicht beieinander. Erkan tastete mit seinen Augen ihr Gesicht ab, sie sagte irgendetwas, aber was sie sagte, war kaum zu verstehen.

»Denk noch mal nach!«

»Ich will nichts von Robert.«

Erkan hielt ein.

»Was?«

»Ich bin nicht in Robert verliebt.«

»In wen dann?«

Nina sagte nichts. Sie wollte weg, aber Erkan hielt sie fest.

»In wen?«

»In dich«, sagte sie leise.

Nina machte sich los, drehte sich um und ging.

Erst nach und nach wurde Erkan bewusst, was Nina da gesagt hatte: Er selbst war der Trennungsgrund. Er saß in der S-Bahn, spielte mit seinem iPhone herum, wollte Paul anrufen – und hatte doch keine Ahnung, was er ihm sagen konnte.

Am Schlachtensee stieg er aus. Er lief um den halben See und versuchte einen klaren Gedanken zu fassen, was unmöglich war. Er kehrte um, wartete auf die nächste Bahn und fuhr weiter.

»Wo bist du?«, fragte Erkan, als er Paul dann doch angerufen hatte.

»Ich? Oben auf dem Europa-Center. Alle Autos sind so klein …«

»Was? Wo bist du?« Dann hörte er, dass da irgendein Film im Hintergrund lief, und lachte erleichtert auf. Eine Spur zu laut vielleicht.

»Lass uns treffen!«

»Keine Lust«, sagte Paul.

»Komm schon!«

»Nein.«

»Später vielleicht?«

»Ich glaub nicht …«

Dann legte er auf. Einfach so. Erkan wählte nochmal, aber Paul ging nicht ran.

»Scheiße«, murmelte Erkan. »Scheiße, Scheiße, Scheiße, Scheiße.«

Zu Hause legte er sich aufs Bett und dachte nach. Er hätte Nina nicht fragen dürfen. Er hatte sie ja geradezu genötigt, auszusprechen, was sie fühlte. Was *sie* fühlte. Aber was fühlte er? Seine Nackenhaare stellten sich auf, während sich gleichzeitig sein Magen zusammenzog.

Es war schon spät am Abend, als Erkan losging. Er lief über den Hermannplatz und quer durch die Hasenheide, immer weiter, bis er schließlich in Ninas Straße einbog. Er kam sich schäbig vor, weil er nach Pauls Wagen Ausschau hielt. Dann drückte er auf die Klingel.

Nachdem Erkan im Hauseingang verschwunden war, ging auf der anderen Straßenseite eine Autotür auf. Es war Paul, der seinen Wagen dreißig Meter weiter hinter einem Transporter geparkt hatte.

Nina saß im Durchgang zwischen Flur und Wohnzimmer auf dem Boden, die Beine angewinkelt, den Kopf an den Türrahmen gelehnt.

Erkan hockte sich dazu. Sie saßen über Eck, ohne sich anzusehen.

»Ich hab nichts gesagt. Aber ich glaube, Paul weiß es.«

»Ja«, sagte sie.

»Er denkt, ich hab ihn betrogen.«

»Hast du nicht.«

Sie schwiegen. Erkan hörte in der Küche den Wasserhahn tropfen. Und ihren Atem – weich und gleichmäßig. Ihrer klang höher als seiner. Von der Eingangstür kam ein angenehm kühler Luftzug. Er stellte sich vor, wie sie da saß, die Augen geschlossen, den Mund ganz leicht geöffnet. Er konnte sie riechen, sog ihren Geruch tief in sich hinein. Er hörte sein Herz schlagen, und ihrs. Dass sie ihn liebte – die Vorstellung machte ihn taumeln. Er empfand ja nicht anders – das war ihm in diesen letzten Stunden klargeworden.

Ihre Finger berührten sich, verharrten. Dann wieder eine winzige Bewegung, Nina griff nach seiner Hand. Sie zogen sich zueinander, hielten sich umklammert. Dann berührten sich ihre Lippen – Erkan riss sich zurück. Ninas Augen waren feucht und doch klar. Was hatte Aylin ihm für abgedroschenes Zeug über die Liebe gesagt?

*Die wahre Liebe triffst du nur einmal im Leben. Wenn du sie dann nicht festhältst, ist es für immer zu spät.*

»Es geht nicht«, stieß er hervor. Er kam auf die Beine, hielt sich an der Türklinke fest, drehte sich noch einmal um. »Es geht nicht. – Aber ich dich auch!«

Dann wankte er aus der Wohnung.

Paul war schon weg. Für ein paar Minuten hatte er sich ins Treppenhaus gesetzt und ihr Flüstern gehört. Dann war er gegangen. Er wusste ja längst, dass es nicht Robert war.

# 28

Kohn befand sich im Tiefschlaf, als der Hagere ihn an der Schulter packte und wachrüttelte.

»Wir müssen raus!«

Einen Augenblick lang wusste Kohn nicht, wo er war. Seine Augen waren wie zugeklebt.

»Komm jetzt!«

Er griff auf die Ablage, tastete nach seiner Tasche und fand sie nicht.

»Hier!«, der Hagere drückte sie ihm in die Hand.

Ein Schaffner lief am Abteil vorbei, bimmelte mit seinem Glöckchen und war schon wieder verschwunden.

»Komm!«

Bremsen quietschten. Der Zug verlangsamte so stark, dass Kohn ins Stolpern geriet. Sie schoben sich den Gang entlang, der Hagere vorneweg. Die anderen Abteile waren leer.

Auf dem Bahnsteig war es frisch, Kohn fröstelte. Über ihnen lag der klare Sternenhimmel. Weiter hinten begann eine Überdachung aus Wellblech, darunter eine einzige Neonleuchte, die blasses Licht auf die nach unten führende Treppe warf.

Ein Pfiff ertönte, der Zug fuhr wieder an.

In den hinteren Waggons, den Abteilen der zweiten Klasse, drängten sich die Fahrgäste an den Fenstern. Ihre Gesichter waren nur dunkle Schatten und nicht zu erkennen. Einige rauchten.

»Die wollen alle nach Odessa«, sagte der Hagere. Dann sah er auf seine Uhr.

»Wir haben Zeit.«

Sie setzten sich auf eine Holzbank.

»Wo sind wir?«, fragte Kohn.

»In Moldawien.« Der Hagere lehnte sich zurück und kreuzte die Arme.

Das Rattern des Zuges verklang, dann war es still. Kein Motorengeräusch, kein Flugzeug – nur leises Grillenzirpen.

Kohn nahm seine Lederjacke aus der Tasche und zog sie über. Er trank etwas Wasser, suchte sich eine bequeme Sitzhaltung und schloss die Augen. Aber schlafen konnte er nicht mehr. Er dachte nach. Das tat er praktisch immer, wenn er sich nicht gerade mit dem Hageren unterhielt oder schlief. Aber sie sprachen selten. Und nie privat. Wenn sie redeten, dann über Geld und Investitionen, Renditen, Fonds oder Auslandskonten. Damit kannte sich der Hagere aus.

Mit keinem Menschen hatte Kohn mehr Zeit am Stück verbracht als mit ihm. Nicht mal mit Murat.

Sie waren bei den Rockern in Frankfurt miteinander in Kontakt gekommen. Einmal wurde Kohn zu einem Gespräch gerufen – die Rocker wussten um seine Sprachbegabung –, er übersetzte für sie eine türkische Internetseite. Später hatte der Hagere ihn gefragt, ob er noch mehr Sprachen könne.

»Fast jede«, hatte Kohn gesagt.

»Würdest du für mich arbeiten?«

»Kommt drauf an …«

An diesem Tag war das einzige Foto des Hageren entstanden, eine Handy-Aufnahme.

Zwei Tage darauf hatten sie sich in einem Café im Frankfurter Hauptbahnhof getroffen. Der Hagere testete Kohn, ob er wirklich so viele Sprachen beherrschte, wie er behauptete. Kohn hatte nicht gelogen. Besonders die östlichen Sprachen und Dialekte beherrschte er nahezu perfekt. Ob Kohn Bindungen habe oder sich praktisch von heute auf morgen für ein paar Wochen freimachen könne, wollte der Hagere wissen. Kohn hatte genickt.

Dann würde einer Zusammenarbeit ja nichts im Weg stehen: Es gebe sehr viel Geld zu verdienen – und es seien keine schmutzigen Jobs. Es handele sich um eine Art Maklertätigkeit, oder auch: um Vermittlungen. Das Geld, das sie bekämen, seien Provisionen. Es gehe um seriöses Auftreten, und Kohn wirke seriös. Das sei für den ersten Kontakt sehr wichtig.

Falls Kohn sich darauf einlasse, würden sie die nächsten Wochen immer zusammen sein: ein Zimmer, eine Toilette, gemeinsames Essen, alles.

Kohn hatte sich längst entschieden.

Dass der Hagere die Chance war, an eine bislang völlig unbekannte Organisation ranzukommen, um einiges geheimnisvoller noch als ein Rockerclub, hatte er schon nach ihrem ersten Zusammentreffen gewusst.

»Um wie viel geht's?«

»Ein paar Tausend die Woche.«

»Bin dabei.«

»Dann sind wir Partner. Ab jetzt bleiben wir zusammen«, hatte der Hagere gesagt und Kohns Handy verlangt.

Kohn hatte ihm sein Blackberry gegeben und schließlich auch noch sein iPhone herausgerückt. Dass er noch ein drittes Mobiltelefon besaß, hatte er verschwiegen.

»Ich muss noch mal telefonieren«, sagte Kohn.

»Mit wem?«

»Einem Mädchen.«

Kohn war aufgestanden, zum nächsten öffentlichen Telefon gegangen und hatte Murat angerufen. Murat war zunächst unsicher, allerdings bot sich hier eine ungeahnte Chance. Er sprach mit ihrem Vorgesetzten, und der gab grünes Licht.

»Du setzt dich ab, wenn es eng wird!«

»Sicher.«

Es ging um die Vermittlung von Drogenlieferungen.

Das Prinzip war folgendes: Der Hagere oder die Organisation bot Kokain an. Die erste Lieferung – nie mehr als ein Kilogramm – war ein Geschenk. Wenn der Kunde zufrieden war und eine dauerhafte Geschäftsbeziehung wünschte, musste er dieses Geschenk allerdings bezahlen.

Die Organisation, in deren Auftrag der Hagere und Kohn die Deals abwickelten, erhielt für jede Lieferung eine Provision – ohne die Ware jedoch jemals selbst auszuliefern. Sie waren den Lieferanten und Abnehmern zwischengeschaltet. Sie akquirierten die Geschäfte und wussten, wer ein Interesse an diesen Lieferungen haben könnte – was natürlich bedeutete, dass sie einen exzellenten Überblick über den Markt haben mussten. Hier kam Kohn der Verdacht, dass es vielleicht Anwälte waren, die über ihre Mandanten mit Informationen versorgt wurden und hinter diesem Geschäft standen.

Der Abnehmer bekam von der Organisation Zeit und Ort der Übergabe mitgeteilt, die Bezahlung erfolgte später. Allerdings nicht an den Lieferanten, sondern an einen Dritten, der zuvor einen anderen Abnehmer beliefert hatte.

»Das ist das System«, meinte der Hagere. »Wir wissen, wer wem was schuldet. Alles läuft über uns.«

Es gab viele Gründe, weshalb praktisch jeder, der von der Organisation kontaktiert wurde, sich auf das Geschäft einließ: Die Konditionen waren trotz der hohen Provision äußerst günstig, der angebotene Stoff stets von hervorragender Qualität. Die Organisation oder deren Lieferanten verfügten – offenbar völlig unabhängig von den Schwankungen des Marktes – über einen schier unerschöpflichen Vorrat an Ware. Im Falle von Differenzen oder bei Unzufriedenheit eines der Partner wurde von der Organisation für Ersatz oder Erstattung gesorgt, ihre Mitglieder agierten augenscheinlich nicht wie Gangster oder Kriminelle, sondern wie seriöse Geschäftsleute. Und nicht zuletzt erhöhten sich mit der Zeit auch die Mengen – die Ware wurde dadurch noch günstiger.

Als Kohn den Hageren einmal gefragt hatte, ob es schon vorgekommen sei, dass jemand nach der ersten Lieferung ein weiteres Geschäft ausgeschlagen habe, schüttelte der nur den Kopf.

Beim ersten Treffen mit Kunden war Kohn nur Beisitzer. Sie trafen sich mit potenziellen Abnehmern, die eine »Vorhut« offenbar schon angebohrt und mit dem Geschäftsmodell vertraut gemacht hatte.

Zuerst ging es einfach darum, ob die erste Lieferung auch wirklich kostenlos war und ob man sicher sein konnte, dass danach auch tatsächlich alles so lief wie besprochen.

Die hellsten Köpfe waren es eher nicht, die da vor ihnen saßen: Zwei Zuhälter aus Brandenburg, die jetzt schon seit zehn Minuten auf dieser Frage herumkauten. Schließlich klinkte sich Kohn ein. »In anderen Kulturen schneiden sie sich vor dem ersten Deal Finger oder Zehen ab, damit sie sich trauen können. Wir könnten uns auch gegenseitig unsere Namen auf die Pimmel tätowieren lassen. Aber brauchen wir das? Würde uns das weiterhelfen?«

Das hatte gepasst.

Fortan brachte sich Kohn immer mehr ein. Es waren gut zwei Dutzend Treffen, und bei fast allen ging es um diese erste Lieferung. Manchmal wollten die Kunden auf Bekannte oder Freunde aufmerksam machen, aber da reagierte der Hagere schroff. Wer über ihre Geschäftsbeziehung sprach, war nicht länger Partner – und niemals wurde eine Empfehlung berücksichtigt.

Es gab Treffen, bei denen Kunden die Abnahmemengen steigern wollten. Der Hagere wusste immer ganz genau, wie viele Lieferungen bereits zustande gekommen waren, und vertröstete sie: Er habe ihr Anliegen verstanden und werde es weitergeben.

Einmal wurde die Qualität einer Lieferung bemängelt. Der Hagere bot an, den Kaufpreis zu erstatten, doch da hatte der Kunde einen Rückzieher gemacht.

»Und wenn er das Angebot angenommen hätte?«, fragte Kohn.

»In seinem Fall wussten wir genau, dass die Lieferung gut war. Sonst wären wir dem nachgegangen.«

»Er wollte euch linken.«

»Testen.«

»Ohne Konsequenzen?«

»Die sind uns fast die liebsten. Weil man sie berechnen kann. Wir haben jetzt was gut bei ihm. Er hat uns sozusagen einen Schuldschein hinterlassen, den er nicht sieht – aber er spürt ihn.«

Ein andermal hatte der Sohn eines Kunden versucht, einen Deal hinter dem Rücken der Organisation abzuschließen und so die Provision zu umgehen. Der Lieferant hatte diesen Vorfall gemeldet, und der Hagere und Kohn waren in einen türkischen Imbiss gefahren. Der Vater, dick und schwitzend, entschuldigte sich in aller Demut – sein Sohn habe »aus Unwissenheit« gehandelt. Er bot eine Ausgleichszahlung an, aber der Hagere lehnte ab. Die Geschäftsbeziehungen lägen auf Eis. Möglicherweise werde die Organisation irgendwann mit einer Bitte an ihn herantreten. Dann könne man weitersehen.

»Der würde alles für uns tun«, sagte der Hagere.

»Er kann sich woanders Stoff besorgen.«

»Er hat sich an unseren gewöhnt. Und die früheren Beziehungen sind tot. Wenn er jetzt zu den Kurden oder sonst wem zurückkriecht, zahlt er Straßenpreise.«

Dann gab es dieses Treffen mit den Albanern, das gänzlich anders ablief. Sie hatten sich in Hamburg auf einem Ausflugsdampfer zu einer Hafenrundfahrt getroffen. Der Hagere war nervös, er hatte Kohn ein Buch in die Hand gedrückt – *»Aussterbende romanische Sprachen«* – und ihn gebeten, sich das mal anzuschauen. Und er hatte ihn aufgefordert, sich mit dem Walachischen und dem Aromunischen zu beschäftigen.

Die beiden Männer, mit denen sie sich trafen, waren Brüder, die einer aromunischen Minderheit in Albanien angehörten. Sie trugen ausgebeulte Anzüge und gaben sich unnahbar. Ihre Gesichtszüge waren fein und aristokratisch, und der Wunsch nach dem Treffen war sicher nicht von ihnen ausgegangen. Der Hagere wirkte ihnen gegenüber unsicher – hier konnte er nicht seine kühle, nüchterne Art ausspielen. Er hatte die Position eines Bittenden, und das behagte ihm gar nicht. Sein allgemeines Gerede von Geschäftsbeziehungen interessierte die Brüder nicht im Geringsten, und bald schauten beide nur noch über das Wasser zu den Werften, den Speichern und den Möwen, die über ihnen kreisten. Das Treffen war gescheitert, ohne dass Kohn überhaupt verstanden hatte, worum es eigentlich ging.

Sie waren schon auf dem Rückweg und glitten gerade an Blohm + Voss vorbei, als der Hagere Kohn in die Seite stieß und ihm bedeutete, dass er jetzt das Gespräch übernehmen solle.

Kohn tastete sich langsam vor. Zuerst sprach er Albanisch, was die Brüder überraschte. Dann sagte Kohn auf Mazedonisch, dass Hamburg Europas Stadt mit den meisten Brücken sei, und schon schenkten sie ihm ihre volle Aufmerksamkeit. Und als Kohn dann auf Aromunisch – zwar nicht ganz flüssig, aber doch verständlich – ein paar weitere Informationen über die Hansestadt hinzufügte, die er kurz zuvor über den Lautsprecher des Barkassenführers aufgeschnappt hatte, war das Eis gebrochen. Sie verabschiedeten sich mit Handschlag. Der Hagere und die beiden Albaner standen noch für einen Moment etwas abseits, ehe sie sich endgültig trennten.

»Gut gemacht«, sagte der Hagere, als die beiden kurz darauf in die U-Bahn stiegen. »Nein. *Sehr* gut.«

Eines Abends gingen sie in Berlin in eine Bar namens *Kamikaze.* Der Hagere unterhielt sich mit zwei Typen, die aus Italien kamen, vielleicht auch aus dem ehemaligen Jugoslawien. Kohn war bei der Besprechung unerwünscht, was ihn wurmte. Er saß allein am entfernten Kopfende eines länglichen Tisches und trank einen Gin Tonic nach dem anderen. Dann verließen sie die Bar und gingen zur nächsten S-Bahn-Station. Der Hagere wartete, bis die Bahn kam, sah auf die Uhr und gab Kohn zu verstehen, er solle in spätestens vierzig Minuten im Motel sein.

Am S-Bahnhof Westkreuz passte ihn Boschko ab – Kohn stürzte aus einer Realität in die nächste. Boschko sagte, dass man sich Sorgen um ihn mache und dass in nächster Zeit eine Aktion stattfinden würde, um ihn rauszuholen. Kohn wusste nichts davon, aber er hatte auch seit Wochen keinen Kontakt mehr zu Murat gehabt. Boschko gab ihm seine Nummer, er wollte sich mit ihm treffen. Wenn Kohn sich in den nächsten Tagen nicht bei ihm meldete, würde er ihn aufspüren. Kohn prägte sich die Nummer ein, wartete, bis Boschko in die nächste S-Bahn gestiegen war, und ging ins Motel.

An den folgenden beiden Tagen passierte nichts. Sie besorgten sich ein paar Bücher, schauten Fernsehen im Hotelzimmer, liefen durch den Grunewald. Dann trafen sie in einem Steakhouse in Hannover wieder die Albaner, und diesmal war ein Dritter dabei. Er war deutlich jünger, vielleicht zwanzig, klein gewachsen, fast schmächtig, mit vollem Gesicht, das noch keinen Rasierapparat kennengelernt hatte. Seine Augen waren wach und klug. Er war der König.

Zunächst gab er sich distanziert. Doch als die Brüder Kohn aufforderten, sich an dem Gespräch zu beteiligen, und er sie in ihrer Sprache fragte, ob das Essen gut sei, zeigte der kleine König Interesse. Dass ein Ausländer, ein Deutscher, ihre Sprache beherrschte, beeindruckte ihn sichtlich. Er korrigierte Kohn, wenn der sich vertat, arbeitete an dessen Aussprache und am Ausdruck. Fast eine halbe Stunde dauerte dieser Nachhilfeunterricht, und weder die Brüder noch der Hagere ließen sich auch nur einen Hauch von Langeweile anmerken.

Schließlich stand er auf, legte Kohn die Hand auf die Schulter und sagte mit einem Lächeln: »Weiterüben!« Dem Hageren nickte er kurz zu: »Wir sehen uns wieder.«

Dann verließen der König und die Brüder das Lokal.

Der Hagere schien ungemein erleichtert – und ohne eine Ahnung, worum es hier eigentlich ging, wusste Kohn instinktiv, dass sie einen gewaltigen Schritt gemacht hatten.

Ein paar Stunden später änderte sich die Laune des Hageren schlagartig. Er telefonierte von einer Telefonzelle aus, Kohn konnte aus der Entfernung beobachten, wie sich seine Gesichtsmuskeln verkrampften. Kurz darauf fuhren sie ins Avus-Motel, und zum ersten Mal ließ der Hagere Kohn für ein paar Stunden allein.

Am nächsten Tag fuhren sie zum Hermannplatz. Der Hagere forderte Kohn auf, in einem Internetcafé sein Konto zu prüfen – er habe eine Gutschrift von 200 000 Euro.

Dann gingen sie am Karstadt vorbei zu einem Foodstore, vor dem sich eine Schlange gebildet hatte. Sie blieben nicht stehen, aber der Hagere verlangsamte das Tempo und sah auf die Uhr.

Als sie schon fast wieder im Motel waren, kündigte er an, dass es bald ein außerplanmäßiges Treffen geben würde – auch dafür sei der Bonus gedacht gewesen. Kohn verstand nichts. Es könnte Spannungen geben, meinte der Hagere. Er verlangte von Kohn, dass der seine Waffe kontrollierte. Für alle Fälle.

Wieder nahmen sie die U-Bahn zum Hermannplatz. Am Ausgang trafen sie sich mit zwei anderen – einem Deutschen und einem Araber. Gemeinsam gingen sie zum Foodstore.

Der Laden war voll, aber dann fanden sie einen Vierertisch. Der Deutsche kam Kohn irgendwie bekannt vor.

Alle vier bestellten Gericht Nummer 2.

Es handelte sich um ein Treffen zwischen Lieferant und Abnehmer. Der Abnehmer war der Deutsche – er bemängelte die minderwertige Qualität der Ware. Der Araber, der Lieferant, war wütend und drohte auszusteigen. Der Hagere moderierte und begann zugleich, mit Desinfektionstüchern Besteck, Hände und Tischplatte abzuwischen. Er nannte den Namen des Deutschen, Foryta, und behauptete, er sei Polizist. Er schob dem Araber einen Koffer zu und entschuldigte sich im Namen der Organisation. Dann verlangte er Kohns Waffe und schoss dem Deutschen in den Kopf.

Der Araber war kreidebleich. Der Hagere drückte ihm den Koffer in die Hand und schob ihn Richtung Ausgang. Um sie herum brach Chaos aus. Sie verließen den Laden.

Der Hagere war vollkommen ruhig und klar. Er legte Kohn den Arm um die Schulter, sprach von einer Feuertaufe und einer notwendigen strategischen Entscheidung. Dann wurde er blumig: Alles würde gut gehen, sie machten schon sehr bald eine Reise und könnten in naher Zukunft die Früchte ihrer Arbeit ernten. Er schickte Kohn ins Motel.

Während der Fahrt bemerkte Kohn, dass er seine Waffe nicht mehr bei sich hatte. Er dachte an das Material, das er aus Frankfurt mitgebracht hatte – und an sein Handy mit dem Foto des Hageren. Dem einzigen Beweis von dessen Existenz.

Das alles musste jetzt weg, und zwar schnell. Er beschloss, die Sachen einem alten Bekannten zu geben: Pawel, dem Tschechen, den er vor zwei Jahren bei einem Training kennengelernt hatte und den außer ihm niemand kannte.

Ein entferntes Geräusch riss Kohn aus seinen Gedanken. Er hob den Kopf und hörte Schritte. Dann erschien die Silhouette eines untersetzten, dicklichen Mannes auf dem Bahnsteig. Langsam kam er auf sie zu.

»Herr Engelmann?«

»Hier«, sagte der Hagere.

»Willkommen im Niemandsland. Ich bin Marian.«

Sie fuhren in einem alten Mercedes über eine kaputte, löchrige Straße. Die Stoßdämpfer konnten die Bodenwellen nicht abfedern, weshalb sie oft nur im Schritttempo vorankamen.

Nach einer halben Stunde begann Marian eine Unterhaltung. Er sagte, dass die Straßen im Vergleich zu früher schon viel besser geworden seien, strich über das mit Lederband umwickelte Lenkrad und meinte, der Wagen würde es auch noch weitere zwanzig Jahre machen. Früher habe er mal mit Autos gehandelt. *In-ter-na-tio-na-le Han-dels-be-zieh-un-gen!* Er sprach das ganz korrekt aus. Er erzählte noch viel, aber eigentlich war er neugierig und wollte wissen, was seine beiden Fahrgäste in dieser Einöde verloren hatten.

»Auf Geschäftsreise?«, fragte er.

»Stimmt«, sagte der Hagere.

»Ah! Welche Branche? *Import-Export?*«

»Ja, so in etwa.«

»TV-Geräte oder HiFi-Stereo?«

»Narkotik!«, sagte Kohn.

»Was?«, fragte der Fahrer.

»Narkomafii«, wiederholte Kohn – das russische Wort für *Drogenmafia.*

»Ah!«, der Fahrer lachte. »Das ist gute Rendite!«

Die nächsten Tage verbrachten sie in einem tristen Hotel an der Ausfahrtsstraße einer Kleinstadt. Auf dem Schild über dem Eingang stand *Aussicht,* darunter waren sieben Sterne. Ein anderes Schild warb damit, dass Kreditkarten akzeptiert würden, aber drinnen waren die aufgelisteten Kreditkartenzeichen durchgestrichen.

Das Hotel hatte drei Etagen und einen Innenhof, in dem Baugeräte und Zementsäcke herumlagen.

Neben Kohn und dem Hageren stiegen hier Geschäftsreisende ab, meist nur kurz – ein oder zwei Nächte – und oft in Begleitung von jungen Mädchen. Sie waren auf dem Weg in die Ukraine oder kamen von dort zurück.

Der Hagere schlug die Zeit des Wartens tot, indem er stundenlang Zinssätze errechnete, während Kohn weiter an seinen Aromunischkenntnissen feilte.

Das Koks, das er in Berlin noch regelmäßig konsumiert hatte, war aufgebraucht. Er schlief viel – und trank. Der Hagere, der in Kohns Gegenwart noch nie einen Tropfen Alkohol angerührt hatte, störte sich nicht daran.

Einmal fragte Kohn, was der Hagere damit gemeint hatte, dass es eine strategische Entscheidung gewesen war, den Deutschen zu erschießen.

Der Hagere, wieder über irgendwelche Rechnungen gebeugt, hob den Kopf und sagte: »Du hast mal was vom Abschneiden von Gliedmaßen gesagt, um Vertrauen aufzubauen. Das war nichts anderes. Jetzt werden sie uns was zurückgeben.«

»Ich hätte nicht gedacht, dass ihr mit denen so eng sein wollt.«

»Wollen wir gar nicht. Die sind bald weg. Aber noch brauchen wir die Sippschaft.«

»Stimmt es, dass der Deutsche aus dem Foodstore Polizist war?«

Der Hagere nickte.

»Wenn ein Bulle getötet wird, geben die keine Ruhe, bis die seinen Mörder haben.«

»Den werden sie bald haben.«

»Mich?«

»Nein. Du bist ja bei uns.«

»Warum dann meine Waffe?«

»Warum nicht?«

»Und wo ist sie?«

»Da, wo sie sein soll. Weißt du, der musste nicht mal sterben, weil er Polizist war.«

»Warum dann?«

»Strategie.« Der Hagere vertiefte sich wieder in seine Rechnungen.

Was es mit den Albanern auf sich hatte, fragte Kohn ein anderes Mal.

»Es sind ihre Verbindungen. Wart's ab.«

Umgekehrt fragte der Hagere niemals etwas. Doch er bezeugte mehrfach seine Hochachtung vor Kohns Sprachtalent, und es kam vor, dass er sich von ihm über die Ähnlichkeiten von Wortstämmen, die Beugung der Verben und den Bedeutungswechsel bei wechselnden Betonungen aufklären ließ.

Eines Abends saß Kohn am offenen Fenster. Der Hagere zog einen Stuhl heran und setzte sich neben ihn. Kohn bot ihm was zu trinken an, aber der Hagere lehnte ab.

»Bald stoßen wir an«, sagte er.

Von draußen drangen Männerstimmen nach oben, die gelblichen Gardinen bauschten sich im Abendwind. Kohn nahm einen Schluck Ararat und spülte mit Bier nach. Daran konnte man sich gewöhnen.

Die Sonne am Horizont schien mit der kargen Landschaft zu verschmelzen. Kohn schloss die Augen. Er hatte fast vergessen, dass der Hagere neben ihm saß, als er plötzlich eine Hand auf seiner Schulter spürte.

Kohn wandte den Kopf. Der Hagere hielt ihm seine Rechte entgegen.

»Ich bin Frank«, sagte er. »Sagst du mir deinen Namen?«

Kohn war völlig überrumpelt. Der Hagere ließ ihn nicht mehr aus den Augen.

Kohns Lippen wurden trocken, sein Herz begann zu schlagen – er hatte seinen Decknamen vergessen. Sekunden verstrichen. Als er ihm endlich einfiel, sagte er trotzdem: »Ich bin Stephan.«

Einen Augenblick herrschte atemlose Stille. Da bemerkte Kohn, wie sich die Gesichtszüge des Hageren entspannten, die Hand hielt er immer noch ausgestreckt. Kohn ergriff sie. Der Hagere drückte zu, umarmte ihn, klopfte ihm auf den Rücken und sagte, dass sie viel durchgemacht hätten, aber dass bald alles vorbei sei.

Kohn spürte, dass dies womöglich die letzte Prüfung gewesen war. Ohne dass er wusste warum, stiegen ihm Tränen in die Augen.

# 29

Kerstin Fechner war vom LKA 3. Eine *Beamtenmörderin,* wie es im internen Jargon hieß. Sie hatte keinerlei Berührungsängste, war verbindlich und verständnisvoll, aber wer sich ihr gegenüber respektlos verhielt, den stutzte sie zurecht. Sie nahm keine Rücksicht auf Dienstzeit, Rang oder Namen, hatte schon harte, abgebrühte Polizeibeamte zum Weinen gebracht, sexistische Arschlöcher, Grobiane und Intriganten – aber auch verlogene, korrupte Beamtinnen, darunter auch mal eine, die zu Unrecht einen Kollegen des sexuellen Übergriffs beschuldigt hatte. Das brachte ihr, die oft als *Frauenfreundin* verhöhnt worden war, auch den Respekt vieler männlicher Kollegen ein.

Und nun musste sie sich mit einem jungen Kerl befassen, der noch nicht einmal den vollen Beamtenstatus erreicht und im Dienst Cowboy gespielt hatte.

Zwei Vergehen wurden ihm zur Last gelegt: Vortäuschung einer Straftat und Verfolgung Unschuldiger – beides in Bezug auf einen verdeckten Ermittler des BKA. Das war der Knackpunkt.

Sie hatte Paul Brauns Aussage gelesen, die seines Kollegen Erkan Genç und die des verdeckten Ermittlers. Sie hatte mit Prietz gesprochen, dem Vorgesetzten von Paul Braun, den sie kannte und schätzte. Prietz hatte sich sehr für Braun eingesetzt: Er habe riesigen Mist gebaut, aber er sei ein anständiger, ehrlicher, verlässlicher junger Mann, der gute Polizeiarbeit leiste und noch Luft nach oben habe. Eine Suspendierung war seiner Meinung nach die angemessene Strafe. Doch das sei eben nicht möglich, Braun war noch auf Widerruf. Was bei einem verbeamteten Kollegen zu einer Suspendierung führte, bedeutete für einen Kollegen in Ausbildung die sofortige Entlassung – nach Prietz' Auffassung sollte das verhindert werden.

Fechner hatte eigentlich kein großes Interesse daran, den Kerl über die Klinge springen zu lassen. Da gab es ganz andere Fälle. Aktuell stand eine halbe Abteilung unter Verdacht: Scheißkerle, die festgenommene Mädchen betatscht, genötigt und geschlagen hatten. Von deren Schuld war sie überzeugt, die wollte sie drankriegen – ihren Ruf hatte sie nicht von ungefähr. Paul Braun war im Vergleich dazu nur ein harmloser Vogel.

Sie hatte den verdeckten Ermittler vernehmen wollen, aber das war abgelehnt worden. Es gab also nur dessen schriftliche Aussage, die sich jedoch in den wesentlichen Punkten mit denen des jungen Kollegen deckte.

Was ihr merkwürdig vorkam, war die Tatsache, dass die BKA-Führung und der zuständige Bundesanwalt eine harte Bestrafung des Beschuldigten wünschten. Wenn es nach denen ging, war die Entlassung nur der erste Schritt, anschließend sollte Braun auch noch strafrechtlich belangt werden.

Worum es bei diesem Einsatz ging, war streng vertraulich und durfte nicht näher beleuchtet werden. Auch Paul Braun durfte keine Informationen weitergeben, die in irgendeiner Weise den Inhalt der BKA-Ermittlungen betrafen – obwohl man nicht davon ausging, dass er überhaupt welche besaß. Andernfalls berührte dies den Strafbestand des schweren Geheimnisverrats.

Die fuhren wirklich das ganz große Geschütz auf.

Falls sie bei ihren Ermittlungen zu dem Schluss kommen sollte, dass eine Entlassung nicht geboten war, musste die Begründung unangreifbar sein. Und das war eine Herausforderung, die sie reizte.

Als sie mit Prietz gesprochen und ihm gesagt hatte, dass die SoKo Brauns Kopf forderte, war der zunächst fassungslos.

Dann hatte er vorsichtig eine mögliche Richtung angedeutet: Brauns Vergehen war eine Art Aussetzer, zurückzuführen auf eine extreme emotionale Drucksituation, die aber seine grundsätzliche Befähigung für den Dienst nicht in Frage stellte. Es musste ausgeschlossen werden, dass ein solcher Aussetzer noch einmal geschah. Die Begutachtung durch einen Psychologen und eine anschließende Therapie war angebracht, damit er aufgestaute Emotionen frühzeitig erkannte und damit umzugehen lernte.

Welche Drucksituation für Braun der Auslöser gewesen war, hatte Prietz auch schon anklingen lassen: die Trennung von seiner Freundin. Zudem war ihm in den letzten zwei Jahren eine wichtige, wenn nicht die wichtigste Bezugsperson abhanden gekommen: sein Ziehbruder Murat Genç, der leibliche Bruder von Pauls bestem Freund Erkan Genç, der als sein Kollege ebenfalls in den Vorfall verwickelt war.

Wenn es eine Chance für Paul Braun gab, dann war der von Prietz vorgeschlagene Weg wohl der einzige mit Aussicht auf Erfolg. Sie war bereit, ihm zu helfen, aber das würde nicht einfach werden. Er galt als verschlossen. Aber nur durch extreme Offenheit konnte er ihr die Munition liefern, die ihre spätere Begründung glaubhaft und nachvollziehbar machen sollte.

Die Vernehmungszimmer des Dezernats lagen im Ostflügel des LKA-Komplexes am Tempelhofer Damm – große, rechteckige, hell beleuchtete Räume. Die Tische waren mit grauem Kunststoff überzogen. Die zu vernehmenden Polizisten saßen entweder mit dem Rücken zur Tür oder aber mit Blick auf diese – je nachdem, ob Fechner ein vertrauensvolles Klima schaffen wollte oder eben das Gegenteil. Mit solchen Spielereien war sie allerdings auch schon mal böse auf die Nase gefallen. Zum Beispiel, als sie gegen den Leiter des Betrugsdezernates ermittelte, einen alten Haudegen, der selbst schon unzählige Vernehmungen durchgeführt hatte. Wegen ihrer Sitztaktik war sie von ihm gnadenlos ausgelacht worden. Seitdem achtete sie genau darauf, wie erfahren ihre »Kunden« waren.

Erkan Genç kam wie einbestellt um Punkt neun Uhr.

*Eine attraktive Frau,* dachte Erkan, als Fechner ihn in den Vernehmungsraum bat. Ganz anders, als er sie sich vorgestellt hatte: das Haar schulterlang, die Augen braun und mandelförmig und nur ganz leicht geschminkt, der Mund breit und voll.

»Kaffee? Wasser?«

»Nein danke.«

Geschmeidig, fast lautlos ging sie um den Tisch und setzte sich ihm gegenüber.

»Paul Braun ist Ihr Freund?«

»Ja.«

»Wie lange kennen Sie sich schon?«

»Ganz lange. Seit unserer Kindheit. Zwanzig Jahre bestimmt.«

»Beschreiben Sie Ihren Freund.«

»Seine Charaktereigenschaften?«

»Zum Beispiel.«

Erkan dachte nach. Er überlegte, wie er Paul beschreiben konnte, ohne seine Freundschaft zu ihm allzu deutlich durchscheinen zu lassen.

»Sie brauchen sich jetzt nichts aus den Fingern zu saugen. Ich will kein detailliertes Charakterbild von Ihrem Kollegen.

Ich will ihn nicht fertigmachen. Aber wenn ich ihm helfen soll, muss ich ihn irgendwie kennenlernen. Anders geht's nicht. Helfen Sie mir.«

»Also, Paul hatte es früher nicht so leicht. Sein Vater ist früh gestorben, seine Mutter kurz darauf zusammengebrochen und bis heute in einer Nervenklinik. Paul ist dann zu seiner Großmutter, der Mutter seines Vaters, nach Steglitz gekommen.«

Das hatte Fechner alles schon in groben Zügen von Prietz gehört. Sie unterbrach ihn.

»Hat er Kontakt zu seiner Mutter?«

»Nein.«

»Zu anderen Verwandten?«

»Eigentlich nicht.«

»Wie würden Sie Ihren Freund als Typ beschreiben?«

»Hm ... impulsiv. Aber fair. Harte Schale, weicher Kern«, Erkan lächelte. »Er schießt oft übers Ziel hinaus, aber dann gelingt's ihm hinterher immer, die Dinge wieder zurechtzurücken. Fast immer. Er ist grade und ehrlich und ...«

»Danke, das reicht schon – ist Paul in einer Beziehung?«

»Ja – nein. Äh ...«, Erkan zögerte. »Also da gibt's Probleme.«

»Welche?«

»Die haben sich getrennt.«

»Warum?«

»Äh ... keine Ahnung.« Wieder stockte er. »Gab halt irgendwie Stress ...«

»Welche Art von Stress?«

»Sie ... sie hat sich von ihm getrennt.«

»Warum?«

»Weil – was weiß ich. Weil's nicht mehr so gelaufen ist. Sie wollte eine Auszeit.«

»Sie eiern rum.«

Erkan wich ihrem Blick aus. Er war rot geworden, Schweiß lief ihm den Nacken hinunter.

Fechner fragte sich, warum ihr Gegenüber so ins Stottern geriet.

»Hören Sie mal: Wenn ich nicht verstehe, was bei Ihrem Freund los war – weshalb er getan hat, was er getan hat –, kann ich ihm nicht helfen. Dann schmiert er ab.«

Erkan rieb seine Stirn.

*Scheiße,* dachte er.

»Paul hat nicht viele Menschen, die ihm nahestehen. Eigentlich nur drei: meinen Bruder, mich und seine Freundin – und die hat sich von ihm getrennt.«

»Sie weichen mir aus.«

»Verdammt – man kann sich doch vorstellen, was das für ihn bedeutet!«

»Sie brauchen mir nicht zu sagen, welche Schlüsse ich zu ziehen habe! Sie sollen mir antworten. Ich habe gefragt, ob Sie wissen, warum sich seine Freundin von ihm getrennt hat.«

»Hab ich doch gesagt.«

»Nichts haben sie gesagt. Also was nun?«

»Sie hat sich verliebt.«

»In wen?«

»Das ist doch egal!«

»Nein.«

»Wozu müssen Sie das wissen?«

»Ich rechtfertige mich nicht für meine Fragen.«

»Ich … ich weiß nicht.«

»Sind Sie der Trennungsgrund?«

»Was?«

»Hat seine Freundin sich in Sie verliebt?«

»So ein Quatsch!« Fechner hatte selten eine so unglaubwürdige Entrüstung gehört.

»Weiß Ihr Freund das?«

Erkan sagte nichts mehr – und Fechner bohrte nicht weiter nach.

Sie gingen seine Aussage noch mal durch – kurz vor zehn Uhr waren sie fertig.

Draußen im Gang, auf einem Wartebänkchen, saß Paul. Er sah müde aus, fertig und verloren.

Erkan blieb in der offenen Tür stehen und vergaß, dass Fechner hinter ihm war und sie beobachten konnte. So wurde sie Zeugin eines kleinen Freundschaftsdramas. Das dauerte zwar nur ein paar Sekunden, aber es erzählte und bestätigte ihr doch alles, was sie wissen musste, um Paul rauszuboxen.

»Hab versucht, dich zu erreichen«, sagte Erkan.

Paul zuckte mit den Schultern.

»Soll ich draußen warten, bis du fertig bist?«

»Nicht nötig ...«

Paul stand auf und schob sich, ohne ihn anzusehen, an Erkan vorbei.

»Ich werd trotzdem warten. Kannst ja immer noch sagen, wenn du deine Ruhe willst.«

»Ich will meine Ruhe«, sagte Paul, betrat den Vernehmungsraum und schloss die Tür.

Fechner ließ Paul auf demselben Stuhl Platz nehmen, auf dem zuvor Erkan gesessen hatte. Er wollte nichts trinken und machte einen höflichen Eindruck. Doch auch nach längerem Geplänkel fand sie keinen Zugang zu ihm. Warum noch länger um den heißen Brei herumreden.

»Wissen Sie, wie eng es für Sie aussieht?«

»Ja.«

»Ich will Sie nicht fertigmachen, aber Sie müssen offen zu mir sein.«

»Klar.«
»Ich würde gerne was über Ihre familiäre Situation erfahren.«
»Vater tot, Mutter in der Klapse, ein paar Verwandte – und nicht verheiratet.«
»Wie ist Ihr Verhältnis zu Erkan Genç?«
»Freunde.«
»Enge Freunde?«
»Ja.«
»Haben Sie eine Freundin?«
»Zurzeit nicht.«
»Schon länger allein?«
»Auch nicht.«
»Was heißt das?«
»Das wissen Sie doch genau!«
»Ich muss Sie kennenlernen. Also, seit wann?«
»Keine Ahnung. Eine Woche oder so.«
»Wie kam es zu der Trennung?«
Paul verschränkte die Arme und sah an die Decke.
»Wie kommt es, dass Sie sich so in diese Geschichte stürzen? Warum riskieren Sie Ihre Zukunft?«
»Weil …«
»Weil was?«
»Weil ich – ach, keine Ahnung!«
»Ich werd's Ihnen sagen«, fuhr Fechner ihn scharf an. »Weil Ihnen gerade Ihr Leben um die Ohren fliegt!«
Paul knirschte mit den Zähnen, dann holte er Luft und sprach ganz ruhig.
»Ich habe Mist gebaut. Ich sehe ein, dass ich bestraft werden muss. Es tut mir leid, dass ich Prietz und Ihnen so viel Arbeit mache. Es tut mir von mir aus auch leid, dass ich in Ermittlungen reingepfuscht habe. Aber ich hab auch auf mich

aufmerksam gemacht. Immerhin hat der Leiter dieser Ermittlungen offenbar das Gefühl, dass er jemanden wie mich brauchen kann …«

»Was erzählen Sie denn da?«

»Wenn die Sache durch ist, soll ich mich beim Ermittlungsleiter des BKA melden, weil er womöglich mit mir zusammenarbeiten will.«

Fechner lachte auf.

»Ich sage die Wahrheit. Ich spreche nicht von diesem Staatsanwalt – ich spreche von Möller. Hasso Möller!«

»Sie sind ja süß!«

Paul wurde rot vor Zorn.

»Ich habe keine Ahnung, woher Sie das haben, aber eins weiß ich genau: Ihr Hasso Möller will nicht nur, dass Sie aus dem Dienst fliegen, der will Sie anschließend auch noch strafrechtlich fertigmachen. Der will Ihren Kopf.«

»Das will vielleicht der Staatsanwalt«, brüllte Paul.

»Was der Bundesanwalt will, ist egal, weil der nur tut, was Möller will!«

»Quatsch!« Paul wurde rot vor Zorn.

»Es ist doch so. Sie haben kaum Bezugspersonen. Da sind die Brüder Murat und Erkan Genç – und Ihre Freundin. Die hat sich aber gerade von Ihnen getrennt! Wenn ich Ihnen helfen soll, und wenn ich verhindern soll, dass Möller Sie fertigmacht, brauche ich einen sehr stichhaltigen Grund, warum Sie sich so verhalten haben, wie Sie es getan haben. Und ich denke, dass ich ihn habe. Weil ich glaube, dass sich Ihre Freundin in Ihren besten Freund verliebt hat!«

Paul sprang auf.

»Schwachsinn!«, brüllte er.

»Hinsetzen! Setzen Sie sich hin, ich bin noch nicht fertig …«

Paul setzte sich wieder.

»Was wäre denn, wenn sich Ihr Freund dann auch noch in Ihre Freundin verliebt? Dann brechen ja gleich zwei Ihrer wichtigsten Leute weg. Wer bleibt denn da noch?«

Paul machte einen Satz zurück, der Stuhl fiel um, er tigerte im Raum hin und her.

»Das würde er nie machen!«

»Was würde er nicht machen?«

»Das.«

»Ich habe davon gesprochen, dass sich Ihre Freundin in ihn verliebt hat …«

»So. Und jetzt hören Sie mir zu. Jetzt starten wir mal das andere Programm. Ich werd Ihnen sagen, weshalb ich die ganze Scheiße gemacht hab – und zwar deshalb, weil ich einen Mord gesehen hab. Das hatte überhaupt nichts mit meiner Freundin zu tun!«

»Wo haben Sie einen Mord gesehen?«

»Bei der beschissenen Razzia! Und von der Razzia hab ich erfahren, weil ich eine Besprechung zwischen Prietz, Möller und Murat und den anderen Arschlöchern mit meinem Handy abgehört hab, das ich in einem Brötchenhaufen versteckt hatte. Bei der Razzia hab ich Boschko gesehen, das Schwein. Ich hab gesehen, wie er einen blonden Mann vom Dach gestoßen hat. Ich hab das auch gesagt, aber keiner hat mir geglaubt. Es lässt sich auch verdammt schwer beschreiben, weil es aus einem Gerangel heraus passiert ist. Aber passiert ist es trotzdem, und ich hab's gesehen. Ich bin nicht Polizist geworden, um einen Mörder frei rumlaufen zu lassen – nicht mal dann, wenn er von der Polizei ist.«

Paul holte Luft. Jetzt war ihm alles egal.

»Dann hab ich angefangen, Boschko abzuhören. Ich hab den Scheißkerl verwanzt. Ich hab mir eine kleine alte NVA-

Wanze besorgt, sein Auto aufgeknackt und die Wanze darin versteckt. Ich hab erfahren, dass er hinter irgendwelchem Material her ist. Ich hab ihn verfolgt und dann Erkan gebeten, auf den letzten Metern dabei zu sein. Dann haben Erkan und ich uns gestritten. Ich hab Boschko das Material abgenommen, weil ich dachte, dass er es verschwinden lassen will. Und ich würd's wieder tun. Und wenn Sie noch einmal sagen, dass da zwischen Nina und Erkan irgendwas gelaufen ist, dann vergess ich mich!«

»Ich glaube Ihnen kein Wort«, sagte Fechner schließlich.

»Sie glauben mir kein Wort? Wirklich? Na, dann versuchen Sie's doch damit ...« Paul zog das Abhörtape aus seiner Jackentasche und knallte es vor sie auf den Tisch.

»Ich bin fertig.«

»Sie bleiben hier!«

»Warum?«

Fechner starrte ihn an, aber ihr fiel nichts mehr ein.

»Eben. Ich bin sowieso dran.«

# 30

Der Verkehr auf dem Tempelhofer Damm war in beiden Richtungen zum Erliegen gekommen. Paul stand am Straßenrand, die Hände in den Jeans, und starrte über die Autos hinweg zum Flughafenfeld. Er überquerte die Straße, lief ein Stück nach rechts, an den ehemaligen Hangars entlang, bis er den Eingang zum Flugplatz erreichte, der jetzt ein Park war.

Erwachsene Männer ließen Drachen steigen, Frauen joggten über das Rollfeld und unterhielten sich mit Freundinnen, die auf Rollerblades nebenherfuhren. Einige saßen oder lagen im Gras, Fahrräder neben sich, und zwischen zwei krummen Bäumen war eine Slackline gespannt. Paul hatte die Mitte des Areals fast erreicht, als er plötzlich stehen blieb und sich erbrach. Er ging noch ein paar Schritte weiter, dann kniete er nieder, legte sich flach auf den Boden, schloss die Augen und dämmerte weg.

Er wachte auf, weil neben ihm ein Drachen einschlug. Vater und Sohn kamen angerannt, der Drachen war hinüber.

Paul machte sich vom Acker. Er hatte den Ausgang fast erreicht, als er drei junge Kerle bemerkte, die im Schneidersitz auf einem Hügel saßen und kifften. Zweihundert Meter hinter ihnen war die riesige Abflughalle.

»Habt ihr auch noch was anderes?«, fragte Paul.

»Was meinst du?«

»Ne *E* oder so.«

»Der will 'ne *E!*«

»*W*er bist 'n du?«

»Ein Bulle.«

»Ein Bulle!«

»Aber nicht mehr lange.«

»Du siehst irgendwie fertig aus, Bulle. Hast du schlecht geschlafen, oder was?«

»Wo sind überhaupt deine Kollegen?«

»Hey, genau! Zivis kommen doch immer zu zweit, stimmt's?«

»Ist schon okay.«

Er war keine fünf Meter gegangen, da rief einer der drei ihn zurück.

»Wie viele willst du haben?«

Paul drehte sich um. »Zwei oder drei … was du hast.«
»Mann, ich hab die ganzen Taschen voll, Alter! *Sumatra Rain.* Die sind gut.«
Für fünfzig Euro bekam er drei Stück.

Das erste Bier trank er in der Schwulenbar am Mehringdamm, die nächsten beiden ein wenig weiter in den Sarotti-Höfen. Und dann kam er langsam drauf. Er stand draußen, spuckte in den Rinnstein und machte sich auf den Weg zu Nina. Er zwängte sich durch im Stau stehende Autos – da saß plötzlich Möller hinter einer Windschutzscheibe. Er telefonierte und lachte dabei, als hätte er jemandem einen Popel hinters Ohr geschmiert.
»Frettchen«, sagte Paul. »Frettchen, Frettchen, Frettchen.«
Er trat gegen den Kotflügel der Karre und ging weiter. Als er sich umdrehte, war Möller verschwunden. Ein dickbäuchiger Opa war aus dem Auto gestiegen und brüllte.
Er bog in Ninas Straße ein. Wieder wurde ihm schlecht. Er setzte sich vor den Eisladen, vergrub den Kopf in den Händen und ließ Spucke an langen Fäden auf den Boden tropfen. Er hatte noch nichts gegessen. *Scheiß drauf,* dachte er. Und dann: *Ich bin frei.* Langsam hob er den Kopf. *Frei.* Die Übelkeit war weg. Er lief runter zur Gneisenaustraße, zog sein Handy aus der Hosentasche und sah, dass Erkan siebzehnmal versucht hatte, ihn anzurufen.
Links steckte ein Transporter in der Hofeinfahrt fest, dem Fahrer stand Schweiß auf der Stirn. Von der anderen Seite war Gehupe zu hören. Auf dem Mehringdamm fuhr ein Autokorso entlang – BMW, Mercedes, Golf, dann wieder Mercedes und irgendwo vorne eine geschmückte Stretch-Limo. Türkenhochzeit. »Für immer und ewig, ihr Scheißwichser!«, rief Paul, aber das Gehupe übertönte ihn.

Er kaufte sich Kaugummis, stopfte sich einen nach dem anderen in den Mund, die ganze Packung, und machte eine riesige Blase. Als sie platzte, blieben die Fetzen in seinen Bartstoppeln hängen. Während er weiterging, fummelte er unablässig in seinem Gesicht herum.

Er kaufte das nächste Bier und rülpste so laut, dass sich die Leute nach ihm umdrehten.

Er hatte Hunger. Er setzte sich zu einem Nepalesen und stopfte Reis in sich rein. Das Zeug war so scharf, dass ihm die Tränen in die Augen stiegen.

Zwei kurzhaarige Lesben in Outdoorklamotten kamen ihm entgegen. Eine von ihnen schob ein nagelneues Trekkingrad mit Schutzblech und glänzender Lichtanlage neben sich her. Paul blieb stehen und suchte den Fahrradrahmen nach einem »Finger weg, mein Rad ist registriert!«-Aufkleber ab.

»Hey, geh weiter!«, rief die eine. Sie drückte ihre Stimme in den Keller, um wie ein ganzer Kerl zu klingen.

Paul sagte: »Ihr zwei sexy Ladys seid jetzt festgenommen!« Plötzlich machte die eine einen Satz auf ihn zu, fuchtelte mit den Armen wie bei einer Karate-Übung. Paul lachte, er konnte gar nicht mehr aufhören und ging weiter.

Schade, dass Erkan nicht dabei war.

»Ich will 'ne Kippe, du Pussy.« Paul sprach mit sich selbst. Er ging in den nächsten Kiosk und schloss Freundschaft mit Herbert. Draußen drehte er vergeblich am Zündrad des Feuerzeugs und schmiss es schließlich auf den Boden. Puff.

»Oh Mann, bin ich bescheuert!«, rief er und stolperte weiter. Sein Bier war auch alle.

Er hockte sich am Südstern zu zwei Alkis. Kippen gegen Feuer. Der Braunhaarige hielt ihm ein Feuerzeug hin, der andere, dessen Gesicht aussah wie ein lilafarbener Streuselkuchen, klopfte ihm auf die Schulter.

»Die erste Zigarette seit mehr als …«, Paul rechnete, »… seit fünfzehn Jahren!«

Er füllte die Lungen mit Rauch, hob den Kopf und schaute nach oben – Baumkronen und weißer Himmel. Langsam pustete er den Rauch aus.

Ihm war schon früher aufgefallen, dass man mit Alkis nie wirklich sprechen konnte – weil die nichts von sich erzählten. Wenn man sie dann doch angebohrt hatte, platzte es aus ihnen heraus: »Ich bin gelernter Tischler!« oder »Hab mal studiert, du Arschloch!« oder »Lehrer kannste alle abknallen!« oder »Am schlimmsten sind die Weiber!« Hatte ja einen Grund, warum die draußen waren.

»Ey, ihr Wichser!«, schrie Paul sie plötzlich an. »Ich hab ’n Bruder. Der ist Türke!«

»Dein Bruder ’n Türke?«, lachte der eine.

Paul sprang auf, rot im Gesicht. Die Bierflasche knallte aufs Pflaster, wo sie zerplatzte.

»Ganz vorsichtig, oder ich hau dich weg!«

Die beiden verstummten, sahen einfach nur zu Boden.

»Ihr seid mir ’ne Nummer zu alle.«

»Hast du noch ’ne Kippe?«, fragte der Braunhaarige.

Später pennte er in der Hasenheide. Als er sich morgens wieder aufrappelte, gerädert, sein Kopf wie eine Eiterbeule, hatte er noch genau eine Zigarette. Aber da war noch eine neue Packung. Die Bank, auf der er gelegen hatte, war feucht. Er fror. Ein paar Arbeiter stapften mit Müllsäcken über die Wiese. Ein Jogger lief an ihm vorbei, weiter hinten standen ein paar Araber, die Gras vertickten und auf Käufer warteten.

Die Kopfschmerzen waren unerträglich. Wie ein Buckliger trottete er in Richtung *Neue Welt*. Bei Reichelt kaufte er sich ein Bier, dann steuerte er die nächste Apotheke an und holte sich Schmerztabletten.

Unten am U-Bahnhof Hermannplatz, wo die U7 abfuhr, setzte er sich auf eine Bank und beobachtete das Geschehen. Er sah Eltern mit Kindern, Rollstuhlfahrer, Sicherheitspersonal, Leute, die zur Arbeit gingen, Jugendliche … Paul stieg wieder ein Kloß in den Hals. Er begann heftig zu atmen, massierte seine Schläfen und die Augäpfel unter den Lidern. Scheiß drauf – er wollte jetzt Murat anrufen, aber das verdammte Handy ging nicht an.

Urplötzlich hatte er Lust auf Koks – und er wusste, wo er welches auftreiben konnte. Auf der Wall-Toilette oben am Hermannplatz, wo sie letztens einen toten Junkie rausgezogen hatten, zerbröselte er die Steinchen zwischen Daumen und Zeigefinger und zog das Puder in die Nase.

Er redete mit allen, die sich auf ein Gespräch einließen. Er verteilte bereitwillig seine Zigaretten und begann selbst welche zu schnorren.

Er saß zurückgelehnt auf einer verdreckten Bank, die Arme ausgebreitet, den Kopf in den Nacken gelegt, und war kurz davor wegzunicken, als plötzlich eine feenhafte Gestalt mit langen, dunkelblonden Haaren vor ihm stand. Sie war höchstens zwanzig. Ihr Hemd hatte um die Ärmel einen weißen Rüschenkranz. Er kannte sie von irgendwoher.

»Hallo?«

Paul blinzelte.

»Was?«

»Schlaf weiter«, sagte sie und lächelte. Dann war sie weg.

Doch irgendwie ging sie ihm nicht aus dem Kopf. Paul nahm einen Schluck von seinem Bier. Ihm fiel ein, dass er sie vor ein paar Tagen hier gesehen hatte – als er drüben im McDonald's gewesen war.

Er leerte die Flasche und stellte sie neben die Bank. Dann ging er in den 24-Stunden-Shop auf der anderen Seite der Straße.

»Hey«, sagte ein Zwerg, den Paul vom Fußballspielen kannte. »Erkan schuldet mir noch einen Ball!«

»Ich bin nicht Erkan«, sagte Paul, rülpste, schob die Getränkekühlung auf und nahm ein Beck's. Dazu kaufte er eine Schachtel Luckies.

Einmal hatte er Murat gefragt – vielleicht zwei Jahre nachdem er Erkan kennengelernt hatte –, ob er nicht sein Bruder sein könne. Sie standen am Maybachufer, unterhalb des Weges am Landwehrkanal.

»Was wär denn dann?«

»Dann könnt ich bei euch wohnen.«

Murat hatte gelacht. »Kannst doch kommen ... So oft du willst. Aber mein Bruder kannst du nicht sein.«

»Warum nicht?«

»Weil du rauchst.«

Das musste Erkan ihm gesteckt haben. Dabei war der doch ziemlich beeindruckt gewesen, als Paul eine halbvolle Packung rausgeholt hatte. Sie hatten gerade Pommes gegessen, und Paul meinte, jetzt fehle nur noch der Nachtisch. Und dann hatte er sich eine angezündet und auf Lunge geraucht. Vielleicht war Erkan ein bisschen zu sehr beeindruckt gewesen.

»Und wenn ich nicht mehr rauche?«

»Dann bin ich dein Bruder.«

»Echt?«

»Klar.«

»Und dann kann ich auch bei euch wohnen!«

Murat lachte.

Paul hatte die Packung in den Landwehrkanal geschmissen und ihr nachgeschaut, wie sie in der graugrünen Brühe davonschwamm,

Murat sagte: »So, kleiner Bruder. Jetzt musst du immer machen, was ich sage!«

Eine Traube von Leuten versammelte sich bei den Bänken auf der anderen Seite des Platzes. Musik plärrte aus einem Ghettoblaster, und da entdeckte Paul das Mädchen wieder. Die Hübsche mit den langen Haaren. Paul wollte ihren Namen wissen. Er winkte ihr zu, aber sie erkannte ihn nicht. Sie sah aus, als wäre sie gerade drauf.

»Du bist schön«, rief er, aber natürlich hörte sie ihn nicht.

Die Sonne ging allmählich unter, es war noch warm. Die Musik, die den ganzen Platz beschallte, lief immer noch. Paul wippte mit den Füßen. Das war verdammt geil hier, er wollte nie wieder weg. Er sprang auf und rannte in ein Auto, aber er hatte einen Schutzengel. Wieder saß Möller drin, dick und selbstgerecht, Schweiß stand auf seiner Stirn. Möller war der Hexer, der wollte ihn fertigmachen.

Paul zog im 24-Stunden-Shop neues Bier, und jetzt war Toni da – der große Toni, der früher auf derselben Schule gewesen war wie Murat, nur eine oder zwei Klassen drunter. Toni laberte ihn voll – er hätte Stephan Kohn gesehen, war noch gar nicht lange her … Paul nickte nur, dann war er wieder draußen. Er saß noch keine zwei Minuten auf der Bank, da stand die Hübsche schon wieder vor ihm. Paul hielt ihr seine Zigarettenschachtel hin. Sie nahm eine und sagte: »Ich bin Pheline, komm doch mit rüber.« Sie fasste ihn bei der Hand und zog ihn mit sich.

»Ich hab dich schon länger gesehen«, sagte Paul.

»Ich dich auch. Du hast geschlafen!«

Die Junkies gingen voll ab auf die Musik. Plötzlich stand da ein alter Knacker mit Bikerjacke und zerschossenem Alki-Gesicht.

»Passt mal auf«, sagte er und schob eine CD rein. Und dann kam »More« von den Sisters Of Mercy. Paul fand das ziemlich stark – er wollte schon Nina anrufen, weil die den Song einmal so cool durch den Kakao gezogen hatte, dass er lachend zu Boden gegangen war. Aber er bekam sein Handy nicht an.

Der alte Sack begann mit dem Bein zu wedeln, warf seinen Oberkörper vor und zurück und rief: »Rockt das? Das rockt, was?« Er dachte anscheinend, er könnte die Abgeschmierten hier mit dem verstaubten Rockmist beeindrucken. Aber die waren ganz woanders. Das wurde ja zu einem Generationen-Clash der Fertigen und Abgefuckten, nur dass die Jüngeren niemals so alt werden würden wie der knatternde Rock-Opi.

Eine Frau mit Pferdegebiss rief: »Jetzt soll's regnen!« Sie wieherte los, und alle lachten mit.

•

»Das ist Rocco«, sagte Pheline und zeigte auf einen Kerl, der mit seinen langen Haaren und dem Indianerschmuck, den er trug, wie ein Schamane aussah. Er blickte Paul tief in die Augen und sagte: »Du hast deine Prüfung noch vor dir«, was ja an sich schon ziemlich dämlich war – oder weise, je nachdem, wie man's drehte. Dann legte er die Hände aufeinander, so dass sich ein Hohlraum bildete, schüttelte sie und hob ganz langsam die Hand.

»Was du jetzt siehst, ist dein Weg.«

»Ich seh nichts.«

»Doch.«

»Nein.«

»Sieh hin!«

Paul glotzte auf die leere Handfläche und sah sich selbst. Und Nina. Und Erkan und Frau Blotzner. Und Murat mit indianischer Kriegsbemalung. Den Schlachtensee, friedlich und still. Und einen Royal TS.

Wahnsinn. Paul verstand sofort, was das bedeutete – und hatte es gleich wieder vergessen.

Ein paar Silvesterraketen gingen hoch. Sie tauchten den Hermannplatz und die ganze Welt in goldenen, smaragdgrünen und silbernen Feuerregen. Der Schamane war ein ebenso großer Hexer wie Möller.

Paul stolperte die Treppen hoch und ging zu Toni, nahm ein Bier aus der Kühlung und klatschte einen Zehner hin. Er war total fertig, merkte aber trotzdem, wie Toni die Nase rümpfte und meinte, er solle besser mal nach Hause gehen.

»Was hast du gesagt? Spricht man so mit einem verdeckten Ermittler, eh?«, lallte Paul und wedelte mit seinem Ausweis.

Als er wieder draußen war, blieb er abrupt stehen. Toni hatte doch schon wieder was von Stephan Kohn erzählt. Er kam nur nicht mehr drauf, was es war. Egal.

Er ging zurück zu den anderen. Eine *B.Z.*, die aussah, als hätte sich jemand mit ihr den Arsch abgewischt, wurde ihm vor die Füße geweht. Er brauchte mehrere Minuten, bis er sie auseinanderbekommen und die großen Buchstaben anschließend in einen vernünftigen Zusammenhang gebracht hatte. Über dem Foto des Foodstores stand:

**MORD AM HERMANNPLATZ AUFGEKLÄRT: LIBANESISCHER EL-SHAROUF-CLAN TÖTET DEUTSCHEN POLIZISTEN**

Paul warf die Zeitung in die Luft und rannte runter in den U-Bahnhof. Zu Pheline, zu seinen neuen Freunden. »Fit but you know it« lief rauf und runter. Die Junkies wippten rum, arrhythmisch, vornübergebeugt, wie Greise. Paul musste lachen, die anderen lachten zurück und hatten plötzlich Chinesen-Augen.

Paul biss das Päckchen auf und krümelte sich was von dem Zeug, das er von einem der Jungs hier bekommen hatte, in eine Zigarette. Er leckte die Gummierung an, klebte das Papier zu und rauchte den Stift weg. Als er aufstand, lief er auf warmer, roter Watte.

Die Junkies tanzten – eins, zwei. Eins, zwei. *Das sollte Nina mal sehen!* Pheline gab Paul einen Kuss auf die Wange. Paul hielt sie fest und küsste sie auf den Mund.

»Bin gleich wieder da«, sagte sie und ging mit einem dicken, schmierigen Wichser, der mindestens fünfzig war.

»Hey«, rief Paul. »Wie lange bist du weg?«

Sie zuckte mit den Schultern.

»Höchstens 'ne halbe Stunde!«

»Cool – ich warte!«

Eins, zwei. Eins, zwei. Eins, zwei … *I'm fit, but you know it.*

Paul wollte mit Pheline auf dem riesigen Flughafenfeld übernachten. Bei Toni deckte er sich mit Mate-Tee und Red Bull ein – er wollte klarer im Kopf werden, wenigstens ein bisschen. Es war ziemlich spät. Oder schon früh. Die beiden gingen den Columbiadamm hoch.

»Wird das nicht zu kalt«, fragte sie.

Paul sagte, dass es doch schon fast Sommer sei.

Irgendwie schafften sie es über den Zaun und legten sich unterhalb einer Erhebung neben das Rollfeld. Die Freifläche des Flughafens war so groß und weit wie eine Wüste. Über ihnen zogen ein paar Wolken hinweg. Zwischendurch riss der Himmel auf, dann funkelten ein paar Sterne – kleine Berliner Sternchen – und waren gleich wieder verschwunden.

Sie lagen eng umschlungen und küssten sich.

»Willst du mit mir schlafen?«, fragte sie.

Paul sagte ja, aber er bekam keinen hoch – was beiden ziemlich egal war. Sie schliefen ein.

Als sie aufwachten, zitterte Pheline am ganzen Körper.

»Wir können zu mir gehen«, sagte sie.

Diesmal dauerte es länger, bis sie es über den Zaun geschafft hatten. Pheline war so schwach, Paul trug sie fast nach Hause.

Die ganze Wohnung war zugepflastert mit Matratzen, auf denen Leute zusammengerollt schliefen oder traumlos an die Decke starrten.

Irgendwer half Pheline mit Stoff aus. Als sie sich was gedrückt hatte, kroch sie zu Paul unter die Decke.

Dann war die Party vorbei.

Pheline lag da, die Decke fast über den Kopf gezogen, die Hände zu Fäustchen geballt.

Paul streichelte über ihren Kopf.

»Ich komm wieder«, flüsterte er.

»Willst du sie jetzt alleinlassen?«, fragte ein Typ, der in einem Schlafsack an der Wand lehnte und sich immerzu die Haare kämmte.

»Ich komm doch wieder«, sagte Paul.

»Das weiß sie aber nicht.«

Der Typ hatte recht. Paul nahm einen Kugelschreiber, der auf dem Boden herumlag, hockte sich neben Pheline, zog ganz vorsichtig ihren Arm unter der Decke hervor und schrieb: *Ich komme wieder. Paul*

Dann balancierte er zwischen den Matratzen hindurch und zog leise die Tür ins Schloss.

Zu Hause lud er sein Handy auf, duschte, rasierte sich und zog frische Klamotten an. Er warf fünf Kopfschmerztabletten ein, rief Schraube an und ließ sich Ronnys Nummer geben. Dann fuhr er wieder zum Hermannplatz.

Er musste noch mal mit Toni sprechen …

# 31

Die Zimmer im Hotel hatten kein Telefon. Der einzige Apparat stand auf dem Tresen der Rezeption – Kohn hatte den Gedanken an einen Anruf schnell wieder verworfen.

Das Essen war fettig und schlecht. Es gab meist Borschtsch, Kotleti – Fleischklopse mit Knoblauch – oder Kohlgerichte, deren Geruch sich durch das ganze Hotel zog und in jedes Zimmer drang. Dazu drei oder vier Scheiben Brot und Margarine.

Die Toilette war auf dem Gang. Alle Zimmer hatten ihre eigenen Klobrillen, die an der Wand aufgereiht hingen und an deren Rand mit wasserfestem Filzstift die jeweilige Zimmernummer geschrieben stand.

Zwei Tage nach ihrer Ankunft unternahmen Kohn und der Hagere mit Marian eine Spritztour durch die Gegend. Die Fenster halb geöffnet, hingen sie auf der Rückbank in den durchgesessenen Polstern und ließen Felder, halb verfallene Gehöfte, Viehweiden und brachliegendes Land an sich vorüberziehen. Und immer wieder Bauruinen, kaputte Strommasten, steppenartige Landstriche. Eine gemütliche Fahrt war das nicht, denn Marian beschleunigte, wenn er auf fünfzig oder hundert Meter kein Schlagloch sah, und bremste scharf ab, wenn sich doch wieder eine Unebenheit zeigte. Dann wurde Marian plötzlich mutig, kündigte deutsche Straßenverhältnisse an und gab Gas – woraufhin es ihm prompt den rechten Vorderreifen zerriss. Der Ausflug war zu Ende.

Jeden Abend saßen Kohn und der Hagere zusammen vor dem geöffneten Fenster.

Kohn trank Schnaps und Bier, der Hagere kritzelte mit Bleistift Zahlen in ein dünnes Notizheftchen, das auf seinem Schoß lag.

»Warum machst du das?«, fragte Kohn.

»Weil das meine Aufgabe ist.«

»Was ist deine Aufgabe?«

»Etwas übrig zu lassen.«

»Was willst du übrig lassen?«

»Geld. Sicherheit.«

»Das ist gut.«

»Ja. Ich will eine Zukunft sichern, weißt du?«

»Aha …«

Kohn beließ es dabei. Er trank seinen Schnaps und lehnte sich in den Sessel zurück. Graurote Dunststreifen hatten sich am Horizont gebildet, dahinter stand die Sonne, als würde sie ausglühen wie ein Stück Kohle, das zu Asche wird.

»Für meine Tochter«, sagte der Hagere.

Kohn wandte den Kopf.

»Das ist der Grund, warum ich das alles mache. Sie soll's mal gut haben.«

»Verstehe«, sagte Kohn fast beiläufig, als wäre das die normalste Sache der Welt.

Allerlei Gedanken schossen ihm durch den Kopf. Zum ersten Mal hatte der Hagere etwas Privates von sich erzählt.

Das Gespräch, auf das Kohn seit Wochen gewartet hatte, schien jetzt zum Greifen nahe. Gleichzeitig war ihm bewusst, dass er damit ganz dünnes Eis betreten würde. Die Distanz zwischen ihnen bedeutete auch Sicherheit. Er begann zu grübeln und suchte nach einer unverfänglichen Frage.

»Wie alt ist sie?«

Der Hagere hielt kurz inne. »Sechs«, sagte er.

»Schön.«

Kohn wartete einen Moment.

»Trägst du ein Foto mit dir rum?«

»Ich habe ein Bild.«

Einige Minuten vergingen. Kohn ging auf die Toilette und setzte sich wieder. Schließlich legte der Hagere den Stift in das Notizheft, schlug es zu und musterte Kohn.

»Ich bin nicht so gut im Privatleben, weißt du?«

Kohn nickte. »Familie ist schwer.«

»Was ich tun konnte, hab ich getan. Ich hab der Mutter das halbe Sorgerecht abgekauft und einen Vormund eingesetzt. Nach dem hab ich lange gesucht. Sollte ja nicht so ein Durchschnittsnotar sein. Einer mit ein bisschen Herzensbildung, weißt du?«

Kohn fragte sich, was das jetzt werden würde. Aber sie waren mittendrin.

»Und, fündig geworden?«

»Kennst du Greenpeace?«

»Ja. Dieses Umweltding.«

»Ja. Bei denen ist der Mitglied. Hat zwei Kinder. Eins ist schon auf dem Gymnasium. Eins mit Zweier-Durchschnitt, das andere mit 1,8. Der fährt Passat. Seine Frau ist Mitinhaberin von einem Gesundheitsladen. Die sind sozial. Weißt du, was das heißt? Das heißt, die hatten auch schon von Haus aus Geld. Stephan, du musst mir später mal helfen, einen Brief zu schreiben. Aber das hat noch Zeit. Machst du das?«

»Ich werd's versuchen.«

»Das ist gut. Das reicht.«

Nach einer längeren Pause nahm der Hagere das Gespräch wieder auf.

»Weißt du, sie soll wissen, dass ich an sie gedacht habe. Dass ich für sie gesorgt habe …«

»Sonst hättest du den Kerl wohl auch nicht abknallen können.«

»Doch, doch … Das fällt mir nicht so schwer.«

Dieser Satz kam so lapidar, dass sich Kohns Magen zusammenkrampfte. Er nahm einen ordentlichen Schluck Schnaps und ließ ihn langsam die Kehle hinunterrinnen.

»Stephan« – wieder lag die Hand des Hageren auf seiner Schulter –, »ich kann Leute wegschießen, weil ich das eben kann. Es macht mir keinen Spaß, ich empfinde keine Lust dabei – ich empfinde gar nichts.«

»Alles klar«, sagte Kohn mit angehaltenem Atem.

»Ja, so ist das …«, sagte der Hagere und schlug sein Heftchen auf. »Morgen kommt der Schlipsträger, dann sind wir bald durch.«

Der Schlipsträger kam am nächsten Vormittag.

Er sah aus wie ein Geschäftsmann, wie sie einem zu Tausenden an Flughäfen und Bahnhöfen über den Weg liefen. Er war etwas jünger als der Hagere – ungefähr so alt wie Kohn –, hatte glatte Haut, helle, scharf blickende Augen und blondes Haar. Er stellte sich als Lukas vor.

Lukas setzte sich nicht, er stand. Er stand fast immer. Er war voller Energie und klatschte ständig in die Hände. Den Hageren hatte er zur Begrüßung umarmt. Kohn gab er die Hand, drückte fest zu und schlug ihm auf den Rücken, als hätte der gerade den entscheidenden Elfmeter verwandelt. Wenn er sprach, klang norddeutsche Mundart durch.

Dann fragte er: »Habt ihr euch hier schon ein bisschen umgeschaut? Sollen wir heute Abend mal ’n büschen auf den Putz hauen?«

Marian hatte ein neues Vorderrad aufgetrieben. Kohn steckte sich eine Flasche Ararat ein – es dauerte Stunden, bis sie Tiraspol, die zweitgrößte Stadt Moldawiens, erreichten.

Marian machte den Fremdenführer. Er zeigte ihnen den Kirov-Park, das Theater, das nagelneue Sheriff-Stadion. Natürlich auch die Kathedrale der Geburt Christi mit ihren goldenen Kuppeln. Die öffentlichen Verkehrsmittel waren rostige Hochleitungsbusse, deren Lack sich wellte, weil man sie zum zehnten Mal überpinselt hatte. Als Marian vor dem Suworow-Denkmal hielt, der Plastik eines Generals aus der Zarenzeit, der mit erhobenem Schwert zum Triumph reitet, hatten sie langsam genug. Tiraspol war langweilig, trist und grau. Darüber konnte auch das Grün in den Bäumen nicht hinwegtäuschen. Die Straßen waren sauber, aber leer. Am traurigsten fand Kohn, dass die Leute Blumen vor einem T-34-Panzer ablegten, als wäre der immer noch die anbetungswürdigste Ikone der Gegenwart.

»Tiraspol – Blume der Dnjestr-Republik!«, sagte Marian. Lukas klatschte in die Hände. »Gut«, sagte er. »Wirklich interessant! Jetzt wollen wir aber mal in einen schönen Club mit Champagner und Mädchen und so. Gibt’s das hier?«

»Konechno – of course!«

*Euro-Club,* das war die angesagteste Adresse. Dreißig Prozent Rabatt am Wochenende auf alles. *Face Control and Dress Code* – Marian hatte einen Flyer in der Tasche.

Als sie mit dem Auto vorfuhren, entdeckte Kohn schräg gegenüber auf der anderen Straßenseite eine öffentliche Telefonzelle. Mit einem Mal wurde er unruhig …

Der Abend fing gerade erst an, im Club war noch nichts los. Der DJ trug Sonnenbrille, reckte zum Ende jedes Songs die Faust in die Luft, wippte mit dem Kopf und grinste breit, wenn er das nächste Stück hochfuhr.

Die drei Männer setzten sich in eine Ecke schräg neben der Bar und stießen mit Wodka an. Auch der Hagere.

Die Stimmung war merkwürdig ungezwungen. Sie kannten sich ja kaum – zumindest galt das für Kohn. Trotzdem entstand eine freundschaftliche Atmosphäre, als würden sie seit Jugendzeiten durch die Kneipen ziehen.

Lukas war ein geübter Kommunikator, der sich über Marian und die Stadtbesichtigung amüsierte. Er hatte ein paar treffende Beobachtungen gemacht, die Kohn und den Hageren zum Lachen brachten.

Den Hageren hatte Kohn noch nie so ausgelassen erlebt. Er hatte nicht einmal für möglich gehalten, dass der sich so gehen lassen konnte. Er erzählte vom Aufnahmeritual bei den Panzerfahrern: Es war üblich, den ganz grünen Kerlen die ersten Prellungen und blaue Flecken zuzufügen, indem der Fahrer anfuhr und gleich wieder abbremste, anfuhr und abbremste, so dass die Insassen hin und her gerüttelt wurden – ganz wie bei Marian im Auto, nur dass beim Panzer die Stoßdämpfer besser funktionierten. Im Panzer!

»Du machst dich gut«, sagte Lukas und klopfte mit den Fingern ein paar Mal auf den Tisch. »Der Stephan ist ein Guter, was?«

Der Hagere nickte und sagte: »Jawohl.«

»Ich werd ja auch nicht schlecht bezahlt.«

»Nein, Stephan. Du hast uns was sehr Großes ermöglicht. Ich versprech dir, du kriegst ein Füllhorn voll Gold. Wirst sehen.«

»Ich weiß schon, das mit den Albanern. Was wird das eigentlich?«

Lukas antwortete nicht. Stattdessen sagte er: »Stephan, du bist sehr wichtig für uns – und du wirst wichtig bleiben. Wenn du willst. Wir sind ja nicht die Mafia oder so was. Du hast bald deinen Job gemacht. Der Frank hört danach auf. Du kannst dann auch aussteigen.« Er lächelte. »Du weißt ja noch nichts über uns … Aber wir würden uns wünschen, dass du bei uns bleibst.«

»Wer ist wir?«

»Dann kannst du nicht mehr aussteigen.«

Der Hagere hatte sich zurückgelehnt und beobachtete zwei aufgestylte Pärchen, die eben in den Club gekommen waren und sich umschauten.

Lukas beugte sich wieder zu Kohn. »Du brauchst nicht zu denken, dass wir von dir so etwas erwarten wie in dem Imbiss. Das musst du nicht machen. Das ging nicht anders, und so was kann auch nur der Frank. Wir würden dich dann ohnehin aus dem operativen Geschäft rausziehen. Aber Mensch«, sagte er, »das hat Zeit! Jetzt ziehen wir erst mal diese Geschichte durch. Komm her«, er zog Kohn ein Stück zu sich heran. »In acht Tagen sind wir in Butrint. Das ist so ein winziges Kaff bei …«, er dachte nach. »In der Nähe von *Suranda* oder *Saranda* oder so. Wir besuchen unsere albanischen Freunde, schließen eine kleine Vereinbarung – und kontrollieren ganz Europa!« Er lachte erneut. »Dann ist der Kreis geschlossen. Ich hoffe nur, das Hotel dort ist besser als dieses hier …«

Lukas winkte dem Kellner.

»Sollen wir jetzt mal anstoßen, Frank?«

Er bestellte Champagner.

Eine Stunde später – der *Euro-Club* war inzwischen gut gefüllt und die Tanzfläche wenigstens halbvoll – fragte Kohn, ob er sich mal die Beine vertreten könne.

Er rechnete mit einer Absage, aber Lukas hörte fast gar nicht hin.

»Mach, aber ich bleib hier … Ich will die Mädchen sehen!«

Kohn sah zum Hageren, dessen Gesicht im Stroboskoplicht ständig aufflackerte – und der ihn offenbar gar nicht wahrnahm.

Kohn stand auf, ging um die Ecke zur Bar und besorgte sich Kleingeld. Er warf noch einen Blick auf Lukas und den Hageren – beide starrten auf die Tanzfläche. Kohn ging nach draußen. Es war kurz nach zehn Uhr abends.

Der Hagere beugte sich zu Lukas.

»Ich will nicht wissen, was der jetzt macht. Ich will es gar nicht wissen, hörst du?«

»Du kannst ihn wohl leiden?«

Lukas drückte den Hageren fest an sich, ein bisschen wie ein großer Bruder.

»Das musst du doch auch nicht – ich werd's dir nicht sagen, mein Freund.«

## 32

Es gab verzweifelte Mörder, Affektmörder, Raubmörder, Omamörder, Frauen- und Kindermörder, Ausländermörder – und Polizistenmörder. Polizistenmörder wurden früher oder später geschnappt. Immer. Auch wenn der ermordete Polizist korrupt oder drogensüchtig war und nur deshalb verdeckt eingesetzt wurde, um ihn vor den Ermittlungen des eigenen Apparates zu schützen.

Aus dem Hermannplatzmord konnte die Presse lange Zeit rausgehalten werden, aber irgendwann galten keine Absprachen mehr. Die ermittelnden Beamten wurden an die Öffentlichkeit gezerrt und mussten dann erklären, warum ein hochgerüsteter Apparat, aufgepumpt mit Manpower, Spezialtechnik und Sonderbefugnissen, keine Erfolge vorweisen konnte. Dann hieß der Aufhänger nicht mehr »vielversprechender Ermittlungsansatz«, sondern »Leistungsprinzip bei der Polizei überfällig«.

Aber so weit kam es nicht. Die SoKo hatte die Zeit genutzt und ihre Ermittlungen voll auf die Budak-Gruppe konzentriert, eine nach den zwei Budak-Brüdern benannte Gang, die – mit Tuchfühlung zu Motorradclubs und polnischen und russischen Gruppen – einige Bordelle laufen hatte, Schutzgelder erpresste, Überfälle anleierte, mit Drogen ebenso wie mit geklauten Autos handelte und so breit aufgestellt war, dass sie ihr Berliner Pflaster verteidigen konnte und sogar expandierte. Die Gruppe hatte Kontakte nach Hessen und Süddeutschland, und ihr Versuch, ins Immobiliengeschäft einzusteigen, war nur ein Zeichen dafür, dass sie noch höher hinauswollte.

Man war ein großes Risiko eingegangen, als man sich entschied, in einer ersten Verhaftungswelle, der eine gigantische Abhöraktion vorausgegangen war, praktisch die gesamte Peripherie der Budak-Gruppe hochzunehmen und mit einer Vielzahl belastender Hinweise unter Druck zu setzen. Die Hebel konnten ganz gut angesetzt werden, weil der Lauschangriff sehr gründlich durchgeführt worden war. Zudem lagen ja bereits einige Informationen vor, die Foryta in seiner Zeit gesammelt hatte. Und schließlich war es von Vorteil, dass die meisten Festgenommenen gegen Bewährungsauflagen verstießen und somit ihre gesamte Existenz bedroht war.

Die aus den Vernehmungen gewonnenen Hinweise führten dann zur zweiten Verhaftungswelle, bei der die Spitze der Gruppe, die ohnehin schon unter gewaltigem Druck stand, mit Hilfe von SEK-Einheiten hochgenommen wurde. Einer der Bosse wurde am Flughafen Tegel verhaftet, als er sich nach Südamerika absetzen wollte.

Schon während des Lauschangriffs hatte es mehrfach Hinweise auf einen Araber gegeben, der möglicherweise an dem Treffen im Foodstore teilgenommen hatte. Aber erst in den Vernehmungen war der entscheidende Hinweis auf den el-Sharouf-Clan gekommen.

Der el-Sharouf-Clan war eine von vier oder fünf Großfamilien libanesischer Herkunft – auch Mhallamīye-Kurden genannt –, die Teile des Drogenmarkts in Berlin, aber auch im Ruhrgebiet beherrschten.

Dieser Clan wurde jetzt ins Visier genommen und überwacht. Fotos der männlichen Familienmitglieder wurden den Zeugen des Foodstore-Mordes, die bislang so unterschiedliche Angaben zu dem möglichen Täter gemacht hatten, dass nicht einmal die Anfertigung eines Phantombildes möglich gewesen war, noch einmal vorgelegt – und immer wieder zeigten sie auf das Foto von Walid, einem kräftigen, kalt blickenden Cousin des Familienoberhauptes der el-Sharoufs.

Walid war in der jüngeren Vergangenheit bereits mit einem Mord in Verbindung gebracht worden, ohne dass ihm eine unmittelbare Beteiligung nachgewiesen werden konnte. Trotzdem passte das Ganze ins Bild. Und auch wenn Walid nicht selbst geschossen hatte, so musste er doch wissen, wer der Schütze war und warum Foryta hingerichtet wurde.

Seit zwei Tagen wurden Walid und Teile des Clans rund um die Uhr observiert und abgehört – und schließlich um die Mittagszeit in Moabit festgenommen. Walid versuchte zwar, sich dem Zugriff zu entziehen, wurde jedoch mit einem Streifschuss niedergestreckt, im Krankenhaus behandelt und anschließend vernommen. Zeitgleich wurden unzählige Wohnungen und angemietete Garagen durchsucht und zwanzig Familienmitglieder verhaftet. Jeder kleinste Verstoß gegen die Straßenverkehrsordnung oder wegen Ruhestörung wurde geahndet. Das Jugendamt wurde zu Routineüberprüfungen herbeigerufen, die Schulaufsicht sprach überfällige Verweise gegen ihre Kinder aus, die Gerichte befassten sich mit erhöhter Dringlichkeit mit den Verfahren gegen die Angehörigen. Walid schwieg.

Noch am selben Tag bekamen die Zeitungen das, was sie wollten. Die *B.Z.* titelte:

**MORD AM HERMANNPLATZ AUFGEKLÄRT: LIBANESISCHER EL-SHAROUF-CLAN TÖTET DEUTSCHEN POLIZISTEN**

Der Mord war zu diesem Zeitpunkt noch keineswegs aufgeklärt, aber die taktische Marschroute ging auf. Der Boulevard schob gleich das »Libanesen-Thema« hinterher, das auch von anderen Zeitungen aufgegriffen wurde. Nirgendwo fanden sich Fürsprecher für diese von den Behörden nur geduldeten Libanesen, die jede Kriminalitätsstatistik versauten, sich wie keine andere ethnische Gruppe der Integration verweigerten, zu neunzig Prozent von Hartz IV lebten und doch keine Anstalten machten, sich um Arbeit zu bemühen. Wozu? Sie scheffelten ja Millionen mit ihren Drogengeschäften.

So konnte der Druck problemlos aufgebaut werden, und die Clanchefs begriffen, dass sie gar keine Wahl hatten – sie mussten Walid opfern.

In einer Erklärung ihrer Anwälte distanzierten sie sich von ihrem Familienmitglied. Er habe eigene Geschäfte aufziehen wollen, mit denen sie nichts zu tun hätten und von denen sie nichts wüssten. Der Tod des Polizisten sei eine Schande für die ganze Familie, und man wolle den Angehörigen Anteilnahme und tiefstes Beileid aussprechen. Man werde Walid aus dem Familienverbund verstoßen und ihn zur uneingeschränkten Mitarbeit mit der Polizei auffordern.

Kurz darauf legte Walid ein Geständnis ab und führte die Beamten zu einem Versteck im Wald, wo sie Kohns Waffe fanden.

Er habe Foryta ermordet, weil der behauptet hatte, Walids Kokainlieferung sei gepanscht gewesen. Foryta habe seinen Stoff an irgendwen weiterverkauft, aber zuvor selbst das Zeug gestreckt. Walid musste um seinen Ruf und weitere Geschäfte fürchten. Er habe ein »Zeichen« setzen wollen, Kohn auf der Toilette dessen Waffe abgenommen und auf Foryta geschossen.

Es sei ein spontaner Entschluss gewesen, er habe die Nerven verloren.

Die Überprüfung des Schusswinkels passte, da Walid Linkshänder war. Walid identifizierte Kohn auf einem Foto als den Mann, dem er die Waffe abgenommen hatte. Von Kohns Partner entstand eine Phantomzeichnung, die sich so stark von allen anderen unterschied, dass sie wertlos war.

Über Kohns ominöses Netzwerk erfuhren sie nichts – aber Forytas Mörder war überführt.

In Schliems Auftrag wurden drei Kästen Bier geordert und der kleine Büro-Kühlschrank von oben bis unten vollgestopft. Es war kurz nach neun Uhr abends, und in den Vernehmungszimmern herrschte noch immer reger Betrieb.

Seit Tagen waren sie praktisch rund um die Uhr im Einsatz gewesen, und selbst nach dem Ermittlungsdurchbruch und Walids Geständnis hatte es keine Ruhe gegeben, weil das alles eben eine ganze Reihe von Folgeermittlungen nach sich zog. Wenigstens für heute war jedoch ein Ende abzusehen, und darauf sollte nun endlich angestoßen werden.

Von Ahnen saß mit zwei Schriftführern im Besprechungsraum, einem riesigen Durchgangszimmer, an das mehrere Büroräume angrenzten – unter anderem die von Möller und Schliem. Sie gingen Aussagen durch, verglichen diese mit anderen, um Abweichungen, Übereinstimmungen oder eklatante Widersprüche aufzudecken, als einer der Schriftführer plötzlich meinte, *Das Boot* sei wohl der beste deutsche Film der vergangenen fünfzig Jahre gewesen. Niemand fragte, wieso der jetzt ausgerechnet darauf kam, stattdessen fingen alle sofort an, die besten Szenen des Films durchzugehen – es war schon erstaunlich, wie präsent er noch war.

Sie waren noch dabei, als Möller und Richter hereinkamen. Möller zog die Tür seines Büros auf – da ertönte das auf- und abebbende Geräusch eines Sonars oder Echolots.

»Was ist das?«, fragte Richter.

»Keine Ahnung. War eben schon mal«, sagte einer der Schriftführer.

Möller stürzte zum Schreibtisch und griff nach Murats

Blackberry, auf dessen Display zwei unbeantwortete Anrufe blinkten.

»Das war Kohn«, sagte er. »Das war Kohn. Simon, ruf Murat an!«

»Raus«, sagte Richter zu den Schriftführern.

Schliem trat in den Besprechungsraum.

»Was gibt's«, fragte er.

»Kohn hat sich gemeldet.«

»Hast du Murat jetzt dran?«

»Freizeichen«, sagte von Ahnen. Dann nahm Murat ab. »Hier ist Simon. – Kohn hat angerufen! Wir warten, dass er noch mal anruft ...«

Es war mucksmäuschenstill, alle starrten auf das Blackberry.

Eine halbe Minute später ertönte das Echolot.

Möller nahm den Anruf entgegen.

»Murat?«

»Hier ist Hasso Möller. Wir schalten Murat über Lautsprecher zu. Moment ...«

Er gab Richter das Blackberry, der es auf Laut stellte und in die Nähe des Tischtelefons hielt.

»Sag was, Murat.«

»Stephan? Hörst du mich?«

»Ich hör dich«, sagte Kohn.

Mehrere Kollegen traten mit Bierflaschen in den Raum – und wurden umgehend wieder rausgeschickt.

»Wo bist du?«

»Ich bin in Tiraspol. Es geht aufs Ende zu. In acht Tagen wird in Albanien, in Butrint bei Saranda oder Suranda, ein Abkommen geschlossen – Sekunde ...« Irgendetwas klackerte. »Ich muss ständig Geld nachwerfen. Hab nicht viel Zeit ... Hallo?«

»Ja!«
»Habt ihr das Material?«
»Ist da. Stephan –«
»Hör zu – dieses Abkommen wird, so viel ich rauskriegen konnte, eine neue Drogenroute regeln.«
»Stephan …«
»Warte …«
»Bist du noch sicher?«
»Bis zu dem Treffen bin ich sicher. Dort müsst ihr mich rausholen. Keine Ahnung, wie ihr das macht, aber dort werden die Köpfe zusammenkommen. Ich bin ziemlich sicher, dass dieses Netzwerk den Drogenmarkt in Europa kontrollieren wird – das ist zumindest das Ziel. Die sind unwahrscheinlich geschickt.«
»Warum musste Foryta sterben?«
»Foryta war ein Bauernopfer. Er war ein Vertrauensbeweis für die Araber. Moment …«
Es klackerte.
»Was erzählt der da für kryptisches Zeug?«, fragte Schliem. »Was macht der in Tiraspol?«
»Ruhe. Wir sprechen gleich …«, sagte Möller.
Murat fragte: »Wer hat geschossen?«
Von Kohn war nichts zu hören.
»Stephan? Hörst du mich?«
»Ich muss Schluss machen.«
»Wer hat geschossen?«
»Wer Foryta erschossen hat?«
Kohn schien einen Augenblick zu zögern.
»Was soll denn das?«, schrie Schliem.
»Ruhe«, zischte Möller. Schliem verstummte.
»Hat der Araber geschossen?«, fragte Richter.
Kohn schwieg.

»Wer hat geschossen?«

»Der Frank.«

Eine kurze Pause.

»Frank? Wer ist Frank? Was soll denn das? Was ist das für ein Scheiß?«

»Stephan?«

»Murat, in acht Tagen. Habt ihr das? In Butrint. Habt ihr das?«

Dann war die Verbindung weg.

Einen Moment schwiegen alle.

Schließlich fragte Möller: »Murat?«

»Ja.«

Ein Grinsen huschte über Möllers Gesicht.

»Traust du dir zu, einen Auslandseinsatz vorzubereiten?«

»Sicher.«

»Verdammt! Was wird denn das?«, mischte sich Schliem erneut ein.

»Entweder, Sie sind dabei, oder Sie sind weg«, erklärte Möller.

»Was?«

»Sie gehen dahin zurück, wo Sie herkommen.«

Schliem wurde rot, dann weiß.

»Setzen«, sagte Möller und drückte Schliem in einen der Bürosessel.

»Wir können das zusammen zu Ende bringen, aber dann wird's so gemacht, wie ich es sage. Wenn Sie sich querstellen, wird's ungemütlich. Diese acht Tage werden wir Kohn das Vertrauen geben – und dann spricht nichts dagegen, dass Murat den Einsatz vorbereitet, oder?«

»Ich hab nichts dagegen«, lenkte Schliem ein. »Nur mit Ihrer Art komme ich nicht klar.«

»Schön aus der Affäre gezogen. – Wir machen folgendes:

Die Abwicklung hier geben wir an die örtlichen Behörden. Wir machen einen neuen Fall auf, den wir uns von Wiesbaden absegnen lassen. Das geht mal wieder an Lang. Dann ziehen wir die Jungs hier ab, und übermorgen, spätestens Donnerstag, geht's ab nach Albanien.«

Kurz darauf brachte er Murat auf den neuesten Stand, dann stießen sie endlich an.

# 33

Ein Streifen Sonnenlicht fiel auf Prietz' Schreibtisch, und mitten in diesem gelb-weißen Lichtkegel stand ein Kassettenrekorder. Das Band lief noch, aber mehr als Rauschen drang nicht mehr aus dem Lautsprecher. Prietz drückte auf Stop.

Ihm gegenüber saß Dietrich Schmidt und starrte weiter auf den Rekorder, in der Hand eine Bierschinkenstulle, die er wie einen Blumenstrauß hielt.

Prietz hatte den Kopf zur Seite geneigt, mit den Fingern tippte er auf der Schreibunterlage herum.

»Das hat die Fechner dir gegeben?«, fragte Schmidt.

»Mhm«, machte Prietz.

»Hat sie sich das angehört?«

»Angeblich hatte sie keinen Kassettenrekorder zur Hand …«

»Ach was …«

»Natürlich hat die sich das angehört! Aber den schwarzen Peter hab ich jetzt. Die Kassette hat sie auch noch per Kurier geschickt …«

»Was willste da machen?«

»Gute Frage!«

Prietz stand auf, ging zum Fenster und zündete sich eine Zigarette an. Schmidt biss in seine Stulle.

»Und dieser Paul Braun … der stand nach der Razzia vor dir und hat gesagt, dass Boschko einen vom Dach gestoßen hat?«

»Genau.«

»Aber du hast ihm nicht geglaubt?«

»Nicht so richtig. Eigentlich hat ihm keiner geglaubt. Auch Erkan, sein bester Freund – Murats Bruder – hat nur die Krümel auf dem Fußboden gezählt, als er da rumgestottert hat.«

»Und wenn da doch was dran war? Der würde sich doch nicht so in diese Sache verbeißen …«

»Na, das ist doch die Scheiße! Wenn das alles so eindeutig wär, würd's mich doch nicht jucken! Dann überlassen wir den Jungen sich selbst und essen 'ne Bockwurst …«

Schmidt nahm den nächsten Bissen.

»… aber selbst wenn sich irgendwann rausstellt, dass Boschko ein Serienmörder ist – für die Geschichte auf dem Dach wird man den nie drankriegen. Das SEK hat ihn entlastet, die Akte ist zu. Fertig. Und Paul ist genauso zuzutrauen, dass er sich da in was reingesteigert hat. Dietrich, der hat 'nen Beamten verwanzt! Hast du so was schon mal gehört?«

»Nö.«

»Und jetzt hab ich diese Kassette hier liegen … Scheiße. Also ich brauch jetzt 'n Bierchen.«

Er drückte die Zigarette aus, ging um den Schreibtisch und zog die oberste Schublade auf. Darin lagen mehrere Dosen nebeneinander. Er nahm zwei heraus und warf Schmidt eine zu.

»Also, was der Boschko da auf dem Band gesagt hat, das lässt sich schon in eine bestimmte Richtung interpretieren.«

»Na und? Die Kassette ist nicht zu gebrauchen, lass die also raus. Da werd ich mich noch mal bei der Fechner bedanken.«

»Was hätte die denn tun sollen?«

»Mich draußen lassen!«

»Na ja, Kalle. Und was machst du jetzt mit dem Band?«

»Ich muss das rausgeben.«

»Du gibst es Möller?«

»Ja, wem denn sonst? Soll ich es unterschlagen, oder was?«

»Die Frage ist doch …«

»Ich weiß schon, was die Frage ist, das hatten wir schon.«

»Du musst mit Murat sprechen.«

»Was soll der machen?«

»Boschko überprüfen.«

»So? Soll der den vielleicht auch ein bisschen verwanzen?«

Schmidt nahm einen Schluck. »Mal was anderes – warum eigentlich Büchsen?«

»Klimpert nicht so beim Hochtragen. Macht sich nicht so gut hier im Haus …«

Sie lachten. Dann erzählte Schmidt, dass er in Polen gewesen war, in Zielona Gora.

»Hast du ’n kleinen Stadtbummel gemacht?«

»Nein, nein, ich hab die Agnieszka besucht. Die hat da Verwandte …«

»Wer ist Agnieszka?«

»Na, die Verlobte von Foryta, die jetzt schwanger ist. Die hat eine Zeitlang bei den Budaks angeschafft. Als sie den Thomas kennengelernt hat, war Schluss. Ganz niedlich, die Kleine. Hat Augen so groß wie Untertassen. Ist aber nicht dumm, im Gegenteil. Die ist blitzgescheit und hat sehr reflektiert über Foryta geredet.«

»Dietrich, was ist hier eigentlich los? Paul verwanzt Boschko, du wühlst im Privatleben eines erschossenen Ermittlers rum …«

»Hör mal, die hat den nicht blind geliebt. Als sie ihm gesagt hat, dass sie schwanger ist, hat der Thomas von heute auf morgen mit dem ganzen Gekokse und so aufgehört. Der hat ihr gestanden, dass er verdeckter Ermittler ist und jetzt aussteigen wird. Weißt du, die beiden hatten Pläne …«

Das Telefon klingelte.

»Ja?«, sagte Prietz. »Kein Problem!« Er legte auf, griff nach den Bierdosen und stellte sie auf den Boden.

Frau Blotzner öffnete die Tür.

»Ich wusste nicht … Sie sagten ja, es sei eine wichtige Besprechung. Also, ich geh jetzt zum Arzt. Bis morgen dann.«

»Ja, bis morgen.«

Sie zog die Tür zu, Prietz stellte die Dosen zurück auf den Tisch.

»Ja, und?«

»Der Thomas hat seinen Führungsoffizier kontaktiert und gesagt, dass für ihn Schluss ist. Kurz darauf ist der dann zu ihm gekommen und hat ihn überredet, noch ein bisschen weiterzumachen. Nur noch zwei Wochen oder drei. Foryta wollte nicht, und da hat der dem irrwitzige Versprechungen gemacht: Er könne die Gelder aus den Geschäften, die er als verdeckter Ermittler gemacht hatte, einfach behalten …«

Prietz runzelte die Stirn.

»… und dann ist er erschossen worden.«

Schmidt aß den letzten Bissen seiner Stulle, stand auf und schritt ein Rechteck ab.

»Und?«

»Was und?«

»Das ist doch unglaublich!«

»Dietrich?«

»Mhm?«

»Du meinst, es gibt hier ein *Mordkomplott Foryta?*«

Schmidt brauchte zwei Sekunden, um zu begreifen, dass Prietz sich lustig machte.

»Das ist doch nicht komisch! Und für die Kassette«, er zeigte auf den Rekorder, »wandert dein Paul ins Kittchen!«

»Außer uns hat keiner das Ding gehört! Wir könnten's einfach löschen …«

»Du hast doch gesagt …«

»Ich bin sechzig. Ich red viel, wenn der Tag lang ist.«

»Hast du noch eins?«, fragte Schmidt und tippte an die leere Dose.

»Selbstverständlich.«

Prietz zog zwei weitere Büchsen aus der Schublade, die leeren parkte er unter dem Schreibtisch.

»Die darf ich nicht vergessen.«

»Prost.«

»Prost. – Weißt du was? Wir rufen jetzt Murat an …«

»Aber lass mich mit ihm sprechen. Der hat mich doch so gern!«

Sie lachten.

Prietz suchte die Nummer raus und wählte.

»Murat, hast du 'ne Minute für zwei alte Knacker?«

»Wer ist der andere?«, fragte Murat.

»Dietrich.«

»Ach, der Dietrich … Kalle, ich bin wieder drin. Stephan hat sich gemeldet und ein Treffen durchgegeben. Das wird ein ziemlich großer Auslandseinsatz.«

»Biste also wieder dabei. Sehr schön, mein Junge.«

»Ja, so schnell kann's gehen. Auf Möller ist eben Verlass – was gibt's?«

Prietz erzählte, was Schmidt über Agnieszka in Erfahrung gebracht hatte.

»Ein Führungsoffizier taucht nie bei einem verdeckten Ermittler zu Hause auf. Das gab's vielleicht früher mal, aber heute nicht mehr.«

»Wer war der Führungsoffizier von Foryta?«

»Darf ich nicht sagen.«

»Kenn ich den?«

»Vom Sehen. Ist ein Arschloch.«

Es klopfte an Prietz' Bürotür.

»Also, ich kann mir das nicht vorstellen. Ist diese Agnieszka denn überhaupt glaubwürdig?«

Prietz gab die Frage an Schmidt weiter, der energisch mit dem Kopf nickte.

»Absolut.«

»Hm. Muss ich mal drüber nachdenken. Noch was?«

»Paul hat eurem Boschko eine Wanze ins Auto gesetzt und ihn abgehört.«

Schweigen.

»Murat, hast du gehört?«

»*Was* hat der?«

Wieder klopfte es an der Tür. Diesmal lauter.

»Dieser Vollidiot!«, brüllte Murat. Plötzlich war die Verbindung weg.

»Murat?«

Im selben Moment ging die Tür auf – Kerstin Fechner stand da.

In der einen Hand hielt Prietz den Telefonhörer, in der anderen die Bierdose.

»Guten Tag«, sagte Fechner.

»Was machen Sie denn hier?«

»Ich hab doch Frau Blotzner Bescheid gegeben.«

Schmidt ließ seine Dose am Fuß des Schreibtisches verschwinden. Beide, Schmidt und Prietz, waren rot geworden.

»Das ist Dietrich Schmidt von der 6. Mordkommission«, stellte Prietz vor und legte den Hörer auf. »Setzen Sie sich doch.«

Fechner gab Schmidt die Hand. »Sie brauchen Ihre Dose nicht zu verstecken. Schon mal das Band angehört?«

»Tja, hätten wir ja gern – aber der ist leider kaputt«, sagte Prietz und tippte auf den Kassettenrekorder. Fechner lächelte.

»Das ist vielleicht gar nicht so schlecht«, sagte sie. »Ich hab mich mal ein bisschen umgehört. Der Einsatz, um den es hier geht, hat die höchsten Sicherheitsbestimmungen. Das ist also wirklich ziemlich heiß – jedenfalls wenn Paul Braun die Wahrheit gesagt hat.«

»Und – was schlagen Sie vor? Was sollen wir jetzt damit machen?«

Fechner überlegte.

»Wenn der Junge sich so reinschmeißt – glauben Sie nicht, dass da was dran sein könnte?«

»Das hab ich heute schon mal gehört. Aber die Frage stellt sich nicht. Wir würden niemals an den verdeckten Ermittler herankommen.«

»Wir nicht – aber vielleicht dieser Murat Genç.«

»Hm. Dem müssten wir wohl noch ein bisschen Zeit geben.«

Prietz blickte zu Schmidt, der süffisant lächelte.

»Warum?«

»Nun – der war gerade etwas ungehalten. Ich hab ihm erzählt, dass Paul diesen Boschko verwanzt hat. Und jetzt …«

Prietz zog den Kassettenrekorder heran, spulte zurück und drückte auf Start. »Jetzt sind wir alle Mitwisser.«

Ein paar Minuten später beendete er die Aufnahme.

»Das wär das. Dietrich, erzählst du Frau Fechner vielleicht mal von deiner Agnieszka?«

Schmidt erzählte, und Fechner hörte aufmerksam zu.

»Auch interessant!«, sagte sie, als Schmidt geendet hatte. »Aber was fangen wir damit an?«

»Ruf doch Murat noch mal an«, sagte Schmidt.

»Der meldet sich gleich von ganz allein. Bierchen, Frau Fechner?«

»Wir sind noch im Dienst.«

»Hab ja nur gefragt.«

Zwei Minuten später klingelte tatsächlich das Telefon. Es war Murat.

»Hab nochmal nachgedacht. Die Sache stinkt wirklich ein bisschen. Ich brauch ganz detailliert, wann, wo und mit wem das Treffen stattgefunden haben soll. Ob außer Foryta, Agnieszka und dem Führungsoffizier noch jemand dabei war – Mutter oder Schwester oder so. Und ich brauche von Forytas Freundin eine genaue Beschreibung von diesem Führungsoffizier. Das muss hieb- und stichfest sein. Am besten wär natürlich ein Zeuge. Wenn ich die Sachen habe, klopf ich mal auf den Busch …. Und was Paul angeht – da will ich nicht reingezogen werden. Du hast mir nichts gesagt! So. Ich muss jetzt Schluss machen.« Er legte auf.

»Wann hast du wieder Bereitschaft, Dietrich?«, fragte Prietz.

»Ach, erst übernächste Woche.«

»Dann musst du nochmal nach Zielona Gora.«

»Kein Problem. Willst du mitkommen, Kalle?« Er sah zu Kerstin Fechner. »Oder Sie vielleicht?«

»Würden Sie mir 'nen Heißluftballon chartern?«, fragte sie.

»Aber sofort! Nur beschweren Sie sich nicht, wenn der Wind uns nach Hamburg trägt.«

»Der war aber gut …«, Fechner hob die Augenbrauen. »Und was passiert mit dem Band?«

Ehe Prietz oder Schmidt antworten konnten, sagte sie: »Ich schlage vor, Sie haben das Band zwar bekommen, es aber irgendwo verlegt. Das verschafft uns jedenfalls etwas Luft. Können wir uns darauf einigen?«

Prietz nickte.

»Und jetzt hätte ich doch gerne ein Bierchen.«

# 34

Erkan parkte den Nissan Micra gegenüber dem Bioladen in der Weserstraße und lief die hundert Meter zurück zum Hermannplatz. Er hatte keine Ahnung, wozu Paul das Auto seiner Mutter brauchte, aber wie die Dinge standen, hätte er ihm auch jederzeit ohne zu fragen eine Vollmacht für sein Konto ausgestellt.

Tagelang war Paul abgetaucht. Erkan hatte ihn zigmal angerufen, hatte sich auf die Suche nach ihm gemacht, zahllose Spots abgeklappert, ihn aber nirgendwo angetroffen. Er hatte auch Nina nicht kontaktiert – und wusste doch, dass nichts mehr zwischen ihnen sein würde wie früher. Nie mehr.

Je näher er dem Hermannplatz kam, desto nervöser wurde er. Er überquerte die Sonnenallee, ging vorbei am Best Western Hotel, lief weiter zur Mitte des Platzes bis zum U-Bahnhof – als er plötzlich einen Pfiff hörte. Paul lehnte an der Schaufensterscheibe von Tonis 24-Stunden-Shop und sah zu ihm herüber. Er trug eine zerschlissene Jeansjacke, Bowlinghemd und seine ausgelatschten Adidas. In der Hand hielt er eine Bierflasche. Es war gerade elf Uhr vormittags.

Langsam trat Erkan näher. Pauls Gesicht war müde und aufgedunsen. Sein Blick war fremd und gleichzeitig hart.

»Du rauchst ja wieder!« Zwischen Pauls Fingern glimmte eine Zigarette. Paul hatte einen unausgesprochenen Pakt ihrer Kindheit in die Tonne getreten. Sie waren beide immer die Nichtraucher gewesen. Und trotzdem immer die Coolsten.

»Hast du das Auto?«, fragte Paul.

Erkan gab ihm Schlüssel und Papiere.

»Was ist bei Fechner rausgekommen?«

»Wird sich zeigen.«

»Und was heißt das?«

»Dass das Leben 'ne Wundertüte ist.« Paul nahm einen Zug von seiner Kippe.

»Wo bist du in den letzten Tagen gewesen?«

»Hier und da.«

»Hab mir 'n bisschen Sorgen gemacht.«

»Ich nicht. Hast du mitgekriegt, dass die den Mörder aus dem Foodstore haben?«

»Nur was in der Zeitung stand. Weißt du mehr?«

»Nee.« Paul nahm einen Schluck aus der Flasche und nickte zur Eingangstür. »Komm.«

Toni trug einen Anzug und ein hellblaues frisch gebügeltes Hemd. Er war Geschäftsmann. Das hier war bereits sein zweiter Laden.

»Erkan! Kennst du mich noch?«

»Klar, Toni!«

»Ja? Und wo ist der *Teamgeist?*« Er lachte.

»Was?«

»Der *Teamgeist* von der WM 2006 – den du in den Himmel geschossen hast. Schon vergessen?«

»Nein, als wär's gestern. Paul, was soll das?«

»Ich mach nur Spaß. Hat mein Cousin längst wieder gefunden!«

Toni umarmte Erkan und gab ihm Küsschen.

»Wollt ihr was trinken? Cola, Fanta?«

»Nein, danke.«

»Siehst gut aus, Erkan. Sag – was verdient man so bei euch?«

»Was man bei der Polizei verdient?«

»Ja.«

»Was weiß ich. So zweitausend. Kommt das hin, Paul?«

»Ja, ja.«

»Ich mach bald *zweihunderttausend* Umsatz. Netto. Was sagst du dazu?«

»Ist echt der Hammer, Toni. Wahnsinn.«

»Und dieses Jahr mach ich noch einen weiteren Store auf. Nicht schlecht, oder?«

»Was soll ich sagen? Du hast es geschafft.«

»Ja, Mann. Ich hab's geschafft.«

Paul zeigte auf einen der freien Rechner.

»Können wir loslegen, Toni?«

Toni ging zu einem der Rechner und begann mit zwei Fingern die Tastatur zu bearbeiten. Nach gefühlten zwanzig Passwörtern war er schließlich auf *Datenbank_Archiv.*

»Hab's Paul schon erzählt – der ganze Laden wird ständig überwacht. Da – *Cam 1* und *Cam 2*«, er zeigte auf zwei Überwachungskameras am Eingangsbereich.

»Kohn war hier«, sagte Paul. »Einen Tag bevor der Typ im Foodstore abgeknallt wurde.«

»Hier, da ist er«, Toni zeigte ihnen eine Videosequenz. »Der hat getan, als ob er mich gar nicht kennt …«

Die Sequenz zeigte, wie Stephan Kohn an den Verkaufstresen trat, kurz darauf wandte er sich um und setzte sich an einen Rechner. Auf dem Monitor war jetzt nur noch der angeschnittene Rücken zu sehen.

»Die Internetseiten, auf denen er war, können wir nicht aufrufen. Aber Kohn war nicht allein …«

Toni startete eine andere Sequenz. Kohn und eine andere Person sprachen kurz vor dem Laden und gingen dann zusammen fort.

»Zeig uns mal das eine Bild, Toni.«

Toni spielte noch eine andere Sequenz ab. Ein Schwarzer stand an der Kasse und zahlte. Dann zog er die Tür auf und trat auf die Straße. Für einen kurzen Moment war der Mann zu sehen, der mit Kohn geredet hatte. Er war groß gewachsen und schlank mit glattem, blassem Gesicht.

»Kannst du ein Standbild von Kohn und dem anderen ausdrucken?«

»Klar kann ich das.« Toni verschwand.

»Hör zu«, sagte Paul. »In dem Koffer aus dem Schließfach … Also bevor ich in die Direktion gefahren bin, hab ich den aufgemacht. Da war ein Handy drin. Und auf dem Handy war nichts drauf – nur ein Foto. Und zwar von dem Kerl, den uns Toni gerade gezeigt hat.«

»Und was … heißt das?«

»Zumindest, dass Kohn und der Typ zusammengehören. Und dass der ziemlich wichtig sein muss. Warum sonst dieses Bild und weiter nichts?«

Toni kam mit dem Ausdruck zurück. Er hätte jetzt gern noch ein Schwätzchen gehalten, aber Paul drängte zum Aufbruch. Sie versprachen ihm, sich bald mal zu melden. Vielleicht mit Murat – der alten Zeiten wegen.

Dann gingen sie quer über den Hermannplatz zu Karstadt

in die Papierwarenabteilung und kauften einen Umschlag in den sie die Ausdrucke steckten.

»Den bringst du jetzt zu Möller«, sagte Paul. »Aber gib ihn nur dem, keinem anderen.«

»Ich versteh den Zusammenhang nicht so ganz.«

»Macht nichts. Ich auch nicht.«

»Und du? Komm doch mit!«

Ehe Paul antworten konnte, ertönte ein schrilles Alarmpiepen aus dem T-Punkt gleich hinter den Rolltreppen. Zwei Verkäuferinnen tanzten zwischen den Aufbauten umher und wussten nicht, wie das Gepiepe abzuschalten war.

»Ich bin raus«, sagte Paul. »Ich hab keinen Bock mehr.«

»Vielleicht wirkt sich das hier gut für dich aus«, Erkan hob den Umschlag hoch.

»Ist mir egal. Versprich, dass du mich raushältst.«

Erkan nickte.

»Na dann«, sagte Paul.

»Wart doch mal!«

»Was?«

Das Alarmpiepen hörte nicht auf.

»Warum brauchst du eigentlich den Wagen meiner Mutter?«

»Mein Audi ist im Arsch. Ich will für einen Tag wegfahren.«

»Echt? Warte doch bis zum Wochenende, dann kann ich mitkommen …«

»Lass mal.«

»Wo willst du hin?«

»An die Ostsee.«

»An die Ostsee?«

»Ja, raus aus der Stadt.«

»Und was willst du da machen?«

»Scheiße, Erkan. Ich will in 'nen Puff, okay? Ich will sehen, ob Möwen gelb scheißen oder grün. Und ob die Weiber im Norden alle 'ne Hakennase haben und die Typen 'nen tätowierten Anker auf der Stirn. Ich will mit 'nem Boot fahren und gegen den Wind pissen. Und ich will mir überlegen, was ich anfange, wenn ich erst mal draußen bin aus dem Laden. Reicht dir das?«

Endlich hatten es die Verkäuferinnen geschafft – das Piepen hatte aufgehört. Ein paar Kunden applaudierten.

»Ich bring das Auto morgen Abend zurück. Den Schlüssel steck ich in den Briefkasten.«

»Paul ...«

»Was?«

»Du fährst doch gar nicht an die Ostsee.«

»Nein«, sagte er. »Ich muss bei Nina ein paar Sachen abholen.« Damit drehte er sich um und ging.

Erkan sah ihm wie benommen nach. Irgendwer rempelte ihn an. Gleich darauf stürmten zwei Männer vom Sicherheitspersonal an ihm vorbei und weiter in Richtung Ausgang.

»Ich will zu Hasso Möller«, sagte Erkan, als er Daniel Richter gegenüberstand.

In den Gängen standen überall Kisten herum, von den Mitarbeitern war kaum noch jemand zu sehen – offenbar wurde die Einsatzzentrale dichtgemacht.

»Was willst du von ihm?«

»Ich will ihm den Umschlag hier geben.«

»Was ist da drin?«

»Unterlagen.«

»Zeig mal her ...«

Erkan behielt den Umschlag in der Hand.

»Der ist nur für Möller.«

Richter lachte. »Keine Sorge – ich leg ihm den Umschlag auf den Tisch. Oder willst du ’ne Quittung?«

Erkan überlegte kurz, dann ging er zum nächsten Schreibtisch, nahm einen Filzstift und schrieb seinen Namen und seine Telefonnummer quer über die zugeklebte Lasche.

Er gab ihn Richter.

»Wenn du ’ne Kerze kaufst, könnten wir noch Wachs draufträufeln.«

Erkan fuhr zurück zum Präsidium, um weiter Akten zu sortieren. Als er irgendwann eine Pause einlegte – es war inzwischen später Nachmittag –, sah er, dass Nina angerufen hatte. Er zog sich am Automaten eine Cola, setzte sich auf den Boden und lehnte den Kopf an die kahle, grün gestrichene Wand. Er stellte sich ihr Gesicht vor, ihre Stimme, ihren Geruch – und fühlte sich im nächsten Augenblick wie der größte Mistkerl, der je das Licht der Welt erblickt hatte.

Diese ganze Situation verwirrte ihn dermaßen, dass er schließlich aufsprang und ein Dutzend Liegestütze machte.

Um kurz vor acht war er gerade dabei, sein Fahrrad aufzusperren, als sein Handy klingelte – eine ihm unbekannte Berliner Nummer.

»Kommst du mal ins Büro?«

Eine Sekunde hing Erkan in der Luft, dann wusste er, dass Möller dran war. Zwanzig Minuten später saß er ihm gegenüber.

»Ich bin der Einzige, der noch hier ist«, sagte Möller. »Alle anderen sind ab nach Wiesbaden.« Auf seinem Schreibtisch lag der Umschlag mit den Ausdrucken und eine geöffnete Kekspackung. Er steckte sich einen der gekringelten Butterkekse in den Mund und nahm die Bilder.

»Danke dafür«, sagte er. »Wo hast du die her?«
Erkan erzählte ihm von Tonis Laden.
»Weißt du, wer das ist?« Möller tippte auf Kohns Foto.
»Der ist mit Murat zur Schule gegangen und dann auch zur Polizei. Klar kenn ich Stephan Kohn.«
»Ihr seid ja 'ne richtige Sippe, was?«
Erkan lächelte.
»Weißt du, wer der andere ist?
»Nein.«
»Schon mal sein Foto irgendwo gesehen?«
»Nein. Wer ist das?«
»Vielleicht hat der einen ermordet«, sagte Möller. »Was ist mit Paul?«
»Weggefahren«, sagte Erkan.
»Weggefahren? So so.«
»Dem geht's ziemlich mies.«
»Dann weiß der gar nichts davon?«
Erkan schüttelte den Kopf.
»Das ist wichtiges Beweismaterial. Beeinflusst zwar nicht unsere aktuellen Ermittlungen, hilft uns aber, den Tatablauf zu rekonstruieren. Lässt die Berliner Kollegen ziemlich alt aussehen. Die hätten das auftreiben müssen. Für jemanden wie dich und Paul ist das 'n Joker.«
»Könnte man nicht sagen, dass Paul das aufgetrieben hat?«
Möller warf den Umschlag auf einen der vielen Aktenhaufen. »Damit hab ich kein Problem.«
»Cool.«
»Warum hat Paul eigentlich Boschko ins Visier genommen?«, fragte Möller und reichte Erkan die Kekspackung.
»Steht doch alles im Bericht. Mehr weiß ich auch nicht. Paul hat einfach gesehen, wie so ein Blonder diesem Zigeuner was zugesteckt hat …« Erkan nahm einen Keks.

»So?« Möller schien nicht ganz zufrieden. »Erkan, du weißt ja, dass wir mit verdeckten Ermittlern arbeiten, oder?«

Erkan nickte.

»Weißt du auch, wie diese Arbeit abläuft?«

»Nicht wirklich.«

»Dann ein kleiner Diskurs«, sagte Möller. »Ein verdeckter Ermittler muss immer ein bisschen aus demselben Holz geschnitzt sein wie die, auf die er angesetzt wird. Aber er darf natürlich nicht vergessen, wer er wirklich ist und warum er tut, was er tut. Gefährlich wird's immer dann, wenn er nicht mehr klar zwischen den beiden Identitäten unterscheiden kann. Wenn er anfängt, sich mit seiner Legende zu identifizieren. Dann muss sein Führungsoffizier die Reißleine ziehen. Vorausgesetzt, er erkennt das rechtzeitig. Du kannst davon ausgehen, dass die Ermittler darin geübt sind, andere Menschen zu täuschen. Sie trainieren das ja jeden Tag von Neuem. Und wenn der Punkt erst mal überschritten ist, also wenn die Legende attraktiver geworden ist als die reale Identität, ist es für den Führungsoffizier fast unmöglich, das zu durchschauen. Dann beginnt der Ermittler, aktiv gegen ihn und die Polizei zu arbeiten.«

»Gibt es nicht noch eine andere Kontrollinstanz? Für den Ermittler und den Führungsoffizier?«

»Doch. Der Führungsoffizier muss ständig Berichte verfassen und Einschätzungen abgeben und so weiter. Die werden dann auch von anderen geprüft. Trotzdem ist und bleibt es ein kompliziertes Geschäft. Was ich eigentlich …«

Erkan unterbrach ihn: »War der Tote aus dem Asia-Laden ein verdeckter Ermittler?«

»Ja …«

»Und warum musste der sterben?«

Möller lachte. »Soweit reicht der Diskurs nicht.«

»Und Stephan Kohn?«

»Was ist mit dem?«

»Ist der auch einer?«

»Erkan, ich wollte eigentlich …«

»Ich frag ja nur, weil ich den kenne.«

»Also schön … Ja, ist er.«

»Scheiße!«, entfuhr es Erkan. »Hat Kohn etwa …«

»Was? Die Seiten gewechselt?«

Erkan nickte.

»War für uns lange nicht zu erkennen. Doch Kohn scheint stabil zu sein. Weißt du, wer sein Führungsoffizier ist?«

»Sie?«

»Nein. Dein Bruder. Und Murat hat immer an ihm festgehalten, auch als es ganz schlecht aussah. Sein Vertrauen hat sich ausgezahlt. Aber das bleibt unter uns!«

»Klar.«

Möller legte die Stirn in Falten und schien kurz nachzudenken. Dann stand er auf, ging zu einem Abstelltisch, drehte den Verschluss einer Thermoskanne auf und leerte die letzten paar Tropfen in seine Tasse

»Also …«, murmelte er und kippte angewidert die Pfütze runter.

»Also, es gibt Indizien, die gegen Boschko sprechen.«

Erkan stockte der Atem.

»Boschko ist nach Kohn und dem Toten aus dem Foodstore unser dritter Mann. Der wird von mir geführt. Weißt du, Erkan, ich wollte mit Paul sprechen. Ich hatte gehofft, dass der mir ein bisschen mehr erzählen kann, als in dem Bericht steht.«

Erkan war plötzlich hellwach.

»Sie meinen, es war doch nicht so falsch, dass Paul ihm den Koffer abgenommen hat?«

»Ja. Vielleicht. Es gibt da ein paar Hinweise …«

»Welche?«

»Ach, verdammt! Jedenfalls nichts, was rechtfertigen würde, dass der Junge so eine Show abzieht!« Möller setzte sich. »Also. Es sieht so aus, als ob aus dem Koffer Material entnommen wurde. Paul hatte genug Zeit dafür, aber er hatte keinen Grund. Paul hat gesagt, er wollte Murat gefallen. Er wollte zeigen, dass er bei den Großen mitspielen kann … Oder gab es da vielleicht noch was anderes? Ich muss das wissen …«

Erkan wollte etwas sagen, bremste sich aber.

»Ich hab mir vorhin nochmal Pauls Aussage durchgelesen und mit der von Boschko verglichen. Der hätte genauso viel Zeit gehabt, in den Koffer zu greifen. Und zwar unmittelbar bevor Paul die Kollegen auf ihn gehetzt hat …«

Möller stand wieder auf und öffnete ein Fenster.

»Und noch was. Es scheint da eine Verbindung zu geben, von der wir nichts wussten. Zwischen Boschko und einem anderen Mann. Das war schwer rauszukriegen, weil dieser Mann tot ist und wir seine Identität nicht feststellen konnten.«

»Etwa der, der bei der Razzia vom Dach gefallen ist?«

»Woher weißt du das schon wieder?«

»Nur so gehört …«

Möller setzte sich. »Der Tote und Kohn kannten sich. Der sollte für Kohn Material sichern. Wenn Boschko nun versucht hat, dieses Material an sich zu bringen und uns Teile davon vorzuenthalten …«

»… dann arbeitet Boschko gegen uns. Ich meine, gegen Sie.«

Möller sagte nichts.

»Ja, aber dann wissen die doch von Kohns Identität. Dann ist der in Gefahr!«, rief Erkan.

»Die hätten Kohn längst umbringen können – aber der lebt noch. Warum?« Ehe Erkan antworten konnte, fuhr Möller fort: »Vielleicht, um uns mit falschen Informationen zu füttern … Erkan, ich muss mir Boschko vorknöpfen. Bevor ich die Reißleine ziehe und Boschko aus dem Verkehr nehme, muss ich Gewissheit haben. Dafür steht zu viel auf dem Spiel. Wir bereiten einen ziemlich großen Zugriff im Ausland vor. Ich hab Boschko ein Ultimatum gestellt. Ich hab ihm gesagt, dass ich ihn auf die Fahndungsliste setze, wenn er sich heute Abend nicht bei mir meldet und sich mit mir trifft. Und dafür brauch ich einen Zeugen. Ich möchte, dass du mitkommst, Erkan. Wenn sich mein Verdacht bestätigt und Boschko uns tatsächlich hintergangen hat, werd ich dafür sorgen, dass Pauls Weste wieder blitzsauber wird. Das versprech ich dir. Bist du dabei?«

»Klar«, Erkan sprang auf.

»Kann sein, dass wir heute noch losmüssen.«

»Kein Problem.«

»Gut, dann komm mit …«

Sie gingen in den Besprechungsraum.

Möller stellte ihm einen ganzen Umzugskarton mit Akten hin.

»Nutz die Zeit und friss dich durch ein paar Akten, damit du ein bisschen Einblick in die Sache bekommst.«

Möller ließ ihn allein.

Erkan nahm die erste Akte heraus, klappte sie auf, doch ehe er zu lesen begann, wählte er Pauls Nummer. Er ließ es lange klingeln, doch Paul ging nicht ran. Er flüsterte ihm auf die Mailbox, dass er bei Möller sei und es einen Verdacht gegen Boschko gebe. Dann legte er auf.

Diese Akten waren das zäheste Zeug, das Erkan je gelesen

hatte. Er hatte sich zwei, vielleicht drei Stunden durch die Papiere gekämpft, da klingelte sein Handy. Ninas Nummer erschien auf dem Display – er ging ran.

Nina war völlig aufgelöst. Sie weinte. Das Einzige, was Erkan verstand, war, dass es ihr unendlich leidtat um die Freundschaft zwischen ihm und Paul, die sie kaputtgemacht hatte.

»Nein«, sagte Erkan. »Nein, dafür kannst du nichts!«

Doch was er jetzt auch sagte, er konnte sie nicht beruhigen.

Als er aufgelegt hatte, stand Möller in der Tür.

»Dein Mädchen?«, fragte er.

»Ja. Nein. Nicht meins!«

»Auf die Formulierung kommt's nicht an«, Möller lächelte.

»Hat Boschko schon angerufen?«, fragte Erkan.

Möller nickte. »Wenn du noch kurz wohin willst – 'ne halbe Stunde haben wir noch.«

»Das reicht …«

Sie verabredeten sich um genau halb eins am Mehringdamm, Ecke Yorckstraße.

Erkan trat in die Pedale.

# 35

Kohn, der Hagere und Lukas waren noch mehrere Stunden in diesem *Euro-Club* geblieben, dann hatte Marian sie im Morgengrauen zurück zum Hotel gefahren.

Kohn fühlte sich sicher. Der Anruf gab ihm das Gefühl, Spieler und nicht mehr nur eine Spielfigur zu sein. Er war so zufrieden mit sich selbst, dass er gar nicht weiter darüber nachdachte, welch glückliche Umstände da auf einmal zusammengekommen waren: das erreichbare Telefon, das Wissen um Ort und Zeit des Treffens mit den Albanern und wer da sonst noch dabei sein sollte.

Schon am nächsten Tag hatten sie Moldawien verlassen. Marian brachte sie zum Bahnhof, und mit dem Zug fuhren sie weiter nach Odessa.

Sie bezogen Quartier im *Hotel Passage.* Wieder waren Kohn und der Hagere zusammen auf einem Zimmer.

In den folgenden zwei Tagen war Lukas immer allein unterwegs – wie er behauptete, hatten seine Unternehmungen nichts mit dem bevorstehenden Treffen zu tun.

Kohn und der Hagere schlugen die Zeit mit Spaziergängen auf der Deribasowskaja, der Flaniermeile Odessas, tot. Einmal liefen sie am Meeresboulevard die berühmte Potjomkin-Treppe zum Hafen hinunter und mussten dann die 192 Stufen wieder hinaufsteigen, weil die Funiculaire, die Seilbahn, außer Betrieb war.

Und Kohn half, den Brief an die Tochter des Hageren zu formulieren. Der sei nur für den Fall seines plötzlichen Ablebens, behauptete er. Die Art und Weise, wie er das sagte, legte allerdings den Schluss nahe, dass dieser Fall bald bevorstehen konnte. Kohn versuchte den Gedanken auszublenden.

Die wenigen Zeilen, die der Hagere niedergeschrieben hatte, enthielten nur austauschbare Allgemeinplätze, kein persönliches Wort.

»Und?«, fragte der Hagere, der Kohn beim Lesen aufmerksam beobachtet hatte.

Kohn zögerte. »Da könnte noch ein bisschen mehr von dir rein«, meinte er schließlich.

»Was heißt das?«

»Bisschen persönlicher.«
»Persönlicher?«
»Mehr von dir selbst.«
»Gefühl?«
»Zum Beispiel.«
»Ich will nicht zu tief gehen.«
»Wie du meinst.«
Sie beließen es dabei. Später, als sie zu Mittag aßen, kam der Hagere auf ihr Gespräch zurück.
»Vielleicht hast du recht.«
»Was meinst du?«
»Dass da mehr Gefühl reinsollte.«
»Ich bin kein Schreiber«, sagte Kohn.
»Aber du kannst das besser als ich. Bestimmt.«
»Ich kenn dich nicht. Ich weiß nichts von dir, wie soll ich da was von dir reinschreiben?«
»Da soll so ein väterlicher Ton rein. Du weißt schon, was ich meine.«
»Bisschen Wärme …«
»So was, ja. Aber nicht, was ich konkret gemacht habe. Und wie. Und warum.«
»Schon verstanden.«
Kohn nahm sich den Brief vor.
»Also hier steht: *Ich habe stets an dich gedacht.* Daraus könnte man vielleicht machen: *Meine liebe Tochter, ich denke an dich, wo immer ich bin …*«
»Das ist gut!«, sagte der Hagere.
Kohn war selbst ein bisschen stolz auf die Formulierung. Es war der Anfang eines Liebesliedes, das er noch aus seiner Kindheit kannte.
»Und hier: *Berufliche Umstände erforderten unregelmäßige Aufenthaltsorte.* Ich schlage vor: *Auch wenn es schmerzt – ich*

*war zu einem rastlosen Leben gezwungen und konnte nicht bei dir sein ...«*

Der Hagere nickte nur. Er sah aus, als hätte er einen Kloß im Hals. Satz für Satz gingen sie den Text zusammen durch. Bei fast allen Änderungen, die Kohn vorschlug, stimmte der Hagere zu. Kohn trug die Änderungen direkt in den Entwurf ein. Er hatte eine weiche, rundliche Handschrift – die des Hageren sah dagegen aus, als hätte sich ein Roboter in Schönschrift versucht.

»In zwei Tagen!«, sagte Lukas und klatschte in die Hände. Er wirkte gut gelaunt und rundum zufrieden. »In zwei Tagen ist die Kuh vom Eis!«

»In zwei Tagen?«

»Genau.«

Kohn begann zu rechnen. Das Treffen in Albanien sollte doch erst in fünf Tagen sein. Er starrte vor sich auf den Teller. Da stimmte was nicht. Sein Magen revoltierte – er bekam Angst.

»Was ist los?«

»Sodbrennen«, sagte Kohn, stand auf und ging zur Toilette. Er wusch sein Gesicht mit kaltem Wasser und bestellte Wodka.

Nach dem Essen fragte Lukas: »Hat Frank es dir schon gesagt? Wir fahren morgen sehr früh los.«

Kohn konnte die Frage, die in ihm brannte, nicht mehr zurückhalten.

»Nach Albanien?«

Lukas zog die Augenbrauen hoch.

»Albanien?«

»Ja.«

»Ach!«, fiel es Lukas wieder ein. »Da hat sich noch was geändert.«

»Was hat sich geändert?« Kohn bemühte sich, einen beiläufigen Ton anzuschlagen.

»Wir haben Albanien gecancelt«, sagte Lukas. »Uns gefällt Polen jetzt besser.«

»Polen?«

»Wir ziehen das Treffen ein paar Tage vor. Da bietet sich das einfach an.« Er wandte sich zum Hageren. »Noch einen Absacker?«

Der Hagere schüttelte den Kopf.

»Du, Stephan?«

»Danke.«

»Hast du ein Problem mit Polen?«

»Überhaupt nicht. Ich war nur nicht informiert.«

Aber jetzt wusste er, dass sie über ihn informiert waren. Sie hatten ihn gelinkt – und er hatte Murat und seine Leute ins Nirgendwo geschickt.

»Wird alles gut. Wirst sehen …«, sagte der Hagere, als sie auf ihrem Zimmer waren.

# 36

Prietz kam erst gegen neun Uhr dreißig ins Büro. Er setzte Kaffee auf – Frau Blotzner war wieder mal beim Zahnarzt. Während die Maschine lief, nahm er sich den Stapel Hauspost vor, der angefallen war, seit er gestern Nachmittag den Laden verlassen hatte.

Es waren hauptsächlich Einsatzberichte, ein paar Einladungen, Pressemitteilungen und eine handbeschriebene DVD von Benneter oder Bierofka. Das Kürzel war ebenso wenig zu entziffern wie die Notiz, die darauf vermerkt war. Er warf die DVD in die Ablage und überlegte kurz, ob man einen Fünfzigjährigen noch zu einem Schreibkurs verdonnern konnte.

Er nahm einen Kaffee, öffnete das Fenster und zündete sich eine Zigarette an. Er hatte nicht mal ein Viertel der Kippe weggezogen, da klopfte es an der Tür, und schon stand Kerstin Fechner auf der Schwelle.

Eilig drückte er die Zigarette in die Blechdose und schloss das Fenster.

»Das nächste Mal erwisch ich Sie mit heruntergelassener Hose, was?«

Prietz ging nicht darauf ein.

»Eigentlich wollte ich Ihnen heute das Du anbieten«, sagte er.

»Und ich Ihnen das *Dudu!*« Sie hob den Zeigefinger.

»Kaffee?«

»Ja. Aber ohne Schuss.«

Er stellte ihr eine Tasse hin.

»Was ist jetzt mit dem Du?«

»Sie wollen doch nur Bruderschaft trinken …«

»Dann eben nicht.«

Fechner nahm ihren Kaffee, trank – und schluckte. »Um Gottes Willen.«

Sie stand auf, ging zum Waschbecken und ließ Wasser nachlaufen.

Prietz verdrehte die Augen.

»Hat denn Herr Genç inzwischen mal bei diesem Daniel Richter vorgefühlt?«

»Weiß ich nicht. Aber er hat Dietrich Schmidt ein Foto von Richter geschickt, und der ist damit nach Polen gefahren. Ich denke, wir könnten ihn jetzt mal anrufen …«

»Wo ist der genau?«

»In Zielona Gora. Zu deutsch: Grünberg.«

»Sie wissen ja alles.«

Prietz nahm den Hörer und wählte Schmidts Handynummer.

»Dietrich?«, Prietz hörte einen Moment zu. Dann legte er auf.

»Und?«

»Der ist bei dieser Agnieszka. Aber die hat kein Internet. Sie gehen jetzt zu einem Nachbarn. Er meldet sich gleich.«

»Stellen Sie dann bitte auf Laut«, sagte Fechner.

Fünf Minuten später klingelte Prietz' Apparat.

»Wer auch immer Foryta zu Hause aufgesucht und ihm diese Versprechungen gemacht hat – Daniel Richter war es nicht«, sagte Schmidt. »Den hat Agnieszka noch nie gesehen.«

»Tja. Das war's dann wohl. Grüß mir Grünberg. Heut Abend ist Fußball ...«

»Nee, nee!«, unterbrach Schmidt. »Das muss ja einer gewesen sein! Der Murat soll mir mal Fotos von allen Mitarbeitern schicken, die in diese Ermittlungen involviert waren.«

»Ist das nicht ein bisschen viel?«

»Kalle, das ist mir wichtig. Das muss jetzt sein.«

Prietz fluchte, legte auf und wählte Murats Nummer.

Murat klang genervt, dass er jetzt ein ganzes Fotoalbum zusammenstellen sollte. Kaum hatte Prietz wieder aufgelegt, betraten Benneter und Bierofka das Zimmer.

»Die Blotzner ist nicht da«, entschuldigte sich Bierofka.

»Trotzdem könnten Sie anklopfen.«

»Hoppla«, sagte Benneter, als er Fechner bemerkte.

Bierofka nickte ihr zu und wandte sich dann an Prietz.

»Und, schon mal reingeguckt?«

»In Ihre DVD?«

»Mhm.«

»Was soll denn da zu sehen sein?«

»Steht doch drauf …«

»Herrgott, ich kann Ihre Sauklaue nicht lesen!«

»Paul hat ein Auto geknackt«, sagte Benneter.

Prietz schob die DVD in den Player und schaltete den Fernseher ein, der auf einem Rollwagen an der Wand stand.

»Ist ein Überwachungsband aus einer Tiefgarage des Mariner-Hotels. Der Pförtner hat nicht die Hotelleitung informiert, sondern seinen Schwager, einen Kollegen aus Mitte. Der hat das Nummernschild abgefragt und ist dann zu uns gekommen.«

Der Überwachungsfilm zeigte eine spärlich besetzte Parkebene. Ziemlich zentral im Bild war ein Audi A6 zu sehen. Nach einer halben Minute fuhr ein weiterer Wagen ins Bild und blieb neben dem Audi stehen.

»Das ist Pauls Wagen. Wir haben das Nummernschild über andere Aufnahmen herausbekommen.«

Am linken Bildrand bewegte sich etwas. Eine Gestalt kam hinten um den Wagen herum und lief zur Beifahrertür des A6. Sie verharrte kurz, sah sich um – und in diesem Augenblick erwischte die Überwachungskamera das Gesicht: Es war Paul.

»Achtung!«, sagte Bierofka.

Als Paul die Kamera entdeckt hatte, winkte er.

»Sag mal …« Prietz schüttelte den Kopf.

Paul zog eine Art Fernbedienung aus der Hosentasche, richtete sie kurz auf den Audi und steckte sie gleich wieder weg. Dann machte er sich mit irgendwelchen Werkzeugen am Schloss der Beifahrertür zu schaffen.

»Das war ein Impulsgeber. Der schaltet die Alarmanlage aus. Profis machen das so …«

Prietz, Fechner, Benneter und Bierofka starrten auf die Aufzeichnung.

Es dauerte zwei, drei Minuten, bis Paul die Tür geknackt hatte. Er setzte sich auf den Beifahrersitz, strich über die Armaturen und griff in die seitliche Ablage.

»Was sucht der da?«, fragte Fechner.

»Kommt gleich.«

Paul konzentrierte sich auf das Handschuhfach. Er öffnete es vorsichtig und schien kurz zu verharren. Er griff hinein und holte ein kastenförmiges Gerät heraus, das ungefähr so groß wie ein Autoradio war.

»Was ist das?«

»Wir glauben, das ist ein Funksprecher.«

Paul betrachtete das Ding von allen Seiten. Dann legte er es in das Handschuhfach zurück, stieg aus und schloss die Tür. Er werkelte noch einen Moment an dem Türschloss herum, richtete den Impulsgeber auf den A6, stieg in seinen Wagen und fuhr weg.

»Das gibt's doch nicht!« Prietz war aufgestanden. »Habt ihr ihn angerufen?«

»Nö. Erst mal wollten wir Ihnen das Band zeigen.«

Prietz zog eine Telefonliste aus einer Schublade, blätterte darin herum und wählte Pauls Nummer.

Er wartete einen Moment, sagte: »Hier ist Prietz. Ich erwarte deinen sofortigen Rückruf!«, und knallte den Hörer auf die Gabel.

»Vielleicht bei Erkan probieren?«, schlug Benneter vor.

Prietz wählte Erkans Nummer, aber auch da war nur die Mailbox dran.

»Wer hat sonst noch Kontakt zu Paul oder Erkan?«

»Na, Croque Monsieur.«

»Wer?«

»Schraube.«

»Da fällt mir was ein«, sagte Fechner. »Bei der Vernehmung hat Braun was davon erzählt, dass er mit Schraube einen Brötchenteller angerichtet und dann eine Besprechung abgehört hat ...«

Prietz kniff die Augen zusammen. Bei *Brötchenteller* schrillten sämtliche Alarmglocken – ohne genaue Vorstellung, was da eigentlich gewesen war. Ein weiteres Mal griff er zum Telefonhörer.

»Na, mal 'n bisschen Haltung«, sagte Bierofka, als Schraube keine drei Minuten später ins Zimmer schlurfte. »Hier sitzt 'ne Dame!«

Schraube salutierte vor Fechner.

»Setzen Sie sich«, sagte Prietz und zeigte auf einen leeren Stuhl.

Schraube schien vollkommen arglos. Aber nachdem er das Überwachungsband gesehen hatte, wich er jedem Blickkontakt aus. Seine Hände hinterließen feuchte Flecken auf der Uniformhose.

»Können Sie mir was dazu sagen?«

Schraube sagte nichts. Im Gegenteil. Er presste die Lippen aufeinander und starrte an die Zimmerdecke – wie ein trotziges Kind, das beschlossen hatte, nie wieder zu sprechen.

»Hören Sie mich?«

Schraube schwieg weiter.

»Sind Sie taub?«, schrie Fechner ihn plötzlich an, dass alle Anwesenden zusammenzuckten. Außer Schraube. Der starrte unvermindert an die Decke, nur die Unterlippe stand etwas vor.

»Bringt bei dem nichts«, sagte Bierofka. »Da macht man sich nur selbst kaputt.«

Prietz versuchte, Schraube gut zuzureden.

Aber der schwieg.

Fechner richtete sich auf und formte mit den Lippen *Brötchenteller.*

Prietz hatte verstanden. Er stand auf, ging um den Schreibtisch, lächelte und sagte in einem Singsang, der nichts Gutes verhieß: »Na, Schraube, was war denn da in dem Brötchenhaufen, den Sie der SoKo in mein Büro gebracht haben?« Bei *Brötchenhaufen* beugte er sich vor und knuffte ihn gegen die Schulter.

Schraubes Brustkorb bewegte sich jetzt heftig auf und ab.

»Ein kleines Telefon vielleicht?«

Ein Beben erschütterte Schraubes Oberkörper.

»Spuck's schon aus, du Dickwanst«, setzte Prietz nach und stieß ihm den Zeigefinger in den Bauch.

Schraube prustete los. Er lachte laut, voller Inbrunst und frei von jeder Scham. Schließlich sah er geradewegs in Prietz' Gesicht. Und je mehr dessen Züge entgleisten, desto lauter lachte Schraube. Er konnte gar nicht mehr aufhören.

»Wir haben's ganz unten versteckt, und dann …« Er japste nach Luft. »Dann haben euch die Dinger so gut geschmeckt …« Er stockte, hielt sich den Bauch, wimmerte fast und fuhr endlich fort. »Da musste ich rein, und Sie haben genauso geguckt wie jetzt!«

Tränen liefen ihm über die Wangen, er trampelte mit den Füßen.

Benneter schlug ihm auf den Rücken, weil Schraube inzwischen blau anlief und nach Luft rang. Endlich verebbte das Lachen. »Und dann hat mir Frau Blotzner noch ihre Privatnummer gegeben!«, schloss er seinen Bericht und wischte sich die Augen.

Prietz fluchte insgeheim und unterdrückte den Wunsch nach einer Zigarette.

»Können Sie jetzt vernünftig reden?«

Schraube tupfte sich mit einem Taschentuch die Stirn. Er gab zu, Paul eine Wanze besorgt zu haben – und einen Peilsender.

»Das Ortungsgerät für den Peilsender hatte Ronny damals vergessen. Vorgestern rief Paul an und meinte, dass er das Ding jetzt dringend braucht. Ronny hat ihm eins besorgt. Das Signal ist über zig Kilometer zu empfangen.«

Inzwischen war Frau Blotzner eingetroffen.

»Ich hab hier zehn oder noch mehr Anrufe von Paul Braun auf dem Apparat«, sagte sie mit dicker Backe.

Prietz griff sofort zum Telefon und wählte Pauls Nummer, aber wieder erreichte er nur die Mailbox.

Er beauftragte Frau Blotzner, es jede Minute neu zu versuchen. Dann forderte er Benneter, Bierofka und Schraube auf, sein Büro zu verlassen. Als er und Fechner allein waren, tippte er sich nur an den Kopf und wählte Schmidts Handynummer.

Offenbar hatte Murat die Bilder in zu großer Auflösung geschickt – jedenfalls dauerte es ewig, bis der uralte Rechner von Agnieszkas Nachbarn die Fotos runtergeladen hatte.

Fechner setzte neuen Kaffee auf. Prietz stellte sich ans Fenster, steckte sich eine Zigarette an – als schon wieder die Tür aufgestoßen wurde. Mats Lehmann und Schabroth marschierten herein, gefolgt von Benneter und Bierofka.

»Gestern Nacht ist am Hermannplatz ein Laden ausgebrannt. Der Besitzer sagt, er würde Paul und Erkan kennen – die seien gestern Vormittag bei ihm gewesen. Angeblich war Paul auch schon einen Tag vorher da«, sagte Lehmann.

»Bei der Vernehmung ist dann auch der Name Stephan Kohn gefallen!«, fügte Benneter hinzu.

»Kohn?«

»Der soll auch im Laden gewesen sein.«

»Was ist das für ein Laden?«

»So ein Internetding, neben McDonald's. Hat rund um die Uhr auf. Nach allem, was wir bisher wissen, war das Brandstiftung. Da sind Mollies geflogen.«

»Ich will den Besitzer hier haben«, sagte Prietz.

»Haben schon einen Wagen losgeschickt. Sein Bruder hat erzählt, dass er zu einem Anwalt unterwegs ist.«

»Oder er versucht, irgendwo noch schnell 'ne Versicherung abzuschließen!« Schabrot lachte. Benneter und Bierofka stimmten ein.

»Ich brauch das Nummernschild von dem A6 aus dem Parkhaus.«

»Moment.« Benneter durchwühlte seine Taschen und reichte Prietz einen Zettel. Es handelte sich um ein Wiesbadener Kennzeichen.

Prietz zeigte ihn Fechner. »Alles Gute kommt aus Wiesbaden.«

Dann forderte er die vier Kollegen auf, den Raum zu verlassen – was die eher widerwillig taten.

»Das hat man nicht alle Tage, was, Frau Fechner?« Er wählte Murats Nummer.

»Kerstin.«

»Oh!« Er reichte ihr die Hand. »Karl-Heinz.«

Prietz erzählte Murat, was er bis jetzt in Erfahrung gebracht hatte, auch die Sache mit dem ausgebrannten Laden, in dem Stephan Kohn angeblich gesichtet worden war. Am anderen Ende der Leitung war es mucksmäuschenstill.

»Murat – noch da?«

»Ja.«

Dann gab Prietz ihm das Nummernschild des A6.

»Meld mich gleich«, sagte Murat und legte auf.

Zwei Minuten später klingelte es. Prietz stellte wieder auf Laut.

Die Kollegen, die Prietz eben hinauskomplimentiert hatte, versammelten sich in Blotzners Vorzimmer und lauschten am Spalt der geöffneten Tür.

Schmidt war am Telefon.

»Kalle – hier ist der Teufel los! Bei der Agnieszka wurde eingebrochen. Die Tür wurde aufgetreten, und ein Typ ist in die Wohnung gestürmt. Zum Glück waren wir ja eins drüber bei den Nachbarn. Ich bin ins Treppenhaus, hab *Policja!* gebrüllt – und da kam der rausgerannt und ist weg. Konnte sein Gesicht nicht gut erkennen, aber das war ein kräftiger, sehniger Typ. Sportlich. Mit Lederjacke und Kapuze. Der hatte 'ne Waffe in der Hand!«

»Und jetzt?«

»Der ist abgehauen. In einem dunklen 5er BMW. Nummernschild hab ich nicht erkannt, aber ein Junge, der vor dem Haus gespielt hat, meint, der hätte ein Berliner Kennzeichen gehabt. Ich sag dir – das war ein Anschlag. Der wollte Agnieszka umbringen.«

»Boschkos Wagen«, meinte Schraube, den Kopf durch die Tür gesteckt.

»Wie?«, fragte Prietz.

»Das muss Boschkos Wagen gewesen sein. Schwarzer 5er BMW. Ungefähr zehn Jahre alt …«

Prietz sah zu Fechner. »Sie hatten doch Akteneinsicht. Kommt das hin?«

»Die Stellen waren geschwärzt …«

»Kalle, die polnischen Kollegen kommen gerade. Ich mach jetzt weiter mit den Fotos und meld mich dann.« Schmidt legte auf.

»Was haben Sie hier alle zu suchen?«, schrie Prietz. »Frau Blotzner, haben Sie den Paul endlich erreicht?«

»Hätt ich Ihnen schon gesagt!«, blaffte sie zurück.

Es klingelte erneut. Diesmal war es Murat.

»Weißt du wo Boschko sich im Moment aufhält?«, fragte Prietz.

»Warum?«

»Ja oder nein?«

»Keine Ahnung.«

»Weißt du, was der für einen Wagen fährt?«

»Einen BMW, glaub ich. Warte ...« Kurz darauf war er wieder am Hörer.. »Einen schwarzen 5er BMW.«

»Dietrich hat so einen gerade in Zielona Gora gesehen. Ein Kerl, auf den Boschkos Beschreibung passt, ist mit gezogener Waffe in die Wohnung von Forytas Freundin. Zum Glück war die nicht da.«

»Verdammt ...«

»Hast du das mit dem Kennzeichen von dem A6 raus?«

»Ja«, sagte Murat. »Möller fährt den Wagen ... Und ich hab den gestern noch gefragt, ob er Daniel Richter mal zu dieser Agnieszka geschickt hat – weil die nämlich Stein auf Bein schwört, dass Forytas Führungsoffizier bei denen war ...«

Frau Blotzner drängte sich durch die Kollegen.

»Dietrich Schmidt ist dran, kann ich durchstellen?«

»Murat, bis gleich.«

Prietz drückte auf zwei Tasten.

»Ja, Dietrich?«

»Achtung: Agnieszka hat einwandfrei Hasso Möller identifiziert. Würde sie jederzeit bezeugen.«

»Kein Zweifel?«

»Nein.«

»Pass auf, wie's aussieht, könnte der Eindringling ein verdeckter BKA-Ermittler gewesen sein. Personenbeschreibung und Fahrzeug passen. Dietrich, pass auf die Kleine auf, hörst du?«

»Keine Sorge ... Gib mir doch mal das Nummernschild von diesem BMW. Kriegst du das?«

»Paul ist dran!«, rief Frau Blotzner dazwischen. »Auf Leitung zwei!«

# 37

Alle Mitarbeiter der Kerntruppe – Richter, Traemann, Lang und von Ahnen – standen um Murats Schreibtisch und starrten auf das Telefon. Aus dem Lautsprecher drang Rauschen, dann war plötzlich Prietz' Stimme zu hören.

»Paul?«

»Ja.«

»Wo bist du?«

»In Polen.«

»In Polen?!«

»Bei Pa-je-cz-no – keine Ahnung, wie man das ausspricht. Wir sind südöstlich gefahren und jetzt wieder nördlich ...«

»Was machst du da?«

»Ich bin hinter Möller her.«

»Was?«

»Ich hab mich an Möller gehängt ...«

»Wieso das?«

»Ist etwas kompliziert … Ich weiß nicht, ob ich so lange Netz hab.«

»Sprich, verdammt!«

»Ist Murat auch da?«

»Ich bin da«, sagte Murat.

»Also«, fing Paul an. »Ich hatte doch bei der Razzia beobachtet, wie Boschko einen vom Dach gestoßen hat. Du hattest mir nicht geglaubt, und ich stand da wie ein Idiot. Am Ende hab ich fast an mir selbst gezweifelt. Als ich dann später in euer Büro bin, um mich bei dir zu entschuldigen, warst du nicht da – aber Boschko. Der hat im Nebenzimmer telefoniert und ein paar Andeutungen zu der Geschichte auf dem Dach gemacht. Nichts Konkretes, aber trotzdem … Boschko meinte, dass sie dann später übers C-Netz sprechen würden. Ich wusste gar nicht, was das ist. Aber ich wusste, der hat einen umgebracht, verstehst du? Und ich wollte den rankriegen. Ich hab den verwanzt – aber das hat euch die Fechner ja sicher schon gesagt …«

Pauls Stimme wurde leiser.

»Hallo?«, rief Murat. »Paul, hörst du mich?«

Es dauerte ein paar Sekunden, dann war er wieder zu verstehen.

»Über die Wanze wurde dann klar, dass es um Material von Kohn ging. Am Zoo hab ich Boschko deshalb den Koffer abgenommen und reingeschaut. Nur reingeschaut! Da waren Papiere und Klamotten drin – und das Handy. Und darauf war dieses Foto – von dem Kerl, mit dem Kohn in Tonis Laden war. Toni kennst du auch noch. Der war auf unserer Schule.«

»Von was für einem Foto redet der?«, fragte Richter.

»Auf dem Handy war kein Foto …«, warf Traemann ein.

Murat legte den Zeigefinger an die Lippen.

»Hallo? Murat?«

Sie konnten Pauls Stimme verstehen, nur offenbar hörte er sie nicht mehr.

»Murat?«

»Ja!«

»Verdammt, das dauert doch alles zu lange, oder?«

»Sprich einfach weiter!«

»Nachdem die Fechner mich vernommen hatte, bin ich ziemlich abgestürzt. Und da ist mir der Verdacht gegen Möller gekommen.«

»Wieso?«

»Der hat mich mal gefragt, ob ich ein *Frettchen* sei – und genau dieses Wort hat Boschko auch mal benutzt. Klingt ziemlich dünn, aber so war's.«

»Weiter …«

»Ich hab Möllers Wagen geknackt, und darin war auch so ein Funkgerät. Dasselbe wie bei Boschko. Und Ronny meint, die Dinger sind ziemlich teuer, weil man sie nicht abhören kann …«

Traemann schüttelte den Kopf. »Seit wann kommunizieren wir über Funk?«

»Wer weiß was von diesen Dingern?«, fragte Lang.

Niemand antwortete.

»Für mich stand jetzt jedenfalls fest, dass Möller und Boschko zusammenarbeiten. Deshalb hab ich Erkan mit dem Bild von Kohns Begleiter, das Toni uns ausgedruckt hatte, zu Möller geschickt und mich gleich wieder an Boschko gehängt. Der Peilsender, den ich dem verpasst hatte, war ja noch dran. Ich hatte mir gerade überlegt, wie man den sonst noch aus der Reserve locken könnte, da ging's richtig los. Wieder über Funk. Boschko sollte zuerst prüfen, ob ich noch in Berlin war – Erkan hatte Möller gesagt, dass ich nichts mit den Fotos zu tun hätte und für ein paar Tage weggefahren sei. Boschko war dann in meiner Wohnung und hat meine Karre beobachtet, aber mich hat er nicht gesehen. Deshalb hab ich mir auch den Micra von eurer Mutter geliehen …«

Ein bellendes Lachen drang aus dem Lautsprecher – Schraube.

»Außerdem kam die Anweisung, dass sich Boschko um Tonis Laden kümmern sollte. Und dann sagte er noch was von einer Agnieszka in Zielona Gora. Aber das hab ich nicht kapiert. Später hat Möller Erkan gefragt, ob er ihm hilft, Boschko zu stellen. Angeblich gab's da irgendeinen Verdacht, den er klären wollte. Jedenfalls sitzt Erkan jetzt bei Möller im Auto …«

»Warum hat der Erkan mitgenommen?«, fragte Lang.

»Keine Ahnung«, sagte Traemann.

»Erkan ist der Lockvogel?«, brüllte Murat. »Scheiße Paul! Was habt ihr euch dabei gedacht?«

»Na ja …«

»Weiß Erkan, auf was er sich da eingelassen hat?«

Paul zögerte. »Ja, sicher. Wir wollen doch Kohn retten, weißt du?«

Murat sammelte sich kurz. »Und du fährst jetzt hinter Möller her?«

»Ja.«

»Auf Sichtkontakt?«

»Bin doch nicht blöd … der ist fünfzehn Kilometer vor mir.«

»Hast du dem auch einen Peilsender verpasst?«

»Ich hab den von Boschko abgezogen und an Möllers A6 geklebt.«

Wieder ein Lachen. Diesmal war es die Fraktion um Benneter und Bierofka.

»Wo seid ihr jetzt genau?«

»Moment – Nowa Brzeznica stand da gerade.«

»Wie viel Akku hast du noch?«, fragte Richter.

»Ist noch fast voll.«

»Das liegt in Richtung Ukraine und Weißrussland«, warf Traemann ein.

»Womit empfängst du das Signal?«

»Mit 'nem Laptop.«

»Und wie steht's damit?«

»Kein Problem. Ist in der Zigarettenbuchse …«

»Warte mal kurz.«

Zuerst versuchte Murat, Möller über Handy zu erreichen, erwischte aber nur die Mailbox. Dann besprach er sich mit seinen Kollegen. Nach einer halben Minute war er wieder da.

»Kalle?«

»Ja?«

»Wir wollen, dass Paul an Möller dranbleibt.«

»Muss er ja wohl.«

»Hast du verstanden, Paul? Bleib an denen dran!«

»Ja.«

»Wenn du nichts von uns hörst, meldest du dich jede Stunde. Wenn du tanken musst, versuch dort, dein Handy aufzuladen. Wenn das nicht geht, besorg dir ein neues. Aber verlier ihn nicht!«

»Klar.«

»Okay, Paul«, sagte Prietz. »Wir hören von dir. Und Paul?«

»Ja?«

»Pass auf dich auf.«

Murat wählte noch einmal Möllers Nummer, wieder ohne Erfolg. Er beauftragte Lang, es weiter zu versuchen. Dann fragte er: »Wer hatte Kohns Koffer zuerst in der Hand?«

»Ich«, sagte Richter. »Als Paul damit ankam, hab ich ihn genommen, anschließend sind wir zur neuen Einsatzzentrale gefahren.«

»Und weiter?«

»Dann hat Möller die Sachen bekommen.«

»War er mit dem Koffer allein?«

Richter dachte einen Augenblick nach.

»War er.«

»Ihr glaubt doch nicht im Ernst, dass Möller in ein Komplott verwickelt ist! Seid ihr wahnsinnig?«, fragte von Ahnen.

»Von dir würd' ich gern was anderes erfahren«, sagte Richter. »Ich hab mir gestern mal die Akten über den toten Blonden angesehen. Alles, was du da angeleiert hast, um dessen Identität zu klären, war stümperhaft. Das könnte man als Verschleppung auslegen.«

»Du bist ja verrückt!«

»Du bist Möllers rechte Hand, Simon ...«

»Ich? Das ist Murat!«

Richter schüttelte den Kopf. »Das dachte ich auch mal. Aber nachdem er Murat abgeschossen hat ...«

»Schliem hat ihn abgeschossen!«

»Nein, Möller. Schliem frisst Möller aus der Hand. Die Order, das Zeug über Kohn in Frankfurt auszugraben, ist hintenrum über Möller gelaufen.«

»Das klären wir später«, sagte Murat. »Jetzt müssen wir eine Entscheidung treffen. Die Frage ist ...«

»Ob wir glauben«, führte Richter Murats Gedanken fort, »dass Möller für die andere Seite arbeitet?«

Schweigen.

»Was denkst du, Daniel?«, fragte Murat.

»Ich weiß nicht ... Jedenfalls müssen wir alles neu bewerten.«

»Du warst aber mal auf einer ganz anderen Linie, oder?«

»Stimmt. Da hat sich was geändert.«

»Wenn Möller ein Maulwurf ist, wissen die auch über Kohn Bescheid.«

»Dann war die ganze Geschichte mit Albanien nichts als ein Ablenkungsmanöver.«

»Aber solange die nicht wissen, was wir wissen …«

»Genau. Solange Möller nichts von Paul und Erkan weiß, haben wir ganz gute Karten.«

Lang wandte sich an Murat: »Alles hängt jetzt davon ab: Ist Paul glaubwürdig?«

Die Blicke richteten sich auf ihn.

Murat dachte nach, dann schüttelte er langsam den Kopf. »Nein …«, sagte er wie zu sich selbst. »Nein – Paul erzählt keinen Scheiß.«

»Riecht nach Palastrevolution«, Traemann stieß einen Pfiff aus.

»Ja. Und das bedeutet, dass wir Albanien canceln. Wir setzen voll auf Paul. Wer außer mir ist dafür?«

Richter und Lang hoben zuerst die Hand. Traemann und von Ahnen folgten.

»Das ist also geklärt«, sagte Murat. »Ich leite den Einsatz. Daniel ist mein Vize. Kommt ihr damit klar?«

Von Ahnen, Traemann und Lang nickten.

»Und wie gehen wir jetzt vor?«

»Es würde viel zu lange dauern, dem Chef da oben das alles zu verklickern. Außerdem hat der Möller immer protegiert.«

»Wenn Möller wirklich die Seiten gewechselt hat, geht hier 'ne Bombe hoch.«

»Was ist mit Schliem?«

»Den lassen wir raus«, sagte Lang. »Wir müssen jetzt den Paul-Braun-Style fahren – Rock 'n' Roll!«

»Wir brauchen grünes Licht für eine Einsatztruppe. Und Befugnisse in Polen und …«

»Wir machen das so«, sagte Lang. »Wir legen der obersten Etage unser altes Einsatzpapier vor, modifizieren das ein bisschen und kritzeln Möllers Larry drunter. Dann kontaktieren wir die Verbindungsbeamten in Polen und der Ukraine. Weißrussland könnte allerdings schwierig werden …«

»Was soll ich anfordern?«, fragte Traemann.

»Ein paar Hubis und zwei oder drei GSG9-Einheiten. Außerdem eine Intensivfahndung nach Boschkos Wagen –«

»Und nach Möllers …«, schlug von Ahnen vor.

»Auf keinen Fall! Dem folgt Paul direkt bis ins Wespennest. Wenn jetzt Bullen hinter dem auftauchen, ist der doch gewarnt!«

»Was ist mit Möllers Handy?«

»Dauert zu lange.«

»Tja, dann ist Paul wirklich unsere einzige Chance.«

Lang grinste. »So blöd, wie wir dachten, ist der offenbar gar nicht …«

Murat atmete einmal tief durch.

# 38

Kaum war Erkan zu Möller in den Wagen gestiegen, hatte der das Blaulicht aufs Dach gepflanzt und war zur Auffahrt Tempelhofer Damm gerast. Dort hatte er dann richtig Gas gegeben – sie jagten über die Stadtautobahn, an Schönefeld vorbei und weiter Richtung Cottbus.

»Wohin fahren wir?«

»Nach Polen.«

»Nach Polen? Da treffen wir Boschko?«

»Genau.«

»Ich muss im Dienst Bescheid geben«, fiel Erkan ein. »Die wissen ja gar nicht, dass ich mit Ihnen unterwegs bin.«

»Mach dir keine Sorgen. Ich ruf morgen an und klär das. Hast du ein Handy dabei?«

»Ist aber nicht mehr viel Saft drauf …«

»Schalt's aus. Wir müssen Akku sparen.«

Erkan sah nach, ob eine Nachricht von Paul gekommen war. Dann schaltete er das iPhone aus.

Erkan las Ortsnamen wie Kiekebusch, Roggosen und Bademeusel. Irgendwann angelte Möller das Blaulicht vom Dach und warf es auf die Rückbank.

»Schlaf mal«, sagte er. »Wir müssen uns abwechseln.«

»Kann jetzt nicht schlafen.«

»Warum nicht?«

»Keine Ahnung. Bin nicht müde.«

»Oder bist du aufgeregt?« Möller drehte den Kopf zur Seite und sah ihn an.

»Klar. Und wie!«

Möller lachte laut auf. Und ebenso unvermutet, wie er begonnen hatte, brach er wieder ab.

Erkan musste an diesen bescheuerten Horrorfilm denken, in dem ein Arzt, dem man die Approbation entzogen hat, Tramper aufliest, in seine abgelegene Waldhütte bringt und sie dort in einem grausigen Experiment zu einem menschlichen Rattenkönig zusammensetzt. Dann der große Moment, als der Arzt sein Werk vollbracht hat und begutachtet: Er tritt von dem gigantischen OP-Tisch zurück, betrachtet dieses zuckende, blutende Etwas, das eine neuartige Spezies sein soll, reißt die Arme hoch und stößt ein teuflisches Gelächter aus. Aber eben nur ganz kurz, weil eine Maschine außer Kontrolle gerät und seinen Kopf vom Rumpf trennt.

Sie müssten weit ins polnische Hinterland, erklärte Möller. Bei einem Treffen dort sollte Kohn rausgeholt werden – kurz davor würde es zu der Zusammenkunft mit Boschko kommen.

»Wir treffen Kohn?«

»Nicht wir. Das BKA. Da kannst du dann nicht mehr dabei sein.«

Erkan sah sich schon in einem tristen Kaff in der Pampa stehen und Stunden und Tage auf einen Zug warten, der nie kommen würde.

»Wo war Kohn eigentlich eingesetzt?«, fragte Erkan.

»Kann ich dir nicht sagen.«

»Schade.«

Ein paar Stunden später hielt Möller an einer Tankstelle.

»Was hältst du davon, wenn du jetzt mal fährst?«, meinte er und ging bezahlen. Als er zurückkam, schaltete er das Navi ein. »Geht praktisch immer geradeaus«, sagte er und legte sich auf die Rückbank.

Die Straßen waren mies. Manchmal gab es kurze Teilstücke einer Autobahn, dann ging es wieder über holprige Landstraßen, auf denen hundert Stundenkilometer die absolute Höchstgeschwindigkeit war.

Erkan riss Stunde um Stunde runter. Er dachte an Nina, an Paul – aber meist doch an Nina. Er griff in die Innentasche seiner Jacke und zog die Zahnbürste heraus, die sie ihm mitgegeben hatte. Sie hatte gemeint, dass er doch nicht wissen könne, wie lange er unterwegs sei – und sie hatte recht behalten. Eine quietschrote Zahnbürste von Rossmann. Er steckte sie in den Mund und schrubbte ganz leise auf seinen Zähnen herum.

Die Dämmerung hatte eingesetzt, über den Baumgruppen standen dichte Wolken. Auf der nur notdürftig ausgebesserten Straße produzierte der Audi einen eigenwilligen Rhythmus.

Erkan schaute in den Rückspiegel. Möller schlief. Eher beiläufig fiel sein Blick auf das Handschuhfach. Er lehnte sich über den Beifahrersitz und öffnete es. Darin war ein Funkgerät, und zwar exakt so eins, wie Paul und er es in Boschkos Wagen gesehen hatten. Daneben lag eine Schachtel aus Plexiglas mit mehreren Wanzen – klein wie Erbsen, etwas flacher, mit einer Art Klebe- oder Heftvorrichtung auf der Rückseite.

Plötzlich ertönte lautes Hupen. Er war auf die Gegenseite geraten, ein Lkw blendete auf. Reflexhaft zog Erkan das Lenkrad nach rechts. Dann klappte er das Handschuhfach zu – Möller hatte sich nicht gerührt.

Erkan fragte sich, ob die ganze SoKo mit solchen Funkgeräten ausgestattet war. Er zog sein iPhone aus der Tasche und schaltete es ein. Nach fünf Minuten hatte sich das Handy endlich ins polnische Netz eingewählt, aber der Akku war im unteren Viertel. Er schrieb Paul eine SMS mit dem Namen des Zielortes, der auf dem Navi stand. Dann schaltete er sein Handy wieder aus. Kurz darauf meldete sich Möller von hinten und schlug vor, demnächst eine Pause zu machen.

Um kurz nach neun saßen sie in einem heruntergekommenen Tankstellenimbiss.

»Wie geht's jetzt weiter?«, fragte Erkan.

»Wir fahren, bis wir da sind. Wie klingt das?«

»Blöd.«

Möller trank von seinem Instantkaffee. »Ich werd gleich mal Boschko anfunken und hören, wo der ist.«

»Anfunken?«

»Ja. Mit Verdeckten wird oft über Funk kommuniziert. Ist am sichersten.«

»Und wenn die bösen Buben so 'ne Funke bei dem Ermittler entdecken?«

»Ein Einsatz fängt ja nicht damit an, dass die einem den Wagen filzen. Und außerdem wird der so was nicht zu einer Verabredung mitnehmen.«

Dann fragte Erkan, wie das Treffen mit Boschko ablaufen sollte.

»Du wirst dich im Hintergrund halten«, sagte Möller.

»So? Und wie hab ich mir das vorzustellen? Soll ich mich auf die Rückbank legen und die Lauscher aufsperren?«

»So in der Art.« Möller grinste. »Nein, ich denke, wir machen's mit 'ner Wanze.«

Sie gingen zurück zum Auto.

»Gibst du mir mal dein Handy?«, fragte Möller.

Wieder dauerte es ewig, bis sich das iPhone eingewählt hatte. Der Akku krebste mittlerweile bei fünf Prozent herum. Das reichte vermutlich nicht mal für einen Anruf.

»Sie müssen noch auf der Dienststelle anrufen.«

Möller ignorierte ihn. Er nahm das Handy, schlenderte über den Parkplatz, drückte auf dem Display herum und warf es Erkan zu, als er wieder beim Auto war.

»Ist alle«, sagte er und setzte sich hinters Steuer.

Erkan stieg hinten ein.

Im Laufe des Tages wechselten sie noch zweimal.

Auf den Schildern war mal Krakau ausgezeichnet, Entfernung zweihundert Kilometer, ein andermal Warschau mit zweihundertfünfzig.

Bei einem ihrer Zwischenstopps funkte Möller Boschko an. Die Beifahrertür hatte er zugezogen. Erkan pinkelte und vertrat sich die Beine. Als Möller ausstieg, erklärte er nur: »Hat angebissen.«

Sie fuhren weiter.

Abends, kurz nach halb elf, schaltete Möller das Navi aus. »Bringt hier eh nichts«, meinte er. Das Gebiet, durch das sie die letzten Stunden gefahren waren, war dünn besiedelt, die Straßen meist nicht einmal geteert. Erkan konnte fast nichts erkennen, es gab kaum Häuser, schon gar keine Straßenlaternen. In der letzten halben Stunde war ihnen auch kein einziges Auto mehr entgegengekommen, nur hinter ihnen war ab und zu ein Scheinwerfer aufgeblitzt.

Dann wurde die Straße plötzlich breiter. Möller verlangsamte, spähte durch das Beifahrerfenster und gab wieder Gas.

»Wir sind da.«

Er bog nach rechts ab und fuhr auf ein verlassenes Kasernengelände. Überall standen halb verfallene Baracken herum, der Untergrund war aus riesigen Betonplatten zusammengesetzt.

Der Audi rollte den Hauptweg hinunter, bis dieser schließlich in eine gigantische Freifläche mündete. Möller fuhr einen Bogen und blieb mitten auf dem Paradeplatz stehen.

»Hier ist es«, sagte er.

Erkan hörte sein Herz klopfen.

Plötzlich blendete ihnen gegenüber, vielleicht vierhundert Meter entfernt, ein Wagen auf.

Erkan fuhr zusammen.

»Hoppla«, sagte Möller. »Der ist schon da …« Er betätigte jetzt auch die Lichthupe.

»Hast du eine Waffe?«

»Die … Die ist im Spind. Scheiße!«

»Ganz ruhig …«

»Was machen wir jetzt?«

»Du machst gar nichts. Ich werd zuerst allein mit Boschko sprechen. Ich muss sichergehen, dass dir nichts passiert.«

»Keine Wanze? Was soll ich denn in der Zeit machen?«

»Warten.«

Möller nickte zur Beifahrertür.

»Ich soll raus?«

»Ja. Na los.«

»Aber …«

»Es ist besser so. Mach schon.«

Erkan stieg aus. Draußen war es kühl und dunstig.

Möller zog die Tür hinter ihm zu, rollte in Richtung des anderen Autos, bog dann jedoch nach links ab und fuhr zügig den Weg zurück, den sie eben gekommen waren.

Im selben Moment blitzte das Fernlicht wieder auf. Der andere Wagen startete und hielt geradewegs auf Erkan zu. Reifen quietschten, der Fahrer beschleunigte. Erkan begriff, dass er in der Falle saß. Er drehte sich um und rannte, humpelte – es war hoffnungslos. Selbst ein Sprinter hätte nicht den Hauch einer Chance gehabt. Boschko kam unaufhaltsam näher und näher. Erkan schrie. Er versuchte einen Haken zu schlagen, stürzte und rappelte sich panisch auf. Unzählige Bilder schossen ihm durch den Kopf. Immer wieder Nina. Er umklammerte die Innentasche seiner Jacke, kämpfte sich weiter.

Plötzlich fielen Schüsse.

Erkan wandte den Kopf. Ein zweiter Wagen schoss halb rechts von ihm auf Boschko zu. Es war der Micra seiner Mutter. Es war Paul. Immer wieder feuerte er aus dem Fahrerfenster – dann krachte er rechts ins Heck des BMW, der sofort ausbrach und erst nach zwei Überschlägen wieder zum Stehen kam.

Der Nissan bremste und hielt so, dass der heil gebliebene Scheinwerfer genau auf Boschkos Fahrersitz gerichtet war. Mit gezogener Waffe stieg Paul aus. Er ging auf den BMW zu, zerrte Boschko aus dem Wagen und ließ ihn auf den Boden fallen. Er durchsuchte ihn, zog eine Pistole aus dem Halfter und schmiss sie in hohem Bogen in die Dunkelheit. Danach riss er das Funkgerät aus dem Handschuhfach und schlug mit dem Plastikkasten auf Boschko ein, wieder und wieder, bis der sich nicht mehr rührte. Endlich ließ er von ihm ab und kam zu Erkan herüber.

Schwer atmend standen sie voreinander.

»Na«, sagte Paul. »Alles klar?«

Erkan schlug zu.

Paul taumelte – Erkan setzte nach. Schlug und schlug, noch mal und noch mal, bis er kraftlos aufgab.

Paul war in die Knie gegangen. Er spuckte Blut.

»Du Schwein!«, brüllte Erkan. »Hast mich als Lockvogel benutzt, du Arschloch!«

Paul richtete sich auf. »Ja.«

»Verdammt – wir sind doch Freunde!«

»Freunde …? Und seit wann kribbelt's dir in den Eiern, wenn du Nina siehst?«

»W-wie? Mensch, überhaupt nicht!«

»Wirklich nicht?«

»Nein!«, sagte Erkan. »Wirklich!« Es kribbelte ihm nicht in den Eiern. Es kribbelte im Herzen.

»Du empfindest nichts für sie?«

»Doch – nein! … Scheiße. Vielleicht … ein bisschen …«

Ganz egal, was er jetzt sagte – es klang alles falsch.

»*Nein ... vielleicht ... ein bisschen ...*«, äffte Paul ihn nach. »Träumst von 'ner schönen Zukunft mit ihr ... Gemeinsame Wohnung, Urlaub – Kinder? Hey Erkan, auch Kinder?«

Erkan wollte etwas sagen, aber da hatte Paul ihn schon an der Gurgel gepackt. Er schleuderte ihn gegen den Nissan und kam mit seinem Gesicht ganz nah an ihn heran.

»Du sprichst von Freundschaft?«, brüllte er. »Du?«

Er schlug seinen Kopf gegen Erkans. Dann hatte er plötzlich seine Waffe in der Hand und drückte sie gegen Erkans Schläfe. »Du Ratte!«, brüllte er. »Das hättest du verdienst, du Wichser! Du Scheißkerl!«

Plötzlich das Geräusch eines hustenden Motors. Boschko hatte sich in den BMW geschleppt und versuchte ihn zu starten.

»Dann eben der«, sagte Paul und zielte auf die Windschutzscheibe. Der Wagen rollte an, Paul drückte den Abzug. Doch im selben Augenblick riss Erkan seinen Arm hoch, der Schuss ging in den Nachthimmel.

»Bist du wahnsinnig?«

Mit halbgeöffneter Vordertür und eiernden Reifen fuhr der BMW im Schneckentempo eine Kurve und rollte dann weiter Richtung Ausfahrt. Der Auspuff schleifte über den Boden.

»Der kommt nicht weit«, sagte Erkan.

Paul steckte die Pistole weg und ging ein paar Meter. Erkan lehnte an dem Wagen seiner Mutter und beobachtete ihn.

»Ich hab dich nicht verarscht«, sagte er. »Ich wusste das nicht, Paul. Ich schwör's dir.«

Minuten verstrichen.

»Du hast nichts davon gewusst?«, fragte Paul schließlich, während er langsam zurückkam.

»Nein. Wirklich nicht.«

Paul sah ihn durchdringend an, schließlich wandte er sich ab, ging um den Nissan herum und zog die Fahrertür auf. Die Motorhaube war vom Aufprall eingedrückt, die Stoßstange halb abgerissen, der linke Scheinwerfer zersplittert. Sonst schien die Karre noch ganz fit zu sein. Paul setzte sich hinein und klappte den Laptop auf. Er stöpselte einen Adapter samt Antenne in eine der USB-Buchsen und wartete, bis das Signal kam.

»Wir müssen uns jetzt entscheiden, sonst ist Möller weg.«

Auf dem Bildschirm blinkte ein Signal auf.

»Ist das der Peilsender von Schraube?«

Paul nickte.

»Warst du an uns dran oder an Boschko?«

»An euch.«

»Sind wir jetzt die Einzigen, die Möllers Signal haben?«

»Ja. Aber wir haben Kontakt zu Murat.«

Pauls Handy klingelte.

»Das ist er ja schon … Hallo? … Ja. Erkan geht's gut. Moment …«

Paul sah zu Erkan. »Bringen wir's zu Ende?«

»Ja«, sagte Erkan.

Paul nickte. »Okay, wir hängen uns jetzt wieder an ihn ran.«

Paul legte auf. »Ich glaube, ich hab die klatschen gehört.«

Erkan stieg in den Nissan.

»Was hat Murat denn gesagt, dass ich bei Möller im Wagen war, ohne eine Ahnung, was los ist?«

»Murat dachte, dass wir das zusammen so geplant haben.«

»Verstehe.«

»Unterwegs müssen wir Boschko irgendwie kaltstellen.«

»Das kriegen wir mit ein paar Kabelbindern hin …«

Sie jagten Möller hinterher.

# 39

Das riesige Holzhaus, in dem das Treffen stattfand, war im Stil einer Texas-Ranch gebaut. Es lag in einem ausgedehnten, von Hügeln durchzogenen und mit Nadelhölzern bewachsenen Waldgebiet. Es war eine trockene Gegend mit sandigem Boden. Eine unbefestigte Straße gabelte sich, rechts führte ein schmaler Weg hoch zum Haus, geradeaus ging es weiter zu dem zwei Kilometer entfernten Grenzübergang nach Weißrussland.

Zwei Busse und ein paar Autos parkten vor dem Eingang, darunter Möllers Audi A6.

Vom Hof führte eine Holztreppe zu einer Veranda und weiter zum Haupteingang, dahinter lag ein hallenartiger Saal. Die kahlen Wände waren aus schweren, dunklen Holzbalken, die vergleichsweise kleinen Fenster aus hellem Kiefernholz. Der Fußboden bestand aus blanken, schon leicht ergrauten Holzdielen. Der hintere Teil des Raums, fast die Hälfte der Gesamtfläche, war zu einer Art Podest erhöht, das bis zu den Rändern mit cremefarbenen Flokatis bedeckt war. Fünfzehn oder zwanzig Stück, auf denen im Halbrund drei ausladende Holztische aufgestellt waren. Gegenüber dem Podest, in gut vier Metern Höhe, war ein Innenbalkon angebracht, rechts und links davon führten zwei schmale Holztreppen in den Saal hinunter.

Kohn saß an dem mittleren Tisch bei den Albanern. Sie waren zu fünft: Die beiden Brüder und der kleine König, mit denen er schon in Hamburg und Hannover zusammengetroffen war, sowie zwei Bodyguards, die etwas weiter hinten saßen.

Links daneben die afghanische Delegation – drei Männer mit sauber gestutzten pechschwarzen Bärten, die Gesichter lang und schmal, die Augen graublau und wach. Sie saßen leicht vorgebeugt und hielten die Arme eng am Körper, was den Eindruck von Bescheidenheit und Höflichkeit hervorrief. Ein Stück vorgerückt hatte ihr Anwalt Platz genommen, ein Pakistani. Randlose Brille, grauer Anzug, hellblaues Hemd. Ein etwas fülliger, aber durchaus eleganter Fünfzigjähriger.

Rechts hatten sich die Araber versammelt. In dunklen, leicht zerknitterten Anzügen, breitbeinig, mit verschränkten Armen und gelangweilten Gesichtern. An ihrer Seite waren ebenfalls Leibwächter – kräftig und muskulös, die Augen starr geradeaus gerichtet.

Vor dem Podest standen vier Barhocker. Darauf saßen Möller, Lukas und zwei Herren, die Kohn als Dr. Leinemann und Dr. Sievers vorgestellt worden waren. Sie sahen wie Anwälte oder Geschäftsleute aus. Dann, unauffällig im ganzen Raum und auch auf dem Balkon verteilt, waren da noch weitere Männer, unter ihnen der Hagere. Sie lehnten an der Wand, schauten scheinbar träge und desinteressiert vor sich hin, aber sobald es irgendwo knackte oder im Gebälk knirschte, forschten sie aufmerksam nach der Ursache des Geräusches.

Lukas hatte die Moderation übernommen. Der Pakistani übersetzte für die Afghanen, Kohn für die Albaner. Einer der Araber übersetzte ins Kurdische, obwohl eigentlich alle Deutsch konnten.

Kohn wusste vom Hageren, wie das Treffen geplant war – aber nicht, wie es enden sollte.

Die Afghanen lieferten jährlich eine bestimmte Menge Stoff

bis an die Grenze von Armenien. Dort übernahmen die Albaner, die über ein nahezu lückenloses Netz von Grenzern, Polizeioffizieren, Gouverneuren und lokalen Machthabern verfügten, die sie seit Jahren schmierten und dadurch in der Hand hatten. Sie garantierten den Transport bis nach Ost- und Westeuropa.

Ihre Zuständigkeit endete an wechselnden, kurzfristig verabredeten Punkten, an denen das deutsche Netzwerk den Vertrieb übernahm – also den Transport zu den lokalen Endabnehmern.

Zu Beginn des Treffens hatte es eine mehr als halbstündige Begrüßungszeremonie gegeben. Kohn war ziemlich sicher, dass das ganze Tamtam vor allem für die Afghanen aufgeführt wurde. Die Albaner spielten wunderbar mit – als hätten sie im Leben nie etwas anderes gemacht, als solche Zeremonien zu arrangieren.

Die Araber wirkten genervt, was nicht unbemerkt blieb.

Lukas entwarf die Vision ihrer künftigen Zusammenarbeit, bei der bald mehr Geld sprudeln würde als bei allen vergleichbaren Organisationen in Europa. Kernpunkt sei das Wissen um potenzielle Abnehmer und die Garantie, die sie ihnen bieten könnten: erstklassige Ware von gleichbleibender Qualität zu moderaten Preisen. Geschäfte auf der Grundlage von Respekt und Vertrauen.

»Wir machen bloß Angebote – wir setzen niemandem die Pistole auf die Brust. Wir sind keine Gangster.« Als Lukas *Gangster* sagte, blickte er kurz zu den Arabern. »Wir haben das Potenzial unserer Abnehmer noch lange nicht ausgeschöpft. Wir werden weiter wachsen. Aber wir sind uns auch unserer Verantwortung gegenüber dem Markt bewusst. Wir treiben die Preise nicht hoch und überschwemmen ihn auch nicht mit zweitklassiger Ware. Wir halten den Markt stabil. Außerdem stehen wir in engem Kontakt zu hochrangigen Ermittlungsbeamten und Politikern, auf deren Verbundenheit wir bauen können, sollten wir einmal ihrer Hilfe bedürfen.«

Möller nickte in die Runde und sagte, es sei ihm eine Ehre, mit den Anwesenden zusammenzuarbeiten.

Kohn stockte der Atem.

Er hatte Möller noch nie gesehen – aber er kannte seine Stimme, er hatte ja kürzlich mit ihm telefoniert. Und jetzt ratterte es: Der Chefermittler war ein Maulwurf. Seit die Einheiten zusammengelegt worden waren, wusste Möller Bescheid. Und der Hagere. Und Lukas.

Aber hatte Murat nicht gesagt, dass sein Material angekommen war? Hatten sie nicht das Foto des Hageren auf dem Handy entdeckt?

Kohn war sich sicher, dass über dieses Foto einiges in Erfahrung zu bringen war. Der Hagere, vermutete er, musste eine militärische oder polizeiliche Ausbildung haben.

Seine Übersetzungen stockten, einer der Albaner stieß ihn an.

In seinem Kopf arbeitete es weiter. Wenn sie die ganze Zeit wussten, dass er ein verdeckter Ermittler war – warum hatten sie ihn nicht längst liquidiert? Was versprachen sie sich davon, ihn am Leben zu lassen? Glaubten sie, dass sie auch ihn umdrehen könnten? Oder war er deshalb so wichtig, weil sie es zum Großteil ihm zu verdanken hatten, dass die Albaner jetzt hier saßen?

Ein Anruf unterbrach Lukas' Ausführungen. Leinemann und Sievers steckten die Köpfe zusammen und sahen zu Möller, der plötzlich verunsichert wirkte. Lukas eilte zu den Afghanen, ging anschließend zu den Albanern – und Kohn erfuhr den Grund für die Unruhe: Polnische Freunde hatten berichtet, dass ein Großaufgebot der Polizei, darunter vermutlich auch Deutsche, auf dem Weg hierher sei. Man habe die Lage aber unter Kontrolle, es sei für alles gesorgt. Kein Grund zur Beunruhigung, man müsse sich jetzt nur kurz fassen.

Die Araber konnten nicht hören, was da geredet wurde, und das gefiel ihnen nicht. Möller stand inzwischen mit dem Hageren und einem weiteren Mann etwas abseits. Es sah aus, als wären sie in einem heftigen Disput.

Schließlich wandte sich Lukas den Arabern zu.

»Waren Sie mit unserer Zusammenarbeit zufrieden?«

Die Männer lachten. Man sei zufrieden. Alles sei gut gelaufen. Deutsche Zuverlässigkeit. Man habe aber das Gefühl, er kümmere sich ausschließlich um die Afghanen und die Albaner. Und wen hatte er mit *Gangster* gemeint? Und warum eben diese Unruhe? Die Fragen und kaum versteckten Vorwürfe purzelten nur so aus ihnen heraus.

Lukas hob die Hand. »Einen Augenblick!«, er wandte sich an die Afghanen. »Sie haben es gehört – von uns sind keine Unannehmlichkeiten zu erwarten. Das sagen selbst die, auf deren Zuverlässigkeit man bislang nicht immer bauen konnte. Wir gründen unsere Zukunft auf Ehrlichkeit und Respekt. Also wollen wir jetzt den Kreis schließen?«

Der Pakistani besprach sich kurz mit seinen Mandanten, dann sagte er: »Wir werden alle ausgehandelten Punkte erfüllen. Die Zusammenarbeit zu den vereinbarten Konditionen wird zunächst für ein Jahr garantiert. Meine Mandanten hoffen aber jetzt schon, dass sich die Beziehungen intensivieren werden – so Gott will.«

Kohn gab wieder, was der kleine König antwortete: »Wir sind stolz und glücklich, zum Abschluss zu kommen. Das Geschäft ruht auf drei tragenden Säulen. Wir danken für das entgegengebrachte Vertrauen und werden unsere Verpflichtungen erfüllen.«

Mit Ausnahme der Araber kamen alle in der Mitte des Raumes zusammen, um sich die Hände zu reichen.

Die im Raum und auf dem Balkon verteilten Männer wirkten plötzlich sehr angespannt, sie konzentrierten sich auf den Tisch ganz rechts. Dort hatten die Araber die Köpfe zusammengesteckt und tuschelten – hier lief nichts nach Absprache.

»Auf die Zukunft!«, rief Lukas. Er lächelte und klatschte in die Hände.

Einer der Araber sprang auf. »Was soll das? Was ist das hier? Was glaubst du, wer du bist?«

»Unsere Geschäftsbeziehungen sind beendet«, erklärte Lukas. Gleichzeitig führten die Deutschen die Afghanen und die Albaner aus der Mitte des Raumes zum Ausgang.

»Ihr holt uns hierher, bestellt uns in dieses beschissene Land – nur um uns zu sagen, dass wir raus sind?«

Kohn sah zum Hageren. Mit einer leichten Bewegung des Kopfes gab der ihm zu verstehen, etwas Luft zwischen sich und die Araber zu bringen.

Jetzt ergab das alles auf einmal Sinn.

Kohn verstand, was der Grund für die Ermordung Forytas gewesen war: Das Vertrauen der Araber sollte gestärkt werden – in der Absicht, die Spitze des Clans hierher zu locken. Foryta war ein Bauernopfer, dessen Exekution beweisen sollte, dass man ihre Geschäftspraktiken und ihren offensichtlichen Betrug akzeptierte. Die Araber fühlten sich sicher. Und die Aussicht auf weitere Geschäfte mit einer Gruppe, die sie respektierte und sich ihrer Autorität unterwarf, hatte sie bewogen, hierher zu kommen.

»Ihre Respektlosigkeit bricht Ihnen das Genick!«, schrie Lukas. »Sie haben unser Vertrauen missbraucht und enttäuscht. Sie haben uns hintergangen, und unsere Kunden dazu. Sie konnten den Hals nicht vollkriegen. Sie sind es nicht wert, dass man mit Ihnen Geschäfte macht.«

Die Araber waren jetzt aufgesprungen und außer sich vor Wut.

»Was erlaubst du dir, du Hund?«

»Wir haben unseren Cousin ausgeliefert!«, brüllte ein anderer.

»Ein dummer Junge war das!«, sagte Lukas und machte einen Schritt auf sie zu.

»Benehmen Sie sich wie zivilisierte Menschen. Akzeptieren Sie unsere Entscheidung. Bitten Sie um Entschuldigung, und überlegen Sie, wie Sie uns und unsere Kunden entschädigen können.«

Die beiden Leibwächter der Araber versuchten, beruhigend auf ihre Chefs einzuwirken.

Doch Lukas provozierte weiter. »Sie sind Schmarotzer – korrumpierte, verzogene, mickrige Gestalten ohne Anstand, ohne Moral! Gehen Sie dahin zurück, wo Sie hergekommen sind!«

Es war völlig unerheblich, wer zuerst die Waffe gezogen hatte. Aber als sie gezogen war, wurde die ganze Gruppe innerhalb einer Minute umgemäht. Aus allen Ecken wurde geschossen, auch vom Balkon. Es ging so schnell, dass die Araber sich nicht einmal mehr im Raum verteilen oder hinter ihrem Tisch Deckung finden konnten. Was von ihnen übrig blieb, war eine reglose Masse von zerfetzten Körpern, Blut und abgetrennten Gliedmaßen.

Die Afghanen, die Albaner und die Deutschen waren längst

draußen. Der Hagere hatte Kohn am Eingang aufgehalten und zu Boden gedrückt. Jetzt zog er ihn auf die Beine.

»Du musst dich jetzt entscheiden – die Polizei wird gleich da sein. Entweder du bleibst, oder du fährst mit denen.« Er wies mit dem Kopf zu den Bussen vor dem Haus.

»Und du? Gehst du mit?«, fragte Kohn.

»Ich bleibe«, sagte er. »Möller bleibt auch. Alle anderen gehen jetzt über die Grenze. Stephan, du kannst weitermachen.«

»Ihr wusstet die ganze Zeit, wer ich bin?«

»Ja. Trotzdem, du hast einen hervorragenden Job gemacht. Wir sind nicht undankbar.«

»Was ist mit Möller?«

»Dem sind wir nicht dankbar …«

Kohn sah sich um. Möller war verschwunden, doch es sah nicht so aus, als würde das den Hageren beunruhigen.

Lukas war jetzt zu ihnen getreten.

»Frank …«, sagte er.

Die beiden umarmten sich.

»Alles, wie du es gewünscht hast, mein Guter. Wir sehen uns. Irgendwann, irgendwo …«

Er gab ihm einen Klaps auf die Schulter und wandte sich zu Kohn.

»Kommst du mit?«

Kohn schüttelte den Kopf.

# 40

Paul und Erkan lagen auf einem Hügel, knapp zweihundert Meter Luftlinie von der Ranch entfernt, und beobachteten, wie die Busse wegfuhren.

Paul rief Murat an. Er beschrieb ihm, was sie gesehen und gehört hatten.

»War Stephan dabei?«

»Keine Ahnung ...«

»Bleibt, wo ihr seid! Wir sind gleich da.«

Paul wollte noch sagen, dass sie Boschko unterwegs nicht mehr gesehen hatten – aber in diesem Moment tat sich unten was. Kohn trat auf die Veranda, direkt hinter ihm der Typ von dem Foto aus Tonis Laden. Er hielt eine Waffe in der Hand, stellte sich seitlich neben die Tür und suchte den Vorplatz ab. Aus einiger Entfernung waren leise Rotorengeräusche zu vernehmen.

Möller kam hinter der Ecke des Haupthauses hervor. Er war von oben bis unten blutbesudelt. Offenbar hatte er sich zwischen den Toten versteckt. Er zog die Jacke aus und ließ sie fallen. Dann richtete er seine Waffe auf Kohn und den Hageren und kam direkt auf sie zu.

»Leg die Pistole auf den Boden – und du, Stephan, zieh deine Jacke aus.«

Kohn ignorierte die Aufforderung. Möller schoss ihm ins Bein.

»Haben sie dir die Reihenfolge vorgegeben, wen du zuerst abknallen sollst – mich oder den Spitzel?«, fragte Möller den Hageren.

»Nein«, sagte der. »Aber ich hätte mit dir angefangen.«

Möller lächelte.

In diesem Moment tauchten hinter den Hügeln drei Hubschrauber auf.

»Die Jacke … Zieh sie ihm aus!« Möller spannte den Hahn.

Der Hagere streifte Kohn die Jacke ab und warf sie Möller zu.

»Die werden dich nicht durchlassen.«

»Das sehen wir dann.«

Möller zog die Jacke an, hob die Waffe und zielte auf den Kopf des Hageren. »Ich hab eine andere Reihenfolge …«

Plötzlich fielen Schüsse.

Möller riss den Kopf herum.

Paul und Erkan stürmten den Hügel herunter. Im selben Moment entdeckte er Boschko, der humpelnd zwischen einer Baumgruppe und einem Nebengebäude auftauchte.

Paul hatte sie fast erreicht. Er riss seine Pistole hoch und nahm Möller ins Visier.

»Ich dachte, Sie wollten mir 'n Bier ausgeben …«

»Das hättest du bekommen, mein Kleiner.«

»Im Knast?«

»Nein, danach. Danach hätt ich dich abgeholt und wieder aufgebaut.«

»Und dann wär ich Ihr *Frettchen* …«

»Genau. Los, knall ihn ab, Lars!«

Boschko trat einen Schritt vor und schoss. Doch Erkan stieß Paul zur Seite und warf sich in die Schusslinie. Die Kugel traf ihn mitten im Sprung.

Eine Salve aus einem der Hubschrauber riss Boschko auseinander.

Möller sprang in seinen Wagen und raste die Auffahrt hinunter Richtung Grenze.

Der Hagere hatte Kohn auf die Beine gezogen und hielt ihn dicht an sich gedrückt, während die Spezialeinheiten aus den Hubschraubern sprangen, sich an Seilen herabließen und auf dem Vorplatz verteilten.

Paul sah Erkan auf dem Boden liegen. Er rief seinen Namen. Erst leise, dann lauter. Er stürzte auf ihn zu, doch ehe er bei ihm war, wurde er von GSG9-Männern gepackt und weggezogen.

Möller hielt auf die Grenze zu – der letzte Bus hatte gerade die polnische Seite passiert und näherte sich weißrussischem Territorium.

Der Aufforderung aus dem Hubschrauber, sie sollten die Busse keinesfalls durchlassen, kam zu spät – oder wurden überhört.

Möller wedelte mit seinem Ausweis, doch jetzt machten die polnischen Polizisten die Grenze dicht und brachten ihre Maschinengewehre in Anschlag. Möller wendete und bretterte die Straße zurück, bis ihm fünfzig Meter vor der Abzweigung zur Ranch ein Hubschrauber den Weg versperrte. Murat saß in der geöffneten Tür, an seiner Seite zwei GSG9-Beamte.

Möller bremste und zog seine Waffe. Er zwinkerte Murat zu, zielte – und wurde im nächsten Moment mit zwei Kopfschüssen niedergestreckt.

Der Hagere hatte Kohn die Waffe an den Kopf gedrückt. Im Halbkreis vor ihm hatten polnische Spezialkräfte und die GSG9 Stellung bezogen. Murat sprang aus dem Hubschrauber und rannte zu seinen Leuten.

»Würdest du mir noch einen Gefallen tun?«, fragte der Hagere.

»Welchen?«, fragte Kohn.

»Ich hab den Brief an meine Tochter nicht mehr wegbekommen. Sie soll ihn aber kriegen. Machst du das?«

»Ich weiß ihre Adresse nicht.«

»Es gibt nicht so viele Notare in Bremen.«

»In Ordnung. Kannst du mir noch mehr erzählen?«

Der Hagere lächelte. »Das geht nicht. Dann verlier ich alles. Wird jetzt schon eng. Mach's gut, Stephan. Halt dir mal die Ohren zu.«

Kohn legte die Hände auf die Ohren und schloss die Augen. Der Hagere trat einen Schritt zurück, presste die Waffe unters Kinn und drückte ab.

Murat eilte zu Kohn, der bis auf den Beinschuss wohlauf war.

Erkan hatte seine Augen geöffnet.

Paul kniete neben ihm und flüsterte: »Hey ... alles klar?«

Erkan stöhnte.

»Bleib ruhig, alles wird gut ...«

Erkans Hand tastete nach der Innentasche seiner Jacke.

»Bleib einfach liegen ... bleib liegen.«

»Paul ...«, sagte Erkan und tastete nach der Zahnbürste. Ein Lächeln spannte seinen Mund. »Nina ...« Er wandte den Kopf zur Seite, seine Augen irrten über den Hof. »Wo ist Nina?«

Pauls Blick wurde starr.

»Weißt du nicht, wo Nina ist?«

Paul stand auf.

»Wo gehst du hin?«, fragte Erkan.

»Wir zwei sind fertig.«

»Warte!«

Paul spuckte aus.

»Genieß die Zeiten, die vor dir liegen.«

Er ging.

Fünf Minuten später wurde Erkan von einem Rettungshubschrauber abtransportiert. Der Arzt versicherte, dass keine Lebensgefahr bestand.

Paul hatte sich fernab an einen Baum gelehnt. Murat kam auf ihn zu und legte ihm die Hand auf die Schulter. So blieben sie ein paar Minuten stehen. Dann sagte Murat: »Komm mal mit.«

Paul sträubte sich, aber Murat ließ nicht locker.

Kohn saß auf einem der Holzstühle aus der Ranch, zwischen Hubschraubern und Krankenwagen. Murat schob Paul vor sich her.

»Der war's, Stephan«, sagte er.

Kohn lächelte und streckte Paul die Hand entgegen.

# Outro

Erkan lag in einem Zweibettzimmer in der vierten Etage des Benjamin-Franklin-Krankenhauses in Berlin-Steglitz. Er hatte sich einen saftigen Brustschuss eingefangen, vier Zentimeter oberhalb des Herzens. Es waren jedoch keine bleibenden Schäden zu befürchten. Er hatte großes Glück gehabt.

Auf dem Tisch standen Blumen. Von seinen Eltern, seiner Schwester, seinen beiden Brüdern. Auch die Kollegen hatten zusammengelegt und einen riesigen Strauß aus Rosen, Margeriten und Kornblumen geschickt. Überreicht hatte ihn eine Delegation der Dienststelle, die von Prietz angeführt wurde.

Erkans Bett stand am Fenster – mit Sicht über den Teltowkanal bis weit nach Lankwitz. Unten am Kanal führte ein grauer Schotterweg entlang, auf dem Patienten erste Gehversuche machten und Steglitzer Omis ihre Hündchen ausführten.

Er war kurz davor wegzudösen, als die Tür behutsam aufgezogen wurde. Es war Nina. Einen Augenblick sahen sie sich nur an. Dann setzte sie sich zu ihm aufs Bett, streifte die Schuhe ab und legte sich neben ihn. Erkans Atem ging schneller, sein Brustkorb tat weh. Gleichzeitig war ihm so leicht wie nie zuvor.

»Ich liebe dich«, flüsterte er. Und dann, während sie ein paar Krähen nachschauten, die vor dem Fenster vorbeizogen, spürte er Ninas Atem in seinem Nacken. Ihre Lippen berührten ihn, ihre Hand tastete nach seiner – als sie sie gefunden hatte, klammerten sich ihre Finger ineinander und ließen nicht mehr los.

Draußen begann es zu regnen.

Die Berliner Polizeibehörde ist ein Klatschverein, der seinesgleichen sucht. Die Geschichte jedoch, die sich jetzt in Windeseile verbreitete, sprengte den Rahmen des Üblichen.

Zwei junge Polizisten hatten sich über alle Vorschriften hinweggesetzt und die Spur eines korrupten BKA-Ermittlers aufgenommen. Letztendlich hatten sie durch ihren Einsatz ein Komplott, das bis in die Spitze des BKA reichte, aufgedeckt und in einem dramatischen Finale einem verdeckten Ermittler das Leben gerettet.

Das alles schrie nach Details. Und da die nicht zu bekommen waren, nahm die Geschichte schnell immer fantastischere Züge an.

De facto passierte Folgendes:

Der Leiter des BKA musste seinen Hut nehmen. Er hatte Möller viel zu lange vertraut und ihn mit einem Übermaß an Kompetenzen ausgestattet.

Schliem wurde ans Amtsgericht Celle zurückversetzt, wo er als Referendar seine Karriere als Staatsanwalt begonnen hatte.

Auch von Ahnen musste seinen Platz räumen – wegen blinder Loyalität hatte er seine Pflichten als Polizeibeamter vernachlässigt.

Murat Genç wurde endgültig ins BKA übernommen und vom neuen Chef zum Leiter einer operativen Ermittlungsgruppe ernannt. Seine vordringlichste Aufgabe bestand darin, die jüngst gewonnenen Erkenntnisse auszuwerten und das Netzwerk sowie dessen Partner weiterzuverfolgen.

Die wichtigsten Informationen, vor allem über die Organisation des Netzwerks und dessen Vertriebswege, lieferte Stephan Kohn. Über die agierenden Personen konnte er dagegen kaum Angaben machen, ihre Spuren verliefen sich im Sand.

Anschließend nahm Kohn eine Auszeit.

Die Identität des Hageren konnte bald geklärt werden. Es handelte sich um einen gewissen Frank Olaf Voss, geboren in der Nähe von Hamburg. Er wuchs in Jugendheimen auf und entzog sich nach einer Reihe mittelschwerer und schwerer Delikte der Verfolgung durch die Behörden, indem er mit Anfang zwanzig der Fremdenlegion beitrat. Nach seiner Entlassung kehrte er nach Deutschland zurück und war sowohl für den Verfassungsschutz als auch für den BND tätig, bis sich seine Spur verlor. Die Akten über ihn blieben unter Verschluss.

Möllers Vergehen wurden von einer unabhängigen Ermittlungsgruppe untersucht. Sie ging der Frage nach, ob bereits frühere Einsätze von ihm manipuliert worden waren, und versuchte nachzuvollziehen, warum er sich überhaupt auf dieses Netzwerk eingelassen hatte. Finanzielle Aspekte spielten dabei wohl eine wichtige Rolle – und sicher auch Größenwahn. Offenbar hatte er Gefallen daran gefunden, die Menschen, mit denen er zu tun hatte, wie ein Puppenspieler nach seinen eigenen Regeln zu lenken und zu manipulieren. Und das war wohl auch der Grund, warum er von der Organisation fallengelassen wurde.

Paul musste vorläufig da weitermachen, wo er aufgehört hatte: beim Aktenschleppen. Alle hatten sich für ihn eingesetzt – Prietz, Murat und dessen Kollegen, Fechner, Schmidt. Sogar Schliem. Das BKA hatte keinerlei Interesse, seine Vergehen weiter zu verfolgen. In den Abschlussberichten wurden die Wanzen und die gesamte Abhöraktion einfach unterschlagen. Damit war auch Schraube aus dem Schneider.

Es hatte geregnet, mittlerweile drängte sich die Sonne durch die Wolken.

Paul verließ Prietz' Büro und ging quer über den Hof zu seinem Audi. Plötzlich ertönte ein Pfiff. Er schaute nach oben – im dritten Stock stand Schraube am Fenster, ein breites Grinsen im Gesicht. Paul hob die Hand und wollte sich schon wieder abwenden – da wurden weitere Fenster geöffnet.

Krause, Benneter, Bierofka, Lehmann, Schabroth, Rosi – ganz oben Prietz und Frau Blotzner. Kollegen in Uniform und in Zivil, deren Namen Paul zum Großteil gar nicht kannte, lehnten in den Fenstern und schauten zu ihm herunter.

Jemand begann mit einem Kaffeelöffel aufs Fensterblech zu klopfen. Nach und nach stimmten die anderen ein. Zunächst noch verhalten, dann schneller, lauter – und bald erfüllte rasendes Geprassel den gesamten Hof.

»Paul!«, brüllte Schraube und reckte die Faust in die Luft.

»Berlin!«

Bierofka und Benneter nickten ihm zu. Prietz zog an seiner Zigarette.

Paul stand einfach nur da. Der Lärm war ohrenbetäubend. Ein Schauer lief ihm über den Rücken, für einen Moment waren seine Augen wie aus Glas. Dann riss er sich los. Seine Hände zitterten, er bekam kaum den Schlüssel ins Schloss. Er zerrte die Tür auf, setzte sich und ließ den Motor an. Er drückte auf die Hupe. Einmal. Zweimal.

Und noch einmal. Dann fuhr er vom Hof.

Richtung Hermannplatz.

Pheline suchen.

## Personenregister

Benneter, Bierofka, Krause, Rosi, Schabroth – Polizeibeamte der Direktion 5
Frau Blotzner – Prietz' Sekretärin
Horst Bohne – Verwaltungsrat der Direktion 5
Lars Boschko (»Der Rothaarige«) – verdeckter Ermittler
Paul Braun – Zivilpolizist auf der Direktion 5
Kerstin Fechner – Interne Ermittlerin des LKA
Thomas Foryta – verdeckter Ermittler
Erkan Genç – Zivilpolizist auf der Direktion 5; bester Freund von Paul
Murat Genç – Bruder von Erkan und Ziehbruder von Paul; stellvertretender Leiter einer Sonderkommission des BKA; Führungsoffizier von Stephan Kohn
Stephan Kohn – verdeckter Ermittler; bester Freund von Murat
Severin Lang – SoKo-Mitarbeite; Einsatzkoordinator
Nina Lohmann – Freundin von Paul; Radiomoderatorin bei *RadioDrei*
Lukas – Mitglied des Netzwerks
Hasso Möller – Leiter der SoKo; Führungsoffizier von Boschko
Pawel (»Der Blonde«) – Vertrauensperson von Kohn
Pheline – ein Mädchen vom Hermannplatz
Karl-Heinz Prietz – Dienststellenleiter der Direktion 5; Vorgesetzter von Paul und Erkan
Daniel Richter – SoKo-Mitarbeiter; Führungsoffizier von Thomas Foryta

Robert – Kollege von Nina

Ronny – Schraubes arbeitsloser Cousin; ehemaliger Nachrichtentechniker der NVA

Dr. Nikolaus Schliem – Bundesanwalt

Dietrich Schmidt – Leiter der 6. Mordkommission Berlin

Schraube – Polizeibeamter auf der Direktion 5; Freund von Paul

Toni – hat einen prosperierenden Internetladen am Hermannplatz, war mit Murat und Kohn auf einer Schule

Kai Traemann – SoKo-Mitarbeiter; Sachbearbeiter

Simon von Ahnen – SoKo-Mitarbeiter; Sachbearbeiter

Frank Olaf Voss (»Der Hagere«) – Kohns »Mentor«; Mitglied des Netzwerks